目黒の狂女

戸板康二

日常の謎ミステリの元祖ともよばれる，老歌舞伎俳優・中村雅楽探偵譚。歌舞伎界で起こった様々な事件や謎が持ち込まれると，雅楽は経験に裏打ちされた鋭い洞察力で鮮やかに絵解きをしてみせる。竹野記者の手記によって，雅楽が遭遇したあまたの事件の顚末が明かされていくシリーズ第3巻は，昭和50年代を中心とした作品群。竹野記者が目黒のバス停でつづけざまに出会った狂女にまつわる表題作「目黒の狂女」。なぜ淀君は逃げ延びなかったのかという，歴史に埋もれた謎を雅楽なりの解釈で解明していく「淀君の謎」など粒ぞろいの全23編を収録。

中村雅楽探偵全集3

目黒の狂女

戸板康二

創元推理文庫

THE COMPLETE SERIES OF NAKAMURA GARAKU DETECTIVE STORIES

Vol. 3

by

Yasuji Toita

目次

目黒の狂女

中村雅楽探偵全集3

かんざしの紋

一

丸の内に建つ新しい劇場のビルの地下室に、名店街ができるという噂が聞こえていた。そのころ、雪子の家に、父親の親友であるカステラの石田屋の主人が訪ねて来た。

人形町の電車通りに「万来軒《ばんらいけん》」というレストランがある。雪子の祖父が大正のはじめに開いた店で、店の調理場の奥に、階上二間階下二間の、一家の住いがあった。

勝手を知っている石田屋は、カーテンをぐって、土間から声をかけた。雪子がちょうど、コック長と、仕込んで来たばかりの肉を冷蔵庫に入れている時だった。

「まア、おじさん。いらっしゃい」

「よう元気かね」と石田屋は気のいい笑顔を見せ、「お父さん、いるかね」と親指を立てた。

「いますわ」

「そりゃアちょうどいい。じつは、とてもいい話を持って来たんだ」

声が大きいので、雪子の父が、顔を出す。石田屋は店のほうに引っ返して、テーブルにすわった。

当店自慢のコーヒーを雪子が運んでゆくと、父親と石田屋は、機嫌は決して悪くないはずなのに、深刻な表情になっている。二人の会話の内容は、すぐのちに、教えられた。

石田屋が帰ったあと、茶の間に戻った父親が、母親に話している。

「丸の内劇場の名店街に、石田屋は店を出すそうだ。うちにも、出さないかというんだ」

「おもしろいじゃないの」と、雪子は目を輝かした。

「こっちがその気になれば、すぐにでも紹介するといっているんだが、何となく気が重いな」

「私は気が進みませんね」と母親は浮かない顔だった。それを、雪子は、母親が、芝居が嫌いだからだと解釈した。

小学校の同級生が歌舞伎の女形《おんながた》になっている。その後援会に雪子がはいっていることをさえ、母親は喜ばない様子である。

雪子が時々、歌舞伎座へ行って、帰って来て、見て来た芝居の話をしたりすると、母親はいやな顔をした。父親も相手になってくれない。雪子は、いつのまにか、芝居を見るという自分の楽しみを、秘密にするようになってしまっているのである。

雪子の育った町の周囲には、花柳界があり、江戸以来代々同じ職を世襲したような家が多かった。三味線屋だの、足袋屋だの、おどりの師匠だのが住んでいる。

当然、雪子の友だちは、長唄を習ったり、舞扇を持って稽古場《けいこば》にかよったりしている。歌舞伎を毎月見にゆく習慣が、自然に、そういう人たちの生活の中に定着していた。

そんな町の万来軒の夫婦が、芝居嫌いなのが、雪子には、ふしぎに思われた。

丸の内劇場の名店街に店を出したらと石田屋がすすめに来たのを、雪子が賛成したのは、しかし、べつに、自分の趣味と関係はない。人形町のこの店一軒では、いかにも先細りの感じがしていたからである。

どんなにタン・シチューがおいしいと、常連にほめられても、その誇りは、ささやかなもので、時代が変わった今日は、しにせののれんだけでは、商売のおもしろみはないはずだ。

近所のせんべい屋でも、菓子屋でも、喫茶店でも、機会がありさえすれば、デパートやビルディングの名店街に進出しようとしている。そして、手を拡げれば、目に見えて拡げただけのことはあるのだ。

二十六歳の雪子は、嫁にゆくことも忘れて、万来軒のために働いているのだが、それだけに、つねづね、父親の消極的な性格には不満を持っていた。

そういう父親を奮い立たせようとして、親友の石田屋がわざわざ持って来た話に、乗らない話はないと、雪子は思ったのだ。

「考えてみようじゃないの、その話」

しばらくしてから、雪子がもう一度いってみた時に、しかし、父親は、めずらしく「そうさな、考えてみるか」といった。

「雪子、丸の内劇場ってのは、歌舞伎はかからないのだろう」と母親が訊ねた。

「そうね、松竹とちがうから、あの小屋は、新しいものを見せるんじゃないかしら」

「そうかい、そんなら話は別だけど」

「おっかさんって、どうして、そう歌舞伎が嫌いなの？」

「……」母親は答えなかった。

二

結局、石田屋の言葉に従って、万来軒は、丸の内に分店を持つことになった。

雪子はうれしかった。その店の宰領《さいりょう》を、母の弟で雪子と気の合う叔父が引き受け、雪子と仲のいいコックの吉田が行くことになったからである。こうなると、雪子も、分店で働きたくなった。第一、劇場のある建物の中にいるのは、悪くない気持だろう。

「ねえ、私も丸の内に行って働きたいわ」

「結局、そうなるんじゃないかと思っていたよ」と父親はいった。「まア、いいだろうよ」

「私はあまり賛成できないね」と母親は眉をくもらせていたが、それ以上は、何ともいわなかった。

十月の劇場開きの初日から、万来軒の分店は繁昌した。雪子は、髪を引っつめに結い、きりっと和服を着て、毎日店に出た。

予想に反して、劇場の最初の興行には歌舞伎がかかり、楽屋からも、万来軒への注文が少なくなかった。

「左門《さもん》さんの部屋にタン・シチュー」と吉田が伝票をまわして来た。

沢村《さわむら》左門は六十をこした女形だが、舞台はまだみずみずしい。雪子の好きな役者の一人である。

今月は店開き早々なので、いつ見られるか、まだ席も予約していないが、雪子は左門が、すぐ上の丸の内劇場で演じている玉手御前《たまてごぜん》を、ぜひ見たいと思っていた。

「雪ちゃん、左門さんのところに、出前に行って来ておくれ」と叔父が声をかけた。手伝っている若い子が、ほかの出前に出て、まだ帰っていなかった。

「あら、私が」

「いいだろう、楽屋も一度は見ておくものだ」

左門の部屋に行くことになって、雪子は緊張した。尊敬している俳優だが、同時に、すこしこわかった。雑誌の記事を見て、雪子は、この左門という人が、ひどく気むずかしいのを知っていたからだ。

「早く行っておくれよ、シチューがさめるよ」催促されたので、雪子は岡持《おかもち》をさげて、地下のボイラー室の脇の楽屋口を通り、エレベーターで四階まであがった。

近代建築だから、想像していたような乱雑さはまるでなかったが、役者の部屋の並んでいる廊下までゆくと、それぞれののれんが色とりどりに競っているので、やはり独特のふんい気がある。

教えられた三番目ののれんの所に立ちどまって、上を見ると「沢村左門」という木札が打ってある。

「万来軒でございます」といった。

「おはいり」という声がした。のぞいてみると、鏡台の前に、背中を見せて、左門がいた。鏡にうつっているその顔は、羽二重《はぶたえ》をつけた玉手御前の顔であった。付き人が、そばにいて、白粉《おしろい》の刷毛《はけ》を持っている。

「おそくなりまして」といった。

「万来軒がこの下に店を持ったと聞いたんで、タン・シチューを、あてずっぽうに誂えてみたんだが、やっぱり、できるんだね」

鏡ごしに左門は、雪子に話しかけた。

「そこに置いて行ってください」というので、雪子は部屋の隅の小さな卓に、皿とパンとフォークをのせて引きさがった。

衣裳を着ける前に、あの女の顔で、左門がうちの料理を食べるのかと思うと、何だか、おかしかった。

二時間ほどして、もう一度、雪子は皿をさげに行った。左門は顔を落して、部屋着のまま、新聞を読んでいた。すぐ帰ろうとすると、

「あなたは、万来軒の娘さんかい」と、左門が訊いた。

「はい」

「そうか、あなたがねえ」

じっと自分を見つめている左門の目が、いつまでも輝いているので、雪子は、たじろぐような感じがした。

「遠藤雪子と申します」といった。

「そう、雪子さんというのか。一度会ってみたかった」

「どうしてですの」

「人形町の万来軒には、いい娘さんがいるという評判を聞いていたからさ」

「まア」

「これから、時々お願いしますよ。その都度あなたが持って来てくれると、うれしいね」と左門がいった。お世辞にもそんなことをいわれれば、いやな気持はしない。雪子は岡持をさげて、下の店まで帰る途中、浮き浮きとしていた。

名店街に分店を出す話に、店の将来を考えた雪子は何となく明るい期待を持ちはしたのであったが、その結果として、前から好きだった左門のような女形と話をする機会があるなどとは、ゆめにも思わなかった。

役者というものは、一般に愛想のいいものだと聞いていたが、左門はたしかに愛想がよかった。世に伝えられている気むずかしさは、どこにもなかった。

それが特に、雪子には、うれしかったのである。

しかし、夜家に帰って、両親に、左門に会った話を雪子はせずにいた。二人がきっと、いい顔をしないだろうと思ったのだ。

三

雪子は、毎日のように、左門と話をする機会を持った。午後五時に開演する芝居の一番目の新脚本が、ひと幕おわった時分に、かならず左之助《さのすけ》という、やはり女形の弟子が、地下室におりて来て、注文してゆくのが、あの日以後、日課になったからである。

つまり、沢村左門は、雪子が最初にタン・シチューを届けに行った日から、一日も欠かさず、万来軒の料理を夕食に食べるのであった。

「旦那は洋食があんまり好きではないと思っていたんだけどさ、おどろいちゃった」

おりて来たついでに、コーヒーを飲んでゆくことがあり、そんな時に、左之助が、ひとりごとのようにいった。

「毎日のように、とっていただいて、ごひいきになります」と叔父が答える。

「旦那は凝り性ですからね、釣りに凝ると、竿を五十本もこしらえるんですよ。このごろはやめましたけどね、一時は鉄砲に夢中になってね、そんな時は、舞台を休んで山を歩きにゆくんです。私たちもお供で、あなた、鉄砲を持たされるんですよ。女形が勘平《かんぺい》の真似をするんですから、たまりませんよ」

左之助は話し好きで、またその話しっぷりが、おもしろかった。

左之助があがってゆき、きまった時間が来ると、雪子がその日の注文の品を岡持で運ぶ。のれんの外から声をかけると、左門が待ちかねていたように、「あいよ」と応じる。

はいってゆくと、左門は、その後はいつも、のれん口のほうを向いて、膝に両手を置いて、雪子を待っていた。

「きのうのグラタンはまた格別の味だったね」とか「芽キャベツがじつにうまくゆでてあるね」とか、「ソースがあんたの店は飛びきりだ」とか、そういうほめことばが、毎日用意されている。

雪子はおりて来ると、叔父なりコックの吉田なりに、それを伝えた。

ある日、店に戻って、その日の左門の伝言を復誦していると、隣のテーブルにいた老人が顔をあげて、「失敬」といった。

「はア?」

「今の話、誰のこと?」という。

「雪子」と叔父が教えた。「毎朝新聞の瀬木さんだ、ほら劇評を書いてらっしゃる」

雪子が挨拶すると、瀬木はナイフとフォークを卓に置いて、べっ甲縁のめがねをわざわざかけて、雪子の顔を見た。

「君か、左門のごひいきの娘さんというのは」といった。

「まア」

「楽屋では大へんな評判さ。万来軒の料理を、毎日とっているのは、娘さんが皿を運んでくれるのが楽しみだからだというのだ」

「ほんとですか」と叔父が笑った。

「愛想がいいだろう、いつでも」

「ええ」少し考えてから雪子はうなずいた。

「沢村左門って人は、お天気屋で通っている。朝出る時に暦を見て、どの日にはどの道を通ってはいけないとか、口やかましいことをいうので、運転手泣かせといわれている役者なんだ」

「……」

「それが、この小屋に出てから、めっきり機嫌がよくて、いつも師匠の顔色を見てピリピリしている弟子たちが、ほっとしている」

「……」

「それが、雪子さんといったかね、あんたのせいだという評判なんだ」

叔父が助太刀に出てくれた。

「瀬木先生、雪子がお気に入ったのかも知れませんが、それだけでは、毎日御注文はいただけないでしょう。やっぱり、手前どもの料理がお気に召したんだと、そういうことにしておきませんと」

「失敬、失敬」と瀬木は、食べおわって紙ナプキンで口の端を拭きながら、左手を左右に動かした。「むろん、ここの料理は天下一品だよ」

雪子は、白髪を心もち角刈りにしている劇評家のつかう言葉が、左門と同じ世代らしく古めかしいなと思いながら、聞いていた。

「しかし、何ですね」と叔父がいった。「ほめていただくってのは、うれしいものです。スープがおいしい、ソースがよくできた、脇づけがよく煮えている。ちょっとしたことでも、そういっていただくと、よし、あしたはもっと気に入っていただこうって気になります。舞台に立つ方が、劇評を気になさるのと、同じですね」

「いや、こいつは、こっちの髪に火の粉が飛んで来たな」と食後のコーヒーをのみながら、瀬木は笑った。

そして、急に真顔になると、「左門という人がね、じつは劇評をもの凄く気にするんだ」といった。

四

瀬木に会った翌日、雪子は古本屋で前に買った「演芸画報」のバック・ナンバーを、押入の行李《こうり》から出して、順々に見て行った。

今月の丸の内劇場に出ている俳優が、若い時代で、写真がのっている。市川獅子丸《いちかわししまる》、中村雅楽《なかむらがらく》、荻野浜木綿《おぎのはまゆう》、みんな壮年または青年である。

雪子は、そういう人たちの写真もながめていたが、特に左門の写真は入念に見た。

政岡《まさおか》、八重垣姫《やえがきひめ》、おかる、夕霧《ゆうぎり》、おその、おさん、浦里《うらざと》といった、歌舞伎の名作の女の役に扮した、二十数年前の左門は、今よりも肥っていた。切れ長な目をして、鼻筋が通り、口もとがしまって、いい顔である。しかも、その顔と身体のバランスが、現代人の体格とちがい、胴長で、顔が大きいから、舞台でも印象のつよい姿になる。錦絵美とでもいったものが、コロタイプや網版になっている左門の扮装写真から、はっきり感じられた。

雪子はそういう左門の舞台に対して、当時どんな批評が与えられていたのかを知ろうと思って、記事をさがしてみた。

三十代の左門は、すでにかなりの人気スターであったと見えて、「画報」が二度も、俳優論特集の対象にしている。女形の不振を、左門の出現が一気にとり返したという記事もあった。しかし、昭和十三年、十四年あたりの左門には、生彩がなかったようである。スランプに陥っていたのだろう。

当時の劇評を見ると、「元気のない舞台」「もうひとつおもしろくできる芝居を、おもしろくなく見せている」「新人といわれた左門のあの情熱はどこに行ったのだろう」「左門は平凡」などと書かれており、中には「忠臣蔵の顔ぞろいも、顔世御前《かおよごぜん》とおかるが左門のために、もりあがらなかった」という極端な批評まであった。

そういう劇評をはじめて読んで、雪子は胸が痛むようであった。

よくない批評をされている、そんな時期の左門は、写真で見ても、何となく、肌の艶が失われているように見えた。

今は大家として押しも押されもしない地位に立っている俳優の過去に、このような波の起伏があったのを思って、雪子はいろいろな感慨に、しばらくふけっていた。

昭和十五年になって、左門が「久しぶりにいい」とほめられたのが、一月の「壺坂《つぼさか》」のお里《さと》で、二月の「野崎村《のざきむら》」のお光《みつ》が「このところ急によくなった」といわれている。

三十五歳、三十六歳の左門は不振にあえぎ、三十七歳になって、また演技が復活したわけである。

その年の五月に、左門は、やっと結婚をしている。晩婚であるが、女形だから、そういうことも不自然ではなかった。

おそらく、歌舞伎の役者だから、それ以前にも、恋人はあったにちがいない。自分の同級生の女形の私生活を知っている雪子は、そう思いながら、紋服を着て、花嫁とならんで、しかつめらしい顔をして写されている左門を見た。

左門の妻は、歌舞伎界の名門、嵐与十郎《あらしよじゅうろう》の二女である。この世界は、芸が一にも二にも最大の条件にはちがいないが、縁戚関係が、その出世にひと役買うのは、めずらしいことではない。

左門自身も、父は竜昇《りゅうしょう》というりっぱな役者だったが、早く死にわかれたから、親の光は、彼の場合、ほとんどなかったと見ていい。

腕一本で沢村左門という名を大きくしたのだが、周囲の先輩が、与十郎の聟《むこ》になるのをすすめたのは、将来を確保させようと考えたからだろう。

もっとも、結婚式の写真ののっている「画報」で、与十郎の娘と結婚して、嵐なにがしと改めるのかという質問に対して、左門は、きっぱり、そんな考えはないと答えている。のみならず、自分は一生、沢村左門で通したいといっている。

その後の左門には、妻とのあいだに、子供ができなかった。戦争中、養子をもらって、それが今、若い女形として渋谷の劇場にしじゅう出ている沢村竜胆《りんどう》である。草の名を芸名にし、祖父の竜昇にもちなんだわけである。

雪子は、左門の年代記をひもどくような思いで、次々に古い「演芸画報」を見てゆく時間を楽しんでいた。

その中で、二つ、雪子をハッとさせたものがある。一つは、結婚した年の新年号の、左門のゴシップに、「めきめきうまくなった左門」という見出しのものがあり、「やはり恋愛をすると、それがはげみになるものだと、楽屋雀はささやいている」とあった。

左門とその妻の結びつきが、芸道によくある養子縁組的なものでなく、恋愛だったとすれば、雪子の想像とは、大分ちがって来るからである。

この記事を見てから、雪子はその年の六月号の、高島田を角かくしで包んで、あでやかなうちかけを着て、左門の右側の椅子にかけている花嫁の顔をもう一度見た。

楽屋ではどういうわけか見かけたことがないが、賢夫人と呼びたいような顔を、ややうつむかせた写真である。

雪子をもう一つ、おどろかせたのは、結婚の前の年の九月号に、避暑地の俳優という特集があって、海や山やいろいろな場所に舞台を休んで遊びに行っている写真がのっている中の一枚で、左門のスナップである。

先輩である雅楽とならんで、同じ模様の浴衣《ゆかた》を着て、庭の泉水のほとりに立っている。雪子は、その泉水に見おぼえがあった。それが伊豆湯ヶ島の山水園の庭だったからで、山水園は、雪子の母親の実家なのである。

五

雪子は、左門が祖父の経営している湯ヶ島の旅館に泊っていたという発見を、なぜかすぐ両親に話すのが、ためらわれた。

大体「演芸画報」を見ても、いい顔をしないのを知っていたから、押入の行李にわざわざしまっておくくらいなのである。それに、祖父の家が宿屋を商売にしている以上、左門が泊ることだってあるわけで、そんなにびっくりする必要はないとも思った。

だが、茶の間におりて来た時、そのことを父親や母親にむかって話すのは、もうひとつ、心の奥の部分で、それが適当な話題ではないという感じがあって、思い止まったのである。

雪子はしかし、誰にも話さないという重苦しさにもたえかねた。それで、翌日、丸の内の店に出てすぐ、叔父に話した。こんなふうな話し方をしてみたのであった。

「ねえ叔父さん、左門さんはね、むかし、伊豆のお祖父さんの所に来て泊ったことがあるらしいわね」

「へえ、そうかね、どうしてわかったんだね」叔父は、雪子にいわれると、急に伝票を揃えたり、帳簿をめくったりして、雪子のほうを見ずに、返事をした。雪子は、叔父のそういう様子を、のちのちまで、覚えていた。

「左門さんは、私が山水園の孫だってことを、御存じないんでしょうね」

「そりゃア、雪子」と叔父はこんどは、姪の顔をじっと見ていった。「御存じないに、きまっているさ。だって、万来軒のかみさんが山水園の娘だって知っている人は、同業者にだって、そんなにないだろうよ」

「あら、だって、かアさんが家にお嫁に来た時、商売のお仲間に、御披露をしなかったの」

「それはしたさ。しかし、そんな時に、山水園のことなんぞ、れいれいしく、しゃべったりはしないさ」

話は、それで、すんでしまったが、雪子の中に、更にわだかまりが残った。

山水園には、雪子を可愛がってくれる祖母がまだ生きている。女学生のころから、休暇にはよく泊りに行って、別棟の温泉プールで泳いだりした。雪子は、この祖母が、もとはよく東京まで、芝居を見に来たことを聞いていたので、両親とはちがって話し相手になってもらえるものだから、女形になっているボーイ・フレンドのことだの、最近見た芝居の出し物のことだのを、話して聞かせた。

左門を好きだったから、その直前に見たこの女形の舞台についても、いっぱし劇評家みたいな話し方で、得々と語った記憶がある。

それなのに、祖母は、その左門が山水園に泊った話を、孫にして聞かせようと決してしなかった。

雪子の判断では、今でも昔でも、スターに対するあこがれが、温泉旅館に働いている人たちなどのあいだには、きわめて強いはずである。

げんに去年だって、山水園に雪子が行った時、近所でロケーションをしている映画俳優が泊っているので、お手伝いの女の人たちがそわそわして、台所で、皿を割ったりしていた。

二十数年前の左門は、大スターではなかったかも知れないが、大幹部の雅楽と一しょに泊って、雑誌社のカメラマンが写真をとりに来ていたとしたならば、そのことが、旅館で話題にならないはずはない。

そして、本名で泊っていたかも知れないが、歌舞伎の有名な役者が来ていることを、その当時はまだ帳場にすわっていた芝居好きの祖母が、全く関知しないなんていう状態は、考えられないのである。

雪子は、祖母が決してぼけているのでないのを知っていたから、左門が、山水園に泊ったことを、故意に告げなかったのだというふうに受けとった。

叔父と話したあと、戦災にもあわずにすんだために、二階の床の間の隣に積んであるアルバムを、ひそかに雪子はひろげて見た。

叔父の話から、たしか両親の結婚式の時の写真があったのを思い出したのである。

見てゆくと、父と母が、二人で撮っている記念写真はあったが、披露宴らしい写真も、親類を入れた多人数の写真も貼ってない。何だか、両親の結婚式は、あまり人を招いたりしなかったもののように思われて来た。

アルバムをなお繰っていると、貼られていない一枚の手札型のスナップが、パラリと出て来た。

いまの雪子と同じくらいの年ごろの母親が正月にでもうつしたのか、日本髪に結って、黒っぽい着物を着ている。

髪にはかんざしをさしているのだが、そのかんざしには、変わった紋が、金具になっていた。桔梗《ききょう》に似た花のわきに、一本の矢のついた紋である。

この紋はむろん、雪子がはじめて見たものであった。父親の家は九曜星《くようせい》、母親の実家はかたばみで、親戚には、こんな紋はない。

雪子は、これはじつは紋どころではなく、その当時流行って、かんざしにもつけることのあったアクセサリーのようなものだろうと思った。

そう思いながら、写真をアルバムにはさんでしまったが、奇妙な紋の印象は強く、いつまでも、雪子の目に、それが残って、消えなかった。

六

丸の内劇場は歌舞伎でこけら落しの興行をおわり、十一月と十二月を、アメリカから呼んだミュージカルの公演にし、一月は歌劇、そして二月がまた歌舞伎ということになった。

じつは、十月の興行が案外に好成績だったので、劇場主が、もう一回同じ座組で、古典を主とした演目をならべようというのである。

中村雅楽も、沢村左門も出て、四つの出し物がきまった。こんどは左門は、「野崎村」のお光ひと役だが、この役は、その代表的な当り役ともいわれている。

かつて不振の時期のあとに、演技を復活したという批評を受けた二度目の役であり、その後、戦後にかけて、六度も東京で演じて来た役でもあった。

左門は十一月の中ごろと、正月のはじめに、劇場に芝居を見に来て、そのたびに、地下室の雪子の店に顔を出していた。

正月に来た時に、はいって来ると、いきなり、雪子に筒のような包みを渡した。「また来月、お世話になりますよ、よろしく」といった。

「何でしょう?」

「あなたに着てもらおうと思って」

「まアいけませんわ、そんなことをしていただいては」

「大したものではありませんから、気軽に受けとってください」

その場で開いてみたら、紅梅色の地に、萌黄《もえぎ》で縞を入れた、かなり手のこんだ模様の着物だった。

その日、左門は縫紋《ぬいもん》の羽織を着ていたが、その紋を見て、雪子は胸をつかれた。桔梗のような花の下に一本の矢が置いてある。母のかんざしについていたのと、同じ紋であった。

「この紋が気になるのかね」と雪子の視線に気がついて、左門はいった。「これはうちの替え紋です」

「ハア」

「家の正式の紋は曾我兄弟のとよく似た山形に木瓜《もっこう》という紋、替え紋がこれで、矢ばねりんどうというんだ」

「りんどうだったんですか、この花」

「桔梗と思う人がいるんだが、ちょっとちがうんだ。家には、竜胆という芸名もあるしね」と説明した。

雪子の想像が、どうも的中したようである。母親が、左門の替え紋をつけたかんざしをさしていたということは、つまり左門のファンであったのにまちがいないと思った。

祖母が芝居好きであったならば、その娘も同じ趣味があったと考えるほうが、自然である。

左門がむかし、雅楽と山水園に来て泊った時、若き日の母親が、有頂天になったであろうことを信じても、決しておかしくないわけだ。

そういう母親が、現在歌舞伎を見ずにいるばかりか、むしろ娘に芝居の話をされることさえ喜ばないのだ。深い事情があるにちがいない。雪子はそう思った。紋の説明をした左門が帰って行った直後に、そう思ったのだ。

思い切って、叔父に切り出してみた。

「叔父さんはむかし山水園に左門が来て泊ったといったわね」

「そうだったな」と、きょうは相手になってくれた。

「左門さんは前から知っていたの」

「知っていたよ、その時分からの知り合いさ」

「じゃアお母さんも、左門さんを知っているんじゃない」

「そうだな、知っているかも知れないな」

「どうして、お母さんは、芝居を見ないのかしら」

「さアそれは、お母さんに聞かなきゃ、わからない」

そういわれてしまえば、仕方がなかった。

左門にもらった着物を持って帰って、雪子はわざと両親の前で、ひろげて見せた。反応を見ようと思ったのだ。

「りっぱな着物じゃないか、どうしたんだ」と父親がいった。

「沢村左門さんから、もらったのよ」

「ふうん」と父親はいって、だまっていた。母親も、だまっていた。しばらくしてから、「そんなものをいただいて、雪子、お前、いいのかい」とつぶやいた。

「だって、しじゅう部屋に出前に行って、よく知っているんですもの。もらっておいていいんじゃないかと思うわ」

またしばらく黙っていたが、父親はやがて雪子の顔を見て、「まァいいだろう、頂いておきなさい」といった。

雪子は、もらった着物を二階に持って上って、自分の机の上にのせた。

母親がまもなく、あがって来た。

「なアに、お母さん」

「アイロンは二階に来ていなかったかい」といった。母親は、アイロンのために、上って来たのではなさそうであった。

しかし、何かいおうと思って、あがって来たはずの母親は、そのまま、サッサとおりて行ってしまった。

雪子は古い「演芸画報」をまたとり出して、若い頃の左門の写真を見た。

そのあとで、左門からもらった着物を、肩に当てて、鏡台の前にすわって、しばらく眺めていた。そのあと、着物をくるくると巻いて紙で包むと、こんどは自分の顔を、じっと見ていた。

母親がまた、あがって来た。緊張した顔をしている。雪子が鏡にうつして自分の顔を見ているのを知ると、ハッとしたように立ち止って、「アイロンは下にあったよ」といった。

母親の気持が、何だか、手にとるように、娘にはわかった。

「来月になったら、雪子に話すことがあるよ」と、母親が、やさしくいった。

「来月になったら?」

「ああ、二月になったら」そういいすてて、母親は、こんどは静かにおりて行った。

七

二月の十二日の朝だった。母親が突然、雪子にいった。食事の終った時である。父親はいなかった。

「むかし、二月十二日という日に、私は、誕生日のお祝を届けたことがあるんだよ。わざわざ、東京まで出て来てね」

「誰に」と、雪子は母親が、その名前をいうのを期待しながら、たずねた。

「そのころ、親しくしていた友だちさ」と母親はいっただけで、卓から立ってしまった。

雪子は、ひとつの賭をしてみる気になった。丸の内の劇場の建物にある大きな花屋で、水仙を手に持っておかしくない程度に買い求め、店にゆく前に、左門の部屋へ行ってみた。

「おや、きょうは早いんだね」

「あのこれを」と花をさし出した。

左門は、だまって、花を見ている。「何事だ」という表情である。

「これ、ことづかって来たんです」といって、楽屋の畳に置き、何もいわずに、立ち去ろうとした。

「お待ち」と左門がいった。「ちょいと待ってください」

「はア」

「この花、あなたが買ったんじゃないのかね」

「さしあげてくれって」

「そうか、やはり覚えていてくれたのか、私の誕生日を」と左門がいった。まだ化粧もせず、楽屋入りをした時のままの姿でいる、この女形の髪の白さが、きょうは、ふしぎに雪子の目を射た。その白い髪が、左門の過去の歳月を思わせる。雪子は、賭に、どうやら勝ったようだ。

「きょうは、お誕生日だったのですか、左門さんの」

「そうだ。家のかみさんなんぞ、すっかり忘れていて、何もいやアしなかった」

思い出したように、「おめでとうございます」と手をついて挨拶した。

「そういわれると、私は、むかし、私の親しくしていた友だちが、わざわざ私の部屋まで来て、あなたと同じように手をついて祝ってくれたのを思い出す。のれんを入って、ちょうど今いる、あなたの場所と同じところに、その人は手をついた」

「それで」

「そのあとで、その人は、私がとってあげた席にすわって、私の芝居を見て、だまって帰って行ったよ」

「それは歌舞伎座でしたか」

「そう、木挽町《こびきちょう》で、もう二十年の余になるな。おもしろいことに、その時、今月と同じ、『野崎村』のお光を私はしていた。おわりに、久松《ひさまつ》が仮花道をかごに乗ってはいってゆくのを、尼になった私のお光が見送る。久松のほうをのび上って見ると、ちょうど久松の向うに、私のとった席があった。東の桟敷《さじき》の三だ。その桟敷にいる人が、久松に出ている舞鶴屋《まいづるや》の肩ごしに見えた。その二月十二日がちょうど劇評家の招待日だった。たしか藤原先生の評だったが、お光が久松を見送る目つきに何ともいえない情があふれていると書いてあった。おそろしいと思ったものだよ」

「……」

「桟敷に、私の大好きなひとがいたんだからね」

雪子は、左門が、こんな回想を、すこし激したような口調で、よどみなく話すのを聞いて、やはり一種のショックを受けた。

その日は、いつものように注文のあった夕食を、自分で持ってゆくことはしなかった。

雪子は、その日、上の劇場の事務所に行って、二十七日の東の桟敷の三の席をたのんだ。

まことに好都合なことに、自分の望んだ席がとれたのである。

二十七日が、その興行の最後の日、つまり千秋楽《せんしゅうらく》であった。

雪子は母親にだまって、母親の古い着物を借りて着た。

例の日本髪に結った写真の時に着ていたのが多分これだと思われる、紫の、ほとんど無地に近いお召《めし》である。帯は、いつもよそ行きにしめるのを、えらんだ。

早目に店から出て、劇場に行って、観客になった。

この日は、出前にも行かなかった。左門はどうして、きょうで芝居が終るというのに雪子が来ないのだと思っているにちがいない。しかし、自分は、べつの会いかたをするのである。

東の桟敷にすわって、一番目の史劇がおわり、中幕のおどりがおわるのを待ちかねた。この二つの芝居には、左門は出ていない。

次が「新版歌祭文《しんぱんうたざいもん》」の野崎村で、左門のお光が、久松との祝言の用意になますを刻んだりするくだりがすみ、大阪から久松をたずねて来たお染《そめ》と会ったあとで、久松の足に灸をすえるくだりがあり、一度奥へはいったお光が尼になって再びあらわれた。

舞台がまわって、お染は母親と舟に乗って本花道をはいる。久松はかごで仮花道に来ている。お染のほうを見ていた左門のお光が、こんどは、仮花道の久松を見た。

その左門が久松の肩ごしに見えている。逆にいえば、左門のほうからは、久松の肩ごしに、桟敷の雪子が紫のお召を着てすわっているのが、はっきり見えているはずだ。

ハッとした目の色が左門に浮かび、左門は瞳をこらすようにして、雪子を凝視した。お光の心がその瞬間、濃く表現されたと見えたのか、客席から、拍手が湧いた。

雪子は、自分の予期したとおりの形で、左門に二十数年前の母親を見せることができたのである。

ただし、雪子は、もうひとつの賭を試みる勇気がない。

その賭は、「演芸画報」を何度も読み返してみた結果、雪子の胸に秘められた疑惑を確かめることだったのだ。

昭和十五年の五月に左門が結婚する前に、急に芸が伸びたのは、新しく迎える妻の存在とは関係なく、左門に熱愛している女性がいたからだと雪子は思う。

その女性を、左門は、前の年の夏、避暑に行った時に、その宿で知ったのであろう。

雪子にとって、ここまでの推理は、完了しているのである。

しかし、さらに、考えを進める勇気はないのだった。

雪子は自分の誕生日が昭和十五年八月六日だという事実を、「演芸画報」で、山水園の庭にいる左門の写真を見た直後に思い当った。

父親と母親は前の年の九月に結婚しているのも、アルバムに書いてあったので、知っている。

しかし、母親が今の歌舞伎にまったく関心を持たない理由は、雪子が賭をもう一度試みない以上、説明できない。そのもうひとつの賭とは、左門を「お父さん」と呼んでみることであった。

淀君の謎

現代の読者は、たとえば井上靖氏の『淀どの日記』を読んで、淀君《よどぎみ》という女性に関するイメージを持つということがあるだろう。

しかし、戦争前には、淀君といえば、歌舞伎の舞台に登場する淀君以外、ほとんどそれを知る手がかりはなかった。

つまり、坪内逍遙が書いた「桐一葉《きりひとは》」「沓手鳥孤城落月《ほととぎすこじょうのらくげつ》」に出て来る淀君が、彼女の姿を具象化していたにすぎなかった。

この二編の脚本は、逍遙が自分の新史劇の理想をみずから示そうとして執筆したものだった。はじめ逍遙は、淀君を五代目尾上《おのえ》菊五郎《きくごろう》が演じる場合を考えていたらしいのだが、その菊五郎の生きているあいだは、文学者の作品を歌舞伎俳優が手がけるといった開放的な空気が、歌舞伎の世界にはまだなかったのだ。

明治三十七年になって、はじめて歌舞伎の興行師が演目にえらび、当時の芝翫《しかん》のちの五代目中村歌右衛門《なかむらうたえもん》が「桐一葉」を上演、その淀君は、この女形《おんながた》の生涯を通じての最高の当り役になったのである。

戦争前の淀君は、この歌右衛門によって演じられた淀君のイメージに代表されると考えてまちがいない。

通説だが、シェークスピアを全訳した逍遙には、当然その作品の影響がすくなくないはずで、淀君の役の設定は、「マクベス」の悪妻の印象が、影を投じているといわれる。

つまり、「桐一葉」と「孤城落月」の淀君には、悪女の要素が濃いのである。

歌右衛門と同じ舞台に立ったことのある老優中村雅楽《がらく》は、淀君の芸のすばらしさを充分知っていて、なおかつその淀君が悪女でありすぎるのに不満を持っていたらしい。

雅楽は推理の才能に富んだ人で、劇界の周辺におこったいくつかの事件の謎をといて、東都新聞の演芸記者竹野に覚え書を書かせた俳優だが、淀君という女性には、むかしから特別な関心を持っていたようだ。

竹野が雅楽の淀君論を聞くきっかけが、たまたま、この五月の歌舞伎座に「桐一葉」が六代目歌右衛門によって演じられることがきまったために、できた。

「桐一葉」でかつて石川伊豆守《いしかわいずのかみ》や大野修理之亮治長《おおのしゅりのすけはるなが》を演じたことのある雅楽が、大正時代の新歌舞伎が今よりももっと古典的だったという話をしたので、竹野がこの際とばかりに乗り出して話をせがんだところ、芸談のかわりに雅楽がはじめたのが、淀君論だったわけである。

竹野はさりげなく聞いていたのだが、雅楽は淀君について、まるで自分のよく知っている隣人を語るような話し方をする。

歴史家は文献や史料によって淀君という女性の生涯をたどり、その伝記を書きあげてゆくわけだが、竹野の読んだどの淀君の本よりも、雅楽の知識はくわしかった。

しかも雅楽は、ある時竹野に話してくれた俳優の変死事件や楽屋で国宝級の仏像が紛失した事件について分析する時のような情熱を、言葉に示した。

竹野は、そういう事件の話を聞いた時と同じ胸のときめきを感じながら、メモをとったのである。

一

「淀君については、歴史的にもわからないことが、ずいぶんあるんですよ」と、雅楽は千駄ヶ谷の家の座敷で話しはじめた。

「淀君は徳川家康に反発して死んだ女です。はじめから、徳川側からは好かれていません。幕府の御用学者が書いた淀君が、悪女らしく作りあげられたのは、あたりまえのことかも知れませんよ」

「淀君はあの夏の陣で、どうしても妥協できなかったのですかね。家康のほうは、淀君が条件をのめば、秀頼とともに、助命する気でいたのでしょう」と、竹野がいった。竹野は、徳川時代の多くの民衆が、「難波軍記」を通じて大坂落城の悲劇を知って感じたのと同じような感想を持っていたから、淀君を助けたかったと思っており、それがこういう愚痴になったのである。

「淀君がなぜ家康に無条件降伏をしなかったか、というのも、あの人の謎のひとつですよ」と雅楽は、竹野の顔をじっと見つめながらいった。「権力者は、いろいろ反省するものです。フランスの革命でも、王様やおきさきを処刑したのが、こいつはまずかったと、あとで悔いたという話があるそうじゃありませんか。家康は、あの時強引に城攻めをして、豊臣家を亡ぼしてしまったんですが、あと味がよかったはずはない。息子の秀忠の代になると、一層そういう思いは強かったでしょう。何しろ秀忠の奥方は淀君の妹なのですからね。おまけに、秀頼に嫁がせた千姫は、まんまと救い出している。徳川の一族には、淀君や秀頼の霊が夢に出て来るような、寝ざめの悪さがあったのにちがいないと思います」

「おっしゃるように、淀君が開城をあくまでこばんだのは謎ですね」

「淀君の性格や癖を考えてみる必要がありますね。持って生まれたその人間の個性が歴史を大きく左右するんです。坪内先生は、淀君の驕慢《きょうまん》な性格を強調なさっているが、理由は、それだけではありません」

「とすると」

「淀君の心持をうまく説明した浄るりがあります。寛政六年に書かれた『日本賢女鑑《にっぽんけんじょかがみ》』というので、淀君を賢女だといっているんですがね」

「おもしろいですね」

「この浄るりも、私の考え方にひとつの目安をつけてくれましたよ」

「淀君という名前を使っているんですか」

「とんでもない。徳川時代のことですから、変名です。大石内蔵之助《おおいしくらのすけ》を大星由良之助《おおぼしゆらのすけ》にしたのと同じように、淀の方《かた》を宇治の方といっているんです。淀でなくて宇治とは、しゃれているでしょう。大坂両陣の物語は、べつに竹野さんも御存じの『鎌倉三代記《かまくらさんだいき》』『近江源氏先陣館《おうみげんじせんじんやかた》』という浄るりになっていますが、この二つの中に出て来る淀君も、変名は宇治の方ですよ」

「淀君が家康の前に大坂城をあけ渡さなかった理由を、高松屋《たかまつや》（雅楽の屋号）さんはどう解釈なさっているんですか」

「私の考えは、あとで、ほかのことと一しょに、ゆっくりお話ししますよ」と雅楽はいった。「まずここで、淀君という女が生まれてから死ぬまでたどった一生の中で、謎めいた点を拾ってゆきましょう。どういうところが、ふしぎなのか、それをひとつひとつ数えてみましょう」

竹野がいつも耳にして来た、雅楽独特の話術である。舞台に立って芸をさせても一流だが、この老優は、話し方が無類だ。自分の知っていることを、雅楽は、たいへんうまい順序で話す。聞いているものが、ひきこまれずにはいられないような、魅力的な話し方をするのであった。

雅楽は、先代歌右衛門の淀君の写真を、竹野の前にとり出した。

「これは、成駒屋《なりこまや》の二度目の淀君です。まだ若い時ですから、きれいですよ。あの人は死ぬまで絶妙の気品があったし、美貌を失わなかった。しかし、四十代五十代の美しさは、ちょっとあとにも先にもない女形だったといえますよ」

なるほど、もともと下ぶくれの歌右衛門の顔は、まだ頬がゆたかで、目もとに何ともいえない愛敬がある。淀君をまったく自分の持ち役にした安定感が、豪華なうちかけを着た下げ髪のその顔にあふれている。

「ほんとにきれいですね。淀君の美しさが、そのまま出ています」

「淀君は、美人だったのかどうかというのが、まず問題です」と雅楽が思いがけないことをいい出した。

竹野は、おどろいて、すわり直した。

「淀君が、美人でないという見方ができるのですか」

「何でも一応疑ってみるというのが、大切です」と、雅楽は、名探偵シャーロック・ホームズのような警句をいって、クスッと笑った。

「だって、淀君は美人として名高いお市の方の娘でしょう」

「そうです。お市の方は、織田信長同腹の妹です。絵姿が残っていますが、たしかに美しかったにちがいありません。信長の顔も絵になっていますが、二人とも、鼻すじの通った、おも長の美しい顔をしています。信長が若いころ妹のお市の方を恋人のように愛したという見方をした小説がありましたね」

「舟橋さんの『お市御寮人』ですね。十一代目團十郎《だんじゅうろう》と水谷八重子《みずたにやえこ》が、芝居でしました」

「そうでしたね。私もあの芝居は見ました。それで、お市の方が美人だったということは、まず信じましょう。むかしの貴族の肖像画は、日本でも外国でも、美化して描かれる傾向があるようですが、お市の方の場合は、浅井長政が死んだあと、柴田勝家と秀吉が、夢中になって争ったという話があるし、まず谷崎さんの『盲目物語』にあるような、この世のものとも思われないほどの美人だったと信じておきましょう。そういうところからはじめなければ、仕方がありません」

「それで、淀君のほうは」と竹野は、性急に催促した。あくまで淀君を美人だとしておきたい気持が、竹野にはあったからである。

「淀君は、実の父親が江州小谷《ごうしゅうおだに》の城主浅井長政です。長政の絵姿が高野山にあるんですが、ずんぐりとした型で、いわゆる二枚目ではありません。もし、この絵が長政の実物そのままだとして、淀君には、お市の方の遺伝以外に、この父親のほうの遺伝も考えなければいけないでしょう。私は、淀君は、父親似だったと思っています。雨に打たれた海棠《かいどう》という、楚々《そそ》としたところはなく、むしろ豊満な、咲きほこった牡丹のような、量感のある……」

「グラマーというやつですね」と竹野が、いいよどんでいる雅楽に、言葉を補足した。

「そうそう、今はそんな云い方があるんですね」と雅楽は、くすぐったそうに笑った。「英語は、私には苦手なんで、どうも」

「淀君の謎というと、まず美人だったかどうかということですか」

「それを第一の謎にしておきましょう」と老優は、指を折った。「第二に、淀君がいつどういう経緯《ゆくたて》で秀吉のものになったのかということが、じつは、はっきりしていないんです」

「そんなことが、わかっていないんですか」

「秀吉は、お市の方を忘れられなかった。お市の娘のお茶々という娘に、お市のおもかげがどの位伝わったかは別としても、当然好意を持ったでしょう。これは、誰でも簡単に解釈できる話の筋です」

「私もそう思います」と竹野がうなずいた。

「お茶々と呼ばれていた淀君は、小谷の落城の時に、母のお市と二人の妹と城を出て、信長の陣屋に護送された。この時、お茶々は七つです」

「それから、この親子四人は、信長の尾州清洲《きよす》の城ですごすわけですね」

「待ってください」と雅楽は、立って本箱から一冊の本を持ち出した。その本の終りのほうに年表があるらしく、拡大鏡を手に持って読みながら、こういった。

「天正元年八月二十九日に、お市の方、お茶々、二人の妹が小谷から落ちのびています。その二日のちに、浅井長政は死んでいるんですね。次にお市が、信長の子の織田信孝のはからいで、越前北《きた》の庄《しょう》の柴田勝家にとついでゆくのが、天正十年、娘三人もついて行ったわけですが、お茶々は十六になっているわけです。もうりっぱに娘ですね」

「勝家が秀吉に攻め亡ぼされたのは、その翌年です。この合戦は、いってみれば秀吉にとっては恋の意趣を晴らしたことになるでしょう。発端は、岐阜にいた織田信孝が勝家と滝川一益をそそのかして兵を三方からあげたわけですが、秀吉はこの時とばかり得意の用兵で勝ち進み、七本槍で有名な賤《しず》ヶ岳《たけ》で勝家の勢をやぶり、北の庄に敵軍を追いこむんです。賤ヶ岳が天正十一年四月二十一日、三日のちにもう北の庄は落城しています」

雅楽は本を見ながら、軍記読みのような口調で話し続けた。

「勝家がこの時はお市の方に、城を出るようにすすめなかったのですか」

「秀吉としては、お市を助けたかった。しかし、お市は夫に殉じて、見事に死にました。もし助かったあと、秀吉が自分の前に勝利者としてあらわれるのを考えると、ぞっとしたんでしょう。お市は、小谷落城のあとで、浅井の嫡子の万福丸を、信長に命じられて秀吉が関ヶ原で殺したのを知っていて、秀吉に対しては、いつも憎しみを持ち続けていたにちがいありません」

「そういう母親の気持を、お茶々は知っていたのでしょうね」と竹野はいった。

「竹野さん、いいところに気がついた」と雅楽がいった。「秀吉との合戦がはじまったとすれば、なおさらそんな話が、お市から出たにちがいないと私は思うんです」

「秀吉ほど、ひどい男はない。こうお市の方は、娘にいって聞かせた」

「兄の信長が明智光秀に殺され、しかもそんな騒ぎのあいだに、自分の勢力をととのえて、今や天下をとろうとしている秀吉を、お市がこころよく思うはずはありませんよ」

「母親からあしざまにいわれていた秀吉に、お茶々が従ったのは、なぜでしょう」

「私はこう思うんです。お茶々は、正式に秀吉の側室になるまでの六年間の生活が、何にも残っていないと、この本には書いてあります」と雅楽は、さっき年表を見た本を指した。本には、和紙でカバーがかかっていて、書名が竹野にはわからない。

「私は、この六年のあいだを、淀君第二の謎と見ているんですが、それは、私にとって母親の嫌いぬいていた秀吉の思い者に、お茶々がなったわけをさぐりあてる楽しみでもあるわけです」

「ほかにまだ謎があるのですか」

「そんなに、せかないでください」と雅楽は、いつものように、うれしそうに顔をほころばせた。

「それからあとの淀君についても、わからないことが、まだいくつかあるんです」

「それを聞かせてください」竹野の好奇心は、ますますひろがって行った。雅楽が、これから何をいい出すのだろうという興味なのである。

「第三の謎は、淀君が好色きわまる女だったという俗説です。秀吉が死んだのが、慶長三年八月、この時淀君は三十二でした。それから元和元年五月八日に大坂城で秀頼と死ぬまで、十七年間、女ざかりの年月をすごすわけですが、このあいだに、淀君との噂のあった男は、すくない。ほんとに淀君はそんな女だったのか」

「大野治長がそうですね」

「坪内先生の『桐一葉』では、私もその治長に出たことがあるんだが、白塗りのやさ男になってます。私なんぞは、はじめから柄にないので、やりにくくてこまりましたよ」と雅楽は苦笑した。「私の知っているんでは、この役は震災の翌年の本郷座で河内屋《かわちや》（先代実川延若）がしたのが、いちばんいい。この大野が淀君晩年のおそば去らずだというほかに、石田三成が噂になってますよ」

「関ヶ原の合戦の前三成が兵をあげたのも、そういう関係があったからだというわけですね」

「ひどい噂は、秀頼が秀吉の子ではないという説さえあります。秀頼と、秀頼の前に三つで死んだ鶴松と、この二人は秀吉の子ではないというのです。秀吉の実子がほかにない、つまり秀吉には子を生む力がなかったのだという解釈から出ているので、特に秀頼のほうには、治長の子だという噂さえあった」

「好色といえば、秀頼の妻だった千姫には、吉田御殿に男を夜な夜な誘い入れたという話がありますね」

「これも俗説ですね、秀頼と一しょに死ななかったために、憎まれたんですよ。坂崎出羽守《さかざきでわのかみ》に救い出されて、家康にみとめてもらった出羽守との縁組を、千姫がこばんで、本多平八郎の所に行ったのが、反感を買ったんでしょう。吉田御殿の話の中には、淀君の淫乱だという俗説が何となくまじりこんでいるようですね」

「さて四番目は何ですか」

「第四の謎は、はじめにいったように、なぜ大坂城で死んだのかということです。淀君として意地をつらぬいたといってしまえばそれっきりだが、解釈のしようは、まだありそうです」

「家康に頭をさげる気になったら、秀頼も自分も助かったんですからね」

「淀君はぜいたくな女だった。これはたしかです。家康を天下びとと認め、ゆきがかりをすてて従いさえすれば、秀吉生前の聚楽第、醍醐の花見の豪奢《ごうしゃ》には及ばなくても、安楽に一生を送ったでしょう。その淀君を死に追いやったのは何かということです」

「その謎を、雅楽さんは、といているんですか」

「歴史の真実は、そうでなかったと打ち消す証拠がこれからさき出て来ることはめったにない。ですから私の解釈は、あくまで臆測です。だからこそ、いろいろ考えてみるのが楽しいんですよ」

「五番目の謎というのが、まだ残っていました」

「それですよ。私の一番好きな話は」

「何ですか」と竹野は、雅楽の口もとを注目した。

「のちに淀君の幽霊が出たという評判が立ったんです。もともと、古い城には、例の姫路の小《お》坂部《さかべ》姫《ひめ》ではないが、妖怪変化の出て来る話がよくあるんですが、大坂城に淀君の姿があらわれるという話は、いかにもすごい」

「綺堂さんの『雷火』に出て来ますね」

「そうそう、先代の秀調《しゅうちょう》さんが、淀君の幽霊になりました。あかずの間をあけると、きちんとすわっている」

「これにも何か」

「その幽霊ばなしを、淀君の謎のひとつに数えて、絵ときしてみたいんです」

「久しぶりで聞き書を書かせていただきます」竹野は勇み立っていった。

雅楽が席を離れたので、竹野は机の上にのっているさっきの本を開いて見ると、それは著名な歴史学者の書いた『淀君研究』という本であった。

口絵を繰ると、高野山の持明院にあるという淀君の絵姿が、写真で出ていた。次のページには浅井長政の肖像画の写真があって、淀君と共通点の多い顔である。

雅楽は戻って来て竹野が口絵を見ているのを知ると、「やア見てしまったんですか。竹野さんをかついだんですよ。淀君が父親似だという私の説は、この絵姿から出ているんです。多分この淀君はほんものに似てるはずですからね。うそに描くなら、もっと細工があってもいい」といって笑った。

やられた。竹野はいつも雅楽のいたずらに、一度はひっかかるのである。

二

「竹野さんは、私の話をいつも上手に小説にしてくださった」と中村雅楽がいう。「しかし、今度は厄介ですよ」

「どうしてですか」

「淀君の絵ときをする前に、まず、この人の謎のひとつひとつを、場割りにして行きましょう。つまり、淀君という何幕何場かの脚本を、私が組み立てるのです」

「それを私が、書くんですか。戯曲に」と竹野があわてて、老優の顔を見つめた。

「いえ、セリフだけ私がお話しします。こういう時に、淀君がどうしたかという想像をして、それをあなたに話すと、あなたが小説にしてくださるわけです」

「時、所、人を、高松屋さんに、まずきめていただく」

「そうです。ここで舞台に出て来る話は、私の空想ですが、まったく根拠がなくもありません。むしろ、こうだったにちがいないと思っているんです。しかし、場面の飾りにつける月や花は竹野さんにおまかせしますよ」と雅楽は笑った。「さア、まず第一幕第一場から、行きましょう」

お茶々が母のお市と越前北の庄の城にはいったのは、十六歳の春であった。天正十年である。柴田勝家は、お市がつれて来た上の娘のお茶々を個性のあるおもしろい子だと思っていた。今はなき主君信長に似た気質が、血を引いた姪のお茶々にはあるようだ。

お茶々には、お市にない積極性がある。清洲に育ったあいだに、笛も、鼓も、小舞《こまい》も稽古したというのである。

その年の八月十五日は、雲ひとつない良夜で、勝家は天守閣に妻や娘たち、側近の者を集めて酒宴を開いた。お茶々があとで考えると、その時居合わせたのは、ことごとく翌年勝家とともに、生命を絶った人々であった。

「茶々どの」と勝家が呼んだ。ひげの濃い六十一歳の武将は、お市の娘たちを、いつもこのように呼ぶのである。

お市が目くばせをしたので、お茶々は、勝家の前に出た。

「どうじゃ、座興に、舞って見せてはくれぬか」

「はい」といって、お茶々は母親の顔を見た。お市は、にっこり笑った。自分の母ながら、絵のように美しい。

小谷の亡びた時に、ともに救われて城を出てこのかた、信長が反逆の刃に倒れるまで、伯父の居城の中で何不自由なくくらしたとはいえ、お市も娘たちも、悲しい過去を背負っていた。浅井長政の悲惨な死を思い出すたびに、肉親ながら信長が憎く、その憎い人の庇護を受けてくらすうしろめたさもあったので、清洲での月日は、母子にとって、決して居ごこちのよいものではなかった。

そういうあいだに、お市と、長女のお茶々は、言葉でなく、身ぶりや目の色で、意志を伝え合う習慣ができていた。

母親がにっこり笑ったのは、「舞ってお目にかけるように」という合図だ。そう解釈したので、お茶々はもういちど「はい」と答えた。お市が帯にはさんでいた扇をとって、お茶々に渡す。

舞えるといっても、そんなに知っているわけではない。清洲にいたころ、しじゅう城に来ていた座頭が教えてくれた曲が二つあるだけである。

「よし」とうなずいた勝家は、「何を見せてくれるのだ」といった。

「『窓の月』というのと、『水車』というのを、御覧に入れましょう」

「よし、見せてくれ」

勝家は小姓に注がせた杯を口もとに近づけながら、扇を構えているお茶々の姿を、下から上のほうに見あげた。

何といっても年ごろである。あどけなく見えながら、牡丹の輝きがある。

「この年のころのお市に舞わせたかったな」と勝家は思った。

「窓の月」という、しっとりとした舞と、間の早い「水車」と、二つの小舞を、お茶々は舞いおえると、ひざまずいて、頭をさげた。北の庄の武将たちは、はじめてみる姫の舞に、目を奪われたようだ。お茶々の肩越しにさす中元の月の光が、天守閣を舞台のように見せている。

「もっと見たいのう」と勝家が所望した。

「お茶々はもう舞うことができませぬ」と、お市がいった。「二つしか、知りませぬもの」

「なぜ。なにゆえ、二つしか習わなかったのだ」おどろいたように勝家がお茶々を見た。

「私は何でも二つまでは、致してみるのでございます。三つ目はいやなのでございます」とお茶々がいった。

「何じゃと」

「お茶々は変わった娘でございます。菊の模様の小袖が気に入って、菊ほどいい花はないと申しますので、もう一枚菊をあしらった小袖をこしらえてやりました」とお市が話した。

「それで」

「しかし、さらにもう一枚こしらえることを決していたしません。どんなに気に入っていても、二つあればよろしいので、三つ目を決して求めようと致しません」

「ふしぎな娘よのう」

「舞も二つ習いましたが、三つ目をおぼえようとは致しませなんだ」

「そうか」と勝家は杯を干したが、お市の言葉をくわしく理解していなかったと見える。お茶々に向って、こんな失言をしてしまった。

「お茶々、ではゞはじめのでよい、もう一度見せてくれ」

「できませぬ」とお茶々は、笑顔を見せずに、きっぱり答えた。「三たび舞うわけにはまいりませぬ」

勝家は、お茶々という娘の奇妙な癖が、この夜肝《きも》に銘じたようである。

天正十一年が来た。北の庄の城には、春早々から、緊急の書状をたずさえた使者が出たりはいったりしていた。

「いくさがまたあるのですか」とお茶々は、母親の部屋にはいるとすぐ訊ねた。

「よくわかりませんが、毎日殿様は、評定ばかりしておいでです。屈託がおありと見えて、食もあまりお進みになりません」

「どなたと戦うのでしょう」

「戦うのはもういやだと、殿様はいっておいでですが、殿様に旗をあげるようにすすめるお方があるらしいのです」

「まア、忌わしい」

「私もそう思います。しかし、今度のいくさで殿様がお勝ちになれば、私もお前たちも、小谷の仇を討つことになるのです」とお市がいった。

「お母様は御存じなのですね」

「……」お市は無言で、お茶々の目をじっとみた。「私は答えたりはしないが、あててごらん」という顔であった。

「藤吉郎と戦うのでしょう。あのおしゃべりな、小さな人と」

「そうです」とお市がいった。「私も、藤吉郎を亡ぼすことができるのならば、いくさはなさっていただいてもいいと申しあげたのです。小谷が落ちたあと、そなたの弟の万福丸を、かわいそうに、無惨な仕置きにした人ですから」

見ると、母親は、黒目の勝ったその眼に、真珠の粒のような涙を宿している。お市は、浅井の亡びた日のことを話す時に、かならず泣くのであった。

「藤吉郎と戦って、お父様はお勝ちになれるのですか」

「目算はあるといっておいでですが、藤吉郎は手だれです。いくさの掛け引きには、織田の家中で、最も長《た》けていたといわれた人ですから、決して油断はなりません」

「あんな人なのに、どうしていくさが強いのでしょうね」

「私たちの前では見せない、べつの顔を、あの人は持っているのです。その顔で、城をとり、家来に下知《げち》し、天下をとろうとしているのです」

「まア」とお茶々は、宙を見つめながらいかにも呪わしそうに語っている母親の蒼白な顔を見つめた。

「藤吉郎に勝つためには」とお茶々が、独り言のようにいった。

「あの人に勝つことのできるのは、殿様だけでしょう。藤吉郎を従えることができるのは、柴田の殿様だけです」

こういう問答があってから三ヵ月のちに、いくさが起った。岐阜の織田信孝、亀山の滝川一益と呼応して、勝家は兵を挙げたが、天正十一年二月、秀吉はまず桑名にせまり、ついで亀山に殺到して、滝川一族をくだし、三月江北《ごうほく》の木《き》ノ本《もと》で柳ケ瀬にいる勝家と対陣する。そして四月二十日には、賤ヶ岳を急襲、大岩山に陣どる佐久間盛政と勝家との連合軍を北国街道に追い落すのに成功した。破竹の進撃である。

刻々情報は、北の庄に届いて来る。勝家自筆の文を最後に運んで来たのは手負いの若い武士で、城に着くとまもなく落命した。

旗を巻いて帰国すると、その文には、したためてあった。

長廊下を妹たちの手を引いて走って行ったお茶々は、仏間にいる母親の前に、いきなりすわった。

「あわただしい。何事です」とお市がたしなめた。

「お母さま」とお茶々がいった。「じっとしていられないのです。不吉なお知らせでも」

「何をいうのです。縁起でもない。お父様は今日にも御帰りになります。おけがもなくて、おめでたいこと」

そういいながらも、お市は夫の帰国が落城そして死につながる予感を、払いのけることはできなかった。

「藤吉郎」とお市はいつかと同じように、宙をうつろに見ながら、つぶやいていた。「あの人に勝つ手だては、ないものか」

「藤吉郎に勝つ手だて」とお茶々は、おうむ返しに、口の中でいってみた。その時口の中でいった言葉が、その後も、お茶々には、落城の直前別れた母親のおもかげとともに、呪文のように、いつも時をおいては聞こえるのであった。

北の庄から、お茶々と二人の妹は救い出された。お茶々は、二度まで母親とともに、国の亡びるのを見た。

三人の遺児を引きとった秀吉は、安土城内に、姉妹のための館を設け、手あつくもてなした。秀吉は、お茶々がはじめ北の庄の城を出、富永新六郎に送られて陣屋に着いた時、立ってわざわざ表まで出迎えている。

「よくぞ来られた」といったのが、秀吉の最初の挨拶であった。お茶々は、まじまじと相手の顔を見、しばらくそうしていたあと、だまって頭をさげた。

二人の妹がおびえたように、姉の腰にまとわりついているのが、哀れであった。秀吉の前で、妹がしっかり自分につかまろうとしている手を感じた時、お茶々は、この妹たちのために、生きぬかなければならないと思った。

大坂に行ってからも、秀吉は、安土を時々たずねて来た。

誰かと庭を歩きながら、大きな声でしゃべっている声がしたと思うと、いきなり上って来て、お茶々の部屋にはいった。

お茶々は城の西南の隅にあるこの館の居間に、いつも端然とすわっていた。

ある時、お茶々は、秀吉にわざと、こんなことをいってみた。

「お母様は、藤吉郎殿はつよいお人とおっしゃってでした」

「お市の方様は、さだめし、わしのことを、憎んでおられたであろうな」

「おっしゃるまでも、ございませんよ」

「これは手きびしい」

「藤吉郎殿は、つよい。あの人に勝つ手だては、さて何があろうと、いわれました。北の庄の城が落ちる二日前に、私にそうおっしゃいました」

「わしに勝つ手だて」と、秀吉は腕を組んだ。それからしばらく目をつぶっていたが、目をあけると、豪快に笑った。

「今の天下に、私に勝てる男はいない。ほんとうに、いないのだ」

お茶々は自信にみちた四十八歳の男の言葉に、目を見はった。大方の人からは猿に似ているといわれ、亡き伯父の信長からは「はげねずみ」と仇名された秀吉が、この時はじめて巨大な人物に思われた。

秀吉は、ふと話題をかえた。

「茶々どのは、嫁にゆかれることを、そろそろ、考えられなくては、いけないな」

「嫁になぞ、まいりたくございません。みすみす不しあわせになるのですもの」

「それは時と場合による。一概に、そうと決めたものでもない」

「お母様を見ていると、今のような世の中では、しあわせな縁組などというものが、あろうとは思われませぬ」

「気に入った殿御は、おらんのか」

「おります。それは」

「誰じゃ、その殿御は」と秀吉が目を丸くした。

「好きだというだけなら、槍のうまい、あの溝口主膳が好きでございます」

「あの男は悪い奴ではない。しかし、お市の方の娘御には、到底つり合わぬ」

「ですから、好きだというだけなら、と申しました」

お茶々にとって、それまで、館を警護してくれている溝口主膳は、色恋というような感じでなく、たのもしい、何だかよくわからないが、そばにいてくれれば安心であるといった存在であった。しかし、秀吉に、その男の名をいった時、身体中の血が逆流するような昂奮を感じた。

次の日、その主膳に会った時、お茶々は真っ赤になり、それを見て、二十五歳の主膳のほうも、真っ赤になった。

それから何度も秀吉はお茶々の前にあらわれたが、この前のような会話は、もう交わそうとしなかった。

しかし、天正十五年の秋に、秀吉はお茶々をたずねて、「その後、好きになった男はおらなんだか」と、さりげなく訊ねた。

「おりました。京極高次殿でした」

「ほう」と秀吉は顔をしかめた。「妹御はつ殿の殿御ではないか」

「はい。さきごろ、はつが嫁にまいる時は、すこし悲しゅうございました。でも」

「でも？」

「はつが私よりも、もっとあの方を好いているのがわかったので、私はあきらめました」

「そうか」と秀吉はまた腕を組んだ。

「茶々どのは、しかし、このままでは、嫁に行きそびれてしまうな」

「よろしゅうございます。私は、嫁になど、まいりません。私のとつぐ相手が、おりましょうか」

「茶々どのにふさわしい男は、この世の中に、そんなにいるものではない」

「はい」と、お茶々は、きっぱり答えた。「それに、私は男を好きになるようなことは、ございません」

「なぜだな」と、秀吉は興ありげに、お茶々を見やった。片足立てた膝を動かしながら、返事を待っている気配であった。

「私は二人、好きな人がいました。三人目は、決しておりませぬ」

「それはまた、どういうわけだ」

「私は、何事によらず、二度までは試みることにしております。三度目というものが、私には、どうも気が進みません」

「溝口主膳、京極高次、それっきりで、もう男を好むことすら、あきらめるというのだな」

「はい」といった。それは本気だった。

「そうか」秀吉は、禅問答のようなあいまいなやりとりの中から、それでも何か感じとったような微笑を見せ、悠々と帰って行った。

秀吉が次にお茶々の前にあらわれたのは翌年の正月であった。

前ぶれもなしに秀吉が来たので、お茶々はおどろいて、出迎えた。

「茶々どのに、話があってまいった」といい、なれなれしく手をとって、つかつか書院に通った。

「去年であったな、もう男を好きにはならぬといわれたが」

「たしかに、そう申しました」

「嫁にゆく気もないといわれたな」

「はい」

秀吉がいつになく念を押しながら訊ねるので、お茶々は不安になった。

「お母上が、秀吉に勝つ手だてはないものかといわれたとか」

「はい、それは昔、お話し申しあげたことがあります」

「わしは、しかし、決して忘れなかった。お市の方様の言葉を忘却つかまつるわけにはまいらぬ」

秀吉はふとまぶしそうにお茶々を見ると、「男をもう好きにはならぬ、嫁にはゆかぬという茶々どのに、できることが、たったひとつある」といった。

「何でございましょう」

敏感なお茶々は、秀吉がそれから話そうとすることが、もう大体わかっていた。それは、二十二歳の女の胸を、波立たせるのに充分であった。

「お母上のいわれた、わしに勝つ手だてということにもなる」

「はア」お茶々は、やっぱり、そうだったと思った。

「私に勝つことのできるのは、おなごだけだ。お身様なら、それができようぞ」と秀吉はいった。

そして、お茶々の返事を待とうともせず、性急な早口で、秀吉はたたみかけた。

「わしのところに来るがいい。わしを好きにならなくてもよい。嫁に来るわけでもござらぬ。そして、わしに勝てばよいのだ」

北の政所《まんどころ》という、れっきとした正室のいる秀吉の申し出は、お茶々に側室になれということなのであったが、お茶々は、なぜかその言葉を屈辱としては、受けとらなかった。

逆に、ひとりで笑い出したくなるような心持であった。男を好きにならなくてもいいのだから、嫁にゆくわけではないのだからという秀吉の説明が、いかにも考えぬいた、都合のいい詭弁であるのを知りながら、こんないいまわしを思いついて、はたと膝をたたき、すぐ供揃《ともぞろ》いをさせて、この城にやって来た秀吉が妙になつかしかった。

父の長政にも、義父の勝家にも、むろん伯父の信長にもない、秀吉だけの持ち味である。

「どうじゃな」といわれ、「はい」とお茶々は答えてしまった。

（まもなく身ごもったお茶々は、翌年、天正十七年の五月に、最初の子鶴松を生む。その二月前に淀の城にはいったので、以後のお茶々は、淀の女房、淀の方、淀君と呼ばれる）

三

中村雅楽がいった。

「第一幕では、秀吉がいつどんな風に淀君を自分のものにしたかを考えてみました。次の第二幕の場割りになると、秀吉がもう死んでいます。こんどは、ここで淀君が通説のように好色だったのかどうかを、考えてみることにしましょう」

「この場割りで、ぬれ場があるんですか」と竹野がメモをとりながら、訊ねた。

「ぬれ場があったら、好色説をみとめることになるじゃありませんか」

「では、ぬれ場はないんですね」

「ぬれ場でなくても、ぬれ場に見えるということがあります。俗に火のないところに煙は立たぬというが、煙のように見えるものがあっても、それが煙でなければ、火はないわけですよ」

と、雅楽は、わざと迂遠な云いまわしをした。

竹野は、老優のこんな話しかたが、たまらなく好きなのである。

「では書いて下さい。秀吉は慶長三年、例の醍醐の花見の華やかな宴を催した年の八月に死にます。さて慶長五年の春、石田三成が大坂城に伺候、西の丸にいる淀君の前に出て来る場面になるわけです」

三十四歳の淀君は、やっと七つになった一子秀頼と二人で、しずかに、大坂城でくらしていた。

秀吉の側室となる前に安土の城の、秀吉が心を配ってしつらえてくれた館にいた時もそうだったし、聚楽第でも、淀でもそうだったが、淀君はひとりで、居間にじっとすわって、窓の外の植えこみを鳴らす風の音を聞いているのが好きだった。

そんな時、肥りじしの淀君はいつも端然とすわり、そのうしろには、御所車を描いた屛風が置いてあった。

この屛風は、安土にいる時から気に入っていた秘蔵の品で、その後もいつも居室に立てまわされていたものである。

「お目通りいたします」

じっとすわっている淀君が、だまって見つめていた障子に影がさして、大蔵卿の局の声がした。

「おはいり」

障子があいた。

「石田様が御登城でございます」

「なに、治部《じぶ》が」と淀君は、目を見はった。「佐和山から、わざわざ?」

「ぜひ、申しあげたいことがあると、申されております」

「書院で会いましょう」

淀君は、霞を箔押しにした、地味だがこのごろ気に入っているうちかけを着て、黒書院に移った。居室を出る前に、鏡を見た。こういう時に、いつも淀君は、鏡を見るのである。

太閤殿下御他界のあと、北の政所や京極の局は、髪をおろしたが、淀君は、落飾をかりそめにも考えなかった。秀頼のうしろ楯として、まだ天下に号令しているつもりである。これだけはまちがいなく母親ゆずりの、漆黒の丈なす髪を、いつも誇っていた。

鏡の中の自分が、きのうと同じように健康そうな微笑を自分に見せてくれたのに満足して、淀君は、三成が手をついて待っている黒書院にはいって行った。

「久しいことのう」

「おん方様、御機嫌うるわしく、大慶に存じます」三成はそういうと、ゆっくり頭をあげて、淀君を見た。

いかにもつややかな頬の色である。淀君が上機嫌なので、三成はほっとした。

「きょうは、前ぶれもなく、何事です」

「お人払いを願います」と三成はいった。

三成は、秀吉のいた頃から、こういう風に、ものものしく、段どりをつける癖があった。根っからの能吏の型である三成は、二十六歳で従五位下治部少輔に任ぜられ、奉行のひとりに起用された時から、秀吉の前に、しばしばひとりで伺候した。

公的な場所で、公式に指令を受けたあとで、時をわざとえらばず謁見を願い出、秀吉の私室にゆくことを、三成は特に許されていた。そういう三成を、周囲にいる人々は苦い顔で見、同僚は露骨に不快な顔をしたものである。

秀吉の死後も、淀君の前に来て、お人払いをと、いつでもいった。

燭台のそばに、うつむいてすわっていた局は、顔をあげて淀君の目くばせを見ると、次の間にさがった。

次の間には、幼少の秀頼にかなり長くついていたやすという侍女が、うやうやしく控えていた。死ぬ前に秀吉は、このやすをはじめ、きつ、かめ、つしという四人の侍女が、幼い秀頼の機嫌を損じたと聞いて、「四人を一つなわにしばり候て、ととさまのそなたへ御出《い》で候わん間、御おき候べく候。我ら参り候て、ことごとく、たたきころし申すべく候」という、おそろしい手紙を書いている。

大蔵卿の局は、四人の中でなぜか、やすが気に入っていたので、引きとって、面倒を見ることにした。

じつは、大蔵卿の局は、やすが気に入っている理由に、ごく最近気がついた。それは、やすが、若いころのおん方、つまり淀君に似ていたからである。

乳母として、幼い時からお茶々をいとしみつつ、三十数年つかえて来た局にとって、若き日の淀君のおもかげを感じさせるやすが、ほかの侍女とちがって、娘のように可愛いのは、無理もないのだ。


やすは大蔵卿の局が襖を手荒くしめたのを見て、局が退座させられたのをおもしろくなく思っているのがわかった。

局は、「ここに控えているように」と小声でいうと、自分の部屋に行ってしまった。あまりそんなことをしない局がさっさと去ってゆくのを、やすは心細そうに見送った。

もし、黒書院で鈴が鳴ったら、自分が飛んで行かなければならないからである。やすは、秀頼の意に逆らったという理由で、手きびしく叱られた時から、おん方様が、むしょうに、おそろしいのであった。

三成は、大蔵卿の局が出てゆくとすぐ、膝行《しっこう》して、一段高いところにいる淀君のほうに近寄ろうとした。

「じつはぜひお耳に入れたいと思ってまいりました。内府どのが太閤殿下亡きあと、あまりにも増上慢、殿下に誓い奉った一々に違背いたしておりますのを、われら見かねております」

「家康のことは、わらわも目に余っております」

「おん方様が左様にお考え遊ばすならば、われらにとり、まさに千人力とも思われまする」

三成は、淀君を見あげて、その目をじっと見つめた。三成は敵も多かったが、味方もすくないわけではない。三成にくみした人々の多くは、重大な話をしながら、じっと見つめられて、つい三成につかまえられてしまったのである。

淀君は、三成のそういう目を、じっと見返していた。

秀吉がいなくなってから、だれよりもたのもしいのはこの三成で、前の年閏《うるう》三月に前田利家が急逝した時、加藤清正はじめ七人の武将に襲撃されようとしたのを逃れ、家康の謀略で佐和山に引退してしまったのは、淀君には、さびしいことであった。

三成は秀吉の側近に、十五歳の春からつかえて来た。その秀吉がこよなく寵愛した淀君に、秀吉の亡きあとも、すこしの異心なくかしずこうとする心持の中に、七つ年の若い淀君への、当人の意識下にある傾倒のあったのは、まちがいない。

男女が二人きりで、向い合って、目と目をじっと見交わしている時には、いかなる場合にも、一種のなまめかしさが、香の煙のように立ちのぼるものである。

三成を自分から遠ざけたのが家康であると思うと、淀君はあのいかにも老獪そうな男がつら憎くなった。

淀君の胸は怒りの激情で高鳴った。この数年、そんな風に激した時、かならず咳きこむ癖がついている。淀君は、家康を憎いと思った時に、胸苦しくなり、にわかに咳き入った。

「いかが遊ばされました」

三成は、気づかわしそうに、伸びあがった。

「ああ苦しい、何としたものであろう」

文台《ぶんだい》に右の肱《ひじ》をつき、淀君は胸をかきむしるようにしながら、なおも咳きこんでいる。

「御免」と三成は立って、上段の間にあがり、淀君の肩に手をまわして、背中をさするようにした。

こんな行動は異例であり、淀君の肉体に直接手がふれるだけでも無礼と心得てはいたが、あいにくその場に人がいなかったので、やむなく、そうしたのである。

「もうよい、もうよい」

「しかし」といいながら三成は、淀君の肩を抱き、自分の広い胸に、その身体をもたれかけさせたまま、「しばらく、じっと遊ばすように」といった。

三成の前には、息づいている美女の黒髪が、こころよくにおっている。淀君が好んで着るものにたきこめている白檀《びゃくだん》の香りが、鼻をついた。

淀君は、三成に「じっと遊ばすように」といわれた時、むかし秀吉を、どこといって好きだと思わなかったくせに、いつの間にかたよりにしていた時と同じような、無限の安心感がよみがえって来るのを知った。

目をつぶって、じっとしている。それだけで恍惚とした。治部こそ、たのもしい家来よと思いながら、しばらく、三成の胸に重心をあずけていた。

右の肱がすべって、台の鈴が畳に落ちた。その鈴は、かつては戦場にも往来した三成を、どきりとさせるような音がした。

鈴を聞いて、やすが書院にはいって来た。淀君が呼んだと思ったのである。やすは、ハッとした。

きょうほど、淀君が美しく見えたことが、かつてなかったからである。

一方、三成は、やすの顔を見て、それが淀君にそっくりなのに、おどろいた。前から見ている侍女なのに、いま、そのおもざしが、淀君に似かよっているのを、はじめて知ったのである。

その年七月、三成が兵をあげ、関東勢と関ヶ原で戦って敗れ、十月に京六条河原で処刑された忌わしい話が聞こえて来た日、淀君は終日たれこめて、部屋に誰も近づけなかった。

やすは、大蔵卿の局の顔色をうかがいながら、「おん方様は、どうなさったのでございましょう」と、おずおず訊ねた。

「誰にもお会いになりたくないのであろう。石田様を殺したのは自分だと、お思いになっているにちがいありません」と局は、沈痛に答えたが、その口もとが皮肉にゆがんでいるのを、目ざといやすは見ていた。

大蔵卿の局の子に、修理之亮治長という男がいる。局は、淀君の乳母であったから、治長はいわば乳きょうだいである。

局と治長の母子が、慶長五年以後、大坂落城までの十五年間、淀君の側近にいて、何もかも宰領した。

治長が持っている特権は、いついかなる時でも、淀君の私室に自由に出入りできることである。

色の白い魅力的な唇を持っているこの男には、ひそかにあこがれる女たちも、すくなくなかった。秀頼の乳母右京太夫の局の子である木村重成も、さわやかな風貌で、その最後の武者ぶりが出陣の時かぶとに香をたきしめた故事とともに、落城の美しい挿話として伝わっている。大坂城の二人の美男が、淀君秀頼それぞれの乳母の子である偶合はふしぎである。

治長は、母の局が目をかけているやすに、早くから好意を持っていたようである。

淀君がまだ関東と手ぎれになる以前、あれは徳川秀忠の子の千姫が四つ年上の従兄の秀頼にとついで来た直後であるが、幼い花嫁御寮をつれて、天守閣にのぼったことがある。

その日のことを、空模様まで、やすはいつまでも覚えているのだが、治長は西の丸に残っていた。

やすが、淀君の居室の、いつもの御所車の屛風の前に、さきほどまで淀君が短冊に手すさびの歌など書き散らしていた硯や紙を、文箱《ふばこ》に片づけていると、治長がつかつか、はいって来た。

やすは、治長を見ると、顔を赤らめる癖がついていた。男のほうを見ずに、うつむきながら片づけものをし、しかし、すべての神経は、治長にそそがれている。

「やす、そこにおすわり」と、治長がいった。

「はア」と、やすは反問した。いつも、おん方様のすわっている所に、自分がすわるなど、とんでもない大それたことだからである。

「おすわり」と、もう一度治長はいった。

その言葉に威圧されて、やすは、思わず手を休め、その場にすわってしまった。むろん、すわり心地のいいはずはない。

「そう、屏風の前に、そうして、手を膝において、じっとすわって見せてくれ」

そういいながら、なぜか治長は二歩さがり、手をうしろにまわし、立ったまま、やすをじっと見ている。

「お若いおん方様がおられるようだ」といった。

「まア、私が、どうして、そんな」とあわてて、やすは熱いものにでもさわったように、その場を飛びのき、「御免なされませ」というと、急いで、部屋を出て行った。

治長は、だまって、しばらく、立ちつくしていたようである。

その日からいく日もたたぬ日、やすが書院の前の長廊下を歩いていると、淀君の部屋から出て来た治長に会った。

会釈して、すれちがおうとすると、「やす、なぜやすは、おん方様生き写しなのであろうな」といった。

「……」

「母上がいつも、そのようにいっておられる。お若いころのおん方様と、うり二つだというてな」

この日から、やすは、何となく自分が、氏素性《うじすじよう》のある女であるような感じを持つようになった。自分がそんなふうに思いこむと、人というものは、ふしぎに、それらしくなってゆくものである。

淀君は姿勢がよく、いつも胸を張って端正にすわっている女であったが、やすも、いつのまにかおん方様のようにすわっている自分に気がついた。

大蔵卿の局が使っている侍女が、ほかに二人いて、奥づとめをしているやすも、資格において差はないのに、やすだけが、気ぐらい高く見えるようになって行った。

冬の陣がおわったあとである。治長が、母親とこんな話をした。

「母上、世にお身がわりというものがございますな」

「むかしからあることです。佐藤忠信《さとうただのぶ》が判官《ほうがん》殿の身がわりに立ったとか、そんな舞を見たことがあります」

「上様（秀頼）によく似ている者が、この城にはおりませぬかの」

「なぜ、そんなことをいうのです」

「また合戦が起るのは必定《ひつじよう》、万が一の時のために、お身がわりの用意をと思いましてな」

「おそろしいことを。何を申すのです、お身がわりとは、いくさに敗れる時の思案ではありませんか」

「ですから」

「いまわしい。そのような詮議は、決してなりませぬ」

大蔵卿の局は、耳を押えるようにして、治長の言葉をさえぎった。しかし、局は、治長がこの城の運命を見とおしているのを知り、それが自分の考えに一致しているのをさとって、慄然《りつぜん》としたのである。

治長は、その時、母親がさえぎらなかったら、こういうつもりであった。

「淀のおん方様のお身がわりには、やすという者がおります。あれならば、遠目に誰が見ても、おん方様そのままでございます」

局は、治長が立って行ったあと、燭台をはこんで来たやすの姿を見て、肝のつぶれる思いがした。いつのころからか、やすが、ますます、淀君に似て来ているのを、改めて知ったのである。

大坂城で豊臣の一族が最期をとげるすこし前に、やすは、城のつとめをやめて、生まれ故郷の江州に帰っている。やすの実家は、淀君の実父である浅井長政の恩顧を受けた土地の郷士《ごうし》で、同族に懇望されて、やすは人の妻になった。

秀頼とその母の淀君が死んだ時、城にいればやすも当然殉じたであろう。しかし、ふしぎにやすは生き長らえ、一男二女を生んだ。後年、その上の娘で、母親によく似たよねという女が、修復成った大坂城に侍女としてつとめたのも、何かの因縁であろう。

淀君が身のまわりに置いた家具調度のほとんどは、元和元年五月八日に炎上したわけであるが、西の丸の居室にあり、安土以来淀君のこよなく愛した御所車の屏風は、たまたま粗忽《そこつ》で倒した者があり、絵の一部が破損したのを修理するため一時運んでおいた庫《くら》の中で、焼け残ったといわれる。

結局、やすとこの屏風が、大坂城の生き残りということになる。もちろん、やすは、そんなことを、かなりのちまで知らずにいた。

やすは、六十四まで生きたが、久しくつとめた大坂城のことを思い出すたびに、おん方様、上様はもちろん、自分に目をかけてくれた大蔵卿の局、その子の治長の最期を思いやって、胸を痛めた。

ことに、治長のことを思う時、やすは、そのたびに、念仏をとなえた。

あの治長様は、たしかに、私を好いてくださった、といつも、やすは思う。しかし、そのあとすぐ、しかし、それは、治長様が、おん方様を慕っていたからだ、と思うのであった。

まさしく淀君に似ていたやすゆえに、治長は愛したのである。

後日、娘らしくなった長女のよねが、大坂城につとめることになった時、支度をしてやりながら、やすは娘の耳にささやいた。

「あのお城は、私が若い時におつとめしたところです。西の丸の部屋には、御所車の立派な屏風がありました。その前に、いつも、おん方様は、すわっていらっしゃった」

(よねが、やがてその屏風を、城内で発見するのである。むろん、それを、文にして、母のもとに書き送ったのは、いうまでもない)

四

東都新聞の記者竹野が、メモを上着のかくしから出しながら、中村雅楽にいった。

「三幕目ですね、いよいよ」

「これが大詰です。もっとも幕そとがありますがね」

「幕そとですって。まさか、花道を淀君が引っこむわけでもありますまい」

「こんどの場面は、坪内先生の『桐一葉』『孤城落月』と重なるわけですから、よろしくたのみますよ。幕そとをどうするかは、三幕目がおわったところで、話します」

「それで、こんどは年号でいうと、何年というわけですか」

「慶長十九年十月、片桐且元《かたぎりかつもと》が大坂城を離れる直前です」

「『桐一葉』なら、さしずめ長柄堤《ながらづつみ》で木村長門守と別れる場面ですね」

「且元と淀君のあいだのいきさつを、私はこんなふうに考えています」と雅楽は話しはじめた。

慶長十九年の夏、京都東山の方広寺に、家康のすすめで秀頼は伏見の大地震の時つぶれた大仏を修築、開眼《かいげん》供養を予定していたが、江戸から使者が来て、鐘の銘に不審があるという難題を持ち出した。

「市之正《いちのかみ》を呼べ」と淀君はいった。造営奉行の片桐且元が、急いで伺候する。

「駿府《すんぷ》に行ってくりゃれ。家康がまた、難くせを」と淀君は眉をひそめた。淀君は家康を忌み嫌ったまま、長い年月を経たが、むかしほど露骨に、そのかげ口を利かぬようになった。

それは三年前、京の二条城に秀頼が家康をたずねた時あたりからのことである。大坂に来て臣従の礼を当然とるべき家康が、逆に秀頼を呼びつけようとしたのを火がついたように、はげしく怒った淀君であったが、すでに十九歳になっていたわが子が自己の意志で上洛した時に、淀君はもはや目をつぶるほか仕方なかったのである。

「且元」と淀君は、念を押した。「かならず家康に会って帰るように」

「仰せまでもございません」

秀吉に長くつかえ、三成の死後大きな権限を与えられていた老臣は、襟を正すような姿勢を示し、うやうやしく敬礼をした。

「家康に会ったら、秀頼にはゆめ異心なきことを、くわしく述べるように」

「かしこまりました」

「家康が秀頼を憎う思うはずはあるまい。孫娘のむこではないか」

「左様でございます」

且元は、淀君がくどくどと、このような独り言に近い述懐をしているのを、むしろほほえましく思った。すこし前なら、こんなことを決しておん方様はおっしゃらなかったと思うのだ。

石田三成はいつも且元に、「おん方様は、カッとされると、かならず咳きこまれる。それから、六十の媼《おうな》のように、くり言をおっしゃる」といっていた。且元は、今日もそれを思い出したのである。

「且元、わらわは、千姫がやはり可愛い。妹の子じゃもの」

「それは、重畳《ちょうじょう》でございます」

「そのことも、家康に伝えてたもれ」

「はい」

且元が退出したあと、淀君は鈴を鳴らして大蔵卿の局を呼んだ。局がはいってゆくと、淀君は脇息《きょうそく》にもたれて、咳きこんでいる。

「おん方様、いかが、なされました」

「且元を駿府にやったが、なぜか心もとない。大蔵も行ってたもれ」

「片桐どのが御使者に立たれましたのに、まア、私なぞが」

「口上は、そちにまかせる。且元とはちがって、大蔵にはみごと才覚がある」

「はア」と局は不審な表情をした。

「且元には、口上を一々、かんでふくめるように、いって聞かせた。それが、わらわは口惜しいのじゃ」

局は、淀君の心持が手にとるようにわかった。且元という老臣は、三成とまるでちがう。三成は、淀君がこれからいおうとする言葉を、先をぐって自分のほうから話す才気にたけていた。

且元も根っからの凡才ではないが、主人の考えを、先まわりして問いかけるといったことを、はしたなく、かつ無礼だと思うのである。淀君には、そういう且元の気質がわかっているので、駿府に出立させる前、胸のうちを一々話したのだ。

局が去ったあと、淀君はまた呟きこんだ。気が立っている証拠である。且元に、いろいろなことをしゃべったのが、はずかしいし、それを且元が、謹厳なおももちで、家康に伝えるところを想像すると、むしょうに腹立たしかった。

家康の茶室に招じ入れられた大蔵卿の局は、ねんごろにもてなされた。意外な処遇に、ほくほくして局は大坂に帰る。母親を迎えた治長は「市之正がまだ登城致されませぬ」とささやいた。皮肉な微笑が、女のような赤い唇に浮かんでいる。

ふしぎなこともあるもの、と局は首をかしげながら、淀君の前に出た。

「待ちかねた、大蔵」と淀君は声をかけた。「駿府の首尾は」

「大御所は申されました。上様、おん方様、そして御台様（千姫）にくれぐれもよろしく、堅固でなと」

「且元が、まだ姿を見せぬ」

「市之正どのとは駿府で行き合いました。大御所にお目にかかった、大御所はお年に似ず、つやつやした御血色であったなぞと申しておられました」

局が予想した通り、淀君は眉をきりりと吊りあげた。

「家康の血色など、どうでもよい。して家康は何と申した」

「大坂のことは、且元に伝えてある。且元から聞くように、わしは千姫のむこの秀頼は、孫のように可愛いと申されました」

「その且元がなぜ登城せぬ」

「はい」局はそういっても、且元が来ない理由を知っていた。駿府で且元が局に伝えたのは、家康の途方もない要求だったのである。あの言葉をそのまま伝えるのが、いかにもつらいのだろう。

しかし、局は且元に同情してはいない。治長をいつも下風《かふう》に見、治長の発言を手きびしくさえぎろうとすることの多い且元を、局は内心憎んでいたのである。

「且元がまだ来ぬ」と淀君は三たび、同じことをいった。

「家康が且元に申した言葉を、大蔵は且元から聞いているのか」

「しかし、市之正どのが復命申しあげる前に、私の口からは」

「苦しゅうない。早く聞きたい」

「では申しあげます。大御所は、秀頼御母公もろとも、風吹かぬおだやかな国に住まわれたほうがよろしい、と申されたそうでございます」

「なに、では大坂を離れよ、国替えをせよというたのか」

「そのようでございます」

「且元は家康に、じきじき会うたのじゃな」

「御血色のことを話しておりましたから、お目どおり致したにちがいございません」

淀君は怒りに燃えた。しかし、その怒りが、きょうは家康に対してではなく、むしろ家康の言葉をそのままあやもつけずに大蔵卿の局に伝えている老臣に対して燃え上るのを、淀君自身気がついていた。

「且元が登城せぬのは、そのためか」

「はア」局は問い返した。

「ありのまま、それをわらわには話しにくいのじゃな」

「さア」

こういう時には、できるだけ口数すくなく答えておくほうが無難である。

且元は、同じ時に、上屋敷の私室で腕を組んで思案していた。

「今ごろ、局がきっと、おん方様のお耳に、駿府で話した大御所の言葉を伝えているだろう。旅から帰って風邪でこもっているとのみ申し上げ、且元が登城せぬわけも、もうおん方様はわかってくださっているだろう」

「しかし、いつまでも登城せぬわけにもゆくまい」

「局にひとつだけ、自分は嘘をついている。あれは、よくなかった。しかし、それはおん方様がいけないのだ。駿府に二人も使者をお立てになる。あんなことをなさるからだ」

且元は、腹の中で、こんな問答をくり返していた。ほんとうに、病気になってゆくような気がした。

且元がぐずぐずしているうちに、大坂の城内では、駿府に行って家康に籠絡されて来た不忠の臣であるという風説が立った。

今さら登城して申し開きをするには、時機を失している。且元はあいかわらず病と称したまま、居城の茨木《いばらき》に帰ってしまう。

淀君から、二度、文をもらったが、自筆ではない。且元は、だからその文そのものをすら不審に感じた。

秀頼は江戸表に使者を立て、且元を当家の臣下として向後扱《きようこう》わぬと伝えた。これは、家康父子の要求を拒否したのと同じ結果になったが、大坂にはそこまで先を読む者はいない。

関東にとって、この上ない口実ができた。大坂から来て提示した条件を持ち帰った家臣を城に入れないというのは、りっぱな宣戦布告である。そう解釈した。思う壺であった。

慶長十九年十月、家康は駿府を発し、翌月十八日江戸から進撃して来た秀忠と茶臼山で合流、合戦の幕は切って落されたが形勢は大坂に非で、まもなく一応の和議が成立した。

秀頼は誓書を家康父子と交わしたが、たちまち堀は埋めつくされて、大坂城は裸城《はだかじろ》になる。

淀君は、その経過を天守閣からながめて、歯ぎしりしていた。

秀頼は、淀君が事ごとにいらだっているのに、頭を悩ましていた。千姫に対しても、前とはちがって、何かと口小言が多い。家康を「狸」とののしり、千姫にその都度「そなたのじいじや」とつけ加えるのである。

　秀頼は正室千姫に女としての関心は特に持たなかったが、何となくこの若妻のしっとりしたふんい気は好もしかった。母にいじめられている千姫を、ついかばいたくもなる。

「まだ年もゆかぬものでございます。至らぬところは、何くれと教えてやってくださいませ」

と、とりなした。

　そんな秀頼の言葉を聞くと、淀君は、ひどく自分が孤独になっているのを感じる。もう一人ぐらい、子供を生んでおけばよかったと思う時もあった。

　秀頼の何もかもが可愛いくせに、秀頼に反発されると、もう一人弟でもいたら、その子こそ自分にすべて逆らうことのないよい子であったろうという気がするのだ。

　しかし、すぐ淀君は、その空想を打ち消した。「鶴松、この秀頼、私は二人子供を生んだ。三人目はいらぬ。私は二度続けたことを三度くり返すことを、むかしからしたことがない」そう思った。

　まるで神明に誓ったように、淀君は、二度あることを三度は決してしないのであった。且元にも二度使いを立てて、三度目はあきらめた。駿府の家康のところにも、二度使者を送り、三度目は出さなかった。

　冬の陣のあと、秀頼を大和か伊勢に移そうという申し入れをして来た家康の使者をにべもなくあしらって帰したあと、淀君は治長にいった。

「合戦にまたなるであろう」

「はい、見とおしは不利ではございますが、やむをえません」

「今度のいくさで、もうあとはありません」と淀君はきっぱりといった。

「はア」不審そうに、治長は淀君を仰ぎ見た。

「わらわは二度あったことを、三度は決して求めない。それがわらわの掟なのじゃ」

治長は母親から、そんな淀君の奇妙なくせをいつも聞いていたのだが、淀君自身の断言を耳にした時、一種の戦慄を禁じ得なかった。

まるで、神託を告げる巫女のように、淀君は自分の運命を、自分の言葉で規定しようとしているのである。それは不気味な感じさえした。


世にいう夏の陣がはじまったのは、元和元年三月である。

秀頼の国替えという要求を一蹴、淀君を江戸に迎えたいという申し入れを黙殺して、関東がもっとも警戒している浪人たちを依然手もとに養っている以上、ふたたび合戦になるのは知れていた。

「とうとう嵐が来た」と淀君は思った。小春日和は、ほんのわずか続いただけである。しかし、これが最後と思っているので、淀君の表情はむしろ平静であった。

嵐にそなえて、城に出入りする諸将が広間で談合している様子は、治長から一々淀君に報告されていた。

秀頼は軍議の席でほとんど発言せず、意見を求められると、治長に代って答えさせていた。

秀頼はそういう席から立って時々母親の部屋に来たが、何もいわない。

このごろ、この若い大坂のあるじは、淀君と二人の時、いつも無口であった。ふれてはならぬ話題があり、それにふれたくないために、黙っているのであった。

淀君はそんな重苦しさを、遠いむかしに経験したのを思い出した。そして、熱い火にさわりでもしたように、肩をすくめ、自分の連想を急いでかき消そうとする。

北の庄の落城の前に、これと同じようなあわただしさがあり、これと同じような重苦しさがあった。自分は、母親のお市に、あのころ無口だったということまで思い出した。

しかし、義父の柴田勝家が戦場から帰って来る直前、母親のところに行って、はじめて、それまでふれずにいた話題を、当時のお茶々は持ち出したのだった。

秀頼もやがて、口を利くであろう。おもしろくない話にふれて来るだろうと思った。そしてその予想は的中した。

二月のおわりに、秀頼が朝、ふいに淀君の部屋にはいって来ると「またしても合戦でございます」といった。

「やむを得ぬ、家康ずれに屈するわけにはゆきません」

「すべては母上の御賢慮に従ったのでございます」と、秀頼はまじろぎもせず、淀君を見つめていった。

淀君は、わが子の目を見返しながら、うなずいた。母子のあいだに、死の黙契がこの時できたのである。

合戦三月目にはいった五月八日である。

千姫がいつの間にか、いなくなった。柳眉を逆立てた淀君は大蔵卿の局を呼んで、問いただす。

「御台様をおつれして、茶臼山までまいったのでございます。今となっては、そう致すよりほか、道はございません」

「誰がそのようなことを許したか」

「治長の一存でございます」

淀君は落胆した。治長だけは、自分の心持を完全に知っていてくれる唯一の家臣と思っていたからである。

「しかし、これも上様、おん方様のおためを思ってでございます」

「千姫を敵方にかえして、何がわらわのためじゃ」

「お二方御助命の御沙汰を」

「だまりゃ」と淀君は叫んだ。

淀君にとって、これほどの屈辱はなかった。今家康の前に頭をさげるほどなら、とうの昔にさげている。

「わらわは、この城から決して出ません。この大坂城こそ、わらわのいのちなのです」

「しかし、おん方様」

大蔵卿の局は憐れみを乞うように、淀君を見あげた。片時たりとも誠忠心を失っているつもりはないが、この老女は同時に、わが身も、わが子の治長も可愛かった。

「おん方様がいっ時目をつぶって下されば、いま大ぜいのいのちが救われるのでございます」

「和子《わこ》を呼ぶように」

局はいそいそと立った。淀君の心が動いたのかと思ったのである。

しかし秀頼を見た時、局は絶望した。秀頼の顔には、すでに死相に似たものが浮かんでいた。治長があわただしく、はいって来た。使者井伊直孝から、家康の冷たい返事を聞いたのである。家康は「今となっては、何もかも十日の菊であろう」と答えたというのだ。

「大御所はそう申すにきまっている」秀頼は、力なくつぶやいた。

秀頼はそれから、母親を見た。淀君もやさしく視線をかえした。数ヵ月前に、二人はやはりこのように、目と目を見交わして、死を覚悟したのであった。

淀君は、秀頼を見ながら、むかし自分が母親と、目だけで話をしたことを、なつかしく思い出している。

美しいあの母親の記憶は、いつも硝煙に包まれている。しずかな年月もあったにちがいないのに、なぜか不安な時間の中で眉をひそめている面《おも》わしか浮かんで来ないのだった。

じっと秀頼を見ているうちに、淀君の腹はほんとうにきまった。

「秀頼」とあらためて呼んだ。「豊臣の家は、これで亡びます」

「はい」と秀頼はすなおにうなずいた。近ごろこんなに従順な態度を見せたことはない。

「この城が落ちたあと、城を亡ぼし、豊臣家を亡ぼした元凶は、この母じゃと人々は話し合うであろう」

「まア、おん方様」と局がさえぎろうとした。

「たしかにそうじゃ、わらわがいらざる意地を張らなんだら、時の流れに従って家康の申し入れをこばまなんだら、細くはあっても長く、豊臣の家は残ったであろう。しかし、それは、わらわがどうしても我慢できぬところであった」

「それはよくわかっております」

「秀頼には何のとがもない。太閤殿下が一代にして築かれた、豊臣の家を亡ぼしたのは、この母なのじゃ。そうのちの世に伝えられてこそ、わらわは喜んで死ねます」

淀君は、そういいながら、自分の言葉に酔っていた。

山里の丸のいちばん奥にあるこの部屋の中を、一瞬沈黙が支配した。大筒《おおづつ》の音がした。遠くのほうで、雄たけびの声が聞こえる。

「大坂城を亡ぼしたのは、この母じゃ」もう一度淀君は、秀頼に念を押すようにいった。死ぬ理由をみずから確認した淀君の顔は、うれしそうにさえ見えた。

「わらわは二度囲まれた城を出た。三度出ることは、決してしないのじゃ」最後に、淀君はこう口の中でいった。

(数刻のち、秀頼と淀君は火に包まれていた)

五

淀君が大坂城と運命をともにしたのは、元和元年五月八日である。四十九歳であった。

灰燼《かいじん》に帰したこの城を修築したのは、短い期間城主だった松平忠明であるが、元和五年に至って、江戸幕府は改めてこれを直属にして城代を置いた。

元和六年、西国および北国の大名が命ぜられて、規模を旧に復する大工事を行い、寛永五年には天守閣も再び秀麗な姿をあらわした。

しかし、この天守は寛文五年以降しばしば落雷のために炎上している。それを、難波の町びとは、夏の陣で亡びた豊家一族の怨みと風評した。

怪異の噂は、そればかりではない。

淀君の姿が、この城の二の丸の奥御殿にあらわれたという話が、ひそひそとささやかれるようになった。

寛永年間閏のあった丑の年だが、かつて二度の合戦でこの城を攻めた経験を持ち、その後とり立てられて、やがてこの城に出仕した山脇図書が、その姿を見た最初の人物らしい。九月八日と日記には記されている。

図書は、千姫の輿入れ《こしい》の時、駕脇《かごわき》の警護で、この城の馬場先を、美々しい行列の一人として歩いた思い出がある。

そののち、秀頼とその母が炎の中で落命した瞬間を、息をのむようにして眺めたのも、なまなましい記憶になっている。

はるばる江戸から来て、面目を一新した城郭の中を見まわる老臣の感慨はひとしおであった。二の丸の庭の草むらに虫が鳴いていて、もう秋も深かった。館が向うに見える。

このあたりを、淀君も歩いただろう。千姫も歩いたにちがいない。そんなことを思いながら図書は、ようやく暮れてゆこうとする夕闇を、一歩一歩、館に近づいて行った。

近年築かれたにしては、異様に古めかしく見える屋根の勾配が、重々しく目の前にせまって来る。

障子の向うが明るいのは、誰かいるらしい。そういえば、かん高い女の話し声がどこかに聞こえたような気がする。

城には、どのような人数が、どう配置されているかまだ知らないが、この館は、何なのだろうと思いながら、近くまで行った。

広縁の外に立つと、障子がすこし透いているあいだから、中がよく見えた。さだかにはわからないが、贅をつくした貴人の居室のようにも思える。図書は、ゆかしい香のかおりにふれたような感じがした。

目をこらしてみると、書院風のその部屋の上段に、誰かすわっている。下げ髪の若い女である。燭台がその近くでまたたいていると見えて、肩の輪郭がゆれている。

「あッ」とおもわず、声を立てそうになった。それはたしかに、淀君である。三十五年前、慶長八年の初秋、千姫がこの城に着いた時、華やかな笑顔を江戸の武士たちに見せたあの淀君にちがいない。

図書は、きびすを返すと、走るように、その館から遠ざかった。夢を見たのであろうか。それとも、怪異なのか。

翌日は、雲ひとつない快晴である。誰にも秘めて語らなかった昨夜の異常事を、自分の目でもう一度確かめたく、図書は御用の手を休めると、二の丸のほうへ行ってみた。

真昼の光線の中に見る館は、白々として、何の変哲もない。たしかにここと思われる部屋へ、つかつかと上って行き、障子をあけた。

そこは、謁見の間とでもいうしつらえになっていた。ひっそりと静まった部屋の上段には、屏風が一双立てまわされているのみである。

屏風には、御所車が描かれていた。

「さアこれで、私の考えた淀君の場割りは、すっかり終りました」と雅楽が、ほっとしたように、きせるをとりあげ、うまそうに煙を吐き出した。

「さっそく、絵ときをしてくださいませんか」と竹野は、よく削った鉛筆をメモの上にのせ、いつでも書きはじめようとする姿勢をとった。

「そう急がなくてもいいでしょう。もう一服吸わせてください」

老優は、いかにも愛着ありげに、細い銀のきせるをしげしげと眺めながらも、ゆっくり葉をつめ、竹野を見て、しずかに微笑した。事件の謎をといた時に、どういう順序で話そうかと考えている雅楽と、同じ顔である。今がいちばん楽しい時間なのだろう。

「竹野さんに小説に仕立ててもらった順に、淀君を見てゆきましょう」

散々待たされたが、雅楽がいよいよ話しはじめると、竹野は、聞き馴れた老優の口調に、早くもひきつけられてしまう。

「序幕は北の庄と、安土でしたね」

「ええ」

「ここで、淀君がのちに大坂の城からかたくなに出ようとしなかったという謎が、もうとけたはずですね」と雅楽がいった。

「秀吉に対する愛情ですね。太閤の築いた城に殉じようという。高松屋さんは、秀吉が結局は、淀君の心をとらえたというふうに見ている」

「そうです。お市の方にいわせると、憎い憎い藤吉郎でした。北の庄の落城の前に、あの人に勝つ手だては、ないものかという母親の独り言を、娘のお茶々、のちの淀君は聞いています」

「そうでしたね」

「しかし、北の庄から二人の妹と脱け出したあと、安土の城内に館をしつらえてもらってからの淀君は、だんだん、秀吉に興味を持つようになる」

「足軽から皇族に準じる身分にまで出世した秀吉には、人心を収攬《しゆうらん》する魅力があったんですね」

「たしかにそうです。それがなかったら、いかに淀君が気まぐれでも、母親の憎みぬいていた男の側室になるはずはありません。政略結婚で、何の分別もない娘が隣国に輿入れさせられるのとはちがいます。二十をすぎた女が、自分で判断して、秀吉の思い者になったのは、ぜいたくがしたいためでもない、やはり秀吉が好きになったのでしょう」

「そうでしょうね」

「ただし、秀吉に対する心持は、父親に対するような感じだったと思いますね、年が三十もちがう男です。実父の浅井長政と七歳の時に別れた淀君は、父親にあこがれていたにちがいありません。九年目に母親の再婚で、新しい父親ができた。柴田勝家に対しても、十六のおとめごころは、なつかしさに胸をときめかしたでしょう。父を恋する気持は、武家の親子の場合、特につよいと私は見ています。『三代記』の時姫《ときひめ》が、北条時政《ほうじょうときまさ》討って見しょう、ととさん許してくださんせというところでは、そういう性根《しょうね》で演じる口伝があるくらいです」

雅楽の話は、時々芸談になるが、おもしろい。

「淀君が恋した男というのは、それでは」

「それは、秀吉との問答の時に出て来た二人だけです。槍つかいの溝口主膳と京極高次、この二人っきり」

「秀吉が死んでから、いろいろ男の噂が立ちましたが」

「あれは、みんな出たらめです。もっとも、そのことについては、次の幕のところでお話ししましょう」と雅楽は、手をふった。「話がそれました。淀君が秀吉に、父親に対して持つような親しみを持っていた、それで秀吉の城にはいった。それから、淀に城を作ってもらう、側室の中で最高の地位を与えてもらう、当時の日本人のなし得るぜいたくをさせてもらったわけですが、愛情を持ち、恩誼に感じたからといって、それだけで、大坂城のために殉じたというと、烈女すぎますね」

「淀君は烈女ではない」

「そうですとも、五代目の成駒屋（歌右衛門）が一方で、男まさりの政岡《まさおか》だの、春日局《かすがのつぼね》だのを当り役にしていたので、何となく淀君までが、ヒステリーは別にしても、ひたすら勝気で気性のはげしい女のように見る人がいるんですが、五代目だって、若い頃の淀君は、病気が昂じたりしないところでは美しく可愛らしい女として演じていましたよ」と、同じ「桐一葉」に共演した雅楽は、若き日の舞台を思い返すような目つきをしながらいった。

「とすると、淀君は、家康に対する意地だけで」と竹野がいった。

「そうじゃないんです。淀君は、二度したことを、決して三度はしなかった」

「ああ、それは、淀君の言葉としても、お市の方の言葉としても、出て来ました」

「それです、つまりそれだけなのですよ、理由は」と雅楽がきせるをはたいて、口をほころばせた。「舞は二番しか習わない。菊の小袖は二枚きり。いとしいと思った男は二人だけ。落城まぎわに家康にたてた使者も二人、且元呼び出しも、たった二回、妙な癖ですが、それが淀君を支配した星なのです。生んだ子供も二人でした」

「わかりました」

「落ちると運命がきまっている城から、救い出されるという芝居のような場面を、七歳と十七歳と、二度すでにみずから演じた淀君は、その自分の星に対する誓いからいっても、三度救われようとは思わなかったのですよ」

「三という数が、よほど嫌いだったのですね」

「ですから醍醐の花見のような時に、自分の女輿は、北の政所の次、二番目でなければならなかったのです。三の丸殿は、多分嫌いだったでしょう」と雅楽は笑った。

「では、三成という名前も」と竹野が笑いながら応じると、雅楽は、「二幕目に、その三成が出て来るんですがね」といった。

「しかし、とにかく、三成は、淀君のお気に入りだったのでしょう」

「嫌いではなかった」と雅楽がうなずいた。「もっとも、三成と呼ばず、いつも治部と呼んでいましたがね」

「三成の関ヶ原の挙兵は、淀君に愛された恩顧にむくいようとしたものという説が、むかしからあるように聞いています」

「そうですね、成駒屋が歌舞伎座で高島屋《たかしまや》（二代目左団次）と舞台に出た高安月郊《たかやすげっこう》先生の『関ヶ原』なんか見ていると、二人のあいだに、何となく色目を使っているような感じがありましたね」

「あれは、私も見ました。子供の時分でしたが、左団次の三成が、阿弥陀が峰は静かでござるといったセリフが、耳に残っています」と竹野がいった。「色目までは、おぼえていませんがね」

「冗談じゃない。そのころ小学生でしょう、竹野さんは。そんなものが、わかってたまるもんですか」と老優は、いかにも、おかしそうに笑った。そして、しばらく、笑い続けた。

「すみません」と竹野が促した。「それで三成の噂を、どうお考えなんです」

「三成は七つ年上です。秀吉の側近に仕え、誠意をこめて仕えた三成のことですから、秀吉の寵愛を受けた淀君に対しても、忠義な家来として、終始したにちがいありません」

「三成は家康が嫌いだった」

「豊臣家をないがしろにしたということで憎んだのはたしかですが、肌が合わないんですね、はじめから。だから、淀君に迎合したのではなく、自分自身の気持として、家康を敵視したんでしょう。そして、挙兵の腹をきめてから、引きこもっていた佐和山から大坂まで行って、お墨つきを頂いたわけです」

「淀君が何か書いて渡したんですか」

「まさか。淀君がうなずいてくれたのを百万の味方と心得て、旗をあげることにしたわけです。この時、淀君が、ひどく咳きこんだ。気がたかぶると、咳くのです」と雅楽はその場をまるで見たように、すらすらいうのであった。

「そこで、三成が、急いで、介抱したことになっています」

「竹野さんが書いて下さった通りです。上段の間にあがって、淀君の背中をさすっている。文台の鈴が落ちた。その音で、やすがはいって来ます。大蔵卿の局が可愛がっている侍女でした」

「淀君に似ているといわれた娘でしたね」

「やすは、三成の胸に身をもたせかけている淀君を見ました。ここで、大変おどろいたと私はわざといいませんでしたが、若い娘としては、当然、いつもいる所に三成がいず、淀君のそばにいたというだけでも、びっくりしたにちがいありません」

「それは、そうでしょう」

「女の口はさがなきもの。とんだセリフめいた云い方ですが、このやすが、朋輩に、自分の見た光景を耳打ちしたということは、じゅうぶん想像できます。石田様がおん方様を抱いていたと、尾ひれがついて、人の口の端《は》にのぼる。こうなると、城に出仕する武士たちにそれが聞こえて、石田はけしからんという者もいれば、女ざかりのおん方、無理もないという者もある。これが淀君の醜聞の正体です」

「なるほど」

「もう一人、噂にのぼったのが、大野治長」

「これも誰かに見られたんですか」

「この話も、出どころは同じやすです。この娘は治長が好きでした。治長がしきりに声をかけてくれる。自分のほうも好かれていると思って有頂天になっていた」

「ところが、そうはゆかなかった」

「その通りです。治長が自分に声をかけてくれるのは、自分が淀君に似ているからだということがわかった。御所車の屏風の前にすわらせて、つくづく眺めたりする、そんなことをさせられて、はじめて治長が自分を見る目は、あくまで淀君の代用品としてだということがわかったんです」

「娘ごころに、さぞくやしかったでしょうね」と竹野が歎息する。

「ですから、やすは、逆に治長がおん方様を慕っていたという噂を弘《ひろ》めたのです。こういうことはよくありますよ。可愛さ余って憎さが百倍というわけです」と雅楽は話し続ける。「治長が淀君と秀頼に殉じて、火の中で死んだ時、やすは大坂城にいなかった。生きのびて近江の郷士と結婚してからも、治長が淀君と一しょに死んだのは、淀君に身も心も捧げたのだという風に、誰にでも話したにちがいありません」

「身も心も、というんですね」

「そうなると、淀君に事あれかしと待ち構えている連中が、治長と密通したという筋書を書きます。大正のはじめに出て俗説ばかり集めた『大日本裏面史』には、秀頼の容貌や性質が治長そっくりで、その結果、秀頼を将来諸将が軽んじるといけないと思って、誓文を書かせ、かえって噂の裏書をした、などと記されています」

「つまり、三成の話も、治長の話も、やすという侍女が火元なのですね」

「とまア、私は思いますね」と雅楽は、またきせるをとりあげた。

「これで、謎の四つは解決したわけですね。淀君は楚々たる美人ではなかった。秀吉にうまく口説かれて、安土から大坂城へ行った。三成や治長との密通の噂は、はしたない女の口から出た誤伝だ。城をついに出なかったのは、何事によらず、二度まではして三度することを好まなかった」と竹野が指を折った。「四つだけ、片づきましたがね」

「あとひとつが、幕そとの話ですね。つまり、淀君という女の生涯に幕がおりたあと、淀君の霊が花道のスッポン（切り穴）から、せり出したわけです」

「城に幽霊が出るというのは、いかにもありそうなことですね」

「怨みを千載《せんざい》に残して死んだ女が当然、命を落した場所に姿をあらわすという伝説は、だまっていても、生まれるでしょう。大体、幽霊ばなしは、悲惨な死に方をした者に同情した人が、いいだすものです。そして、そういう噂を立てることが、死んだ者に対する供養だと考えているわけですよ」

「怪談の芝居もそうなんでしょうね」と竹野がいった。

「そうですとも、だから、お盆の月に、幽霊の狂言が出るんですよ」と雅楽は説明した。「余談になりましたね、どうも私の話は脇道にそれていけない」

「つまり、淀君の幽霊の話は、ありもしなかったことを、見たように誰かが話したんですか」

「わかりませんか、竹野さん。実際に、見た人間がいるのですよ、その姿を」

「淀君の姿をですか」と竹野が反問した。

「正確にいえば、淀君によく似た女の姿を、です」

「つまり」と竹野は思案したが、はたと膝を打った。「やっと、わかりました」

「淀君によく似た女の生んだ、母親とよく似た娘といえば、もういうことはありませんよ」と雅楽は、いかにも楽しそうに、煙を吐きながら話すのであった。

「やすの娘が、大坂城に奉公に行きました。この娘は、城にゆく前に、母親から、御所車の屏風のことを聞いているわけです。やすはその時、昔話として、淀君に自分が似ているといわれたことまで話しました。娘は前から、母親に似ているといわれて来た。すると、自分が、この城でかつて死なれたおん方様に似ている理屈になるのだと思って、うれしさをおさえることができなかった」

「なるほど」

「大坂城は、前ほどの規模ではありませんが、修築されています。たまたま戦火を免れた御所車の屏風が、二の丸の奥まった部屋に立てられていた。それを見て、母親のいっていたのは、これだなと思った」

「それで、その娘は、秋の夕ぐれに、母親が治長にいわれて或る日すわったように、その屏風の前にすわってみた。誰も見ている人がいないと思って、かなり長くすわっていた」

「その時、昔の淀君を見たことのある山脇図書が、その姿を見て、淀君の幽霊が出たと思ったのは、無理もありますまい。しかも、それがたまたま、月はかわれど日は同じ、淀君の命日の八日だったとしたら」

「昔の人は、なくなった人の忌日をよく知っていますからね」

「そこで、八日という日になると、大坂城の奥に怪異があるということになる。あかずの間でなかった部屋に、そういう噂が立ってから、それがあかずの間になったんでしょう。伝説というものは、そういうものです」

雅楽は、きせるを吐月峰《とげっぽう》（灰落し）に、ぽんとはたいて、話を打ち切った。

「どうもありがとうございました」

「竹野さん、どうですか。淀君は、悪女だったでしょうか」と雅楽が、のぞきこむように訊ねた。

「決して悪女ではありませんね。しかし、悪女と思われる要素を、十分持っている」

「そういう女こそ、私のいちばん好きな女なんです」

雅楽はこういった。何もかも知りつくした恋人を思い浮かべていうような、独り言であった。

目黒の狂女

一

私には姪が三人いて、その一人が、目黒の行人坂《ぎょうにんざか》のそばにある松野ドレスメーカー学院の教務室につとめている。

「竹野のおじ様にお願いがあるんだけれど」といって、その姪の幸子が、九月のはじめに、東都新聞社に出社している私を訪ねて来た。

「何だい。結婚したい相手がやっときまったから、一度会ってみてくれとでもいうのかい」

酒をのむといつも楽しい会話をはずませるこの幸子を私は好きなので、すぐこんな調子で切り返した。

「うちのドレメに来て、お話をしていただきたいのよ。学生だけでなく、一般にも公開します」

「講演かい？　冗談じゃないよ。そんな器用なことはできない」

「どうしても駄目？」

「歌ぐらいなら、行って、みんなに聞かせてもいい」

「歌って何です？　おじ様」

「ドレメの歌」

「ひどいわ」

私はヨネヤマママコにちょっと似ている幸子を例によってからかったが、結局余計な冗談をいったのが仇になって、十月の毎週火曜日の午後四回、学院に行って、演壇に立つことになってしまった。

テーマは「歌舞伎役者」という注文で、仕事の関係で何十年ものあいだに会ったいろいろの俳優の逸話だの芸談だのを話してくれと、幸子があらかじめプランを用意して来ていた。

そんな話なら、まんざら厭《いや》でもない。親しくしている老優の中村雅楽《なかむらがらく》についてだけでも、一時間や二時間の話題はあると思ったので承知したわけだが、これが私を一時ノイローゼのようにしてしまう結果を招こうとは予想だにしなかった。

じつは、こういうことがあったのだ。

十月五日の火曜日の午後一時から、松野学院の小講堂で、役者の話を、二時半までした。歌舞伎に関心を持つ若い女性が殖《ふ》えているとは一応知っていたが、みんな熱心に、目を輝かせながら、しずかに聴いてくれた。

メモをとっている学生もいたし、私の話の終ったあと、廊下で質問をする学生もいた。

何となくあと味よく、副院長と姪の幸子に見送られて、学院を出た。

それから社に行こうと思って、私は目黒の国電の駅の隣のターミナルビルの前のバス停留所に立っていた。

永代橋行か東京駅南口行かに乗れば、内幸町まで二十分で行ける。満ち足りた思いの私はホープに火をつけて、澄み切った秋空を、見あげていた。すると、都バスの営業所の前から横断歩道を渡って来る群集の中にいた二十七八の女性が、はじめ日本橋三越行という標示の前に立ち、私のほうを見ると、急に、けたたましく笑った。

あまり度はずれた声だったので、二ヵ所のバス停留所で待っていた人々が、一斉に、そっちを見た。

顔の色は蒼白で、目の下が黒ずんでいる。髪はカールをしているが、櫛がはいっていない。たしかに異常である。

気がつくと、手に赤いカーネーションの花を一本、捧げるように持っていた。

この女は、フラフラと、自分が立っていた場所から、私のほうに歩いて来た。

私の顔をひたすら見つめているようだが、視点は定まっていない。ニヤニヤ笑いながら私に近づくと、また「ハハハハ」と声をあげ、やおら手にしていた花を、私につき出した。

反射的に私はその花を受けとってしまった。まわりにいる男女が、おもしろそうに、その女と、私を見ているのがわかる。

「貰ってくださって、ありがとう。おじさん、さよなら」と女は大声でいい、クルッと背中を向けると、すたすた歩きだした。

そして、ビアホールが屋上にあるビルディングと隣の銀行とのあいだの路地に姿を消した。赤い花を持たされた男は、とんださらし者である。私は苦笑しながら、そっと花を、すぐ近くにあった屑籠に投げこんだ。

こういう時に、みんなが黙っていると格好がつかないものだが、さすがに年の功とでもいうのだろうか、前に立っていた六十五六の紳士が、声をかけてくれた。

「御迷惑でしたな」

「いやどうも」と私は額の汗を拭いた。

「私は毎日ここからバスに乗るんだが、あんな娘は、一度も見かけていませんよ。どこから来たんでしょうな」

「せっかく花をくれたんですが、持ってバスに乗るわけにも行かないんでね」と私は、屑籠をチラリと見た。

私の無雑作に抛《ほう》った花が、さかさに、読みさしのスポーツ新聞のあいだに、立っていた。私は、それが、さっきの女性の姿のような気がして、いかにも哀れだったので、もう一度屑籠の中から拾い上げて、花を上にして、そっと沈めた。

バスに乗りこむと、今しがた声をかけてくれた紳士が、隣にすわった。

「私は五十年も、この目黒に住んでいるんですが、この夏から秋にかけて、これまで一度もなかったような事件が、私の町内で三度もおこりましてね」

「はア」

「物騒なんですよ。ひとつは、七月のことですが、宵の口だというのに、ビール会社の塀のそばを歩いていたOLが、ハンドバッグをひったくられたんです」

「いやですね。このごろは、よくそんなことがあります」

「八月になると、三田（目黒区）の小さな公園でガールフレンドとベンチで話していた学生が、恐喝されて、現金をとられています」

「アベックを狙うというのも、よくある話ですね」

「その次が、たしか先月だったと思いますが、私の家のそばのマンションのエレベーターの中で友人を訪ねて来た若い奥さんが襲われたんです。幸いに、一階から六階に上るそのエレベーターを四階でボタンを押して止めた人がいたので、そのまま男は逃げ出したそうですが」

「まったく、こわいですね。うちの社会部の連中は、その程度の事件は、記事にしていたらきりがないから、没にするといってます。それだけ犯罪の数が多いんですね」

「あなたは、新聞におつとめですか」と、紳士は目を光らせて、私をじっと見た。

「ええ、私は文化部の嘱託ですけれど」

「新聞のお方なら、ちょうどいい。いまお話しした事件について、考えると妙なことがあるんですよ」

「どういうことですか」

「三つの事件の被害者が、共通した条件を持っているんです」

「というと」

「恵比寿のほうに行く陸橋のそばに、高層ビルが建つことになった時、日照権の問題で強硬に反対した住民連盟があるんですが、いま話した事件の被害者が、全部、その連盟のリーダー格の人たちの家の奥さん、息子、娘なんです」

「ほほう」

「つまり、猛烈に反対されたため、まだ施工にとりかかれずにいるそのビルの建築主が三つの事件の裏にいるような気がしてならないんです」

私はすっかり気が滅入ってしまった。あきらかに狂女と思われる二十七八の女性に突如近づいて来られた時の、背筋の寒くなった感覚が、隣席の紳士の話で、あざやかに、よみがえった。

二

それだけなら、何でもないのだが、十月十二日の第二火曜日に、私は再び、同じバス停留所の前で、狂女に出会ったのだ。

しかも、その女性は、先週の女性とは、すこし似てはいたが、明らかに別人であった。

同じ女性なら、気がおかしくて、しじゅうこのへんを歩きまわっていると解釈してもいいのだが、先週のとちがう顔をして、同じように異常な女性があらわれたのだから、何とも不気味な話だった。

やはり蒼白な血色をして、目の下が黒ずんでいる。髪も手入れをしていない。目鼻立ちは別だが、そのほかの様子は、ほとんどこの前の女と同じだった。

おまけに、今日の狂女も、花を持っているのだ。こんどは、白いカーネーションであった。私を見ると、私のほうに歩いて来て、私にまたしても、その花をさし出した。

もちろん、先週とは、まわりにいる人たちがちがっているので、その群集にとっては、はじめて目撃した新鮮な椿事《ちんじ》にちがいない。

花を貰って戸まどい、二回続けて火曜日に二人の狂女に会った偶然におびえている私を、おもしろそうに見ている。クスクスと忍び笑いをしている少女もいたし、こっちを指さして話している夫婦づれもあった。

二人目の狂女も、先週の狂女と同じように、ビルディングの横の路地に姿を消した。

私は今日も、カーネーションを捨てることにして、屑籠にていねいに入れた。

その夜、私が歌舞伎座に行って、招待日に見残した大ぎりの「娘道成寺《むすめどうじょうじ》」を見てから、終演になって玄関に出て来ると、雅楽が一中節《いっちゅうぶし》の家元のおきよさんと、立ち話をしていた。

私は雅楽に、送って行きましょうと声をかけ、三原橋の交差点で、タクシーをとめた。じつは、私の異様な経験をぜひ話しておきたかったのだ。

「千駄ヶ谷は大まわりになりますよ。いいんですか」と雅楽はいったが、「もっとも、竹野さんが私に話したいことがあるんなら、喜んで御一緒しますよ」とつけ加えた。

さすがに敏感な老人である。

先週の火曜日と、今日と、ちがう狂女に目黒で会った話をすると、いつものように、目をつぶって私が話し終るまで聴いていた雅楽は、何となく嬉しそうに、手をこすった。

「目黒の狂女というわけだな。狂女は目黒に限る」と老優は、皮肉な笑顔で、独り言のようにいったが、「竹野さん、これは来週の火曜日にも、同じ場所同じ時刻に、ぜひ行ってみて下さい」と、私のほうをキッと見るようにした。

「どうせ、松野学院に出かけるんですから、そのかえりにバス停まで行くのは何でもないんですが、また気の変な女の人があらわれたら、どうしようと、少々薄気味わるくもあるんですよ」

「花を一本もらって、あとで屑籠に入れるだけで、大した負担でもないのだから、行ってみることですね」

「そりゃアまアそうですけれど、相手は狂女ですからね。何がおこるか、わからない」と私は弱々しい声で、つぶやいた。

まもなく、タクシーは神宮外苑を通りぬけて、雅楽の家のある横町の角にとまった。

「きょうの『道成寺』は、よかったですね」

ひと言いうと、老優は、元気な足どりで、去って行った。ひところ苦しんでいた神経痛は、もうすっかり快癒したようである。

十月十九日は、第三火曜日である。

私は、先週と同じように、午後一時に松野学院の小講堂の壇上にあがり、今回は元禄時代の役者の話をした。

「役者論語」に出ている坂田藤十郎《さかたとうじゅうろう》や芳沢《よしざわ》あやめの逸話を中心に、一時間半おしゃべりをした。

きょうも、みんな、熱心に聴いてくれた。

外に出ようとして、見送りに来た姪の幸子に小声でいった。

「ちょっと出られないかね」

「お茶でも御馳走してくれるの？」

「いや、バス停のところまで、送ってくれないか。訳はあとで話す」

幸子は院長にことわって、黙って、ついて来た。「何なの」と、途中で一切訊ねないところが、この子のいい性質だと思う。

二時四十分ごろに、いつもの永代橋行という標示柱の前に立った。

まるで時間をはかっていたように、女があらわれた。先週のとちょっと似た顔だが、やっぱり別の人間らしく思われる。

髪の形がちがうし、目の下に黒ずんだ隈《くま》がない。顔色も、そんなに悪くなかった。そして、今日は、花を持っていない。

しかし、その女は、私を認めると、私のほうに、まっすぐに歩いて来た。そして、私の前で、クスッと笑った。

かたわらで幸子は、あっけにとられたように、女と私を見くらべていた。

女の服は、先週のとほとんど同じ色だったが、顔はちがうと、私は思った。そして、ぞっとした。このバス停に来るたんびに、毎週、ちがう女に会い、それが、どこか常軌を逸した言動を、私にだけ、ハッキリ見せる。何だろう、これは。

私が深刻な表情をして、無言で目の前に立った女をじっと見返していると、女は右手をポケットに入れて、白い紙片を出した。そして、私につき出す。

稚拙な片仮名の字が書いてある。「ワタシハカワニオチテシニマス」

この電報のような十四字をにらんでいて、ふと気がつくと、もう女はどこかへ行ってしまっていた。

「何なの？　今のひと」と幸子は、こわそうな顔をしながら、小声で尋ねる。

「どっちに行った？」

「そこの路地にはいったわ」と幸子は指さした。先週も、その前の週も、同じ道に、姿を消したのだ。たしかに、三人には、ハッキリ関連がある。

幸子には、こう説明した。

「きょう、あの女がここにあらわれて、おじさんに何か手渡しそうな予感がしたのさ。幸子にも、その女の姿と顔を、よく見てもらいたかったのだ。第三者の目撃というものは、当事者よりも、確かだからね」

紙片は、わざと見せなかった。

幸子は、妙なことをいった。

「この間、パリのレジスタンスの映画を、テレビで見ていたら、街頭で、今のように、同志が紙きれを手渡して連絡する場面があったわ。あのひと、おじさんの何なの？」

「名前も知らない。今はじめて見た女さ。狂女だと、おじさんは思う」

「何のことか、ちっとも、わからないわ」

「おじさんにも、わからないんだ」といった。それは、本音だった。

私は、幸子と別れて、バスに乗った。そして、もう一度、さっきの紙片を開いてみた。

「私は川に落ちて死にます」とは、何の意味だろう。自分の死を予言するというだけでも普通ではないのに、私にそれをわざわざ示したわけが、理解しがたい。

ふと気がついたのは、先々週の五日の火曜日に、バスの隣にいた、私より年長の紳士が洩らした奇妙な話だった。

何でも、目黒駅の近くの陸橋のそばに高層ビルを建てようとしている人物がいて、日照権に関してその実現を阻止しようとする住民の抵抗があり、その運動のリーダーシップをとった者の家族が、いやな目にあったというのであった。

もし、その事件の被害者に、そうした共通の条件があったのが偶然でないとすれば、あきらかに、或る組織が人を動かして、犯罪を行わせていると推定される。

そして、いまの狂女の紙片は、自分がやがて、そういう暴力の犠牲になって、川に突き落されて死ぬのだという恐怖を、誰かに伝えるための文字ではなかったのだろうか。

しかし、それにしても、何だって、よりによって、この私を、えらんだのか。毎週火曜日にあらわれた三人の狂女は、一体何なのだろう。

私は急に、雅楽に会いたくなり、社に出るのをやめて、千駄ケ谷に行った。

老優は、私の見せた紙片を、無言で見つめていたが、ニッコリ笑って、「大体見当はつきましたよ」といった。

「しかし、私の推理が当っているかどうか、二三日待って下さい」と続けて、雅楽はいうのだった。

私はその二三日のちに、おそらく聞かせて貰うにちがいない雅楽の説明をたのしみにして、その日はまっすぐ帰宅した。

三

十月二十六日に、もう一回、目黒の松野ドレスメーカー学院に行くことになっていて、その日もかえりに、あの例のバス停で、四人目の狂女に会うのかと思って、私はいささか、うんざりしていた。

しかし、その前に、十月二十三日の土曜日の朝、社に雅楽から電話がはいった。

「竹野さん、今夜は、芝居を見る予定がありますか」といった。「もしひまだったら、私につきあってくれませんか」

これはきっと、絵ときを聞かせてくれるのだと思い、仮に見る芝居があっても、それは先に延ばそうと考えた。

デスクの上の硬質ガラスの板の下に入れてある十月公演一覧を見ると、まだ見ていない新劇の大きな芝居が二つ残っているが、今夜行かなくても別にかまわないので、「お目にかかります」と返事をした。

雅楽は、夜の八時に、虎ノ門の地下鉄の入口の前にある喫茶店で会いたいと、指定した。私の聞いたことのない店であった。

行ってわかったのだが、その店は待ち合わせるためにえらんだので、雅楽は私をほかに連れてゆくつもりらしかった。

レモンティーを飲むと、雅楽が勘定を払い、広い道を横断して、琴平神社のほうに歩きだした。そして、鳥居の前を通り、次の横町を右折した。

その横町には、何軒かの飲食店がならんでいたが、灯の明るいスナックバーの「旅情」という店に、つかつかはいって行った。

中は外から見た感じよりも、かなり広く、十五六人の客が、めいめいテーブルについている。

雅楽と私は、カウンターの前の椅子にかけた。

雅楽はしずかに店内を見まわしていたが、小さな声で、私に、「この店の中に、誰か見覚えのある人はいませんか」と尋ねた。

私も目立たぬように、煙草のけむりがこもっている旅情の中を、目で追い、テーブルごとに、すわっている客の顔をたしかめて行ったが、ギョッとして、雅楽にささやいた。

「います、います。いちばん奥のテーブルにいます」

「やっぱり、いましたか」と、雅楽は、うれしそうに笑った。

すると、奥のテーブルにいた四人連れの客がにわかに立ち上り、中の一人の男が、大きな声で、「だから、こんなところに連れて来ちゃいけないといったのに」といった。

「さア帰ろう、帰ろう」と男は続けていい、隣にいる女の客の肩を抱いて、椅子を離れた。そばにいる二人の男が、そのあとに続く。ふり返ると、女は、放心したような顔をして、私たちには目もくれずに出て行った。

その女こそ、十月五日に、目黒のバス停のところで、私に赤いカーネーションの花をくれた狂女だった。

私は、狐につままれたような思いで、四人連れの出て行くうしろ姿を見送り、雅楽が口を開くのを待った。

雅楽は私と一杯の水割りをのみ終るとすぐ、「三原橋にでも行きましょう。ここで飲むことはない」といって、店の主人に、「どうもありがとう」と声をかけると、ここでも伝票をとりあげて、払ってくれた。そして、出しなに、「今出て行った人たちは、しじゅう来るの？」と訊いた。

「はい、毎日のように。いつも御ひいきになっています」と主人は答えた。雅楽が著名な歌舞伎俳優とは、知らないような感じだった。

「竹野さんは少々ノイローゼ気味だったようですが、もう大丈夫ですよ。来週の火曜日には、狂女はバス停にあらわれませんよ」

三原橋の行きつけのすし屋の付け台の前にすわって、おしぼりで手を拭くと、雅楽はキッパリいった。

「早く、わけを聞かせて下さい」私は、たまりかねて、催促した。「じつは何にもわかっていないんです」

「竹野さん、あなたは三人の狂女がいたといいましたね」老優は話しはじめた。

「ええ」

「じつは二人だったのです。今週のひとと、先週のひとは、同じ女性でした。最初の五日のは、あきらかに別人でしたが」

「どうして、そう、いえるのです」

「つまり、先週は、そのひとが、狂女の扮装をしていたのです。髪をくしけずらず、顔を青く塗り、目の下に黒い隈をつけて、いたわけです。今週、紙きれを渡すためにあらわれた時は、素顔だったのですよ」

「そういえば、どこか先週の狂女と、似ているなと思いましたよ」

「似ているはずです。同一人ですもの」

雅楽は、うまそうに、自分で酌をして、ゆっくり杯を乾《ほ》している。

「二人は何者なのですか、一体」

「竹野さんは、紙きれの文字を、はじめの日に会った紳士の話から、とんでもない読み方をしてしまった。組織暴力の犠牲になって死ぬのを予想したという解釈は、むろん、筋の通ったことではあるが、少し大げさだ。私は、今週の火曜日に、あなたが家に来て、あの紙きれを見せてくれた時に、松井須磨子《まついすまこ》の舞台をすぐ思い出したんです」

「松井須磨子ですって」

思いがけない名前が飛び出したので、私は思わず、頓狂《とんきょう》な声をあげた。

「オフェリアですよ」

「オフェリア？　あの、ハムレットの恋人ですか」

「そうです。須磨子が明治四十四年に初めて演じて出世役になった、オフェリアです。私は、あなたの話で、目黒に三人の狂人がいたことについて、まず考えた。しかし、ちがう狂女が同じ場所で、毎週火曜日に竹野さんだけに何か仕掛けるというのは、作為が見えて、それこそこれは狂女らしくないと思った。作為というのは、いいかえれば、お芝居です。これはきっと、狂女の役の稽古をしている女優だと、思い当った」

「女優なんですか」

「三人目、じつは二人目だが、今週の狂女が紙きれに、川に落ちて死にますと書いた。これは私はオフェリアだと、竹野さんに教えるつもりだったのです。先月、太地喜和子《たいちきわこ》がしたばかりで、私も西武で見たから、ピンと来たんです」

「なるほど、オフェリアは水死しますね」私は紙片の文字の暗示に気がつかなかったのが、雅楽に対して、きまりが悪かった。

「私は近いうちに『ハムレット』を上演する劇団がないかと、番頭に調べさせると、十一月の末に冬至社という小さな劇団が池袋のホールで、この芝居をするのがわかった。くわしく聞くと、主宰している女優は加茂井織江といって、オフェリアをすることになっていました」

「ははア」

「この女優は、やはり舞台に立っている姪の恒子というのと二人で、目黒の行人坂の松野学院の近くに、住んでいることがわかりました」

「目黒にいるんですか」

「これ以下は私の想像ですが、その姪が多分、織江の万一の時の代役をすることになっていたんでしょう。織江は芸熱心で、狂女のふりをして街に出て、人に話しかけたりして、相手が本当の狂女かと思ってくれたら本望だと思った。それは、芸のこやしにもなることなので、花を一本持って、火曜日の日にさまよい出たわけです」

「滝沢修が、武者小路さんの『三笑』の野中をした時に、背中をまるくして、街頭に出て行ったという話がありますね」と私は、偶然松野学院の講演の第一日に、そういう話をして聞かせたのを思い出して、苦笑をしないわけにはゆかなかった。

「そうです。滝沢の故智《こち》に学んだわけだ」

「しかし、私を、どうして」

「あなたの講演のポスターが学院の門の所に出ているんじゃありませんか」

「ええ、出ています」

「加茂井織江は、それを見ているんです。この女優のマンションは、多分、あの喜多の能楽堂の近所にあって、松野さんのドレメの門の見える所に、部屋があるんですよ。あなたの講演のおわる時間をあらかじめ知っていて、あなたの出てゆくのを待っていた。そして、あなたのあとをつけて、行ったのです。芝居にくわしい竹野さんを、まんまとだませば、それが一番、織江にとって自信のつくことですからね」

「おやおや」私はつい、こんな相槌を打ってしまった。

「竹野さんに近づいて、花を渡し、狂女の役の性根《しょうね》をじゅうぶんつかんだ。さて来週は、恒子さん、あんた行って、試してごらんなさいといったわけです」

「なるほど」

「しかし、二週目も成功したが、向うとしては竹野さんに相すまぬという心持があったから、この十九日の日は、同じ時刻に、恒子のほうが行き、私たちはオフェリアの稽古でこんなことをしているんですという意味の紙きれを渡したんだ。私は、こう思います」

「わかりました。そして、きょうのあの虎ノ門ですが」大体見当はついていたが、私はもっと、雅楽に、しゃべらせたかったので、あとをうながした。

「私は冬至社の劇団事務所と稽古場が、琴平町十二番地にあるのを知りました。番頭に今日劇団の稽古があるかどうか、劇団の人のたまり場はどこかを聞いてもらうと、今夜は七時半ごろに稽古がとれる、終るとみんなが、やはり劇団にいる役者の兄さんが開いている旅情というスナックに行って、一時間ぐらいいて帰るということがわかった。だから私はそこにゆくと、オフェリアの加茂井織江が行っていると、十中八九信じて、竹野さんを案内したのです」

「私を見て、あわてて、帰ったというわけですね」

「じつは私ははじめ、さっき、奥のテーブルから立ち上って、竹野さんの所に来て、詫びるのじゃないかと思いました。しかし、それでは、洒落にならない。紙きれに片仮名で、川に落ちて死にますと書いて渡すという趣向の立てられる女優なら、きっと別なことをするだろうと思い直した。そうしたら、あの女優は、みごとに別の逃げ方をした」

「そばにいた男、あれも多分役者で、もしかすると、ハムレットか王様をする人かも知れないが、あの人に、わざとこっちに聞こえるように、〝だから、こんなところに連れて来ちゃいけないといったのに〟といわせた。竹野さんがあのスナックに行くとは、ゆめにも考えていなかった加茂井織江が、咄嗟《とっさ》に思いついて、目黒とはちがう場所で、また狂女のふりをしたんです」

「そうでしたね。私のうしろを通って出てゆく時に、目がトロンとしているような顔をしてました」

「私は、紙きれで、オフェリアを思いつき、二番目と三番目の女が同一人だと思い当った時、これは女優で、本役と代役の二人だと、大体見当をつけたんです。それに伯母さんとじつの姪だとしたら、顔もある程度、似ていたわけです」

十月二十六日の日に、松野ドレスメーカー学院に着くと、姪の幸子が、「おじ様、花が届いているわ」といった。

「名刺がついているかい」

「それがおかしいの。オフェリアとだけカードに書いてあって、カーネーションが白と赤と、五十本ずつ」

私は、それを学院の教務室にそのままあげて帰ることにしたが、心憎い演出であった。

その日の私の講演は、先週、先々週にくらべて、よほど、うまく行ったような気がする。

私は、少々くやしいが、冬至社の「ハムレット」は、ぜひ見に行くつもりだ。多分、雅楽も、一緒に行ってくれるだろう。

学院長に挨拶して帰ろうとした。院長が「沢山花をいただいたそうで」と礼をのべた。私は、くすぐったかった。

その直後、思いついて私は、院長にいった。

「白いカーネーションと、赤いカーネーションを、一本ずつ、貰って帰ります」

女友達

一

歌舞伎座の近くに、私がよく飲みに行く店が三軒ある。

ひとつは、三原橋の近くのすし屋で、元来女形《おんながた》の浜木綿《はまゆう》の妹が開いた店なのだが、経営者の代が替わっても、腕のいい職人がそのまま残ったので、ずっと行っているわけだ。

老優の中村雅楽《なかむらがらく》も、すし屋の付け台の前で、新鮮な種をつまみに飲むのが好きで、私が会う時はこの店に誘い合うのが、ほとんど習慣のようになっていた。

もう一軒は、東急ホテルのバーだが、ここは相手によって行くのである。

つまり、女性の場合、小料理屋やすし屋にはどうもはいるのをおっくうがる傾向がある。その点、開放的なロビーの延長のようなホテルの一隅に案内すると、向うも気やすくつきあってくれる。

女優とのインタヴューの時は、もっぱら、ここに行くのである。

もう一軒は、去年の秋に開店したおでん屋で、大学時代の友人に銀座でばったり会った時に連れて行かれたが、食べ物もうまいし、置いてある酒もいい上、三十を越したばかりの主人夫婦の応対に何ともいえない親切さがあるので、すっかり気に入った。じつをいうと、このごろは、すし屋よりも、「たこ正」という、このおでん屋のほうに、足をはこぶ回数が多くなっている。

暮れもかなり押しつまったころ、私は江川という青年と、たこ正に行った。「車引殺人事件」の時から親しくつきあっている江川刑事の息子で、赤坂のテレビ局のプロデューサーの助手をしている若者だ。

その局がウィークデーの朝、毎日放映しているモーニング・ショーが江川君の担当で、私にたのみたいことがあると、局から社に電話を入れて来た。

私は、その日歌舞伎座の昼の芝居を見る予定だったので、夕方会おうといって、劇場に来てもらい、しばらく別館の喫茶室で雑談してから、暗くなるのを待って、たこ正に移動したわけだ。

「用事って何なの」と、まだ歌舞伎座にいるあいだに訊くと、新春の番組で、長寿の人たちに出てもらって健康法を尋ねようというプランがあるのだが、高松屋《たかまつや》(雅楽の屋号)に出てもらえないだろうかというのである。

「父が竹野さんからいっていただけば、きっと承知されるだろうと、申しておりました」

二十三歳という、去年入社したばかりの江川君は、ゆき届いた口調でこういって、頭をさげた。

私は早速、千駄ヶ谷の家に電話してみた。すると、「江川さんの息子さんなら一度会ってみよう」と雅楽がいった。「どんなに立派になったか、見たい」

「それでは、六時ごろ、たこ正という店に行っています」と私は、まだそこを知らない老優に、くわしく位置を教えて、電話を切った。

さて、二人で五時五十五分ごろ、たこ正にはいった時、店の奥のテーブルに酒をはこんでいる女性を見て、私はハッと息をのんだ。

この前来た時はいなかったから、きのうきょう店を手伝うことになったひとだろうと思うが、五十前後の面長で色の白いそのひとの顔が、三十年ほど前に、かなり親しくしていた私の女友達そっくりだったからである。

結婚する前に、そのひとと、どうして知り合い、どんな交際をしたかを今ここに書く必要はないが、私はあきらかに、彼女を愛していたし、彼女も私に好意を持っていたと断言できる。

結局、結ばれないままに別れた柳沢田鶴子というその女性が、偶然たこ正で働くことになったのかと思ったが、よく見たら、ちがっていたようだ。

私をチラリと見て、私の連れを見ると、軽く会釈をしたが、私の顔に何のおぼえもない様子だったから、まず田鶴子でないのは確かだろう。

人間というのはふしぎで、それが田鶴子でないと思った瞬間、シャボン玉が消えたような淡い失望と同時に、初対面のこの女性に対する奇妙な執着が、私の心の中に芽生えた。

これからたこ正にしげしげ来ることになるのではないかと、私は思った。

ところが、カウンターの向うの戸口の中にはいって行った、この女性は、それから全く姿をあらわさないのだ。

段々店がたてこんで来て、おかみさんが、かいがいしく突き出しの小鉢やおでんの皿を、テーブルに持って行ったりしている時に、当然出て来て手伝うはずのひとが、あらわれない。

私はカウンターの前に腰かけているので、目の前にいる主人に、小声で訊いた。

「さっきはいって来た時にいた、あのひとは、この店に最近来た人？」

「ええ、おときさんっていいましてね。女房の遠縁なんです」

「ちらっと見ただけだが、ぼくの昔知っていたひとと似ていたので、驚いたんだ」

「美しいひとでしょう？」と、たこ正の主人がいった。

「はいったきり、出て来ないね」と私は、つい気にしていることを、口に出してしまった。

「まもなく出て来ますよ、きっと」と主人がいった。多少あいまいな返事だった。

そこに、雅楽があらわれ、カウンターの前にすわり、青年と話しはじめた。出演するかどうかの返事は保留されたが、「考えてみよう」といわれたので、江川君は喜んで、三十分ほどいて、局に帰って行った。

ただ江川君が一度、不快そうな顔をしたことが、その夜あった。

雅楽と江川君が「モーニング・ショー」という言葉を使って話しているのを耳にして、私たちの真うしろに腰かけていた男が、余計な口を利いたのだ。

かなり酔っている声だったが、「テレビのモーニング・ショーなんて、ちっともおもしろくないぜ」と聞こえよがしにいったのだ。

振り返ると相手を刺激すると思ったので、三人とも無視したために、そのあとが続かずにすんだが、雅楽は身びいきがつよいので、江川君を気の毒がって、低い声で、「気にしちゃいけません」としきりに慰めていた。

江川君が立ち上って挨拶して帰ると、おときさんが戸口から出て来て、雅楽に愛想よく声をかけ、私には目もくれなかった。その時、たこ正の表の戸があいて、「あッ高松屋の小父さんがいらした」という声がした。

若手の役者が二人、連れ立って来たのである。寛九郎《かんくろう》と京之助《きょうのすけ》だった。芸が伸びざかりという、いきのいい連中である。

その時、おときさんは、スーッと姿を、さっきの戸口に消した。それから私たちは酒を三本ほど飲んで、たこ正を出たが、とうとう、おときさんは、出て来なかった。

若い役者は、雅楽に遠慮して、別のテーブルについていたが、私たちを、元気な声で送り出す。いつの間にか、そのテーブルには、徳利が六本も並んでいた。

江川君は酒が好きらしく、翌々日向うからもう一度たこ正で会いたいと電話をして来た。

「もし正月が御無理なら、季候がよくなってからでも、いいんです。一度ぜひ、高松屋さんに出ていただきたいんです。そうすると、ぼくの点数がよくなりますから」

卒直に江川君は、こんな風にいった。

「正月にだって出る気があれば、出てもらえると思うがね」と私はいった。

江川君の用事は、電話でもすむことだったのに、わざわざこの店に私を呼び出したのは、やはり、雅楽に出てもらいたいという熱意を見せたかったのだとも思うが、案外こういう店が、局の近所にはないのかも知れないのではないかと考えた。

「赤坂には、こういう店がないの?」と尋ねると、江川君は急いで手を振って、「いや、そうじゃないんです。おでん屋は何軒もあるんですが、どの店にも、先輩がいるので、安心して飲めないんです」といって笑った。

しばらくして、江川君が、心配そうに、私に質問した。

「竹野さん、気分が悪いんじゃありませんか。酒のピッチが上らないじゃないですか」

「いや失敬、失敬。そんなことはないんだ」と答えたが、正直にいうと、おときさんが、全然姿を見せないのが気になっていたのである。

すると、そこに表から、おときさんがはいって来た。買物に行ったらしく、柳で編んだ籠をさげている。

その時、私たちは、奥のテーブルにいたのだが、おときさんはこっちを見ると、何となく暗い顔になって、私から目をそらし、戸口の奥にはいって行った。

そして、それから、とうとう私たちが帰るまで、一度も出て来なかった。

このあいだといい、今日といい、おときさんの態度は、ハッキリした。明らかに、このひとは、私を避けている。あるいは、私を嫌っている。そう思わないわけには行かない。

これはどういうことなのだろう。

なまじ、年がいもなく、二日前に柳沢田鶴子かと思って胸をときめかせ、そのあと、別な形の関心を持っただけに、おときさんに、こんなふうにされることは、悲しかった。好きな店だが、ゆきづらくなったのを、私は帰宅のみちみち、ひそかに嘆いた。

二

年末には、一度千駄ヶ谷の家に雅楽を訪ねることに、いつもなっている。

私は築地の宮川の鳥の折詰を持って、十二月二十九日の夜、雅楽に会いに行った。思いがけないことに、江川刑事が来ていた。息子に会ったのをいいしおに、旧交を温めたくて、老優が招いてくれていたのである。

三人は、茶の間で、広島から届いたばかりの酒をゆっくり飲んだ。

「伜《せがれ》のやつも、案外飲み手になりましてね」と刑事が苦笑しながらいった。「そうそう、竹野さんに、歌舞伎座の近くの、いいおでん屋を教えていただいたといってました。ゆうべも、友達を誘って、行ったとか話してました」

「私もこのあいだ行ったが、店の感じもいいし、おでんの味も結構だ。こんど江川さんと行きましょう、ねえ、竹野さん」

雅楽がこういった時、私はどうしても、訴えたくなった。

「じつは、あの店には、ここんところ、何となく行きにくくなってましてね」

「おかしなことがあるものだな。ああ、いつかいた酔っ払いにまた会って、からまれでもしたんですか」と雅楽が軽くいった。

「そうじゃないんです。恥をお話ししますが、昔知っていた女の友達にそっくりなひとが、このごろ、店を手伝ってましてね」

「おもしろそうな話だな」と江川刑事が、うれしそうな表情を見せた。

「ちっとも、おもしろくないんだ」と私は刑事の顔を見て、ぼやいた。「そのひとに、どうも嫌われているらしいのさ」

私は、その後に経験したことを、くわしく話した。

刑事はしばらく考えていたが、しずかにいった。

「竹野さんが、嫌われているはずはないと思うな」

「なぜわかる」

「昔の女友達って、何という人です？」

「柳沢田鶴子」

「その店にいるそのひとの名前を、主人に尋ねてみた？」

「おときさんといっていたから、別人だ。第一、最初に顔を合わせた時、往年の田鶴子だったら、あきらかに、ハッとした様子を見せたにちがいない」

「その田鶴子さんは、どういう人だったの。何をしていた人？」

「頭のいい女だった。或る劇団に所属している、新劇の女優だった」

「竹野さんに、そんなひとがいたなんて、初耳ですね。こんなに親しく願っているのに」

と雅楽が口をほころばせて笑った。

「竹野さん」と刑事がいった。「おときさんといま呼ばれているかも知れないが、その女性は、柳沢田鶴子だと思う」

「そんなことはないだろう」

「頭のいい人だったというのだから、竹野さんを見た瞬間、これは知らぬ顔をしていようと、心にきめたんだ。それに女優をしていたというなら、演技がある。すまして、初めて見るような顔をするくらい、造作のないことですよ」

「そうかな」私は、段々、半信半疑の心持になっていた。

「親しくしていたのに、ずっと会わなかったということは、ハッキリお互いに、もう会うまいと決心したんだろう？」

「その通りだ」

「なぜ会わなくなったの？」

「ぼくは、柳沢田鶴子を女房にするつもりだった。そろそろ三十を越していたからね。身を固めてもいいと思っていたのだが、田鶴子の母親が大病をしてね、ちょっと結婚ばなしを持ち出せなくなっていた。母親が全快したと聞いたので、やっと口を切ると、どうしてももっと早くいってくれなかったという返事だった」

「なぜ、そんなことをいったのだろう」

「自分は竹野さんから、今にも、結婚しないかといってもらえるものと思って、心待ちにしていたんです。でも、いつまで経っても、何にもおっしゃらない。そのうちに、伯母が持って来た縁談があったので、見合いをしました。そうしたら、先方が私のことを気に入って、ぜひ嫁にほしいというんです。私、承知したんですといって、彼女は泣いた」

私は、その話を聞かされた時、ショックがあまりに大きかったので、田鶴子の言葉が、三十年も経過した今でも、こんなふうに、スラスラ再生できるのだ。

「あなた、その時、どうしました」雅楽が、いかにも痛ましそうな顔で、質問した。

「私は、見合いをする前に、こんな話があるのだがと、なぜいってくれなかったといいましたよ」

「そりゃ、そうだ」と刑事は大きく、うなずいた。「とすると、ますます、おときさんは、柳沢田鶴子だと、きまったようなものだ」

「なぜだろう、そうきめられるだろうか」と私は刑事に反問した。

「三十年も経って、はたちの娘が五十になったとする。面《おも》がわりがするのが当然だ。別人のようになっている場合だってある。それにもかかわらず、おときさんを見た時に、竹野さんがハッとしたというのだから、それは赤の他人じゃないと思う」

「他人の空似ということもある」

「だが、彼女の態度でわかる。竹野さんを見て、咄嗟《とっさ》に知らない顔をすることにしたのは、久《きゅう》闊《かつ》を叙したあとで、当然竹野さんは、あれからどうしていましたと尋ねるにちがいない。そうでしょう」

「そりゃアまアね」

「そういう竹野さんの性質を向うは知っているから、わざと別人を装ったのだと思う。つまり、その田鶴子さんには、結婚してから現在までのあいだに、あなたに訊かれても答えたくない、あんまり楽しくない生活があったのだよ、きっと」

「そうかな」

そういわれると、おときさんが、田鶴子にまちがいないという気がして来る。私は刑事の推測通り、田鶴子が不幸な人生を歩んだとすれば、哀れだという思いがつのり、胸苦しくなった。

「竹野さんは、相手が見合いをして、その求婚に応じたと知ったあと、どうしました」

と刑事は、訊問を続けた。訊問というのは、不穏当な表現だが、私は取調べられているような気がしたのだ。

「むろん、ぼくは怒った。そして、ずいぶん長い間つきあったが、もう会うまいといった。田鶴子は泣きながら、うなずいた」

「荒い言葉を投げたんだろう」

「そりゃア仕方がないさ。何となく、裏切られたという感じがしたし」と私は弁解した。

「それっきり会わなかったの？」

「ああ」と私は苦渋にみちたその後の数週間を回想しながら、答えた。「もう会わないことにしようといって別れて、それっきりだ。ただ、その後、しばらく、彼女は舞台にあいかわらず立っていたから、その芝居を見てはいる。だって、彼女の顔を見るのがいやだという理由で、その劇団の重要な公演を見のがすわけにも行かなかったからね。何しろ、新聞の仕事があるし」

「そりゃアそうだね」

「一年ほどして、田鶴子は女優をやめた。子供でもできたんだと思った。それから結婚した相手の銀行員が転任したとかで、関西に移ったということは、耳にした。しかし、どこに住んでいるかを知ろうともしなかった」

「そりゃアそうでしょうね」と、しばらく二人の問答に耳を傾けていた老優が、やっと楽しそうな顔になって訊いた。「竹野さんと田鶴子さんの交際を、劇団の人たちは知っていたんですか」

「いろいろな意味で、知ってもらわないほうがいいと思ったので、わからないようにしていました。劇団の連中が行きそうな店は避けましたし、都心から遠い所で、会っていたんです」

「ほう」

「でも、結局は知られていたんですね。その劇団の女優で、名前をいうと劇団がわかってしまいますから、名前は伏せますが、もう今はかなりの年配になっているひとと、いつか創立記念日のパーティーに招かれた時、並んで話していると、竹野さんはどうして柳沢さんと一緒にならなかったのと訊かれましたよ」と私は、笑いながらいった。

「へええ、そんなに気をつかっても、だめでしたか。木にも萱《かや》にも心をおいてもね」と、雅楽は浄るりの文句を引用して、明るく笑った。

「その女優さんが、付け加えたんです。私たちは、柳沢さんは竹野さんの奥さんにきっとなるわよと噂していたんですよって」

「ハハハハ」と刑事が笑った。

「見通されていたんですよ、何もかも」と私は苦笑したが、「しかし、あのおときさんが田鶴子だとしたら、いよいよ、たこ正には行けなくなりますね」と独り言のようにいった。

「いや、おときさんは、柳沢田鶴子では、ありませんよ」と雅楽がゆっくり杯を乾《ほ》しながら、私のほうを見た。

「竹野さん、あした、あの店に、もう一度いらっしゃい。江川の息子さんを誘ったりしないで、たった一人で行くんですよ」

三

翌日、雅楽にいわれた通り、私はひとりで、たこ正の店に、夕方五時半ごろに行ってみた。おときさんといわれた女性がカウンターの向うにいて、私を見ると、ちょっと警戒したような表情を見せた。

私はドキッとしたが、故意にツカツカとカウンターに近づいて、「こんばんは」といった。

おときさんはニッコリして、私に「今日はお一人？」といった。

「ええ」

「お酒でよろしいんですね」といいながら、微笑を絶やさない。割烹着を今日は着ているが、かえってそれが、この女性を、美しく見せている。

「お客様は、新聞社の方なんですってね」

「ああ、誰に聞きました」

「きのう、寛三郎《かんざぶろう》さんが来て、竹野さんが時々来るんだってといってらっしゃいました」

「竹野というぼくの名前を、あなた知っているんですね」

「ええ、存じ上げていますとも。はじめてお目にかかった日に、覚えました」と、ニッコリする。私は、すっかり、嬉しくなった。

しげしげ見るわけでもないが、目の前に立っていて、小鉢を出したり、酌をしてくれたりする時、観察すると、おときさんは、決して田鶴子ではなかった。

田鶴子には、左の目の下に小さなホクロがあったのを忘れないが、おときさんには、ホクロがなかった。

河内山宗俊《こうちやまそうしゅん》は、ホクロがあったので、正体を見破られたのだが、おときさんは、ホクロがないという理由で、私の女友達ではなかったのが証明された。

今日は別人のように明るいひとが、しかし、このあいだじゅう、どうしてあんなに暗く見えたのだろう。そして、なぜ私を避けたのだろう。そう思いながら、二本目の酒を猪口に注いでいると、電話が新聞社からかかった。古い劇作家が亡くなったというのだ。追悼文を誰にたのんだらいいかと、デスクに訊かれたので、一度社へ帰るといって、電話を切った。

おときさんがニコニコしてくれたので、また戻って来るつもりになっていたから、カバンをあずけて、社までタクシーで往復した。

戻ってたこ正にはいると、雅楽がいて、隅のテーブルで、おときさんと話しこんでいる。おときさんの前にも、猪口がおいてあって、老優が時々酒をついだりしている。

私は、妙な気がした。

おときさんは私を見ると、つとめて笑顔を作りながら立ち上り、「どうぞここへ」と、自分が今までかけていた椅子の背を引いた。涙ぐんでいるように見える。

私は何となく、おもしろくない気持にとらえられたが、おとなげないと、すぐ打ち消し、雅楽の前にかけた。

「びっくりしましたか。留守に、おときさんを独り占めしてましたよ」と、老優は、わざとカウンターの向うの主人夫婦や、隣のテーブルの上を片づけているおときさんに聞こえるような声でいった。

「どうぞ、どうぞ」と私は雅楽が苦労人なのに、いつもながら感心して、運ばれて来た新しい猪口をとりあげた。

「竹野さん、私の推理が当りましたよ」雅楽は犯罪事件の謎をといた時のような、いかにも楽しそうな顔でいった。

「推理って、何ですか」

「おときさんが、あなたを避けていると、昨日、竹野さん、悲しそうにいってましたね。とても悲しそうに」雅楽が、念を入れて、こんなふうにいった。むろん声は低い。

「ええ」私も当然小声で応じる。

「私は、昔好きだった女優さんに似ているというだけで、深い関心を竹野さんが持ったにちがいないと見ぬきました。だからこそ、おときさんが、あの戸口をはいったきり、姿をあらわさなかったのが、気になって仕方がない。ところが、今日まで、あなたがいる時、おときさんは、いつもいなかった」

「そうなんですよ」

「私は、おときさんと私が会った時のことを、江川刑事がいろいろしゃべっているのを聞きながら、思い出してみたんです」

「はア」

「私とあなたが並んでいた。刑事の息子さんが帰った直後に、おときさんが出て来ました。そして私に声をかけました」

「そうでした」

「そこに新しくお客がはいって来た」

「ああ、寛九郎君と京之助君でした」

「すると、おときさんは、また奥に引っこんでしまった」

「その通りです」私は気にしていたことだから、くわしく記憶しているので、うなずきながら相槌を打った。

「寛九郎君と京之助君は同い年、たしか二十三だったはずです。竹野さん、刑事の息子さんは、いくつだと思います」

「二十三か四でしょう」

「ほらね」と雅楽がうれしそうにいった。

「おときさんは、二十三か四の若い人がこの店にいると、奥に引っこんでしまうんですよ。竹野さんを嫌っていたわけじゃない」

「ああ、そうですか」

「今日、さっき、一人で竹野さんが来た時、おときさんは、奥に逃げこみましたか」

「いいえ、ニコニコしながら、私にお酌をしてくれました」低い声で、しかし、私は、笑いながら答えた。

「うれしそうですね」

「ええ」素直に私はうなずく。

「つまり、おときさんは、二十三か四という年頃の若者を見るのが、つらいんだと私は思いました。そして、それは当っていた」

「もう、お尋ねになったのですか」

「私は、竹野さんとおときさんが、顔を合わせている様子を見たくて、出かけて来たんです。しかし、この店にはいると、あなたは新聞社に行ったという。ちょうど、ほかに誰もいなかったので、主人にことわって、このテーブルに来てもらいました。すこしは飲めるというので、相手をしてもらったんです」

「はア」

「私は、おときさんが一杯だけ飲んで杯を置いた時に、息子さんとはしばらく会っていないんですかと訊きました。じつは二十三か四の息子をなくしたという事情があったら、この質問は無残なことになったと思って、ヒヤヒヤしたんですが、事情があって息子さんと会わずにいるというふうに私は想像して、思い切って、こう尋ねてみたんです」

「すると」

「おときさんは目を丸くして、私を眺めていました。そして、誰がそんなことをお話ししたんでしょうと、目に涙をためて、いいましたよ」

「はア」

「だから私は、見ていると、二十三四の若い人が店に来ると、奥に行ってしまうので、そんな息子さんを持っていて、何かのことで、しばらく会わずにいるんじゃないかと推量していたんだと、正直に話しました」

「おときさんは、何といいました」

「あの人の息子さんは、いろんなものを発明するのが得意で、特許もずいぶんとっているんです。ホラ、成駒屋《なりこまや》の所にいる古い弟子の亀吉《かめきち》、あれと同じなんです。まア、趣味だけでなく、かなりそんな発明で金にもなっているらしいんですがね」

「発明が、どうかしたんですか」

「いや、それとは関係ないんです。その発明マニアの息子さんに、好きなひとができて、一緒になりたいといったのを、おときさんが反対したんだそうです。おときさんには、別に自分の嫁にしたいと思っている娘さんがいたらしい」

「ああ、なるほど」

「ところが、息子さんは、おときさんに反対された翌日、無断で家を出てしまったんだそうです。それっきり、今の言葉でいう、蒸発したまんまなんです」

「それは気の毒ですね」

「御主人とは死にわかれ、ほかに子供はいない。親ひとり子ひとりで、手塩にかけて育てた息子が、二十三になって、家を飛び出して、音信《いんしん》不通というんだから、おときさんは気ちがいのようになって、ゆくえを探していたんですが、もうあきらめて、気を紛らわすために、このたこ正に手伝いに来ることにしたんだといってました」

二十三四の若者が来ているわけではないのに、おときさんは、奥にはいって、出て来なかった。二人が自分のことを小声で話しているのを、感じたためかも知れない。

雅楽がしみじみいった。

「若い人が来た時だけは、奥にはいらせてくださいと、たのんでいるんですといって、おときさん、泣いてましたよ」

私は、黙って、酒をふくんだ。酒の味が、苦かった。

「おときさんは、息子を許しているんでしょうか」

「さアね」と雅楽が首をふった。「そこまでは、私も訊くわけに行かなかった」

四

赤坂のテレビ局のモーニング・ショーに、雅楽が出演することになった。

ただし、老優の条件は、初春早々の番組でなく、成人の日の朝にしてくれというのであった。

もうひとつ、その日、三人の友人を、出させてくれないかとも、付け加えた。

「それはおやすい御用ですが、そのお三人にどういう形で出ていただくのでしょう」と、江川青年が尋ねると、雅楽は、まずこう答えたという。

「一人は歌舞伎役者の、中村亀吉という人です。私とは小学校の時からの竹馬の友で、今でも成駒屋の弟子をして、ふけ役で舞台に立っている。この亀吉が道楽に、安全な灰皿とか、火打ち石の形をしたライターとか、うちわの形をした蠅たたきとか、そんなものをこしらえて喜んでいるんです。役者の中に、そういう人間がいるのを紹介したいと思うんですよ。発明狂の歌舞伎役者とでもいうタイトルで、どうでしょう」

「おもしろいですね、さっそく出演をお願いにゆきましょう」

「私は長寿の秘訣なんていう年寄りくさい話は、したくありません。一月十五日は旗日《はたび》で、いつもとちがう組立てなのかも知れませんが、モーニング・ショーでよくやっている〝私の女友達〟という趣向で、二人の婦人を、話し相手として、呼んで下さい」

「その二人というのは」

「一人は私が名づけ親になっている、寛三郎の娘です。新派の女優ですが、朝なら出てもらえましょう」

「もう一人は」

「この人です」

雅楽が青年に手渡したメモを、私は見せてもらったが、そこには「品川区西大井四ノ十三ノ七月明荘内　小倉登喜」と書いてあった。

出演がきまったので、江川刑事からも、その息子からも、電話で礼をのべられた。

私はさっそく雅楽の家に電話を入れて、私としての謝意を述べた。

「うちのテレビで拝見します」というと、雅楽が「いや、御迷惑かも知れないが、その日局まで来て、私に声援して下さいよ」といった。

あいだにはいって口を利いたのだから、私は快く承知した。

局のほうでは、雅楽のほかに、若い歌手と、中年の映画評論家に同じ時に出てもらって、それぞれの女友達を二人、スタジオに招くというプランを立てた。二十歳の歌手というのは、成人の日だからだし、映画評論家のほうは、雅楽の熱狂的なファンだという話で、江川君も、こまかく気を使ってくれた。

発明に凝っている中村亀吉は、雅楽の推薦で、生まれてはじめてテレビに出るというのがよほどうれしかったらしい。「一月十五日の朝テレビに出ます」というハガキをわざわざ百枚も印刷して、発送したそうだ。

一月十五日の朝刊で、モーニング・ショーの内容を見ると、○発明が老後のたのしみ・中村亀吉○私の女友達○私は二十歳、というふうに、活字が組んであった。

私は早く家を出て千駄ヶ谷にゆき、局から迎えに来た車で雅楽と同乗して、赤坂まで行った。控え室で、もちろん私も前からよく知っている亀吉が、大きな風呂敷に、発明したいろんな品物を持って、孫をつれて来ていた。

八時半から、こういう順序で、放映しますと、江川青年が助手についているチーフ・プロデューサーが、集まった人々に説明した。

その時、いつも無理をいったり、他人に迷惑をかけたりしない雅楽が、江川君に、「ここにいる三人の女友達は、まだ来ないんですか」と訊き、「わざと別の部屋で待機してもらっています。六人とも見えてるんですが、控え室で会っていただいてしまうと、本番の時、話がはずみませんので」という答を聞くなり、妙なことをいいだした。

「どうでしょう。亀吉さんの発明の話より前に、女友達を持って来ていただけないでしょうか」

私は、これはずいぶん、無茶な注文だと思った。こういうナマの放映は、ことに時間の編成がキッチリと出来ていないと、手順が狂って、とんでもないミスが生じるので、それこそ「秒単位」で、何の次に何分のCM、CMの次にどのコーナーというふうに、綿密に組み立てられている。げんに、念のため台本まで、めいめいが渡されているのだ。

その台本の十二頁から十六頁の所を、三頁から九頁の所と入れ替えることを、いま急に実現しようとしても、技術的にほとんど不可能であろう。

江川君は真っ青になって、チーフ・プロデューサーと小声で相談している。

「何とか予定どおり、進行することで、御勘弁下さいませんか」と丁重にいわれた雅楽が、首をたてにふらず、「これはぜひ、まげて御了承下さい」とかたくなに言い張るので、私はおどろいた。

しかし、なまじ口出しはしないほうがいいと思って、私は黙っていた。

雅楽はねばって、結局、主張を貫いた。私は温厚でわけ知りの老優が、プロデューサーをてこ舞させたわけが、その時には、まだわからなかったのだ。

八時半に私はスタジオの二階の副調室に案内された。すると、その部屋に、三人の出演者が指名した、それぞれ二人ずつの女友達がいて、六人の中に、新派女優の乃里子とたこ正のおときさんがいたので、びっくりした。

気がつかなかったが、品川の西大井に住んでいる小倉登喜というのは、おときさんのことだったのである。

テーマソングでモーニング・ショーがはじまり、司会の中島アナウンサーが、今朝の番組の内容をまず解説、CMをはさんで、すぐ女友達を呼び出して御対面という段どりになった。

大分前から、スタジオの一隅の椅子でスタンバイしていた歌舞伎役者、映画評論家、歌手にライトがあたり、カメラがその姿を、電波にのせはじめた。

「さて御対面です、中村雅楽さんの女友達はまずこの方です」というと、二階から誘導されて、おときさんが出て行った。

今日は、渋いつむぎを着て、店で働いている時とは、見ちがえるような、落ちついた女っぷりである。

「朝早いのに、気の毒でしたね」と雅楽が微笑しながら迎えた。そして、いきなり、「おときさん、息子さんは、どうしました?」と尋ねた。

こんなことをいわれるとは、ゆめにも思わなかったはずで、おときさんの顔には、狼狽の色が見えたが、答えないわけにはゆかないと思ったのだろう、「息子はいま、家にはおりません」といって、うつむいた。

「どうして、家にいないんです。お宅は、たしか一人息子で、いっしょうけんめいに、あなたが育てたんでしょう」

「ええ、それなのに、去年、家を飛び出してしまって」と、おときさんは涙をこぼした。

「息子が結婚したいと思っているひとのことを、私が反対したからなんです」

「どこにどうしているか、わからないんですか」

「はい」とおときさんは、うなずき、「何もかも許すから、一日も早く帰って来てくれればいいと、毎日祈っているんでございます」といった。

「そうですか、それは心配だな。今にきっと帰って来ますよ」

おときさんとの会話がそこで終り、寛三郎の娘の乃里子が、明るく元気な声で、「高松屋の小父さま、お早うございます」といって、姿を見せた。スタジオのムードが、ガラリと変わった。

あとの二人の女友達が出て来て、賑かに談笑したところで、このコーナーに向いていたカメラが、発明した品物を山のようにのせたテーブルの向うで緊張して待っていた中村亀吉のほうに、向きを変える。

CMのフィルムがまわっているあいだに、雅楽は、十時までに劇場に行くという乃里子と別れ、おときさんだけをつれて、螺旋《らせん》階段をあがって、私のそばの椅子にかけた。

そこで、亀吉の発明の話を聞くつもりだと、私は思った。雅楽が江川青年に、耳打ちしていたのに気がついた。帰りの車のことでもたのんでいるのかと考えたが、じつは、そうではなかったらしい。

亀吉の話がまだはじまったばかりの時に、副調室の隅の電話が鳴り、江川青年が受話器をとると、「小倉さんに、電話です」といった。

おときさんが電話に出て、「まア、お前！」と絶句している。

「やっぱり、すぐ電話をかけて来てくれたようです。ああ、よかった」と、雅楽が私にささやいた。

おときさんの一人息子は、江戸川区のオモチャ工場で働いていたらしい。休日で、たまたまテレビを見ていたら、母親が出て来て、何もかも許すといってくれたので、夢中で電話を局にかけたと話していたそうだ。

さっそく息子と久しぶりに会うことになったと喜んでいるおときさんを、車にのせて見送ってから、私たちはべつの車に乗った。

「どこかで働いているにちがいないから、見てもらうために、休日をえらんだ。おときさんに、何もかも許すといわせようという計画を立て、それを息子に見せるために、息子がきっと関心を持つだろうと思って、発明狂の亀吉に出てもらうことにした。そこまではいい。ところが、今朝ハッと気がついたんです」

雅楽が私をじっと見て、口をつぐんだ。

「何をですか」と反問しないわけにゆかない。

「おときさんの息子が亀吉の発明ばなしを聴いたあとでテレビを消したら、どうしようと、今朝になって、思い当ったんですよ。だから、局の人には気の毒だったが、いつになく横車を押して、亀吉の前に、女友達を持って行ってもらったんです」

雅楽は、ホッとしたような笑顔を見せながら、両手を楽しそうに、揉んでいた。

車は青山通りを、疾走している。

女形の災難

一

二月に九州の巡業先で、或る女形《おんながた》が奇妙な目にあった。いわば、それは、災難というほかない、おかしな事件であった。

じつは、そのことがあった時、私がたまたま同じ博多の町にいたので、くわしく話ができるのである。

このごろはどの地方でも、そういう興行がしきりに行われるようになったのだが、数年前から九州では、百貨店協会に所属している各都市のデパートが、連合して東京から俳優を招き、それぞれの店のホールで歌舞伎を見せるという方法が執られている。

企業や大きな商店が、お得意を劇場に招待するのは、いわゆる商業演劇のそろばん勘定を支持している最大のシステムだが、九州の場合は、自分の店に観客を呼んで、観劇のついでに買物をしてもらおうという一石二鳥の思いつきで、これは結果がわるくないために、ずっと毎年行われるようになった。

ことしは同じ月に東京で歌舞伎が三ヵ所で公演しているので、人数のすくない一座が、登場人物のあまり多くない演目を持って、九州へ行った。博多をふりだしに、佐世保、長崎、鹿児島、熊本とまわって帰京する予定だったという。

私はRKB毎日テレビ局のディレクターをしている友人が、「久しぶりにフグを食べに来ませんか」という手紙をくれたのに誘惑されて、建国記念日の午後、博多に日航で飛んだ。

そして、即夜、友人と東中洲の料亭で、フグを食べ、Nホテルにはいったのだ。

ロビーで送ってくれた友人としゃべっていると、顔見知りの女形の伊之助《いのすけ》と、ふけ役の三次《さんじ》が前を通る。

オヤと思って声をかけると、二日前から、玉屋百貨店のホールで芝居をしているという。これは奇遇だといって、笑って別れた。

翌日、太宰府に遊びにゆき、せっかく来合わせたのだからと思って、百貨店の芝居を二幕のぞき、ゆうべの友人とバーで軽くのんでホテルに帰って来ると、歌舞伎の一座について来ている狂言作者の柴助《しばすけ》が私を見るなり、「竹野さん、へんな事件があったんですよ」といった。

「まさか、殺人じゃないだろうね」と、顔色を思わず変えて尋ねると、

「そうじゃないんです。盗難なんですが、被害者は女形の伊之助です」といった。

柴助がうまい話し方で、聞かせてくれたのは、こういう事件だった。

舞台に出る役者八人は、みんな、このNホテルの個室に泊っている。

伊之助と三次と、二枚目で、こんどの旅では「新口村《にのくちむら》」の忠兵衛《ちゅうべえ》に出ている雄太郎《ゆうたろう》の部屋は、

五階のエレベーターの近くに、ならんでいた。

伊之助は三十五歳の女形で、独身だが、ちょっと変わったところがあって、旅に出ても、仲間と芝居のあとで、飲みに行ったり、遊んだりしない。

誘っても、いつも、「ちょっと私は、都合がありますから」といって、ことわるのである。

女形の中には、とかく変わり者がすくなくないので、伊之助が人づきあいが悪いのを、別にまわりは怪しまなかったのだが、前の月、東京の劇場で、頭取部屋《とうどりべや》に寄って話しこんでいた伊之助のカバンを、長唄の三味線ひきが、まちがえて持って行ってしまった。

たまたま、その男が、よく似たカバンを頭取にあずけていたのを、とりに来て、うっかり伊之助のを、部屋まで運んで、蓋をあけてから、まちがいに気がついた。

「千本桜《せんぼんざくら》」の権太《ごんた》が、椎の木場で、わざと主馬小金吾《しゆめのこきんご》のつづらを持ってゆくのとはちがって、全くの過失なのだが、その三味線ひきがカバンをあけた時に、中にロープのようなものがはいっていたので、びっくりした。

粗忽《そこつ》をわびてカバンを返しに行った時、伊之助が「まア」と黄色い声を出したあと、「中を見なかったでしょうね」と念を押したので、相手はますます驚いた。

「あの綱は何だろう」と、さっそくヒソヒソ話になり、「伊之助があんなものを持って歩いているのは、変だ。例のSとかMとかいうのじゃあるまいか」という噂が芝居の裏にひろまった。

伊之助の師匠の伊三郎《いさぶろう》が、それとなく尋ねると、伊之助は、「やっぱり、カバンの中を、見られてたんですね」と恨めしそうな顔をしたあとで、「でもあのロープは何でもありません。

私の趣味なんです」と答えたので、伊三郎はもっと苦い顔をして、「人さわがせなものを持ち歩くなよ」といったそうだ。

とにかく、その伊之助が、きょう盗難にあったのである。

百貨店のホールは、終演が早く、八時半には、役者もみんなホテルに引きあげていた。

三次と雄太郎は、前にも博多に来た時に行って知っているホテルのまん前のバーに行こうと相談して、九時すこし前に客室を出た。

隣の伊之助のドアをノックして、「ちょっと出かけて来るからね」と雄太郎がいった。

はじめから「一緒にゆこう」とは、誰もいわない。ついて来ないのが、わかっているからだ。

しかし、「新口村」で梅川《うめがわ》を演じている女形に、忠兵衛の役者が声をかけるのが、愛敬というものである。それに来月の芝居のことで、東京から連絡があるかも知れない。

さがしまわらせては気の毒なので、「ホテルの前の『芙蓉』というバーの二階に行ってるよ」とわざわざ教えて、エレベーターにのった。

ドアの向うで、「行ってらっしゃい、でも、あんまり飲んじゃ、だめですよ」と、伊之助がいったのを、二人は顔を見合わせて笑ったという。

それから、芙蓉へ行き、二階の窓際の卓に向い合って、三次と雄太郎は水割りのウイスキーを注文した。

三次が、「私の部屋があれさ」と指さした。

雄太郎が「すると、その隣の窓が、私の部屋ですね」といった。

並んでいる二つの窓が暗くて、そのもうひとつ隣の窓は、明りがついている。

「あれが伊之さんの部屋だ」と、三次がいった。

二人は、それからウイスキーをのみ、もう一度、ホテルを見ると、伊之助の部屋の窓の明りが消えている。

「じっさい早寝だなア、こんな時間に寝て、どうするんだ」と、雄太郎は、苦笑しながら、三次にいった。「ほら、小父さん、もう、寝てますよ」

そういって、三次に指で教えていると、伊之助の部屋の明りが、またついた。

「おや、また明るくなったぜ」

「何をしているんだ」

こういっていると、明りがまた消えた。

「へんだなア」雄太郎が首をかしげているのを見て、三次が手をふった。

「何もふしぎがることはないさ。伊之助は、一度床にはいったんだ。眠るつもりだから、明りは消したさ」

「それで」と、雄太郎が、興味ぶかそうに質問した。

「ところが、手洗いに行きたくなったんだ、だから枕もとのスイッチを押して、明りをつけた。そして、用をたして来て、また明りを消して寝たのさ。ただ、それだけのことさ」

三次が、こういった。

「ふしぎですね、小父さんの今の、ただそれだけのことさという云い方、去年の『一本刀《いっぽんがたな》』の利根の渡の船頭の幕切れのセリフと同じ、いいまわしでしたよ」

「そうかね」三次は、うれしそうに、ニコニコした。

そして、「人がひとり駆けて行っただけさ」と、いま雄太郎がいった、「一本刀」での持ち役のセリフを、自分でいってみたりしていた。

二人は、もう伊之助のことを忘れてしまって、水割りのウイスキーを三杯ずつ飲み、いい心持になって、ホテルに帰って来た。

すると、フロントのところに、伊之助が立って、カン高い声で、ホテルの支配人らしい男と話している。

「何だ、伊之さんは寝たんじゃないんだな」と二人は話し合いながら、部屋のキイを貰うために、フロントに近づいた。

伊之助は、三次と雄太郎がいるのに、まるで気がついた様子もなく、早口で、しゃべっている。

「とにかく、探してもらわなくては、困るんですよ、大切なものなんだから」

「はい、できるだけ努力は致します。努力はしますが、こういう盗難は、なかなか出て来ませんのでね」と支配人は恐縮している。

「ほんとに、物騒だったら、ありゃアしない」

「しかし、あらかじめ、お連れ様のお名前を伺っておいて、その方が、そう名のって、おことわりになって、上にあがられたのですから、これはもう、どうも」

「ほんとに、そのひとは、井本っていったんですね」

「はい、井本ですがとおっしゃいました。尾上《おのえ》伊之助さんのお部屋に通ってもいいかしらと、おっしゃいました」支配人の脇にいて、問答を聞いていたフロント・マンがいった。

「おかしいわね」

やっと落ちついた口調になった伊之助が、「あら、ここにいたの？」と、目を見はった。

そして、三次にとりすがるようにして、「小父さん、大変なものが、なくなったんです」とべそをかいた。

二

「何がなくなったのさ」と、雄太郎は、真剣な顔で訊いた。三人ともソファにいた。

「この博多に、うちの師匠（伊三郎）のごひいきがいるんです。その方が、師匠が櫛を集めているのを知ってらして、前に大名のお屋敷にあったという、立派な蒔絵の櫛を二つ、ホテルに届けて下さったの。私は、お客様からそれをおあずかりして、部屋に帰ると、すぐ黒いカバンに、紙包みのまま入れたんですよ。そのカバンが盗まれたんです」

「ドアには鍵がかけてあったんだろう」と三次が訊いた。

「いいえ、それが、じつは、私をたずねて、井本という、私と同じ苗字の親戚の娘が、来る約束になっていたんです。たのまれることがあったんで、まア親戚だから許してもらって、ほんとは外来者とはロビーで会うことになっているんだけれど、そこは、まア何とか大目に見てもらうことにして」

しきりに伊之助が弁解するので、じれったくなって、三次が制した。

「フロントから、連絡があったんだね」

「伺っていた井本さんという方が、訪ねていらっしゃいましたというから、私は、ドアを、そっとあけておいたんですよ」

「そこに、その人がはいって来たわけだろう。それは、親戚の娘さんだったんだろう」

雄太郎が笑いをこらえながら、畳みかけて尋ねた。

「いえ、私は、フロントから電話がかかると、すぐ洗面所にはいったんだ。そして出て来ると、部屋の明りが消えていた。それで、スイッチを入れて明るくすると、ベッドの脇の台の上にのせてあったカバンがない。それで私はびっくりして、すぐここに降りて来たんだ」

「伊之さん」と雄太郎がもう一度尋ねた。

「フロントから井本さんて方がいらっしゃいましたという電話がかかった時、あなた、どうしていたんだい」

「明りを消して、ベッドの上に横になっていたんだ」

「へえ」

「だから、乱れた髪を直そうと思って、洗面所にはいったんだ、身だしなみだもの」と伊之助がいった、何となく、伏し目勝ちだった。

「小父さん」雄太郎が三次にいった。「伊之さんの所にフロントから電話のはいった時に、ぼくたちは、芙蓉の二階から、このホテルを見ていたんですね」

「そうだったね」

「見ていたって？　何をさ」伊之助が気色ばんだ。

「いや何となく、ぼくたちの部屋の明りが消えているのを見て、その隣の伊之さんの部屋の窓が明るいのに気がついたんだ」

「それで」

「ふっと見ると、伊之さんの部屋が暗くなっていた、ああ、もう寝たのかと思った」

「まさか寝やしないよ、人が来ることになっていたんだもの」伊之助が赤い顔をした。

「なら、なぜ、横になったりしていたんだ」雄太郎はするどい目をしていった。

「だって、その、親戚は、九時半に来ることになっていたんだ」

時計をそういいながら見ようとした伊之助が、腕につけていないのに気がついて、立ち上り、フロントの時計を見て、

「ああ、もう十時だ」といった。

その時、伊之助の目に、ロビーのソファにすわっている女が見えた。

伊之助が「あッ」といって、そのほうに近づこうとすると、女は逃げるように、走って、玄関を出て行った。和服の若い女だった。

私は十時十分にホテルに帰って、狂言作者の柴助から、これだけの話を、まことにたくみな描写で聞かされたのだ。

伊之助が前の月、東京でカバンをまちがって持って行かれた話は、じつは、最後に聞いたわけである。盗まれたのは、同じカバンだと思って、まちがいはなさそうである。

私は、この事件は、ぜひ、東京の老優中村雅《なかむらが》楽《らく》に話したいと思った。

しかし、その前に、もうすこし、聞きたいことがあるのだ。

伊之助と雄太郎の二人に会おうと思って、電話を入れてみると、伊之助のほうは、気分がわるいから勘弁して下さいとことわった。雄太郎は、すぐ降りますといってくれた。

私と柴助は地下のバーに降りて、待っていた。

「竹野さん、どうせ高松屋《たかまつや》（雅楽の屋号）の小父さんに報告するんでしょう」と、雄太郎は椅子にすわるなり、いった。

眉のりりしい、いい男前である。

「それはまア、さっそく、知らせるつもりさ」と私は答えた。

「何か御質問は」と、目の前にいる二枚目は、グラスを置くと、CMに出ている奇術師の口調をまねて、いった。

「妙なことを訊くけれど、このホテルの部屋にはいる時、カードには、本名を書くの？」

「ええ、中村が三人、尾上が五人もいるので、よく荷物がまちがったりするから、巡業の時は、本名でいつもチェック・インするんですよ」

　雄太郎は、いかにも旅なれたいい方で、答えた。

「伊之助君の本名が井本っていうのを、はじめて知ったよ、君の小山田は、前から知っていたがね」

「小山田庄左衛門なんて、いわれたから、知ってるんでしょう。ひところは、色にふけっていましたからね」

「今はどうなのさ」と、柴助が皮肉な表情で、ボックスの隣にすわっている雄太郎の顔をのぞきこんだ。

「マイホーム、ひたすら、それのみです、いまもじつは、東京に電話を入れて、子供の声を聞いたところです」

「もう、赤ちゃんがいるの」と私が目を丸くした。

「十ヵ月ですよ、そろそろ」雄太郎はそういったあとで、クスクス笑い出した。

「何がおかしいんだ」

「いえね、伊之助、あれで隅におけませんよ、井本と名のって、ホテルに訪ねて来る親戚の娘というのは、真っ赤ないつわり。素人か玄人か、わかりませんが、打ち合わせておいて、ここに呼んだコレですよ」と、月並に小指を立てた。

「ほほう」と私は腕を組んだ。

「井本っていえば、いかにも、親類らしいでしょう、しかし、私はあの伊之助とは、かなり親しくしているんだが、この博多に、身寄りがいるなんて、一度も聞いたことがない」

「なるほど」

「さっき、ぼくたちに説明しているときの伊之助は、何となく、しどろもどろでした。あれは、隠している女のことが、ばれたので困っている顔つきですよ」

「そうかね」

「ぼくにも、覚えがあるから、よく、わかるんです」雄太郎は、悪びれずにいった。

「九時半に来いといっておいた女が、すこし早く来たんですね、フロントから電話がはいる。急いで洗面所にはいって、髪を直したというのも、好きな女を待っている男のすることですよ」

「さすが、さすが」柴助は、セリフのようにいって、笑った。

「九時半に来るという女を待って、横になっている。電話がはいる。急いで身だしなみをする。出て来ると明りが消えている。スイッチを入れると、カバンがなくなっていた。こういう順序だね」と私は、念を入れて確認した。

「竹野さんは、高松屋としじゅう、こういう事件の話をしているから、他人の話でも、きちんと、すぐ頭にはいるんですね」と雄太郎が感心したようにいったので、私は少々赤面した。

「そうすると、井本とことわって、上にあがったその女が、カバンを持って行ったことになるね」と柴助が考えこんだ。

「どういう女か知らないが、伊之助君にそういわれて、ホテルに素直にたずねて来るからには、まずそんなに浅い、行きずりの仲ではないと思うね」と私はいった。

「そりゃアそうですよ」

「その女が、伊之助君を困らせるようなことをするというのは変だね」と私も考えこんだ。

「こういう考え方はできませんか」と、柴助が膝をのり出した。「伊之助とは、大分前からの仲だった。博多に来るたびに会っている女だった。しかし、最近、何かの事情で、一方が冷たくなっていた。男のほうか、女のほうか、それはわからないが、一方から別れようということになった。それはそれとして、もう一度ゆっくり話そう、ホテルに来いということになった。そのホテルに来て、カバンを持って行ったということから推測すると、伊之助のほうが別れ話を持ち出していたというふうに考えられます。女は、男をうらんで、カバンを持って逃げた」

「ところが竹野さん」と雄太郎が私をじっと見ていった。「その筋書はおもしろいんですがね。さっきロビーの玄関寄りのソファで三人が話している時、奥のソファに女がひとりいたんですよ。伊之助が時計を見ようと立ち上って、何となくロビーを見まわすと、女がいた。そして、伊之助が近づこうとすると、逃げ出したんです」

「その話は、さっき、この柴助さんから聞いたよ」

「ところが、そのひと、手に何も持っていなかったんです」

「妙だなア」と私はまた考えこんだ。「では、こうだ。女はカバンを持ってホテルを飛び出した。それを自分の家に持って行った。しかし反省した。悪いことをしたと思う。カバンは明日にでも返すつもりで、ともかくも詫びようと思って、このホテルにはいって来る。ところが、伊之助君、雄太郎君、三次さんが話している。声をかけるにかけられず、向うのソファにいて、三人が上にあがるのを待ってて、伊之助君に電話を入れるつもりだった。しかし、姿を見られると、居たたまれなくなって、出て行った。こういう推理は、どうだろう」

「もし、そうだとすると、女は、このホテルの近くにいる人間だと思っていいな」といいながら雄太郎は、大きく、うなずいていた。

三

私は、一応この事件のメモをこしらえて、翌朝九時に、東京千駄ケ谷の雅楽の家に、電話をかけた。

かなり長い通話になったが、雅楽は、「ハイ」「ハイ」と大きな声で答えながら、重要と思われる点は復誦してみたり、私に二度いわせてみたりしながら、聞いてくれた。

「たいへん、おもしろい事件ですね」と老優がいった。「あと一時間したら、こんどは、こっちから電話を入れます」

「待っています。伊之助君は、師匠のごひいきから届けてもらった見事な櫛のはいったカバンなので、青くなって、きょうの芝居がどうなるかしらなんて、いっています」

「おそらく、今夜も立派に梅川がつとまるように、私が何とか知恵をしぼってみると、そう言《こと》伝《づ》て下さい」

いつものように、力づよい老優の言葉が、受話器の向うで切れた。

私はきょうは公休をとった友人の車で、宇佐八幡に行くことになっていたのだが、事件のほうが気になるので、友人に訳を話し、自分の客室で、東京からの電話を待つことにした。

キッチリ十時に、雅楽の声が、再び聞こえた。

「まず先にいいますが、ゆうべの十時に、ホテルのロビーのソファにいて、雄太郎君に見つけられてあわてて出て行った女のひとは、カバンを持って逃げた人ではないと思いますよ」

「はア」

「約束通り、そのひとは、九時半にホテルに来たんです。フロントに井本とことわって、伊之助の部屋に連絡してもらおうと思って、ふと見ると、伊之助と雄太郎と三次が、三つがなわで話しこんでいるので、別のところにいて、三人が上にあがるのを待っていた、これは竹野さんの推測通りです。しかし、そのひとは、伊之助の部屋にはいったひとではありません」

「しかし、たしかに、フロントに、ことわって、通った女がいるのはたしかなんですよ」

「そこです。私は大分考えた。結局、思いついたのは、伊之助に似た名前の人物が、同じホテルに泊っていたのではないかということです」

「似た名前の泊り客がですか」

「大体私の予想はあたると思うんですが、ひとつ、当ってみて下さいませんか。竹野さん、ゆうべ博多のそのホテルに泊った客の中に、小野という姓の男のひとがいなかったでしょうか、さっそく、それを尋ねて下さい」

「はい、わかりました」

「もし小野氏が泊っていたとすれば、蔓《つる》をたぐって、カバンは戻りますよ」

電話を切って、私はおどるような足どりで、エレベーターで一階まで降り、フロントに行って、支配人に調べてもらった。

ゆうべのカバン紛失事件の役者と親しい新聞社の者だというので、ホテルは協力してくれたが、雅楽の指摘したように、小野という人物が、たしかに泊っていたのには、おどろいた。

小野栄之助という金融業者であった。五十五歳で、大阪の今宮《いまみや》に住んでいて、月に一度、博多に来ると、かならずこのNホテルに宿をとるのだという。体格のいい人物だと、支配人は付け加えた。

それを聞くと、私は、雅楽から説明してもらわなくても、大体の見当はついた。

——「小野栄之助さんに会いたいのですが、お部屋は何号室ですか」と、女は尋ねたにちがいない。

フロントは「あなたは」と当然尋ねる。特に女性の客は、なるべくロビーで会ってもらうことになっているからだ。

フロントのカウンターの内側に、歌舞伎の一座の名簿が貼ってあって、芸名と本名が、ひと目でわかるように、多分なっているのだろう。

「尾上伊之助」という字をフロント・マンがチラリと見て、下に書いてある井本某（じつは名前はまだ知らない）というのを見て、「あなたは」と訊くと、「井本です」と答えたので同姓の親戚の娘かと思い、「どうぞ部屋にお通り下さい」といった。

ところが、それは、小野栄之助を訪ねて来た女だった。

その金融業者がこのホテルに女を招くというケースは、何だろうと、私は考えてみた。

原則的には、女性の訪問客は、客室に通さないことになっているはずだが、顔の利いている常連が、内々の話をロビーや喫茶室ではできないからといえば、ホテルも一応、通っていいと返事をするだろう。

おそらく、小野という人物が、部屋で会おうとした相手は、その男から、かなりの額の金を用立ててもらった女ではあるまいか。

期限が来たのだが、返却が目下不可能だ。利息を入れるわけにもゆかない。そういった、きわめて窮迫した状態にいる女だと想像できる。

そういう女に対して、強い立場を持っている男が、よからぬ欲望を、むきだしに迫るという話は、珍しくない。雅楽がむかし解決した「車引《くるまびき》」の時平《しへい》役者殺しも、同じようないきさつであったから、私にも、そうした人間関係は、容易に思い当るのだ。

自分の部屋に呼び入れて、一応釈明をきこうという。女のいうことはきまっている。

何とか待って下さい。来月までに努力してお返しできるようにします。こんなふうに哀願する相手の顔を、猫が鼠をもてあそんで楽しむような表情で、男はじっと見ている。

そして、最後に、「これはビジネスだから、いくら泣き言をいっても、私は情にほだされたりはしない。しかし」といって、相手の顔をのぞきこむ。

それからゆっくり、「魚ごころあれば水ごころという言葉を知っているか」と尋ねる。

女は、男に、別の形で、債務を返済することを要求されるわけだ。

私は、「忠臣蔵」の大序で高《こう》ノ師直《もろのお》が顔世《かおよ》御前《ごぜん》をくどく場面を、仮に頭の中に思いうかべた小野なる人物のイメージと重ねて考えてみた。すると、いかにも、話の辻つまが合って来るのだ。

雅楽のいう通り、小野栄之助の部屋だと思って、尾上伊之助の部屋に、はいっていったのだろう。

ドアがあいている。部屋は点灯されていたが、小野栄之助の姿は見えない。（伊之助は洗面所にいた）ふと見ると、ベッドのそばの卓上に、カバンがある。

いろいろな形で自分を苦しめている男を困らせてやりたいという衝動が女をにわかに襲い、あとさきのことを考えず、それをとりあげ、スイッチで明りを消して、廊下に出て走った。

それにちがいないと、私は、劇の或るシーンを見ているように、ありありと女の行動を思いうかべながら、うなずいた。

雅楽に、もう一度、電話を入れた。

「どうでした」

「おっしゃった通り、小野という人が泊っていました」と私は、息をはずませながら、いった。

「エイノスケという名前だったでしょう」

「はい。びっくりしましたよ。さすがに、高松屋さんだと、今さらのように、おどろいてるんです」

「あんまり買い被らないで下さい。じつは、尾上伊之助が、小野エイノスケじゃないかと思いついたのには、種があるんですよ」と雅楽が笑いながら、いっている。

「はア」

「三遊亭円朝の『敵討札所の霊験《かたきうちふだしょのれいげん》』というはなしがあります。その中に、ミズシマタイチという人間が二人出て来るんですよ。両方とも、ミズは水野の水ですが、片っぽうは、その下にツカサ、又五郎《またごろう》のマタ、市場《いちば》のイチなんです。それからもう一人のほうは、水の下に江島生島の島、太郎冠者《たろうかじゃ》のタ、数字のイチなんです。昭和のはじめに、猿之助《えんのすけ》の一座がたしか本郷座で出し物にしてますよ。その筋を私は知っていたので、ホテルに偶然、オノエイノスケが二人いたのじゃないかと思ったんです」

私は雅楽の声を受話器で聞きながら、メモの上にボールペンで、
水司又市　水島太一
と書いてみた。

「円朝が、絵ときをしてくれるとは思いませんでした」と、私はいった。

「何が役に立つか、わかりませんな」と、雅楽がうれしそうに微笑している顔が、見えるようだった。

「ところで」と私は訊いた。「しかし、なぜその女性が、井本といったんでしょう」

「それは、わかってます」

「はア」

「その小野氏が、そういってフロントにことわれといったんですよ」

「はア」私には、すぐわからなかった。

「つまり、兄を訪ねて来たという顔をさせたんです」

「はア」私はもう一度わけを訊こうとして、こう応じた。

「いもうと。妹ですと、その女のひとは、小野氏の指図どおり、ホテルの人に名のったんですよ」

四

雅楽の解釈を、さっそく、博多に来ている歌舞伎役者たちに、私は伝えた。

「カバンはきっと戻るだろう」という老優の言葉に、伊之助は、飛びあがって喜んだが、「でも、これから、どうすればいいのかしら」と、再び不安そうな顔に戻った。

こういう時に、役者ばかりでなく、芝居の裏で働いている人たちは、テキパキと、行動の予定を立てたりする能力に欠けているのがよくわかる。

結局、みんなから頼みこまれて、私が何もかも、しなければならないことになった。

もっとも、雅楽に与えられたヒントをもとに、雅楽のいう「蔓をたぐって」ゆく仕事を引き受けるのは、多分に興味があったから、快諾したのだ。

まずホテルの支配人に紹介してもらって、伊之助たちより一階上の客室に泊っている、金融業者小野栄之助を訪ねた。

東都新聞につとめている竹野と名のると、一瞬異様な顔をした。

肩の大きな、一見傲岸《ごうがん》な顔をした男は、あきらかに不機嫌だった。私は、きのうここへ来るはずの女が来なかったので、おもしろくないのだろうと推察した。

「私に、どういう御用ですか」

関西の訛《なまり》のある話し方だった。

「長くなりますが、くわしく申しあげないと納得していただけないと思いますので、お話しします」と前置きして、私はこの一階下に泊っている女形の伊之助のカバンが、その部屋を訪れた女性に持ち去られたという話をした。

「歌舞伎は私も嫌いじゃないから、博多にいるあいだに百貨店に見にゆこうかと思っていたところです。しかし、そのことと、私と、何か、かかわりがあるのでしょうか」

「その女のひとは、この部屋に来るはずだったのを、フロントの人がちがう部屋を教えたので、まちがって伊之助の部屋に行ったのです。そして、伊之助のカバンを持って逃げたのです」

「そんな阿呆なことがありますか。ちがう部屋をフロントが教えるなんて」

「じつは、その女性は、オノエイノスケさんの部屋を訪ねたいのですがといったんだそうです」

私はゆっくりとしゃべった。

「なぜ、そのひとに私の部屋を教えなかったのだろう」小野栄之助は、首をひねった。

「伊之助の芸名を、フルネームでいうと、尾上伊之助なんです」

「オノエイノスケ、ほう」と大きな目を見開いたまま、相手は、しばらく黙っていた。

「ゆうべ、あなたを訪ねるはずの女の方が、もしか、いたのでは、ないでしょうか」

私がこう尋ねると、しばらく目をつぶっていたが、やっと口を開くと、笑いかけた顔で、「約束していた女が、じつは、いました」といった。「私は、すっぽかされたんだ」

「いえ、たしかに、ホテルに来ることは来たのです」

「私の部屋だと思って、あいつは、カバンを持って行ったんですね。けしからん、じつに悪いやつです」

人が悪いと思ったが、私はこういった。

「でも、その女性は、フロントで、妹ですといったんです」

男の顔が赤くなった。しかし、すぐ冷静になって、反問した。

「妹ですといったのに、なぜ」

「尾上伊之助という女形の本名が、井本だったのです。伊之助も、自分の部屋に、井本という名前で訪ねて来るようにいって、女の客を待っていたんです」

「まったく同じじゃないか」と小野栄之助は、吐き出すようにいったが、しばらくすると、笑い出した。

「どうも、とんだ飛ばっちりでしたな」

「妹さん、いや、ゆうべここに来ることになっていた女の方の住所は、もちろん、ご存じですね」

「知っていますとも。呼びつけて小言をいってやろうと思ったんだが、何だ、人をからかおうとして」

「はア」と私はふしぎそうに返事をした。

「妹のやつ、母親の法事に、大阪まで来るようにと、あんなに、いってやったのに、とうとう来なかった。今どき珍しく、亭主に気兼ねばっかりしている女なんです。亭主は、西鉄の本社につとめているんですがね」

「ほんとうに、妹さんだったんですか」

私は自分の想像した筋書が崩壊したので、あっけにとられたが、途端に目の前にいる金融業者に好感を持った。

小野栄之助は、すぐ卓上の電話のダイアルをまわした。

「あら、おにいちゃん」という関西訛のカン高い声が、そばにいる私にも聞こえた。

「おにいちゃんじゃないよ。カバンを持って行ったろう」

「あわてさせてみよう思うて」と笑っている声がする。

「中をあけてみたか」

あとはハッキリ聞こえなかったが、兄は、妹を散々叱って、電話を切った。

「すぐ持って来るそうです。あの女は、昔から、悪性者《あくしょうもの》で、いたずらをよくするんです。子供の時分から、そうでした」

「悪性者」という言葉で、私は「道成寺《どうじょうじ》」の長唄を思い出して、クスクス笑った。私の心持は、なごんでいた。

金融業者がいった。

「カバンの中には、ロープが一本、紙に包んだ立派な櫛が二つ、あったそうですよ」

「はい、そう聞いています」

「女形が、なぜカバンに、ロープなんか、入れてるんでしょうね」

「さア、わかりませんね」二人で、しばらく考えこんだ。

十五分ほどして、小野栄之助の妹が、カバンをさげて、はいって来た。

事情は小野に説明してもらうことにして、私は、そのカバンを受けとるとすぐ、伊之助の部屋に持って行った。

雄太郎が来ていた。

どうしても、中をたしかめるために、伊之助が、二人の目の前で、カバンをあけなければならない羽目になった。

「伊之さん」雄太郎が思い切ったように、尋ねた。「このロープは、一体何なのさ。何だって、こんなものを、持ち歩いているのさ」

「困ったな」顔を赤くして、伊之助がいった。

そして、カバンから、スルスルと、ロープを引っぱり出した。両端に木の把手《とって》のついている、縄飛びの道具だった。

「何だい、縄飛びじゃないか」

「私ね、ふとるといけないから、毎日、ひとりで、縄飛びをするんです」伊之助は、私の顔を見ながら説明した。「劇場の屋上だの、ホテルだと地下の駐車場に、トレパンを穿いて行って、飛ぶんです」

「なぜ、それを黙っていたんだい」雄太郎は、まじめになって質問した。「いつか、東京でこのカバンをまちがえて持って行った三味線ひきの喜代さんが、ロープがはいっていたなんていったので、薄気味わるく思っていたんだぜ」

「だって」と、伊之助は、毎日舞台の上で恋人を演じている役者に、甘えたような口調で答えた。「女形が縄飛びをしているなんて、人に知られたら、みっともないと思ったのさ」

「健康のためにすることだ、ちっとも、おかしくなんか、ありゃアしない」

「でも、お転婆だって、いわれるだろう」

私は思わず、吹き出してしまった。

東京に帰ると、さっそく千駄ヶ谷の雅楽の家に、私は車を走らせた。

全部聞きおわって、雅楽がいった。

「その金貸しの小野栄之助という人が、ほんとうに、妹を待っていたというのが、救いでしたね」

「私は、てっきり、狼が小羊を待っていたんだとばっかり、思いました」

私は頭を掻いた。

「多分、そのきょうだいは、兄一人、妹一人という、二人っきりだと思いますよ」

「むろん、図星でしょう。何なら、問い合わせてみましょうか」

「およしなさい。いくら何でも、物好きすぎます」と雅楽が手を振った。

「はい、はい」と、私は笑った。

「もうひとつ、よかったなと、私は思っています。こんどの事件が、伊之助のために、よかったということです」

「何でしょう」

「あの女形が、とにかく、井本と名のらせて、部屋に女を通させようとする、ごく正常の男だということがハッキリしたことです。それから、カバンに入れていた縄の正体がわかって、奇妙な趣味を持っていないことが、明らかになったことです。これも伊之助のために、よかった」

雅楽が、うれしそうに、こう結論した。

「もしかすると、女のほうは、これもほんとうに井本という、親戚だったかも知れません。ことによったら、妹だったかも」私は、わざと、こんなふうにいってみた。

「ほんとの妹だったら、向うのソファに隠れていたりするもんですか。近づいて来て、伊之助に声をかけるはずですよ」

「何なら、問い合わせてみましょうか」

「およしなさい」雅楽はおうむ返しに、もう一度手を振った。私は、老優とセリフのやりとりをしているようで、いい気持だった。

先代の鏡台

十一月に、東京と大阪の劇場で、歌舞伎俳優のほとんどが出演、「仮名手本忠臣蔵《かなでほんちゆうしんぐら》」を競演して、好劇家を喜ばせた。

興行会社は抜け目なく、「忠臣蔵」ツアーというのを企画し、往復の乗車券とホテルの費用をうわのせして、大阪の中座《なかざ》の座席券を発売したりした。

私も、月の中ごろに、関西まで見に行ったが、今では四十代のなかばに達した一人の俳優が、なかなかいい芝居を見せているのに注目した。

この役者については、十五年ほど前に、ちょっといい話があるので、中村雅楽《なかむらがらく》譚のひとつとして書いておく。

ただし、当人が困る部分があると思うので、ここでは中島宮松という仮名にして、書くことにしたい。

一

あれは昭和三十七年の秋であった。

歌舞伎座の千秋楽《せんしゅうらく》の翌日に、私が千駄ヶ谷の家を訪ねると、老優雅楽の部屋に、客が来ていた。

玄関で私を迎えた門弟の楽三《らくぞう》が、遠慮して「邪魔じゃないかしら」といっている私に、「かまいませんから、どうぞお上り下さい。来ているのは、宮松さんで、さっきから、今月の役についてのダメ出しをしてもらっているんです」といった。

宮松は、その月、初役で「すしや」の弥助《やすけ》を演じた。父の先代宮松の当り役を、大体、いえに伝わる型で見せたわけだ。

そのころは、私も毎月東都新聞に劇評を書いていたのでハッキリおぼえているが、当時三十にまだならない宮松の演技が、いかにも未熟だったので、「三位中将維盛《さんみちゅうじょうこれもり》の気品は見られるが、色気がないので、舞台がもりあがらない」というふうな苦言に近い書き方をした。

雅楽も、そのころは今より元気で、こういう古典の大曲に初めて出る俳優がいると、みんなに明治以来の演出や、役のしどころを、嚙んでふくめるように教えるのが楽しくて仕方がないという顔をしていたものだ。

その月は、梶原《かじわら》に出ている路延《ろえん》、母親になった嘉久之助《かくのすけ》も初役だったので、三人とも千駄ヶ谷に話を聞きに行ったはずだが、ことに宮松は、その先代と親友で、子役の時にはいろいろな芝居で共演させているため、親身になって、この「義経千本桜《よしつねせんぼんざくら》」三段目釣瓶《つるべ》ずしやの下男弥助じつは三位中将維盛という、色白のやさ男の役を、ていねいに指導したのだった。

雅楽の居る部屋の襖ごしに、かなりカン高い声が聞こえる。あまり、機嫌がよくなさそうであった。

きのうで終った「すしや」のダメ(文注)を出しているというのを聞いて、私は、同じ演目を、京都の顔見世にでも持ってゆくのかと思ったが、じつは、そうではなかった。

あとで聞くと、昔の歌舞伎では、千秋楽の夜、稽古をし直すことが珍しくなかったそうだ。そのしきたりを学んで、雅楽は、興行の終った翌日に、宮松を呼んで、役を教え直していたらしい。

「竹野さんがいらっしゃいました」

低い声で楽三がいったが、鍛えられた声だから、すぐ聞こえたと見えて、話し声がハタとやんだ。

「竹野さん、どうぞ」と雅楽がいった。

襖をあけると、火鉢をへだてて、老優と、四十も年のちがう宮松がいた。宮松は机の上に、書きぬきを置いている。赤い鉛筆で一杯書きこみがしてある。

「楽三、いま襖の向うから、声をかけたのが、よくこちらに通ったよ」と雅楽がいった。

私が思ったのと同じことを、いっているのが、おもしろかった。

雅楽は、楽三を次に大変喜ばせた。

「十二月に明治座で『忠臣蔵』が出る。楽三に四段目の郷右衛門殿《ごうえもんどの》をやってもらうことにする」といったのだ。

注釈しないとわかるまいが、「仮名手本忠臣蔵」の四段目は、塩冶判官《えんやはんがん》の切腹する場面である。判官が真っ白な死に装束で座につくと、下手の襖のかげから、家来の声がする。原郷右衛門に呼びかけて、殿様の御生前にお顔を拝したいという意味の歎願をする。それを聞いて郷右衛門が判官に小声で尋ねると、大星由良助《おおぼしゆらのすけ》が来るまではだめだという。

「スリャ御対面はかないませぬか」と諸士の声がして、郷右衛門が「いかにも」と返事をし、義太夫《ぎだゆう》が「並み居る諸士は言葉もなく、ひと間ひっそと」と語って、ホロッとさせるところだ。

この「郷右衛門殿」と呼びかけるセリフが、近ごろどうもよくないと私は思っていたのだが、ちょうどその「忠臣蔵」に諸士の一人と六段目の猟人で出る楽三に、このセリフをいわせようと、雅楽が思いついたのは、名案にちがいなかった。

と同時に、雅楽が私にろくに会釈もせずに、楽三にそんなことをいった気持が、よくわかった。

雅楽は今まで、宮松に小言をいっていた。宮松の目を見ると、思いなしか、充血して、涙ぐんでいるようにも見えなくはない。

当然はいって行った竹野に対して、宮松には、きまりの悪い思いがある。それを雅楽は救うつもりで、いきなり「忠臣蔵」の話をしたのだ。

雅楽という人には、こういう心配りがいつもある。そこが、私は、たまらなく好きなのである。

宮松が、あらためて、私に頭をさげた。

「いま、おじさんに、弥助の話を、もう一度伺っているところでした」

「いやね、竹野さん。宮松の弥助は、あなたも書いていたが、いかにも色気がたりなかった。この役は、維盛だという性根《しょうね》を別にして、何よりもまず、すしやのひとり娘のお里《さと》と毎日いちゃいちゃしているという、つっころばしらしいところがほしい。岡《おか》（鬼太郎《おにたろう》）さんがいつか書いていたが、早くいえば、女たらしのとんでもない若僧だが、それはとにかく、お里との色事をタップリ楽しんでいる様子が、姿にも動きにも出ていなければ、役としては、不充分です。宮松のお父さんは、こんな役をしていると、自然な色気がただよって、じつによかった。桟敷《さじき》や平土間《ひらどま》にいる娘たちが、みんなお里みたいな心持になって、溜め息をついたもんだ」

雅楽がこんなふうに私に向っていう言葉を、姿勢を正して聞きながら、宮松は素直に一々うなずいていた。

「お父さんは、もっとも、かなり遊んだ人らしいからね」と私がいった。

「そう、それを私もいおうと思っていた。私も同様、若いころは、しじゅう一緒に遊んだものだ。お互いに、かみさんには時折苦い顔をされたり、皮肉をいわれたりしたが、それでも、云い訳ではない、その遊びが舞台に出る時の役に立った」

雅楽がそういいながら、遠くを見るような目つきをしたのは、先代の中島宮松と楽しい時間を持った青春時代の回想が浮かんだからであろう。

この宮松を生んだのは、先代の二度目の妻女で、たしか柳橋から出ていた人のはずだった。

「戦後の歌舞伎の人たちは、花柳界にゆかないんでしょう」と私がいった。

「そうですね。私なんか、ほとんど、どこも知りません。お客様に招かれた席で、新橋や赤坂の芸者衆と会うこともありますが、たいてい父とおつきあいのあった、おばさんたちですから、話が合わないんですよ」宮松は、やわらかな話になったので、すこしは気が楽になったと見えて、こんなふうに、話した。

「おばさんたちというが、どの土地にだって、若い子も、いるんだぜ」

「ところが、おじさん。若い芸者衆は、私たちを相手にしてくれません。第一、みんな、芝居を見に来ないんです。話はゴルフ、映画、テレビです。いつか、こんなことがありました。新喜楽で証券会社の日比野さんに御馳走になっていた時、ちょうど話が、その月に私がさせていただいていた桜丸《さくらまる》のことになりました。すると、そばにいた若いひとが、目をかがやかして、桜丸なら知っているわというんです。私は私の舞台を見てくれたのだと思って、そうですか、桜丸いかがでしたというと、あいにく海が荒れたので酔ってしまったのというんです」と宮松がいった。

「何の話か、竹野さん、わかるかね」

頭の回転の早い雅楽にも、唐突すぎると見えて、首をひねっている。私には、むろん、わからなかった。

「日比野さんが、海が荒れたって、何の話だといわれますと、ケロッとして、その子がいいましたよ」

「何だって」

「大島に行く汽船でしょう？」

三人で吹き出した。

「これだからね」としばらく経って、雅楽がいった。「これだから、むずかしい。若い役者が年相応の芸者と遊ぼうとしても、向うが芝居に興味を持たないんじゃ、仕方がない」

「先代のころは、そんなことはないんでしょう？」私はいい機会だと思って、すこし、老優から昔話を採集しようと、水を向けた。

「そりゃア竹野さん、私の若いころは、お茶屋に行って、気に入った相手を呼ぶと、その芸者は、逢う役者の紋のついたかんざしをさして来たものだ。宮松のお母さんなんか、先代と一緒になる前は、いっ時、帯にまで、うまく目立たないように崩した替え紋を模様に縫ったりしていたものだ」

「しかし、桜丸が大島航路とは愉快だね。誰だろう、その素っ頓狂な子は」と私は、つぶやいた。

「私もあまりおかしかったので、その子が出て行ったあとで、新喜楽の女中さんに、名前を聞いておきました。染丸というひとでした」

宮松はおかしそうに、含み笑いをしながら、こう語った。

私は、その若い芸者に、一度会ってみたくなった。好奇心である。

二

その日は、夜の十一時まで、雅楽の家にいた。もともと、特別に用事があったわけではなかった。何となく顔を見たくなって行ったのだが、宮松との話がはずんで、結局三人で、雅楽の好きな合鴨の鍋を煮て、たのしく酒を飲んだ。

食後に、弥助の色気の話が、また蒸し返された。その時不意に、雅楽が、こんなことを云い出した。

「宮松のお父さんが、若いころに使っていた鏡台が、或る家の蔵にしまってあるんだよ」

「はア?」宮松が不思議そうに反問する。

「竹野さんは知っているでしょう」

「いえ、そんなこと、伺ってません」

「そうだったかな」と雅楽が首をかしげた。

「華族さんの奥方が、若いころの先代宮松のひいきでね、たしか宮松がはじめて勘平《かんぺい》をした時だったと思う。私が定九郎《さだくろう》だった。その『忠臣蔵』の初日に、立派な朱塗りの鏡台が届いた。

じつにあでやかな色をして、形もよく、細工も凝っていた。私は、羨ましくてね、私には、そんなことをしてくれるひいきが、いなかったから」

「そんなことはありませんでしょう」と、宮松は微笑した。そして、私をチラッと見たので、私も隣の若い役者を見返して、笑いながら、うなずいた。

「それはそうとして」と雅楽も苦笑しながら続けた。「その鏡台を届けて来た子爵夫人が、幕間《まくあい》にやって来て、先代にこういった。あなたが今まで使っていた鏡台を、私に下さいって」

「ほう」

「もちろん、いなやはない。それまで宮松の楽屋にあった鏡台は桑で出来ていて、そんなに見すぼらしいものでもなかったが、子爵夫人の所から来たのとくらべたら、問題にはならない。立派なのをありがたく頂戴して、今まで楽屋に置いていたのを、さしあげたわけだ」

「朱塗りの鏡台が、震災前まであったという話は、父からも聞いていますが、それが、そういう方から贈られたという話は、していませんでした」

「それは、そうかも知れない。その奥方とのあいだに、べつに何の噂も立たなかったのだが、子爵夫人が役者に鏡台を贈り、かわりに今まで使っていたものを受けとったということだけでも、あまり他人には知られたくなかったはずだろう。私は何もかも打ち明け合う友達だから知っていたのだが、ほかには誰も、宮松の楽屋の朱塗りの鏡台の由来を知っている者は、いなかったはずだ」

おもしろい話を聞いたと思って、私はホクホクした。

「第一、このことは、子爵様は多分御存じないと思う。つまり、包み隠さなければならない秘密だった」

「その桑の鏡台が、焼けずに残っているんですか」宮松が質問した。

「お屋敷が麻布の一本松にあって、大正十二年の大震災にも、昭和二十年の空襲にも、焼けずに残った。そして、そのお屋敷の土蔵の中に、まだあるはずだ」

「奥方は、どうなさったんです」

「戦争中になくなられた。奇麗な方で、私も何回かお目にかかったが、上品な、お姫様がそのまま片はずし（中年の武家の女のカツラ）になったという感じの方だった。四国の大名のお嬢さんだと伺っていたが」と、雅楽がしみじみ話した。

私は、さっき聞いた花柳界の遊びの話にもまして、華族の夫人が役者をひいきにして、丹精して誂えた朱塗りの鏡台を贈ったという、この話に興味を持った。

美しい子爵の奥方が、勘平を初役で演じる二枚目に、そんなことをしたというのが、何とも、なまめかしく思われたのだ。

「その鏡台、見たいですね、家のは、震災と空襲で、みんな焼けてしまって、父の形見は何もありませんから」と、宮松は真剣な顔でいった。

「一度、私が調べてみよう。もちろん、その子爵の家も、今は華族ではないが、その奥方のお子さんが、大学の先生をしているはずだ。野鳥の研究家で、有名な方だ」

私は、そういわれて、子爵家の苗字が何となくわかったような気がしたが、わざと黙っていた。

「おじさんから頼んで、そのお屋敷のお蔵にある鏡台をひと目だけでも、見せていただくわけには行かないでしょうか」と、宮松は熱心に、老優の顔を見つめながら、懇願した。

「伝手《つて》のないことはない。じつは、当主にあたる教授も、芝居が好きで、よく見に来て下さるらしい。もうその方の両親もいないことだから、ほんとの話をしても、お家騒動にもならないと思うが、まア一応、鏡台の交換については伏せておくことにして、何とかうまく、お願いしてみよう」

「そう願えると、ありがたいですね」

「宮松君」と雅楽は、急に改まった口調でいった。「もし万一その鏡台が、君に返されたとしたら、それを使うつもりかい？」

「もちろんですとも」と宮松は目を輝かしていった。「大切に使わせてもらいます」

「しかし、そううまく行きますかね」私は、それは期待できないと内心考えたので、正直にそれを口に出した。

「当ってみなければ、わからない。だが、当主がわけ知りで、事情を察しながら何もいわずに、どうせしまって置いても何にもならない品物だから、よかったら差し上げましょうと、いわないとも限らない」

「なるほど」

「私は、出来れば、その鏡台を宮松君に使わせたいと思う」と雅楽は急に熱中した表情になって続けた。「若き日の先代中島宮松が毎日その前で化粧をしていた。一世を風靡した花形の顔と姿を年中映していた鏡台には、その持ち主の華やかな芸のにおいが、浸みこんでいる。すこし大げさにいうと、二枚目の芸のたましいが、勘平のセリフじゃないが、鏡台とともに、この世にとどまっていて、息子の宮松君に乗り移るかも知れない。その鏡台を楽屋に置いたら、もっといい弥助ができるようになるにきまっている」

私は、中村雅楽という人を、私たちよりもリアリストだと思っていた。以前に「奈落殺人事件」という短編に書いた劇場の地下室の事件の時に、殺された者のたたりといったものを江川刑事と私が感じた時、そんなことはないといって、明快に、二つにはずして凶器にしたハサミが、合わせてもとの通りにならなかった理由を、「ハサミが二挺あったんですよ」といったので、おどろいたのを、今も忘れずにいる。

芝居の世界の人にしては、つねに物事を現実的にのみ解釈する、珍しいタイプの老人だと思っていた雅楽が、いま若い宮松を激励するためとはいえ、超自然の芸のたましいなんて表現を持ち出したのが、いかにも突飛に思えたのだ。

しかし、一方で、その鏡台が私も見たかったたし、父親の使っていた鏡台を楽屋に置くことで、今までになかった雰囲気が生じ、宮松に有効な刺激を与えられれば、どんなにいいことだろうと思った。

「どんな鏡台だったのですか」と宮松が尋ねた。

「さっきもいったように、桑で出来ていた。鏡はまんまるだったと思う。引き出しのとっ手に、銀で花菱の紋が細工してあったと思う」

私は、雅楽の記憶のいいのに、あらためて感心した。

その夜、帰宅してから、すぐ床にはいったが、私は夢を見た。子爵夫人がニッコリ笑って、「宮松さん、お返しするから、これを持っていらっしゃい」というと、きょう会った宮松が「ありがとう御座います」と頭をさげているけしきが見えたのだ。

おもしろいことに、その夫人は、細川ちか子そっくりだった。じつは、雅楽を訪ねる前の日に、劇団民芸で、細川ちか子の赤毛物の貴婦人を見ていたせいでもあろう。

そんな夢を見たのも、私がはじめて聞いた鏡台にまつわる物語に、多分に昂奮していたのが、わかるのである。

三

いま私は「演劇界」のバック・ナンバーとスクラップ・ブックをかたわらに置いて書いているわけだが、「すしや」の出た次の月、京都南座の顔見世に行かない若手が、明治座で「忠臣蔵」を大序から七段目まで通して出し、宮松は千崎弥五郎《せんざきやごろう》をつとめている。

雅楽の鶴のひと声で、弟子の楽三が、四段目の「郷右衛門殿、郷右衛門殿」のセリフをいったのは、いうまでもない。

雅楽は、その次の春芝居の歌舞伎座で、久しぶりに出た「菅原《すがわら》」の二段目、道明寺《どうみょうじ》の伯母御《おばご》の覚寿《かくじゅ》を演じて、みごとだった。おなじ時に、「車引《くるまびき》」が出て、宮松がまた桜丸を演じたのが、おかしかった。

「たしか染丸といった若い芸者に見せてやればいいのに」と思ったが、そこまで世話を焼くのは、おせっかい過ぎるので、私は何もいわずにいた。

その正月にも、私用をかねて、雅楽の楽屋にも、千駄ケ谷の家にも、たびたび足を運んだが、十一月に聞いた子爵家の土蔵にある鏡台の話が、一向に出ない。

たまりかねて、きょうは、それとなく様子を訊いてみるつもりで、私は千秋楽近くの日曜日に、楽屋にもう一度行った。

すると、雅楽は、夜の部の二番目の「帯屋《おびや》」の繁斎《はんさい》まで大分時間があるので、横になって、男衆《おとこしゅ》に肩をもませていた。

「このままで失礼しますよ」

と挨拶する。

「どうぞ、どうぞ」

「時に竹野さん、宮松のこんどの桜丸は、見ちがえるように、いいと思いませんか」

「ええ、私もそう思いました」

「やはり、十一月の弥助のあとで、小言をいったのが、クスリになったと思いますよ」

「ほんとですね」

「これで、もうひとつ、花がほしい。こんどの桜丸では、讒言《ざんげん》によって御沈落《ごちんらく》というところで、すわって泣く上方《かみがた》の型を、させてみたんです。先代の宮松がしたことがあるのを思い出して、教えたんですよ」

「私も、珍しい型だと思い、劇評にも、ちょっと紹介しておきました」

「宮松がよろこんでましたよ。竹野さんが今月は甘やかしてくれたって」

おもしろいことを、役者はいうものだと思って、私は破顔した。

「しかし、竹野さん、うまくなったと書いたが、色気のことには、ふれてませんね」

「はア」

「あの桜丸は、八重《やえ》という女房と、賀茂堤《かもづつみ》で、いちゃついて見せる、やっぱり、女好きのやさ男です。昔は、『賀《が》の祝《いわい》』で切腹する時も、そばにいる八重をじっと見ながら死ぬ桜丸があったものだ。つまり、あの役も、弥助や『角力場《すもうば》』の与五郎《よごろう》みたいな気分が、ほしい。『車引』でも、そういう人間として、演じなければいけないんです」

「はア」

私は、小言をいわれているような心持になっていた。

「花がほしいというのは、そういうことですよ」いつの間にか、雅楽は、起きあがっていた。ちょうどいい折だと思って、私は話を、例の鏡台に持って行った。

「それで思い出したんですが、麻布の元子爵家の土蔵にあるはずの鏡台について、何か、わかりましたか」

「ええ、私としては、あのあとすぐに、人にたのんでおいたのですが、はかばかしい返事は貰えないんです」

「そうですか」

私はちょっと失望した。

雅楽は、こんなふうに、説明した。

歌舞伎座の副支配人が、農大出身で、その子爵家の当代で、鳥の学問をしている教授の教え子だということがわかっている。その先生は、当然、芝居を見る時には、副支配人に電話をかけて来る。春芝居の予約をして来た時にでも、それとなく土蔵の鏡台のことを尋ねてもらいたいと、たのんでおいた。

ところが、その土蔵の中には、先代が戦争前に集めた骨董類がおびただしくあって、それがいろいろな箱にはいっている。鏡台が、どこにあるか、わからない。日をきめて一度、土蔵の中をすっかり調べるから、暫く待ってもらいたいという返事が、一月十日ごろに来たというのである。

その月はたちまち過ぎて、二月のはじめに、次の日曜日に、鏡台をさがすということであった。

私は、福井に住んでいる叔父の孫娘が結婚するのに招かれたので、中旬は東京にいなかった。雅楽は休演していたし、私も自分の仕事にとりまぎれて、しばらく千駄ケ谷にも行かずにすごした。

ところで、二月の末に、宮松が朝、新聞社に訪ねて来た。

「前を通ったので、お寄りしました」と前置きして、「高松屋《たかまつや》の小父さんのおかげで、父の鏡台を、返していただきました。ほんとうによかったと思います。来月また木挽町《こびきちょう》（歌舞伎座）に出ますので、さっそく、それを使うことにしました」という。

「それはよかった。今は、どこにあるの？」と尋ねると、「家にあります」という。

私が何かいおうとするのを、いち早く見てとって、宮松がいった。「御覧になりたいんでしょう」

「むろんだよ、今これからでも、一緒に行って、見せてもらいたい」と私は、せきこみながら、口早にいった。

宮松の家まで社の前で拾ったタクシーを走らせながら、「ところで高松屋は、もう見ているのかしら」と訊いてみた。

「運送屋が届けて来たので、すぐ千駄ヶ谷に電話で知らせましたが、さっそく見に行きたいが、寒いうちは神経痛がこわいので、もうすこし暖かになってからにしたいということでした」

私は、何か事件の起った時、あることを知りたくなると、急に立ち上って、ある場所に駆けつけるような老優が、いかに二月は寒いといっても、すぐ鏡台を見に来ないのを、少々物足りなく思ったが、考えてみると、これは先代宮松が子爵夫人に貰った鏡台のお返しに贈った品物だから、親友とはいえ、当然しのぎを削るライバルだった雅楽としては、私とちがう心境なのだろうと想像した。

それに、もう何十年も昔のこととはいえ、その鏡台を雅楽は見ていて、材料や形や、引き出しの金具まで記憶しているくらいである。悠然としていても、一向ふしぎではなかった。

宮松の家に着くと、すぐ洋間に通されたが、窓ぎわのソファの脇に、待望の鏡台が置いてあった。丸い鏡で、引き出しが、左右と中央と、合わせて五つ、金具だけは、老優の記憶とすこしちがって、特に紋らしい意匠ではなかったが、雅楽に話を聞いた時以来私のイメージの中にずっと据えられていた通りの形と色を持っていた。

桑に渋い色の塗料がかけてあり、鏡の表面には、心持ち曇りがあるようには見えたが、よほど保存に留意したと見えて、新品同様といってもよかった。

私は興味があったので、「運送屋が、何といって届けて来たの？」と尋ねた。

すると、ちょうどコーヒーを運んで来ていた宮松夫人が、「主人がいない時でしたの。私が玄関に出ますと、麻布の田原様からのお届け物ですといって、大きな梱包を置いていったのです」と話してくれた。

思った通り、田原という元子爵だった。というのは、野鳥の権威で、以前華族であったといえば、時々テレビでも顔を見る田原元三郎氏しか、考えられなかったからである。

「それで、その田原さんのほうへは」と私が訊くと、宮松が答えた。

「高松屋の小父さんに、どうしましょうか、と相談しますと、何しろ、その鏡台が先方に行った時の事情が事情だけに、改まって礼に行ったりすると、かえっておかしなことになる。お願いした私のほうから、宮松が大喜びをしておりますと挨拶だけしておくからということでした」

雅楽が、こういう時のマナーについて、じつに行き届いた指示をするのを聞いて、私は今更のように、感心した。

五分に一回ぐらいずつ鏡台を眺めて、小一時間雑談したあと、宮松が呼んでくれた無線タクシーに乗って、私は社に帰った。


三月の歌舞伎座に出演した宮松は、昼の部で「戻《もど》り駕《かご》」の次郎作《じろさく》、夜の部で「三人吉三《さんにんきちさ》」の十三郎《じゅうざぶろう》を演じた。

招待日に行った私は、昼の部のおわった所で、宮松の楽屋を訪問した。あの鏡台が運びこまれた部屋の様子が早く見たかったからである。

ちょうど、夫人も来ていて、「おかげ様で、この鏡台の前にすわって、子供のように、喜んで居りますのよ」といった。

「ちょっと、その前に、すわってみせて下さいよ」と私が催促した。

「こうですか」と、私と向い合っていた籐椅子から立ち上ると、宮松は鏡台に向い、気さくに白粉刷毛《おしろいばけ》をとりあげて、顔をはたいて見せたりした。

「三人吉三」の十三郎は、上出来で、ことに吉祥院の墓場で、おとせと二人が、兄の和尚吉三に殺される場面が哀れだった。

知らずにいる双生児の兄妹が肌を合わせて畜生道に陥ったのを暗示するため、縞の衣裳の肌をぬぐと、じゅばんに、犬の斑点が染めてある。その姿で、斬られた男女が、舞台を四つん這いになって苦しむのである。

ずいぶん陰惨な趣向だが、それを宮松と、おとせの浜木綿《はまゆう》という若女形の二人が、まことに巧妙に演じた。

私は、劇評で、この月も、宮松をほめた。

スクラップ・ブックを見てゆくと、この年、つまり昭和三十八年という年の宮松には、ひと月ごとに芸の上達が見られたといってもいい。

四月には「金閣寺《きんかくじ》」の狩野《かのう》直信《なおのぶ》と、「茨木《いばらき》」の宇源太《うげんた》を演じた。五月には「角力場」の与五郎と「勢獅子《きおいじし》」の鳶の者を演じた。

六月を地方巡業に出たあと、七月には「夏祭」の磯之丞《いそのじょう》を演じた。この時は、釣船《つりふね》の三婦《さぶ》に雅楽が出ている。

八月ひと月休んで、九月の明治座で、宮松は「妹背山《いもせやま》」の求女《もとめ》を演じた。四月の直信とほとんど同じような、黒地のちりめんの衣裳の裾に露芝《つゆしば》の模様を着た着流しの姿だが、道行から御殿まで、ずっとよかった。

去年の弥助の時にはなかった、艶冶《えんや》な色気が花道を出て来る時に、客席をざわめかせた。私は「九月の明治座、最大の収穫は、宮松の烏帽子折《えぼしおり》求女である」と書いている。

この月のおわりに、天地会という催しがあって、役者がいつもの役柄とちがう役を演じたり、長唄や清元を演奏したりした。

いつも敵役《かたきやく》を演じる柿蔵《かきぞう》のかさね、女形の牡丹《ぼたん》の与右衛門《よえもん》で、宮松は山台《やまだい》にあがって清元の二枚目を語った。

子役の時に義太夫と長唄の稽古をしたと聞いてはいるが、清元を習っていることは、まるで聞いていなかったので、これには、びっくりした。

雅楽も客席にいて、宮松夫人に、「大変な隠し芸があったんだね」と声をかけていた。

「何ですか、このごろは、いろんな勉強がしたいと申しましてね、清元ばかりでなく、一中節《いっちゅうぶし》もやりたい、小唄もおぼえたいなんて、始終お稽古に行くんです」と、夫人はむしろ困ったような口調で、美しい眉をひそめながら、答えていた。

私は、子供のいない家庭で、夫の帰る時間が稽古のために遅れるのを、夫人が喜んでいないのではないかと思った。

さて、その天地会が終ると、十月の芸術祭参加の歌舞伎座で、宮松は、同じ世代の仲間と、「なよたけ」の文麻呂を演じた。もうひと役は「勘当場《かんどうば》」の梶原源太《かじわらげんた》だった。これが、両方とも、よかった。

十一月には、宮松は、先代ゆずりの「封印切《ふういんきり》」の忠兵衛《ちゅうべえ》を、初役で演じることになり、雅楽の家に教わりにかよっていた。

これは、新町の梅川《うめがわ》という女のところに足繁く通いつめて、八右衛門という男に虚勢を張るため、飛脚問屋の養子になっている忠兵衛が、懐中に持っている公金に手をつけてしまう悲劇である。

上方でこしらえた芝居だから、終始大阪の言葉でしゃべるのだが、茶屋のおかみのはからいで、裏庭の茶室で女と忍び逢う場面がむずかしい。

雅楽の指導がよかったともいえよう。気になったので初日に行ってみた宮松のこの役が、全身で女にのぼせている蕩児《とうじ》の甘美な体臭を、いきいきと感じさせたのには、驚嘆した。

金包みの封を切るところがクライマックスなのはことわるまでもないが、宮松の忠兵衛は梅川と手を握ったり、背中を合わせて立ちながらすねて見せたりするところが、ゾクゾクするほど、いいのだ。

私は劇場からその足で雅楽の家へ行って、報告した。そして、雅楽にも明日にでも見てやって下さいといった。

「このごろの宮松君は、見ちがえるようですね。きょうの忠兵衛は、とにかく、女と遊んでいる男になりきっていましたよ」

「自信がついたんだね」と雅楽もうれしそうに、うなずいていた。

「役者って、妙ですね。駄目になる時は、石ころが坂を転がって落ちてゆくように、駄目になる。逆に、よくなる時は、ひと月ごとに、階段を大きく上ってゆくんですからね」と私はいった。

「鏡台のおかげかも知れない」と雅楽が、しずかにいった。「鏡台が、宮松の目を開いたんだ」

「ああ、そうです。それを、私は忘れていました」と私は、思わず叫んだ。

「父親が使っていた鏡台だと思って、その前で毎日顔をこしらえている。それだけで、何となく、芸がちがって来るものです。それに宮松はこのごろ、おやっと思うほど、先代に似て来た。

大体、あの男の役は、毎日、二枚目のいい男だから、白粉を使って精々白く塗った顔を、鏡の中で眺めている。じっと見ているうちに、時々、自分の父親が、鏡の向うから、こっちを覗いているのではないかと錯覚したりするんじゃないだろうか。私はいつか、芸のたましいが、使っていた鏡台に残っているという話し方をしたが、じつをいうと、それは、自分に似た先代の顔を、その鏡台で見たような気がするということに、意味があると思ったから、あれを届けさせるのに骨を折る気になったんですよ」

雅楽はやはり心理学を下じきにした、科学的な考え方をしていたのであった。

四

十一月の忠兵衛が大変な好評で、宮松は、この時から正真のスターになった。めったにないことだが、週刊誌が二つ、この「封印切」の写真をグラビアのページに扱った。おかげで、共演している梅川の遊女姿の写真も出たので、浜木綿は喜んでいた。

私は、十二月のはじめに、湯河原の奥に湯治に行っている雅楽を訪ねた。

その宿は、主人が私の社にもといた平尾という男で、親のあとをついで、今は旅館業に専念しているのだが、雅楽を崇拝していて、ぜひ泊りに来ていただきたい、最高のサービスを惜しみませんと大分前からいわれていたのが、やっと実現したのである。

一週間ほど前から、望陽館というその宿に来ているという電話を、老優から貰っていたので、私も様子を見がてら、行ってみたのである。

離れの二階の三部屋を、雅楽夫妻と随行した弟子の楽三とが、使っていた。

私は、玄関に着くと同時に「私の部屋を別にとってくれないか」と主人にたのんだのだが、「困ったな、きょうは、本館も離れも、満員なんですよ」という返事だった。

「高松屋の部屋のひとつを、使わせてもらったら」と主人はいったが、私は、それは、まずいと言下に反対した。

雅楽夫妻の隣で寝るのは、いかにも気ぶっせいである。細かく気を使わない相手なら、そうさせてもらっても差し支えないのだが、雅楽はいろいろと世話を焼きたがるに決まっていて、それでは私も落ちつかない。

ふと思いついて、湯河原の天野屋に、問い合わせてもらった。この古くからある旅館は、私が年に二三回は行っている馴染の深い家である。

家の者と泊りに行くこともあるし、社の若い記者をつれて行ったりもしている。

幸いに、天野屋の旧館が一部屋とれたので、雅楽の部屋で食事だけは共にしたあと、夜の九時ごろまでいて、谷に沿った道をタクシーで降りた。天野屋は宴会もないらしく、しいんと、静まり返っていた。

翌日は、冬だというのに、うそのように暖かな小春日和である。私は、宿から歩いて十五分ほどの丘にある遊園地まで散歩した。

五月には菖蒲が美しく咲く池があって、そのまわりに、なだらかに起伏した道がついている。池のほとりのベンチに、若い夫婦のようなカップルがかけて、睦《むつ》まじそうに、しゃべっているのが見えた。

私は、新婚かと思いながら、そのベンチの脇を通ろうとして、何げなく男の顔を見ると、宮松だった。そして、隣にいて肩をもたれている若い女は、宮松夫人ではなかった。

反射的に宮松も私を見たが、瞬間「あッ」といって、頬を真っ赤に染めた。

役者らしい和服の上にもじりを着ている。女も冬支度で藤色のコートであった。

「やア、来ていたの」と私はいった。そんないい方しか、出来なかった。

「お早う御座います」と、宮松のほうも、劇場で会った時に、それがたとえ夜であっても、交わす挨拶を、ぎごちなく返した。

そして、隣にかけている女に、「東都新聞の竹野先生」と紹介した。

女は悪びれずにショールをはずし、立って、腰をかがめた。そして、「稲垣です」といった。

「やア」私はハンティングを脱いだ。

「このひとが大島行きの桜丸ですよ」と宮松がいった。

「え？」と私は急にいわれたので、見当がつかず、問い返した。

「桜丸を船の名前だと思ったひとがいたと、いつかお話ししたことがありましたでしょう？」

「ああ、そうそう、思い出した」と、私は大声で笑った。

「ひどいわ、いつまでも、そんなことを」と、女はいいながら、それでも俯いて、クスクス笑っている。

「染丸というんです」

「桜丸じゃないんですか」と私がいうと、宮松は、「ひどいな、竹野さんも」と笑った。そして、「きのうから天野屋に来ていたんです」と、観念したように、いった。

三人で池をひとまわりして、宿に帰った。女だけ、泊っている部屋に行かせ、宮松は私の部屋について来た。

そして、別に根掘り葉掘り質問するつもりもない私に向って、染丸とのいきさつを、語って聞かせた。

かいつまんでいうと、こうである。

去年の十一月に雅楽の家に呼ばれて、弥助についてのダメを出してもらい、父親の鏡台の話を聞いた。そのあいだに、近ごろの若い芸者が、歌舞伎に何の関心もないという話が出た時に、桜丸の話をしていたら、それを大島行きの汽船の名前だと思った芸者のいたことを、おもしろがって話した。

話したあとで、その時の染丸という子に、もういちど会ってみたくなった。

それで、築地の料亭に子供の時から知っている女将のいたのを思い出して、座敷に来てもらった。すると染丸は、はいって来るなり、宮松が最近舞台で演じたいろいろな役について、話しはじめた。

不審に思ったので、「このごろは、芝居を見るの?」と尋ねると、「いつかお目にかかった時、あんまり何も知らなかったので、はずかしくて、そのあと、毎月、宮松さんの出ている劇場には、かならず行ってるんです」といった。

「歌舞伎を見て、どう思った？」と尋ねると、「だんだん、おもしろくなりました。でも今のところ、筋もよくわかりません」「なぜ」「だって、あなたばかり、見ているんですもの」こんな問答があった。

意識して、そんなことをいったわけではないかも知らないが、嬉しい話をしてくれたと思うと、悪い気持はしない。次の週に、また会った。

はじめて会って桜丸の話が出た時は、よく顔も見なかった感じだが、二人だけで会ってしげしげ観察すると、いかにも現代っ子のようでいながら、しっとりとしたものごしを持ち、ほどのいい女である。このごろ、しじゅう共演している浜木綿にも、どこか似ていた。

だんだん、好きになって行き、二人は自然に結ばれた。「竹野さん、勘弁して下さい」と宮松はいった。

「遊んだことのない役者が、はじめて、今まで知らない人生を持ったわけだね」と私はいった。

「ぼくに、あやまったりすることはないよ、ちっとも」

「でも、竹野さん、誰かに、すみませんといいたい気持なんですよ」

「わからなくはないね」

「うちの女房に、あやまるわけには行かないし、高松屋の小父さんにわざわざ報告するのも、おかしいでしょう」

「じゃア、あのひとと、深い仲になったのは、ことしになってから？」と私は訊いた。そんな他人のプライバシーの詮索は、どうでもよかったが、宮松の場合、染丸との関係が、舞台の芸と無関係ではないと思ったので、ちょっと知りたかったのだ。

「そうですね、二月のおわりだったと思います」

「じゃア、鏡台が田原さんから、届いたころだね」

「じつは、鏡台が家に来た次の日に、なぜか急に逢いたくなって」といいかけて、宮松は赤面して、話を中断してしまった。

そういう話をしている宮松の姿態が、与五郎だの、忠兵衛だのを演じているポーズを、髣髴《ほうふつ》させた。

大まじめな顔をして、結局は、のろけをいっているのだが、相手がすぐ近くの部屋にいるだけに、宮松の周囲に、なまめかしい空気さえ、感じられた。

私はしかし、人情話の中に出て来る伯父さんが、甥から色事の告白を聞かされているような気がして、少々くすぐったくもあった。

五

宮松が行ってしまったあと、そばで鉄瓶がチンチン音をさせている火鉢の灰に、立てた火箸をいじりながら、私は、ある種のふしぎな気分に浸っていた。

宮松がことしになってから、めきめき、うまくなり、芸に色気がついたのを、先代の鏡台が来たためだと、雅楽は考えている。そして、それを、自分の白く塗った顔を鏡面に見ながら、おもかげの似かよう父親が、鏡の中からじっと見ているという錯覚があるからだろうと説明した。

しかし、じつは、それ以外の理由が、宮松の芸をふくらませたということが、今わかったのである。

染丸という、おとなしそうな女は、宮松にとって、梅川のような存在になっている。江戸時代の遊女と客との間柄のような、濃厚な遊びではないにしても、宮松があの女を知ったことで、自分を容易に、与五郎や忠兵衛に化身させる自信を持ったにちがいない。

色気がなくて、先代にくらべて、不肖の子と思われていたあの役者が、ひとりの女と親しくなったために、うまくなったという事実が、証明された。

しかし、待てよ、と私は思った。

鏡台がまったく、役に立たなかったと、云いきれるだろうか、ということを、ふと考えたのだ。

というのは、宮松が染丸と結ばれたのが、いま聞いた話では、田原という子爵の家から、先代の鏡台が届いた次の日だという。

その鏡台についていた父親の何かが、宮松の精神に、暗々のうちに乗り移って、それまで好きではあったが抱けずにいた女との距離を縮める決断を、宮松にさせたというふうには、いえないだろうか。

そう考えると、鏡台は、やはり、宮松の演技開眼《かいげん》の触媒になっているのだ。

いずれにしても、これは、雅楽に話さなければならない。私は、今まで何回か書いた事件の第一報を耳にした時、あたかもそれが任務であるかのように、千駄ヶ谷に駆けつけたのと同じような、一種の心おどりを感じていた。

昼前には東京に発とうときめていた予定を変更して、私は電話をあらかじめ入れておいた上で、奥湯河原の望陽館を、再び訪ねた。

「竹野さん、何かあったんですか」と雅楽は、いきおいこんで部屋にはいって行った私を、微笑しながら、見あげた。

「天野屋に行ったために、思いがけないことに、ぶつかったんです」と私はいった。この口調は、どうしても、事件の第一報めいて聞こえるだろう。

「ここに泊って行けばいいのに、どうしても下に降りるといって聞かない、そんなことをするからですよ」

「今朝、ここでいただいた湯豆腐が、結構でしたよ」と、そばにいた雅楽夫人が、口を添えた。

「竹野さんに御馳走したかったわ」

「べつに事件があったわけではないんです。珍しい人に、出会ったんです」と私は、ともすれば早口になりたくなるのを抑制しながら、話し出した。

「それは誰です」

「宮松君です」

そこまで聞いて、雅楽夫人が、用事を思い出したように、部屋を出て行った。何とも見事な消え方だった。

「ひとりじゃなかった、というわけですね」と雅楽が私をじっと見た。「そうでしょう」

「御存じだったんですか」

「いや、何も知らない。ただ、あなたが、宮松一人に会っただけで、わざわざ、この奥湯河原まで、引っ返すはずはないからですよ」

「桜丸を汽船の名前だと思っていた染丸という新橋の若いひとです。この二月の終りごろに、そうなったといってました」

「ほう」と雅楽は眼鏡を拭きながら、ニッコリした。「そんなことが、やはり、あったんだな」

「急にあのころから、色気が出て来たので、そう想像なさったんですね」

「いや、そうじゃない。明治座で天地会で清元を語ったでしょう。あの時、このごろ、いろいろな稽古をはじめて、とかく帰りが遅くなると、宮松のかみさんが、あんまりいい顔もせずにいっているのを聞いて、何かあるんじゃないかと思ったんです」

「私は、あの時は、何にも、気がつきませんでした」

「染丸という子が、清元を語るんじゃ、ないかな」と雅楽がいった。「最近、はじめたにきまっているからね。そういっちゃ何だが、あのかさねは、ひどかった」

私は、あい変わらず雅楽に押しまくられるのに、少々反発したくなった。

それで、こういった。

「鏡台が届いて、鏡台に残っていた先代宮松のたましいが、乗り移ったというふうにもいえますが、こうなると、宮松に可愛い子ができて、遊びの味を知ったということがあの芸の色気を生みだしたというふうに、見るほうが、ほんとうでしょうね」

「それは、そうとも、いえる。しかし、それだけじゃ、ないと思いますよ」と雅楽はいった。

「それでは、盗みを働いた直後に、鼠小僧をすれば、きわめつきの当り役になるという、単純な理屈とおなじです」

「そうでしょうか」私は出ばなをくじかれて、少し鼻白んだ。

「鏡台にまつわる、いうにいわれぬものが、この際やはり役に立ってるんです。あの鏡台が自分の父親の顔を毎日映していたのだと思うことが、宮松には、はげみになった。つまり、宮松は、あの鏡台を信仰しているんです」

雅楽が、はじめて、信仰という言葉を使った。

「しかし、鏡台よりも、私生活のほうが、もっと強く影響するんじゃないでしょうかね」と私はなおも食いさがった。

遊園地で、宮松と染丸がベンチにかけているのを発見したというハプニングが、私の気負いになっていた。

「竹野さん、じゃア白状しましょうか」と、雅楽が嬉しそうに、手をもみながら、いった。

「田原さんが返事を渋っているので、先代宮松の鏡台は、あの家で大分前に手ばなしていると私は考えた」

「はア」と私は間ぬけな声で応じた。

「あれは、私が誂えて、宮松のために、こしらえてやった、鏡台です。ことし、できた鏡台なんですよ」

楽屋の蟹

一

あれは、たしか東京のオリンピックのあった翌年の正月である。

大阪から久しぶりに市川高蔵《いちかわたかぞう》が来て、歌舞伎座に、出演した。

この役者は、戦前までは東京にいて、成田屋《なりたや》系の一座の副将的な立場で、かなり人気もあったが、病後の静養に妻女の実家のある京都で半年ほど過すうちに、関西がすっかり好きになり、たまたま道頓堀の劇場に出ていた大幹部がつぎつぎに世を去ったため、何となく中座《なかざ》や千日前《せんにちまえ》の歌舞伎座の舞台を踏み、向うの代表的な立役《たちやく》になってしまった人である。

年配は中村雅楽《なかむらがらく》より五つほど若いが、むかしは雅楽とわざを競ったライバルである。四十年も前だが、雅楽とおなじ月に、ぶつけて「夏祭」の団七《だんしち》を演じ、劇評家がその優劣を論じて争った記事が「演芸画報」にも残っているほどだ。

私は例年のように四日の招待日に、春芝居の歌舞伎座を見る予定にしていた。そしてその日、何年も会わない高蔵の楽屋を訪ねて、いろいろ上京の感想を聞くつもりであった。

この月、高蔵は「鎌倉三代記《かまくらさんだいき》」の佐々木《ささき》と、「封印切《ふういんきり》」の治右衛門《じえもん》と、二役を演じることになっている。

京都の南座の顔見世の直前に、東京から演劇製作室の北上十郎が行って、高蔵の演目を交渉したが、その時、「ほかにどんなものが出るんですか」と高蔵が尋ねた。

女形《おんながた》の浜木綿《はまゆう》が、岡本綺堂の「平家蟹《へいけがに》」を出すと聞いて、高蔵が顔色を変え、「北上さん、ほかのことは何でも会社のいう通りにするから、この芝居だけは、おくら（取り止め）にして下さい」とさけんだという話を、私は耳にした。

北上は若いプロデューサーだから、高蔵にこんな難題を持ち出されて、ポカンとしていたらしい。

「なぜ、この芝居がいけないんでしょう」

「北上さんはご存じないかも知れませんが、私はカニが大嫌いなんですよ。カニという字を見ただけで、ぞっとするんです」

「はア」

「もちろん、カニのあの姿を思い出しただけで、総身に鳥肌が立つ。ここの所、大阪で歌舞伎座には出ても、中座のほうは出ないようにしているのは、小屋のまん前に、大きなカニ料理の店があって、その正面に、仕掛で手足を動かすカニがいるのがいやだからです」

「しかし、この『平家蟹』に、出ていただくわけではないのですが」

「でも、私の出演する興行のポスターや筋書に、カニという字が、私の出し物と並んで印刷されると思うと、かないません」

「そんなものでしょうか」と北上は、すこし呆れた。

「いつか文楽を見に行ってました。『千本桜《せんぼんざくら》』の大物浦《だいもつのうら》が出ていましてね、私は近いうちに知盛《とも》
盛《もり》をしたいと思っていたので、出かけて行ったんですが、最後に知盛がいかりをかついで海に飛びこむと、大道具の岩が何となく、形を変えて行ったと思うと、最後にカニの形になったじゃ、ありませんか」

「へえ」と北上は目を見はった。「そんな演出があるんですか」

「平家だから、岩をカニにしたというんですが、悪い趣味です。私は、それを見て、ひや汗が出て、座席から引っくり返りそうになったんですよ」

「わかりました。とにかく、これは浜木綿さんがぜひしたいといっている作品なので、東京に帰って、相談してみます」

北上は、何となく、ほうほうの体《てい》といった感じで、高蔵の部屋から出て来たという話である。

結局、十年ぶりに上京する先輩が、顔色を変えていやがる芝居を、無理に同じ月に出すにも及ぶまいということになり、浜木綿は、古典の「神崎揚屋《かんざきあげや》」の梅《うめ》ケ枝《え》を、藤間宗家《そうけ》の演出で、演じることになった。

私は、北上プロデューサーから聞いたという狂言搗《つ》き替えのてんまつを、新聞記者仲間の忘年会で、同業の誰かから聞かされて、人間には、いろいろな性癖があるものだと思った。

高蔵に会った時、おもしろくてもカニの話を持ち出して、不快を与えてはいけないと思った

から、これは禁句にしておこうときめた。

しかし、上京の感想を漠然と求めても、(雅楽はべつだが) 役者はおしなべて口が重いから、何か話題を用意しようと考えた。

こういう時には、戦争前に出版された『歌舞伎俳優鑑』という本が重宝で、その年五十歳以上の役者については、これを見ると、くわしいデータがわかるのだ。

市川高蔵は、この本を編集した山木書店のアンケートに答えて、酒量や愛用の煙草をあげ、趣味というところに、短歌、熱帯魚、スケートと返事している。

読書、旅行、マージャンと答えている者の多い中に、高蔵のは、三つとも、まったく違う分野の趣味で、三題噺の題のようである。いささか、変人のような気がしないでもない。

高蔵が若いころ発展家だったという話は、私も知っていた。花柳界で遊んだ役者のベストスリーに数えられたと、これは、一緒にしじゅう飲み歩いていた、劇作家の高梨昇から聞いている。

私の親しい老優雅楽も、四十代まではかなり遊んだ人らしいが、高蔵と飲んだという話は、聞いていない。雅楽と高蔵は、家系も、所属した一座もちがうので、そういう機会は、ほとんど、なかったのであろう。

そんなことを思った時に、私は、それなら、高蔵と雅楽が、過去にどんな芝居で共演したのかを知りたくなった。

手近な書棚に合本した「演芸画報」があるのを引っ張り出して、私は丹念に、毎号毎号の口絵を見て行った。調べごととはいえ同時に、こうして古い雑誌の写真を、順を追って眺めるのは、たのしい作業でもあった。

ところが、昭和初年から、ずっと見て行って、二人が同じ狂言に出たことが、一度もないという、ふしぎな事実に気がついたのである。

歌舞伎座や大正座の同じ興行に、二人が参加している回数は、すくなくない。

昭和八年、昭和十年には、年間、それぞれ六回も、同じ月同じ劇場に出演しているのに、一度も共演はしていないのだ。

高蔵と雅楽が、それぞれ女形やわき役をまわりに置いて、主役を演じている。或る女形の場合、雅楽の「俊寛《しゅんかん》」の千鳥《ちどり》に出て、その次の「帯屋《おびや》」で、高蔵の長右衛門《ちょうえもん》の女房をつとめたりしている。しかし、高蔵と雅楽が、「寺子屋《てらこや》」の松王《まつおう》と源蔵《げんぞう》で顔を合わせるといったケースは、ついに、数十年、なかったわけである。

私は、これは、雅楽のせいではない、高蔵が共演を避けたのだと解釈した。

懇意にしてもらっている私の身びいきかも知れないが、雅楽には、人の好き嫌いが、ほとんどない。後輩で新しい役を演じる時に、「小父さん、教えて下さい」といって、千駄ケ谷の家の戸をたたく者には、その相手が、どういう家筋の役者、どんな身分の役者であっても、すこしの分けへだてもなく、すべて知っていることを聞かせる老優である。

そういう雅楽のほうから、「高蔵と一緒に出たくはない」といった我儘を通したとは思われない。

『俳優鑑』を見ても、短歌をたしなんだり、熱帯魚に凝ったり、そうかと思うと氷の上をすべったりする多様な趣味の高蔵は、くせのある人物らしいから、雅楽をけむったく思う気持が、何らかの理由であるに相違ないと、私は判断した。

さて、一人の役者が、べつの役者との共演を拒否する場合、共演の行われなかった場合、その原因として、何があるだろう。

まず、東京と大阪とわかれていて、共演の機会がまったくないというのならともかく、同じ劇場に同時に出ているのだから、これはあきらかに、共演すまいという意志が働いていると、見るほかない。

共演すると相手に芸の上でひけ目を感じるのをおそれて、ことわるということは、ないとはいえない。しかし、高蔵は、うまい役者である。雅楽を好敵手ござんなれと迎え撃つことはあっても、尻尾を巻いて逃げ出すはずがない。

こうなると、可能性として残るのは、たったひとつである。以前、何らかのもつれがあって、雅楽を恨んでいる、にくんでいるという事情が、ひそんでいたのではあるまいか。そこに介在するのは、金銭の問題、名跡《みょうせき》にからんだ問題、あるいは女性の問題という想像もできないことはない。

この中では、最後の仮定が、どうも、当っているように見えて来た。

私の知っている役者の中に、べつの役者と別れた女を妻にしている人がいるが、どうもそれだけの理由で、もう一人とは、しっくり行かないと明言していた。

この二人は共演しているが、稽古場《けいこば》と舞台以外は、口を利かないのだ。

高蔵が、それと似た状況で、雅楽を嫌うわけがあるのではないかと私は臆測した。

たとえば、高蔵の好きだった女が、雅楽の妻女になったというようなことなんかも、自然に考えられる。私は、しじゅう会っている雅楽の老夫人の若き日のおもかげを、ぼんやり思い浮かべたりした。

二

一月四日の昼の「三代記」がおわって、次のおどりの雪月花三題を、月の「玉兎《たまうさぎ》」まで見て、私は楽屋に高蔵を訪ねた。

あらかじめ、電話で都合を聞いておいたので、高蔵は火鉢のわきに座布団を置いて、私を待っていてくれた。

「佐々木は、東京ではあまりしない型で、やってみたんですが、どうです。竹野先生も、はじめてではありませんか」

高蔵は心もち上方《かみがた》なまりの、しずかな調子で、私に尋ねた。

「おもしろいですね、仁王《におう》だすきで井戸から出て来る佐々木は、おっしゃる通り、はじめてです」

私は向うから話題のキッカケを作って貰ったのを喜び、東京と上方の演出のちがいというようなことから、聞き出して行った。

大阪の「盛綱陣屋《もりつなじんや》」には先代の成駒屋《なりこまや》の型が残っているので、首実検のところで舞台をまわして、奥の座敷になるという話が出たので、私はつい、十一月のこの劇場で出たその「陣屋」の雅楽の微妙《みみよう》がよかったという話をした。

「そうですか、そうでしょうね。高松屋《たかまつや》も、このごろは、白髪のおばアさんもするんですね」

高蔵がごくすなおに、うなずいてくれたので、私はホッとした。雅楽に対して、こだわりを持っている気配は全く感じられないのだ。

私は新聞記者であるためか、それとも生来の性向か、好奇心が人一倍旺盛だ。雅楽について口走った時、高蔵がこれという目立った反応を見せなかったので、この際、たしかめておきたい衝動に駆られた。

そこで、京都の四季の話、食べ物の話、関西の住み心地といった話を聞き書にしたあと、私は思い切って、質問を切り出した。

「じつは、雅楽さんと高蔵さんとが、昔からよきライバルだといわれていたのに、一度も同じ芝居で共演していらっしゃらないことに気がついたんですが」

「そうです。共演をしたことは、一度もありません」と、高蔵は、ためらわずに即答した。

「共演の話は、それでも、何回か、あったんですよ」

「ほう、そうですか」と私は、膝を乗り出した。

「戦争前には同じ劇場に出たことが、十何遍もあります。そのころは、お互いに、気負ってもいました。相手を意識もしました。だから、そういう二人をぶつけて、火花の散るような芝居をさせようと、劇場のほうで考えたんでしょう。自慢話のようで、恐縮ですが」と、高蔵は、あいかわらず、すこし上方ふうの口調はまじりはするが、テキパキと語った。口の重い人だと思っていたのは、私の思いちがいだったらしい。

「それが、どうして、実現しなかったんですか」

「よくわからないんです」と高蔵は腕を組んだ。「私の記憶では、『ひらがな盛衰記《せいすいき》』の勘当場《かんどうば》で、私が源太《げんた》、高松屋が平次《へいじ》という話を持って来られたことがあったと思います。平次という役は、高松屋の無類の当り役ですから、私も喜んで、ご一緒しようといったんですが、その月もうひとつ自分の出し物にしている役が大役なので、それに集中したいから勘弁してくれと、高松屋さんに、逃げられたのだと思います」

「ほう、それは、きっと、おもしろい芝居になったでしょうね、見たかったな」と、私はしみじみといった。

「もう一度、共演の話がありましたよ」

「はア」

「『忠臣蔵』の時、七段目の由良助《ゆらのすけ》を高松屋、私が平右衛門《へいえもん》というのでしたが、その時は、私は若狭助《わかさのすけ》と石堂《いしどう》と定九郎《さだくろう》をべつにすることになっていたので、私のほうが、ことわったんです」

「はア」

「これで、おあいこです。何だか、そんなことが二度あって、会社のほうも、もう共演の話をしなくなりました」

そこへ、高蔵を訪ねて二人の女性が来た。愛想よく迎えて、高蔵は笑顔をふりまきながら、応対している。

私は、「これでおあいこです」という高蔵の言葉を反芻した。結局高蔵は「忠臣蔵」の平右衛門を、ほかに三つ役があるから助けてくれという理由をあげて、ことわったわけだが、普通、役者は、若狭助と石堂と定九郎のほかに、平右衛門を持って来られて、ことわる者はいないはずである。

石堂と定九郎は、そんなにくたびれる役ではないし、若狭助と石堂という時代物の役のあとで、定九郎という盗賊と平右衛門という足軽の役を演じて、ちょうどバランスがうまくとれるのだ。

高蔵は、前に、雅楽から、ほかの役が大役でそれに没頭したいからといって、共演をことわられたのを覚えていて、こっちもことわってやろうと考えたのだ。おそらく、そうだろう。「これでおあいこ」という表現に、いかにも役者らしい、意地のつよさがうかがわれて、ほほえましかった。

そういわせた雅楽が、前に共演をこばんだ役は、平次という憎まれ役で、目をつけている腰元の千鳥にふられる男だが、兄の源太に千鳥がのぼせあがっているのをからかったり、腹いせに宇治川の先陣争いで負けて帰宅した源太をののしったり、仕どころが多く、技巧をタップリ見せる儲け役でもある。

私が新聞の仕事をするようになってからでも、雅楽はこの梶原《かじわら》平次景高《かげたか》を三度もしていて、いつも光りかがやくような舞台だった。おっとりとした味をもつ高蔵の源太と、その平次が「勘当場」の共演をしなかったのが、かえすがえすも、残念でならない。

そんなことを考えていると、婦人の客は、次の芝居がはじまるので、帰って行った。

私は何げなく時計を見ると、三時半だった。これから新作の一幕ものがあって、昼の部は終るわけだ。

楽屋のれんの外から「御免ください」という声がした。ふり返ると、劇場の制服を着た女性で、私には顔なじみのクローク係である。

私にも目礼したあと、「これをお届けにまいりました。高松屋さんからです」といって、風呂敷に包んだものを、そっと出入りをする戸口の端のほうに置いた。

「え、高松屋さんから？　そりゃ、どうも」と高蔵は口もとをほころばせて、会釈した。

「失礼します」キッパリと歯切れのいい挨拶を残して、その女性は出て行った。

それから、高蔵は、趣味の話をした。私が昔の俳優鑑を見て来たというと、「何と出ていましたっけ」と訊いた。

「短歌と熱帯魚とスケートと出ていました」と私がいうと、苦笑しながら手をふって、「それは全部いいかげんです。たしか出版した本屋が私の返事がおくれるので、電話で矢の催促をするのがうるさかったので、無責任に、何か三つ並べて答えてやったのです」といった。

私は、いかにも無頓着な高蔵の話し方に微笑した。

すると、高蔵は急にまじめな顔になって、「いま、ここにあの品物を持って来たのは、この歌舞伎座で働いている子ですか」と訊いた。

「ええ、クロークにいるひとです。高松屋が、可愛がっているひとです」

「ほう」

「私たちの間でも、人気者ですよ。よく気がつく子でしてね」

「名前は何というんですか」と高蔵が畳みかけて尋ねる。大分、関心があるようだ。

私が高松屋が可愛がっているといったので、特別に興味を持ったのかと思ったが、それ以上に、気にしているような感じがしないでもない。

「名前は知りませんが、檜垣という名札を胸につけています」

「檜垣ねえ」と首をかしげたが、「めずらしい苗字ですね」といった。それから、しばらくだまっていた。

私はプレイボーイだったという高蔵には、いい年になっても、二十前後の女性を見ると、血が騒ぐことがあるのだと思いながら、色つやのいいその額を見ていた。

男衆《おとこしゅ》が新しい茶を入れて出す。

「高松屋から届いたものをあけて御覧、お茶うけになるものかも知れない」

男衆が、わざわざ高蔵の前まで、風呂敷包みを持って来て、結び目をほどいてひろげた。

黒地に白い文字を染めぬいた掛け紙がかけてあった。竹の籠に盛った品物である。

掛け紙を男衆がはずすと、高蔵は真っ青になった。

「ああッ」と飛びのく。紙の下に、大きなカニが一匹入れてあったのだ。

男衆は危険な爆発物でも処理するような及び腰で、その籠をとりあげると、楽屋を飛び出して行った。主人が大のカニ嫌いだというのを知っているからである。

高蔵は蒼白になり、額から汗の玉が噴き出ていた。

「どういうことだ、これは」と荒い呼吸をしながら、ぞんざいな口調になって、私の目の前の役者が、うなるような声を出した。

私は、意想外の出来事に直面して、言葉も出ずに、そういう高蔵の醜くうろたえた姿を眺めていた。

三

カニを高蔵の所に届けて来たのが、雅楽だというのは、もちろん、出たら目だろうと私は思った。

楽屋うちは噂がすぐ伝わるもので、だから高蔵が大のカニ嫌いであることは、何十年も前から、雅楽は知っているにちがいない。そして、人の嫌っている物をわざと贈り届けるような、いやなことをする雅楽では、絶対になかった。

だから、これはべつの誰かの陰湿な計画ということになるわけだが、単に高蔵をいやがらせる目的なら、雅楽の名前を使うまでのことはないはずである。

ここで雅楽が出て来たのは、同時に、雅楽に対しても悪意を働かせていると見ていい。

私は、高蔵の部屋から出て、表のロビーの長椅子に腰をおろして、しばらく思案した。

その長椅子から見えるところに、クロークがある。今は硬貨を入れて観客が自分で外套や手荷物を格納するコイン・ロッカーになってしまったが、人手の足りていた十数年前には、クロークが歌舞伎座の西の階段のわきにあって、愛嬌のいい女性がいつも詰めていたものである。

檜垣という名札をつけたのは、二十二三の娘で、目がパッチリとして、口もとが可愛らしいので、記者仲間にも人気があった。

雅楽がこの檜垣という娘が大層ひいきで、舞台に自分が出ていない時、監事室で芝居を見る日に、着て来たもじりや鳥打帽や町で買って来た本などを、かならずクロークにあずけに行くのだった。

監事室の中にも、ロッカーやハンガーが用意してあるのに、クロークに行くのは、檜垣という娘の顔を見、声をかけたいからだと、これは大まじめで雅楽が私に語ったことである。

「結構なことです」私はその時、ごく自然にいった。「若い人を可愛いと思う気持がなくなっては、おしまいです」

「竹野さんは、理解がある」と雅楽は笑った。「うちの楽三《らくぞう》なんか、あんな若い娘のどこがいいんですと、口をとんがらかすんですよ」

そんな話をしてから、しばらく経った時、監事室で偶然雅楽に会うと、わざわざ袂《たもと》からクロークの黄色い合札《あいふだ》を出して見せた。

「何です?」

「十八番なんですよ。きょうの番号が」

「なるほど」

「檜垣さんは、私がこの合札を見て、十八番はうれしいねというと、さも楽しそうに、私の顔を見ながら、声を立てて笑いましたよ」と目を細める。いささか、当てられた感じがした。

ところで、その雅楽が目をかけている檜垣というクローク係が、「高松屋さんからです」といって、高蔵の楽屋にカニを持って行ったのだから、まことに奇妙な話である。これは雅楽の耳に、一刻も早く入れなければならないと思った。

廊下の赤電話に向って行こうとすると、檜垣が「さきほどは」と明るい声で、私に呼びかけた。

誰にたのまれたのかとよっぽど尋ねようと思ったが、私はそれよりもまず、千駄ケ谷に電話をしたほうがいいと思い直し、ヤアと手だけあげて、歩いて行った。

かいつまんで話すと、雅楽は「おどろいたね、おどろいたね」と続けていった。こんなふうな表現を、この老優がするのを、はじめて知った。つまり、ショックを雅楽は受けているのだ。

そして、クロークにいる好きな娘が、この出来事で、ひと役つとめさせられていることも、老優の懸念するところだったのだろうと、私は推測した。

「時に、どうしましょう」と私は、ひと呼吸《いき》ついてから、訊いた。

「ほかのこととはちがう。高蔵にも挨拶しなければならない。これからすぐ、そっちに行きます」といった。

三十分ほどして、タクシーを降りた雅楽が、劇場の正面玄関を足早にはいって来た。私は夜の部の入れこみ直後の廊下の人波をかきわけて、雅楽を別館の喫茶室に誘った。

「高蔵にカニを届けるなんて、飛んでもないことをするやつがいたものです。あの男は、蟹十《かにじゅう》郎《ろう》とは、一度も同じ芝居に出なかった位ですよ」

新しい高蔵のデータを、不意に雅楽は聞かせてくれた。昔から、高蔵のカニ嫌いは、有名だったと見える。

夜の部の開演まで雑談をしていたが、クロークが一段落したところを見はからって、私は娘を呼びに行った。

「まア高松屋さん、いらしてたんですか」と檜垣が微笑した。口もとに、小さなえくぼが出来る。

「まアおすわり」

遠慮している娘にコーヒーをすすめ、雅楽がさりげなくいった。

「さっき高蔵の部屋に、私からといって、品物を届けてくれたそうだね」

「はい」檜垣はさすがに不安そうな顔をして、質問にこたえた。

「じつは、その品物について、私は何も知らないのだよ」

「まア」と目を見はって、娘は私の顔を、救いを求めるように見た。

「どうして、届けることになったのか、高松屋さんに話しておあげなさい」と私は、うながした。

「二時ごろでしたか、第二休憩の時クロークに立っていますと、電話が私にかかりました。出ますと、夜の部の終演は何時ですかというだけのことなんです」

「ほう」雅楽は慎重に耳を傾けている。

「終演の時間なら、交換台でもわかるのに、クロークの檜垣とわざわざ名指しをしてそんなことを訊く人がいるのはおかしいと思いましたが、お客様の中には、ここにいらっしゃるたびに、檜垣ちゃん元気かいと声をかけて下さる方もいますので、そういう方かなと思いながら、九時四十分でございますと答えて、クロークに帰りました」

「なるほど」

「すると私と一緒にクロークに立っている和田さんが、いま高松屋さんの家の方といって、風呂敷包みをあずけて行ったわといいました」

「ふむ、ふむ」

「高松屋さんの家の方だといったので、いつもの合札を渡しておいたわよと、和田さんがいいました」

「いつもの合札って」と私が脇から尋ねた。

「いいえ、それは、高松屋さんの時には、十八番をお渡しすることにしているんです。いつか、偶然十八番がその日の合札になった時、高松屋さんがとてもお喜びになったので、それから、この番号をべつにしておいて、高松屋さんの時だけ、これを使うことにしているんです」と説明する。

「そうなんだ、うれしい話でしょう?」と雅楽が大きく、うなずいて見せた。「ところで、あとを聞こう」

「三時半ごろでしたか、私が控え室に行っていますと、電話よといわれて、私が出ました。すると、高松屋さんにたのまれた品物がクロークにあるはずだ、さっき高松屋の代りにあずけに行き、あとでそれを高蔵さんの楽屋に届けるつもりだったが、急用で劇場を出て今大分遠い所にいる。じつは風呂敷に包んだのは生ものなので悪くなるといけないから、あなたが高蔵さんの所にすぐ届けておいて下さいという男の声でした」

「ほう」

「合札はあとで届けますといって、電話が切れました。私ははじめ、それをあずけたのが、楽三さんか男衆の小池さんでもあるかと思っていたのですが、その電話の声は、今まで一度も聞いたことのないような、しゃがれた声でした」

「それで」と雅楽があとをうながした。

「私は何となく腑におちなかったんですけれど、とにかく、生ものだといわれたので、すぐクロークに行き、その包みを高蔵さんの所に届けたわけです」

「三時半をまわったばかりでしたよ」と、私が付け加えた。檜垣という娘に応援したい気持が、私にはあったのだ。

「どうも、ありがとう。よくわかった。このことは、誰にもいわないで下さい」と老優がじっと娘を見つめて、念を押した。

「承知しました」

「何も心配することはないんだよ。何かの間ちがいだろうからね」

背中を向けて去ろうとする檜垣に、雅楽はやさしくいった。

クルリと振り返った娘の目に、涙が宿っていた。命ぜられた通りのことをしたというだけだが、何となく自分を可愛がってくれる雅楽に迷惑をかけたのではないかと、胸を痛めていたのであろう。

雅楽はひとりで、高蔵の部屋に行った。私は二人の会話を傍聴したかったが、のこのこついて行くのはいかにも突飛なので、喫茶室で待っていた。

「一応、私の名の出たことだから、わびに行ったのだが、高蔵は苦笑いしながら、誰がしたのか、いたずらにも程があります。しかしまさかあなたがこんなものを届けるとは夢にも思っていませんから、お気になさらないで下さいと、キチンとした挨拶だった」

「はア、それは、ようございました」思わず私は、こんなことを口走ってしまった。

「竹野さんが、さぞびっくりなさったでしょう。醜態を見せてしまってとも云っていましたよ」

「それはどうも」

「届けて来たのは、クロークの檜垣という娘でしたと、高蔵がいっていた。どうして名前を知っているんだろう」

私は老優が気にするといけないと思ったので、すぐ答えた。

「名前を尋ねたので私が教えたんです」

「何だ、そうか」雅楽が安心したという顔をしたのが、おかしかった。

雅楽は笑いながらいった。

「関心がありそうだったから、私は帰りがけに、気になるなら、クロークに行って、一度ゆっくり檜垣さんを見ておくといいといっておきましたよ」

四

「さて」と雅楽が改めて私の隣にすわって、二杯目のコーヒーをすすりながら、話をはじめた。

「これはやはり、何かの動機で、誰かが計画した一種の犯罪です。私は私の名誉のためにも、事件の真相を究明しなければならないと思います」

「それは、もちろんです」

「これが私をわなにかけようとしたのか、それとも檜垣さんを困らせようとしたのか、竹野さんは、どっちだと思いますか」

「さア、わかりません」私はこういう時には、いつもわからないと返事をすることにしている。

雅楽も、それを喜ぶのだ。

「すくなくとも犯人は、高蔵がカニ嫌いだと知っている人間だということだけは確実ですがね」と雅楽はつぶやいた。

「電話で終演の時間を訊いたのは、もちろん、あのクロークから、檜垣さんを離れさせるためでしょうね」と私がいった。

「むろん、その通りです。檜垣さんにはお客様の中にも、大分ひいきにする人がいるらしくて、そういう人から、わざと名指しをされたのだろうと、呑気なことをいっていたが、じつは檜垣さんの足を引っ張ろうとした人間がいたんです」

「はア」

「私は、これは、檜垣さんと私とのあいだを裂こうとする謀略だと思います」雅楽がこんなことをいいだしたので、私はびっくりした。

「だって、高松屋さんと、あのひととは、プラトニックな仲なんでしょう」と私は思わず、真剣な表情で訊いた。考えれば滑稽だ。

「それはそうですよ」プッと吹き出しそうにしながら、雅楽は答えた。「私はただ、あの子がひいきなんですよ。可愛いし、気が利くし、ちょっと近来、あれだけの子はいませんよ」

「それなら、はたから、やいのやいのいわれる理由は、ないじゃアありませんか」

「だが、現実には、私が檜垣さんを以後ひいきにしないように、させようとはからった者がいるんだ。動機は何でしょうね。まさか、ただの岡焼きとは思われまい」

「はア」

「竹野さんは、カニを見てるんですね」話題が急に変わった。「どんなカニでしたか」

「急に大さわぎになったので、ろくに確かめもできませんでしたが、北陸のカニのようでしたよ」

「北海道のとはちがいますね」

「ええ、いつか一緒に金沢に行った時、食べたカニに似てました」

「そうですか」雅楽はしばらく腕組みをして、目をつぶっていた。やがて目を開くと、ひとり言のようにいった。

「やはり、私が檜垣さんをひいきにしているのを、おもしろくなく思う人間がいたんだと思います。そして当然のことですが、それは私のほうではなく、檜垣さんに惚れている男ではないかと思う。ことによると、檜垣さんに求婚するつもりでいる男かも知れない」

「はア」

「ところで、高蔵のカニ嫌いは昔の楽屋ではかなり有名だが、いま、この劇場につとめている人の中にそれを知っている者は、ほとんど、いないと思うんですよ。そこが、私のちょっと突き当っている壁なんだが」と雅楽が溜め息をついた。

「では、高松屋さんは、この春芝居の狂言が、高蔵さんの注文で、『平家蟹』から『神崎揚屋』に変わったゆくたてを、御存じなかったんですか」と前置きして、私は北上という若いプロデューサーが、高蔵に会った時の話を、伝聞ではあるが、聞かせた。

「それだ、それだ」と雅楽は、うれしそうに、両手をもみ合わせた。

スッと立ち上って、雅楽は私と一緒に、支配人の部屋に行った。そして、いきなり質問した。

「ことしも初日と二日目あたり、案内のお嬢さんたちは和服を着ていたんだろうね」

「ええ、ほとんど」支配人は唐突に訊かれて面くらってはいたが、雅楽のこういう質問には馴れているらしく、なぜそんなことを尋ねるのかと反問もせずに答えた。

「劇場の案内嬢の中に、くれに帰郷していた人がいないか、調べてくれませんか。多分そういう人は、初日にも洋服で出勤していると思うが」

「はア?」

「いや、多分そういう人は目いっぱい郷里にいるはずだから、駅からここに直行したかも知れないと思って」と老優が注釈した。

十五分のちに解答が出た。じつは二日の初日と三日を休んで、今日から出勤した案内嬢の中に、くにに帰っていた娘がいた。

「北陸のほうだとおもしろいのだが」

「ええ、おっしゃる通りで、石川県の羽咋《はくい》に帰っていたそうです」

「その人に会わせて下さい」

まもなく、案内嬢が現われた。当然、不審そうなおももちであった。

雅楽が訊いた。「石川県に帰っていたそうだが、あなた、カニを買って来たんじゃないかな」

「はい」

「誰かにたのまれた」

「ええ、本社の坂田さんに」

「いつそれを渡したの？」

「第二休憩のすこし前です」

「ちょっと尋ねるけどね」と雅楽は前に立っている案内嬢を、かけている椅子から見上げながら訊いた。「坂田というのは多分青年だと思うが、その人には、誰か好きな女の子がいるんじゃないかな」

「ええ」とうつむいて、その娘がいった。「私でないことはたしかですけど」

そばで聞きながら、その案内嬢が坂田青年を愛しているのではないかと私は想像した。雅楽といると、つい推理力が刺激されるらしい。

案内嬢が行ってしまうと、雅楽は、暗い顔でいった。

「坂田が仕組んだことだ。坂田という男は、演劇製作室のプロデューサー補佐だから、『平家蟹』おくら入りのてんまつを知っている。高蔵がカニ嫌いなのを知って、その楽屋に私からだといって檜垣さんにカニを届けさせ、私が迷惑なことをしてくれたといって、檜垣さんをうとんじるようになればいいと思ったのだ。まア私の関知しないことで、檜垣さんが仮に私の名前でとんだまねをする結果になったからといって、私があの子を嫌いになるはずもないけれどね。恋は盲目というから、理詰めに頭は働かないのだろう」

「ああ、そうでしたか」私は、坂田という青年が、クロークの檜垣という娘を思いつめて、こんなことをしたという事情が、はじめて、首尾一貫して理解された。

雅楽は、坂田を詰問するのはよそうといった。「ただ、電話で檜垣さんを呼び出し、そのすきに、頼んでおいた男にカニをクロークにあずけさせ、その男に外から電話をさせて、高蔵の部屋に檜垣さんに行かせたりする小細工は、将来ある若者のすることではありません」

「ほんとに、そうです」と私も、うなずいた。

「坂田君は、推理小説の読みすぎですよ」

雅楽が地下室から一階に上って行くと、クロークの前に、檜垣という娘が立って、悲しそうな顔で迎えた。

「合札は戻って来た?」と私が訊くと、「ハイ」と見せた。さっきから、手に持っていたらしい。

「このカウンターに、置いてあったんです」

「檜垣さん」と老優が声をかけた。「毎日ここに立っていると、いろんな人から、いろいろいわれるだろうね」

「はい」

「本社の社員の中にも、檜垣さんが好きだという青年がいるだろう」

「はい、います」娘はすぐに答えた。「でも、その人、私、いやなんです。神経質で、こまかな所に気がついて。ああいう人、きらいです」

二人は劇場を出て、タクシーを拾った。私を社に落して、雅楽は自宅に帰るのである。

車が走り出した時、私はつい訊いてしまった。「なぜ、あの檜垣さんがそんなにいいんですか」

「そうね」と微笑しながら、雅楽が答えた。「竹野さん、あの子は、高蔵の娘ですよ」

「えッ」私は目を大きく開いた。

「高蔵は何にも知らないんです。昔、高蔵がつきあっていた、あの子の母親を、私もよく知っています。柳橋に出ていた女です」

「ほう」

「檜垣さんは、そのお母さん、そっくりなんだ」

「高松屋さん」と私がいった。「あの子のお母さんを、お好きだったんでしょう」

老優の顔に、めずらしく紅がさした。

お初さんの逮夜

中村雅楽《なかむらがらく》については、まだまだ書いておきたいことがある。

これは、別に事件というほどのものではないのだが、老優が謎をといたという点で、書きとめておいて、いいように思われる。

一

十年ほど前のことであった。

私は京都の顔見世を見に、くれの二十四日の新幹線で、東京を発《た》った。その年は、老優の雅楽が、久しぶりに南座に出演、昼の「勘当場《かんどうば》」の母延寿《えんじゅ》と、夜の「ども又」の将監《しょうげん》を演じていたので、それを見に行ったのである。

芝居がおわってから、西石垣《さいせき》で、雅楽の好きなフグを一緒に食べるのを楽しみにしながら、私は伊吹山の頂に積った雪を眺め、夕方京都に着いた。

観劇は次の日である。私は友人と或る出版の打ち合わせをして、雅楽の身体のあくのを待っていた。

私がいる四条川端の小さな酒場に、電話がはいった。

「竹野さん、人をひとり連れて行っていいでしょうか」と雅楽がいった。

「どなたでも結構です。御一緒しましょう」と私は即答した。

二人で食事をしようと思っている私に、雅楽がわざわざ、ことわったのは、老人らしい折り目の正しさだが、こんな時に、私が気ぶっせいな思いをして、飲む酒の味がまずくなるような人間を誘って来ることなんか、決してないのを、私は知っている。

だから、「それは一体誰です」というような質問をせずに、承知したわけである。

すぐにも劇場を出られるという話だったので、私も酒場を出て、北へ二百メートルの南座の楽屋口へ歩いて行くと、もじりを着てマスクをかけた雅楽が、外に立っていた。

その脇にいたのは、「勘当場」では平次《へいじ》、「ども又」では雅楽之助《うたのすけ》に出ているはずの沢村素昇《さわむらそしょう》であった。

「先生、お久しぶりです」と挨拶したが、何となく、声に元気がない。これは何か、この俳優の身の上に起って、それを老優がなぐさめるつもりでもあったのかと私は一応推測した。

冬の京都に来た時、一度は寄るふく善ののれんをくぐると、顔なじみの女あるじが、「おこしやす」といって、満面に笑みをたたえながらあらわれ、私たちは川の見える二階の八畳間に通された。

炭の香りが部屋に充《み》ち、床の間には、気の早い蓬萊《ほうらい》が飾ってあった。

しかし、私たちのあいだに、にわかに、しめった空気が生まれた。

雅楽が外套《がいとう》をぬいで、すわるなり、「金四郎《きんしろう》の妻君《さいくん》がなくなったんです」といった。

「そうですか、悪かったんですか、前から」と私は訊いた。「それは気の毒なことをしました」

「いいえ、どこも悪いとなんか、当人もはたも思ってはいなかったらしいんですが、心臓だという話です」と説明したのは、素昇だった。

「で、金四郎さんは」

「知らせがはいったのが、午後の四時だったが、こんどは、ふしぎに、つかまっているのは昼の『勘当場』、横須賀軍内《よこすかぐんない》だけなんで、すぐ東京に帰りました。しかし、いろいろ段取りをつけて、明日の朝、一番でこっちに引っ返して来なければならない。役者は全く、こうなると、たまらない商売だ」と、しみじみ雅楽が歎いた。

すこしぐらい身体の工合がわるくても、どうにか動けることがわかっていたら、病を押して出演するのが役者の本懐《ほんかい》というもので、万が一死んでも、舞台は戦場だからといって、あきらめることになっている。

自分のことでさえ、そうなのだから、肉親が危篤《きとく》だからといって、舞台をぬけて行くわけにはゆかない。親きょうだいや妻女の死に目に会えなかったという話は、決して珍しくないのだ。

まわりあわせで、今年の顔見世の夜の部に役がなかったのは、金四郎にとっては、まだしも不幸中の幸いで、夜の最後の幕に出ることになったりでもしていたとすれば、その間、どのくらい、やきもきしたか、わからなかったはずだ。

「お初さんは、いい人でしたよ」と、雅楽がおかみさんに酌をして貰った杯をあげながら、つぶやいた。それで、自然に、三人で、金四郎の妻女の冥福を祈る形になり、軽く目をとじて、私も素昇も、酒をのみほした。

素昇がこの席に誘われて来た理由が、私には段々のみこめて来た。

赤絵《あかえ》の皿に美しく盛りつけられた刺身を食べ、ちりを食べながら、素昇はしきりに、金四郎の身を案じて、しゃべった。それが、じつの兄弟についで心配してでもいるような口調なのである。

金四郎と素昇には趣味的な共通点が多く、まずこの上ない飲み友達であるほかに、将棋、釣、寄席《よせ》歩きを、二人とも好んでいるという程度のことは、私も俳優名鑑や「演劇界」の記事で知っていたが、それ以上に、素昇は金四郎の親友らしく見えた。

「竹野先生」とすこし酔って来た素昇が、真っ白なハンカチで口の端を拭きながら、呼びかけた。

「先生はやめて下さいよ」

「じゃア、竹野さん」素昇はすなおに、云い直した。

「はア」

「私はね、金四郎とは、俗にいう竹馬《ちくば》の友でしてね、小学校が同級なんです。もっとも私は五年の時に、下谷《したや》の西町に越しましたが、それまでは、同じ日本橋の小舟町《こぶなちよう》の町内で、いつも棒をふりまわして遊んだ幼友達なんです」

「この人はね」と雅楽がいった。「お父っつァんは表具屋《ひょうぐ》さんなんだが、金四郎が親と同じように役者になったのを見ていて、中学を途中でやめて、芝居の世界にはいって来たんですよ」

素昇が十六歳で、紀伊国屋《きのくにや》の弟子になったということは私も知っていた。親が役者だと、大ていの男の子は、子役として初舞台を踏み、だんだん芸を覚えてゆく。

素昇のように役者の子でない場合は、すこし年が行ってから劇界にはいることになるのだが、十五六でも、出足の遅れたハンディキャップは無視できない。

だから、そのうちに、いや気《け》がさして廃業する者もすくなくないのだが、素昇は好男子であるという、役者としての条件に恵まれた上、カンがよくて、たちまち踊りや音曲《おんぎょく》も身につけ、見こまれて師匠の芸養子になったのが、以後の運をすべて好転して行き、五十を越した今では、押しも押されもしない名わき役になっていた。

一方、金四郎のほうも、決してまずい役者ではないのだが、父親の先代金四郎がもともと敵《かたき》役《やく》の名人だといわれたために、その名跡《みょうせき》をついだあと、若手の「忠臣蔵」でたまに定九郎《さだくろう》をするくらいで、大ていは、薬師寺《やくしじ》といった赤っ面《つら》の悪人がまわって来ていた。

この顔見世の「勘当場」の軍内は、三枚目の要素のはいった悪人だが、むろん、ほかの誰よりも、きわめつきの当り役である。

しかし、今はじめて聞いたのだが、同じ学級にいたというのだから多分同い年の素昇は、その「勘当場」で、源太《げんた》の弟の平次景高《かげたか》という、見せ場のタップリあるいい役をもらっている。

どちらかというと、金四郎は、不運と見てもいいと、私は、素昇の話を聞いたあとで、考えていた。

そう考えている私の心持が通じたかのように、素昇がいった。

「しかし、竹野さん、金ちゃんの軍内は、ほんとうにうまいものですよ。毎日、あの、お塵《ちり》がお塵が（軍内という武士が平次から褒美に羽織をもらおうと思って、おべっかを使うセリフ）の所で、うまい役者だなアと、私は見とれてるんです」

「ほんとに金四郎のああいう役は、真似手《まねて》がない。先月の歌舞伎座の腕助《うですけ》（『天下茶屋』に出て来る狡猾な奴（やっこ）の役）も絶品だった」

「ありがとうございます。高松屋《たかまつや》さんに、ほめていただけるなんて、あいつは、何て幸せな男でしょう」素昇が泣き出しそうになった。

「君の平次だって、立派なもんだぜ。まアひとつ」と雅楽は、飲みほした杯を、素昇にさした。

「金四郎はね、竹野さん」と素昇が、渡された杯に、私が注《つ》ぐ酒を待ちながらいった。

「あいつはね、まるでテープに吹きこんだセリフのように、しじゅうおんなじことをいうんですよ」

「何て、いうんです」と私はおうむ返しに尋ねた。

「素昇、お前はいい男だ、だから出世した。『忠臣蔵』でおれが薬師寺をしている時、お前は石堂《いしどう》だ、まるで役者がちがう。もっとも俺を生みつけた親が、おれをこんな憎体《にくてい》な顔にしたんだから、仕方がねえが、なんてね」素昇の呂律《ろれつ》がすこし、まわらなくなりかけていた。

私は相槌が打てずに困っていたが、雅楽が横合から救ってくれた。

「そいつア、金四郎の思いすごしだ。あの男は、まずい面《つら》なんかじゃない。ただ、敵役がうますぎるから、憎らしく見えるだけなんだ」

「そうでしょう」と、うれしそうに素昇がいった。「ほれ、御覧なさい。あの男は、芸がうますぎるんだ」

私は素昇の友情には共感が持てたが、すこし、持てあます感じにもなっていた。

二

しばらく経って、雅楽が私に訊いた。

「竹野さんは、お初さん、つまり金四郎の妻君を知っていたんですか」

「ええ、一度、会ったことがあります。『演劇界』にたのまれて、役者の奥さんたちに集って貰った座談会の時に、司会をしました。その時に出てくれたんです。そうそう、あの時は、素昇夫人も、出席したんでしたっけね」

わざと素昇夫人という、いい方をしたのが、いささか酔った役者には気に入らなかったと見えて、素昇は返事をしなかった。

雅楽が、そういうふんい気をすぐ察していった。

「おとなしい人でした。多分、座談会に出ても、あまり、しゃべらなかったでしょう?」

「その通りです」と私は答えた。

その座談会には、七人の歌舞伎俳優の妻女が出席した。最年長は、女形《おんながた》の長老である佐賀之《さがの》丞《じょう》夫人、最年少は、新婚早々の葉牡丹《はぼたん》夫人であった。

私は雅楽夫人にも出てもらおうと思って、わざわざ千駄ヶ谷の家にたのみに行ったのだが、風邪をこじらしているからと、体《てい》よくことわられたのをおぼえている。

こういう座談会に深い内容を求めても無理だが、役者のプライバシーについては、一般の読者が好奇心を持っているので、雑誌では、時折企画するのである。

主人は家庭でどんな日課をくり返しているかとか、たまには夫婦げんかをするかとか、夫の浮気で苦労したことはなかったかとか、じつは司会をしているのが馬鹿馬鹿しくなるような質問をいくつか提出したあと、何となく話題が途切れて座が白《しら》けそうになったので、私は、すぐ近くにいた葉牡丹の新妻に、「いつ旦那様と、どういうキッカケで知り合ったの?」と尋ねてみた。

たしか、スキー場で偶然会ったが、前から葉牡丹のファンだったので、うれしくなって、それからおつきあいをしてといった話だったと思う。この夫人は、貿易会社の社長の娘である。

ところが、その話題は、そこにいる妻女たちに妙に気に入ったと見えて、「私はこうなんですよ」というふうに、もう髪の白い佐賀之丞夫人からはじめて、順々に、夫と知り合った時のいきさつを聞かせてくれた。

年長の妻女には、花柳界に出ていた人が二人いて、おもしろおかしく話したし、若い妻女も、おめず臆せずに語ったが、気がつくと、金四郎夫人だけが、何もいわなかった。

七人いる中で、六人が同じテーマでしゃべっているのに、一人だけぬけていると、司会者もしくは速記のミスのように思われると考えたので、私はテーブルの向うにいて、伏し目勝ちに他人の話を、それでも微笑を絶やさずに傾聴していたお初さんに呼びかけた。

「最後になりましたが、金四郎さんとは、どういうことで」

「いいえ、私は、何てこともないんです。同じ町内にいて、顔見知りだったものですから。すすめる人があって、どうだねといわれたので、まア何となく、うなずいてしまったという、そんなことなんですよ」

こんな返事だった。

「町内というと、やはり幼友達ですか」

「いいえ、うちが、小舟町の煎餅《せんべい》屋でしたから。あの人、うちに子供の時から、買いに来ていたんです。小学校も同じですが、五年もちがいますから」といった。

じつは座談会で会ってから、お初さんというその女性の顔を、私は一度も、見ていなかったのだ。

きょうなくなったと聞いて、私の頭の中に、すぐには、その俤《おもかげ》が浮かんで来なかった。座談会の席でも、いつも、うつむいていたように思う。雑誌にみんなで並んで撮影した写真があったと思うが、きわめて印象が薄い。

そんなことを、ぼんやり考えていると、雅楽が、急に素昇に、質問をした。

「金四郎と、君が同級だということ、同じ町内で育ったということは、わかったが、あのお初さんも、同町内なんだろう」

「はい、そうです」

「すると、ずっと前から、君も、お初さんを知っていたのかね」

「ええ、知ってました。だって、あのひとは、小舟町でしぐれ煎餅を売っている店の二番目の娘でしたから」

「そう、そういう話は、金四郎からも聞いたっけ。金四郎とお初さんは、つまり筒井筒《つついづつ》ということかね」

「筒井筒といいましてもね、子供の時は、年がちがうし、一緒に遊んだことは、ないんじゃないかと思いますよ」

「ふうん」と雅楽は、つまらなそうな顔をした。「金四郎が、子供の時から、何となく好きで、年が行ってから、くどいた恋女房かと思っていたんだが」

「そんなことじゃ、ありません。まア早くいえば、親同士が、町会で祭りの相談でもしている時に、誰かがすすめて、一緒になるといったゆくたてじゃないんでしょうか」

「ほう、じゃア縁談でまとまったというわけですか」と私は合点した。

「役の上じゃア、憎らしい人間がうまいんだが、根が実直の金四郎だ。縁談ばなしで嫁をとったというのが、いかにも、あの男らしい」と、雅楽は、ちり鍋の中から、餅を小鉢に箸で移しながらいった。「縁談ばなし」という云い方が、私には、雅楽らしくて、おもしろかった。

すこし間《ま》をおいて、素昇が、「おじさん」と雅楽に呼びかけ、すわり直すような感じで話し出した。酔いはさめているようだった。

「じつは、金四郎の所に、はじめ、お初さんを貰わないかといいに行ったのは、私なんですよ」

「ほう」

「正式に使者の役目をたのまれましてね」

「誰にたのまれたんです」と私が訊いた。

「お初さんの両親ですよ」

「二つ返事だったんだろう」と雅楽が、もうひと箸、鍋の中の餅をさがしながら、素昇を見もせずにいった。

「いいえ、ことわられたんです」

「おやおや」

「おれはまだ女房なんか持ちたくない。それに、あのお初さんは、いい器量で、引く手あまただろう。おれのような、こんな憎体な顔をした男には、もったいない。そんなふうにいって、悪いけど、しばらく考えさせてくれといって、そのまま二ヵ月ばかり、返事をしなかったんです」

「何年前だい」

「そうですね」と素昇が遠い所を見つめるような目つきをしながら、「待って下さい。あれは勉強芝居で、『鏡山《かがみやま》』の通しをさせて貰う少し前でしたから、かれこれ二十四五年にもなりますかね。そろそろ、戦争で物が払底《ふってい》しはじめて、煎餅屋の商売もむずかしくなるという話を、お初さんの親父さんがしていましたっけ」

「『鏡山』といえば、金四郎が岩藤《いわふじ》をした時かい。尾上《おのえ》が浜木綿《はまゆう》だったっけ、いや、浜木綿の兄貴だったかね」と雅楽も、遠くを見る顔をした。

「ところで、二ヵ月も経って返事がないので、私がたのまれて、催促に行きました。すると、やっぱりよそうというんです」

「ことわったのか、とうとう」

「ええ。私も少々、がっかりしましたが、お初さんが気に入らないというわけではないのだから、恥をかかせることにもなるまいと思い、私もまア本人が当分独りでいたいといってますというふうに話して、あきらめてもらったんです」

「しかし」と私は首をかしげた。「でも、結局は、夫婦になったわけでしょう」

「そこなんですよ。そこが、おかしいんで」と、一時たて続けに酒をあおったためか、酔っ払いかけて話のくどくなっていた素昇が、この話題になってから、じつに整然と話すのに目を見はっていた私のほうに、向き直って、それでもすこし肩をゆすりながら、説明した。

「お初さんの家では、金四郎にことわられたからといって、すぐ別の縁談に飛びつく気もなかったと見えて、あい変わらず、お初さんは、しぐれ煎餅の店を手伝っていました。そのうちに、役者の中でも、ぼつぼつ赤紙が来て兵隊になる人間が出て来ます。金四郎も私も、徴兵検査では乙でしたが、いつ召集されるかわからない、私もまだ女房はいませんでしたが、そのころは、二十六七で世帯を持つ男のほうが、めずらしかった時代です。当分お互いに呑気《のんき》にくらそうなんていっていると、或る日、金四郎が私の家に朝早くやって来て、一通の手紙を見せたんです」

「何の手紙なんだね」

「女文字でしたが、その便箋には、金四郎さんが私は心底《しんそこ》憎いと思いました、どうしてあなたはそんなに憎らしいんでしょうというようなことが書いてあるんです」

「ほう」

「金四郎は途方にくれたように、私にそれを見せて、これはどういうことだろうねといいました」

素昇は、そういった時の金四郎の表情が、目に見えるように、うまく話した。

こんな時にうまい役者が、真価を発揮するんだなと私は思った。

雅楽も、素昇の話を熱心に聴いていた。私が、社で聞きこんだ事件や珍談を、千駄ケ谷の家や、劇場の楽屋に持ちこむと、手をもみながら、おもしろそうにうなずいて、あとをうながす時と、まったく同じ表情だった。

「心底憎いと思いましたという前には、何も書いてなかったのかね」と、雅楽が慎重に尋ねた。

「便箋たった一枚です。私はそらで覚えてるんですが、金四郎さんが私は心底憎いと思いました、どうしてあなたはそんなに憎らしいんでしょう、それだけ四行に書き流してあっただけです」

「名前は？」

「何も書いてありませんでした」

「封筒は？」

「市川《いちかわ》金四郎様と書いて、差出人の名前のない封筒が、金四郎の家のポストに、ほうりこんであったんだそうです」

「それで君は、何といったんだい」と雅楽は杯も箸も卓上に置き、熱心に、素昇の顔を見ている。

「まず、これは、一種の恋文《こいぶみ》かも知れないな、心当りはないのかね、そう尋ねました」

「すると、どうしました」こんどは私が尋ねる番である。

「金ちゃんは、ぽうっと赤くなって、遊んだ女の中で、しばらく足が遠のいたので、こんな手紙をよこしたやつがいるのかも知れないと、こうです」

「おもしろい、おもしろい」

「私は、そういわれて、誰でもいいそうな言葉を返してやりました。勝手にしやがれってね」

急に、素昇の両眼から、涙が溢れたのを、私は見のがさなかった。

素昇は私に見られたのがわかって、てれくさそうに、わざと袂《たもと》からとり出したハンカチでその涙を拭きながら、「すこし酔っ払ったかな」といった。

じつは、先刻《さつき》よりも、素昇は酔っていないのだ。

「それで、どうしたんです」と私は、せっかちに催促した。

「いえ、話はそれだけです。私が勝手にしやがれというと、もう一度便箋を眺めながら、誰だろうな、こんな字を書く女がいたかなとつぶやきながら帰ろうとしました。たしかに、それはうまい字でした」

「それで」と、雅楽は、重要な次の話を待つ期待をこめた声で訊いた。

「そのうしろ姿に、私は呼びかけたんです。何だい、ひとが一所けんめいに、お初さんと一緒にならないかとすすめたのに、ろくな返事もしないで。ふうん、そうかい、お前さんは、あっちこっちの女と遊んでいるほうが、よかったんだね、ただそれだけのことで、お初さんを振ったんだねって、くやしいから、いってやりました」

そういいながら、素昇の目から、また涙が湧き、「ひとの気も知らないで」

雅楽はそれをチラッと見ると、「当ててみようか」といった。

「えッ」と素昇が、狼狽《ろうばい》したような声で、ひと呼吸《いき》呑む気配がした。

「いやさ」と老優は運ばれて来た熱い酒を、卓の三つの杯に順々に注ぎながらいった。

「その足で、金四郎は、しぐれ煎餅に行ったんじゃないか」

素昇はニッコリ笑って、「ああ、当ててみようかというのは、そんなことですか。それは知りません。私には、そんな話は、しませんでした」

「そうか、私は、金四郎が、その足で、お初さんの所に行ったような気がする。つまり、女から来た手紙を君に見せに行った時には、ただ訳もわからず、どういう意味だろうと、単純に思っていたんだが、これは一種の恋文かも知れないといわれた時、そのころつきあっていた女を思い出した。まアこれは順当だろうよ。ところで、そういわれたあと、君から、遊び歩いていて、縁談にろくな返事もしないでといわれた途端に、ああ悪かった、直接お初さんに詫びたほうがいいと考えたにちがいないと、私は思うんだ」

「はア」二人は異口《いく》同音に応じた。

「その足では、ないにしても、その日、あるいはその次の日、どっちにしても、まもなく、金四郎はお初さんに会ったと思う。これは間ちがいない」

雅楽は、劇場の周辺でおこった奇怪な事件の謎を解決する時のような、断定的な口調でいった。

三

雅楽を粟田口《あわたぐち》の定宿《じょうやど》まで送り、私はホテルに向った。別れ際に、さっき車から先におろした素昇について、老優は、私にこんな言い訳をした。

「素昇が、きょうは金四郎のために、何から何まで段どってやったのを、ねぎらいたいと思って、誘ったんですよ」

翌日、南座を、昼夜通して見た。

昼の部が終った時に、私は楽屋に金四郎を訪ねて、弔意《ちょうい》を表した。

「勘当場」の軍内一役で、からだのあく金四郎である。これから宿に引きあげて、ぐっすり眠るつもりだという。

きのう帰京して、けさ密葬の手順をきめて京都に飛んで来た金四郎は、目を赤くしていた。

すぐ帰ろうとすると、「よかったら、しばらく、話して行って下さい」という。私のほうは、金四郎が疲れていると思ったので遠慮するつもりだったが、引きとめられたので、そのまま腰をすえた。

「先生、お初はね、とても先生を徳としてましたよ」不意に、金四郎が、こんなことをいった。

「それは、どういうことだろうね」と私は反問した。

「いえね、竹野先生は、劇評で、いつも脇役のことを書いて下さる、それがうれしいって、いつもいってたんです」

そういわれれば、その頃まで約十五年、東都新聞に書いていた劇評で、私は、金四郎の演じた役について、何度もふれていた。

しかし、それは、金四郎の役がよかったからなので、どうしても一行、書き足さずにはいられなかったからなのだ。

それはそれとして、なくなったお初さんが、私が金四郎のことを書いたのを「徳として」いてくれたというのは、決して、悪い気持のしないことだった。

私は、ゆうべ、素昇が話していた、金四郎の結婚前のいきさつについて、知りたいという好奇心をおさえかねた。

第一、一旦ことわった縁談を、どうして、承知する気になったかについては、素昇は何も説明しなかったのだ。

私はこんなふうに尋ねた。

「ゆうべ、じつは、高松屋と、素昇君と、三人で飲んでね、いろいろ、あなたの話をしたんだ。素昇君から聞いたんだが、お初さんとは同じ町内だったんだってね」

「ええ、小舟町の、私の家の近くに、お初の親が、しぐれ煎餅の店を出していましたのでね、子供のころから知っていたんです」

「縁談の使者に立ったのが、素昇君だったそうだね」

「ええ、でも、最初は、ことわったんですよ」と金四郎がいった。私としては、最も聞き出しやすい状況になりそうであった。

「なぜ」わざと、こう質問してみた。

「お初については、私は前から、あまり関心はなかったんです。好きだと思ったこともありませんでした。ですから、お初を嫁にしないかといわれても、あまり気は乗らなかった。こっちはそのころ、遊んでいた女もいましたしね、早くいえば、世帯を持つのが、おっくうだったというのが、ほんとです」

「ほう」

「素昇からお聞きになったかも知れませんが、その縁談をことわったあとで、私の家のポストに、女文字の手紙がはいっていたんです。金四郎さんが私は心底憎い、どうしてこんなに憎いんだろうというふうなことが書いてあって、差出人はわかりません」

「ほう」私は、初耳のような顔をして、首を傾けた。

「私は、それを、よせばいいのに、素昇の所に持って行ったんです。いきなり憎い憎いと書いた手紙の意味が、正直、わからなかったからで」

「すると」

「素昇は、これは恋文だぜ、こっちから一所けんめい思っているのに、知らん顔をしていて、憎らしいというのだろう、お前を思っている女からよこした手紙だよ、こんなふうにいいました」

「ほう」

「私は、遊んでいる女から来た手紙だと思って、聞き流したんですが、その時、素昇に、お初の縁談をすっぽかして遊んで歩いているのはひどいといわれたのには、こたえました。お初に悪いことをしたと思いました」

「それで、どうしたんです」私は、わくわくしながら尋ねた。

「私は何となく、お初に直接、縁談をことわったことを詫びたい気持になって、その翌日お初の家に行きました」

雅楽が想像した通りだった。

「何といったんですか」

「お初が煎餅の店に出ていたので、今日までどうも敷居が高かったが、私はお初ちゃんが嫌いなわけじゃないんだ、ただ何となくまだ結婚をする気にならないんだと話して、頭をさげました」

「お初さんは、その時、何と返事をしました？」

「わりに素《そ》っ気《け》なく、いいんですよ、私が望んでぜひあなたの嫁さんになりたいとせがんだわけじゃないんですから、気にしなくてもいいんです、とサバサバしたものでした」

「ほう」

「人間って妙なものですね、そんなふうにサバサバとされると、意地が起ります。私はその日紙入れに入れて持っていた前の日の例の手紙を、お初に見せびらかしたくなったんです」金四郎は赤い顔をしていった。

「なるほどね」

「お初に、こんな手紙が届いたんだよと、笑いながら、例の憎い憎いというやつを、見せました。お初はじっと見ていて、すぐ私にそれを返しながら、こんなことをいったんです」

「何といったんだろう」私は腕を組んだ。

「ああ、これはね、金四郎さん、あなたの『鏡山』の岩藤を見た、あなたのごひいきがよこした手紙ですよ、って」

「は、はア」私はまったく、思いもよらないお初さんの返事を聞いて、嘆息した。

「なるほど、そういえば、その前の月に、私は勉強芝居で、岩藤をしています。そして、自分でいうのはおかしいんですが、皆さんから大変ほめていただきました。草履《ぞうり》打ちで尾上を打つ時の憎らしさは天下一品だという劇評もあったくらいです」

「そう、あの岩藤は、みごとだった。あれが、あなたの出世役になったんでしょう」と私は、三十年前の舞台を思い出しながら、うなずいた。

「お初にそういわれて、私の思いあがった気持が、風船玉を針で突いたように、シューンとしぼんでしまいました」

「なるほどね」

「どこかの女から、私がほうりっ放しにしているのを恨んでよこした手紙だと思って、うかうかそんなものを見せた自分が、はずかしくて、たまりませんでした」

「わかるね」

「私は、ほうほうの体《てい》で、引きあげたんですが、あの手紙を見て、これは岩藤のことをいっているんだとすぐ見ぬいた女は、大したものだと思いました。そう思った途端、この女を女房にしようと、決心したんです」

こういった金四郎の目から、涙がにわかに溢れた。私は、いい話を聞いたと思いながら、金四郎が泣くのを、だまって見ていた。

四

私は、次の幕間《まくあい》に、雅楽の部屋に行った。雅楽は、弟子にたててもらったお茶を、しずかに飲んでいた。

私は、さっき金四郎から聞いた話を、さっそく老優に聞かせた。

「いい話ですね」と雅楽は、感慨ぶかそうに聞いてからいった。「お初さんに、これは岩藤のことですよといわれて、こういう女を女房にしようと思ったという所が、じつにいい」

「なぜ、こんないい話を、いつかの座談会で、お初さん、してくれなかったんでしょうね」と私はいった。

たしか、あの時は、同じ町内の顔見知りで、すすめる人がいて、何となく承知したという話し方をしたはずだ。

「お初さんは内気な女だ。自分の言葉を、手柄顔《てがらがお》にひけらかすと思われるのが、いやだったんだろうよ」

私は、そういう雅楽の顔を見ながら、お初という妻女の死が、きのうよりも、切実に惜しまれる気持を、ひしひしと感じていた。

その日、南座の夜の部の最後の「三《み》つ人形《にんぎょう》」を見て、やれやれと思いながら、玄関に出てゆくと、雅楽の弟子の楽三《らくぞう》が戸外で待っていた。

「金四郎さんを慰めるつもりで、宿に呼んだから、ぜひ先生にも、いらしていただきたいと、旦那が申しております」という口上《こうじょう》だ。

どうせもうひと晩ホテルに泊って、明日帰るつもりだったので、私は楽三と一緒に、タクシーで粟田口の吉鶴に行った。

金四郎がいた。

「今夜は、宿にひとりでいても、淋しくて仕方がないので、どうしようかと思っている所に、高松屋さんから声をかけて頂いたので、ホッとしたところです」という。

旅先で、妻をなくして、帰ってしまうわけにも行かない役者の悲しみが、私には、よくわかった。

ブランデーが卓に置いてあった。

雅楽が金四郎をいたわるように見ながら、いった。

「竹野さんから、さっき、お初さんが、お前さんの所に来た女文字の手紙を見て、これは『鏡山』の岩藤のことですよといったという話を聞いた。そして、そういうお初さんが、急に女房にしたい女になったという話も聞いた。これは大変いい話だと思う。男の心にも、そんな微妙な動きがあるんだね」

「いや、どうも」と金四郎はあまり強くないのか、ブランデーをほんのすこし飲んだだけで真っ赤になった顔を、さらに赤くしながら答えた。「自分で考えても、ふしぎなんですが、お初に手紙を見せたりした自分がはずかしくなって、家に帰ると、こんどは、たまらなく、お初にもう一度会いたくなったんです。あれは、なぜでしょうか、今でもわかりません」

「私たちの若いころは、男が女に惚れたり、女が男に惚れたりするのが、風邪を引くようなものだと、よくいったものです」と雅楽が私に話しかけた。「金四郎は、お初さんに、出先で風邪を引いたように、急に心がひかれた。私は、しかし、そうなったのが、なぜか、手にとるようにわかるんだよ」

「はア」金四郎は、怪訝《けげん》そうに、老優を見つめていた。

「お初さんの家に、金四郎が詫びに行った。その時、お初さんが涙ぐんで頭をさげたりしたら、別にどうということもなかった。だが、お初さんは、私が望んであなたのお嫁さんになろうと思ったわけじゃないしと、素っ気なくいった。これが、まず、金四郎の気持を、つかまえるキッカケだったと、私は思う」

「なるほど」

「金四郎としては、鼻白んだにちがいない。その証拠に、ふところの手紙を見せたりした。これは、素っ気ない返事をした女に、お前はそんな顔をしているが、この私も、これで、なかなかもてているんだと誇示する心持があったわけだ」

雅楽は当人がそこにいないように、金四郎と三人称にして語っていた。それは、金四郎にとっては、いくぶん、気楽だったに、ちがいない。

「その手紙を得々と見せた」と老優は続けた。「どんな反応を見せるかと思っていた金四郎は、もう一度、はぐらかされた」

「というのは」私は、この際、こう次の言葉を引き出そうとするのが、マナーだと思って、尋ねた。

「チラと手紙を見て、憎らしいというのは、色恋の意味ではなく、あなたの岩藤のことですよと、お初さんがいった。これは、こたえたろう」

「そうです、こたえました」と金四郎が、待っていたようにいった。

「お初さんは、見事だった。二人のやりとりを土俵《どひょう》にあがった相撲とりにたとえていうと、金四郎は突っかかって、いなされ、もう一度押して出ようとして、打っちゃられたというふうに見る。そして、負けたと思った瞬間に、急にお初さんが、すばらしい女だと、金四郎には思えたのだ」

雅楽が説明したのを聞きながら、金四郎はうつむいて、涙を目に一杯溜めていた。

「それで、すぐ、お初さんに会いに行ったんですか」

「見っともないと思いましたが、下谷西町からタクシーを飛ばして、小舟町にまた行ったんです」金四郎はてれ臭そうな顔で、答えた。

「お初さんは、いなかった。そうじゃないかね」

「どうして、おわかりで」金四郎が目を大きくあけた。

「お初さんは、金四郎がその日に、もう一度来ると思っていた。だから、来た時に、自分がいないほうがいいと思って、外出したんだ」老優は、しずかにいった。

「はア」私は、ポカンとしていた。

「そうすれば、金四郎は、もう一度、はぐらかされて、お初さんを必死に追いかける。それを、お初さんは考えて、わざと、家をあけたのさ」

金四郎には、充分のみこめない部分があったらしいが、大きく、うなずいていた。

「とにかく、お初さんは、まれに見る賢夫人だった。金四郎という男を、完全に自分のものにして、幸せにくらしたんだ。仏も満足しているだろう」

老優がこういうと、金四郎は、にぎり拳《こぶし》を目に当てて、男泣きに泣いた。

五

南座は二十六日が千秋楽《せんしゅうらく》だった。

一座の俳優は、ほとんどその翌日に、東京に引きあげる。

金四郎の妻女お初さんの告別式は、二十八日の昼前、自宅で行われた。なかなかの盛儀だった。

私も線香をあげに行ったが、下谷の金四郎の家の横町の角《かど》に、近所の女のひとたちが集って、参列する役者の顔を見物しようとしているのが、何となく、歌舞伎の衰えない人気を証明しているようで、うれしいことだと思って見た。

三十日が初七日に当る。その前日の逮夜《たいや》はくれの押しつまった時だが、ごく近しい人たちだけで、ひと口あがっていただきたいという金四郎の伝言が、新聞社にとどいた。

私は、そういう席に出てゆくほど、金四郎とは親しくないので、何となく妙な気がしたが、千駄ヶ谷の雅楽の家にとりあえず電話を入れてみると、

「京都でお初さんの話をしんみり聞いたという点では、内輪みたいなものだから、私と一緒に、何となく顔を出してやって下さい」と老優がいった。

下谷西町の金四郎の家には、十六人の客が集まった。

なくなったお初さんの写真が額に入れて壁にかけてあり、その前に小さな祭壇ができていた。

私は雅楽を迎えに行き、タクシーで同行したのだが、座敷にはいって行くと、十人ばかりがもう来ていた。

佐賀之丞夫妻がいちばん奥にいて、雅楽がその隣にすわった。

私も、自然、雅楽の次にひかえることになった。素昇と葉牡丹が、おくれて着いた。役者以外の人も二三いた。お初さんと同じ位の年配の婦人もいたが、多分、友達だろうと思われた。

金四郎には子供がいなかった。お初さんは、ふだん、家にいると、まるで子供のように世話の焼ける金四郎で、精一杯だったという話が出て、みんなが笑った。

初七日の逮夜だから、しめやかにしているのがほんとうだという理屈も立つが、こういう席では、故人を偲《しの》ぶ話をして笑い合うのも、供養だろう。

「高松屋さん、このお初さんはね」と佐賀之丞が、写真を見上げながら、いった。「内助の功

は、大したものだったんですよ」

「ほう」と雅楽が目を見はって反問した。「どんなことをしたんです?」

「毎興行の初日《しょにち》前になると、わざと金四郎さんの機嫌を損じるように、したんだそうですよ」

「というと」

「ふだんは、じつに、まめまめしく仕《つか》える人なのに、稽古にはいったころ、つまり毎月の末ということになりますがね、たとえば、金四郎さんに声をかけられても返事をしなかったり、出かけようとする金四郎さんに、不揃いな着物を着せようとしたり、わざと机の上を散らかしたままにしておいたり、したんだそうです」

「それは、どういう意味でしょう」と私が横から訊いた。

「いえね、先生」と佐賀之丞が、私のほうを見て答えた。「お初さんにしてみれば、金四郎さんが不機嫌になるのを、ねらっていたわけです」

私は不審そうに、首をかしげた。

「おわかりになりませんか。そうすると、金四郎さんは、つい、お初さんに小言をいいます、憎体な口も利こうということになります」

「はア」

「そんなふうに、中《ちゅう》っ腹《ぱら》にさせておくと、稽古の時、敵役らしい憎らしさが、つよく出るというわけなんです」

「おどろいたな」と雅楽が手をうった。「それは大したものだ」

「お初さんがなくなったあとで、お初さんが、家中の品物が、どこにあるか、キチンと書きとめていた帳面が出て来たんだそうですよ」と、葉牡丹が、卓の向うから、話しかけた。

「おかげで、ものを探さずにすむんですが、どうも、あんな帳面をこしらえていたところを見ると、お初は、自分が先に死んだ場合を、考えていたんじゃないかと思いますよ」と、しんみり金四郎がいった。

「健康には、何の心配も、なさそうに見えたひとなのにね」と、隅にいた中年の婦人が、ひとり言のように、いった。

「そうそう、おかしなことがあるんです」と金四郎が雅楽にいった。「先日、京都でお話しした、例の憎い憎いという手紙がね、その帳面の間に、はさんであったんです」

「ずっと、とっておいたのかね」

「それがね、私は、そんなものを、夫婦になってから、一度も見た覚えがなかったんです。お初に会いに行った時に、お初がいなかったので、お父っつァんに会って、一度ことわってこんなことをいうのはおかしいが、もし差しつかえなかったら、もう一度縁談を元のように一から考え直させてくれとたのみ、承知してもらったあと、その手紙がどこに行ったのかを、考えたこともありませんでした。破いてしまった覚えもありませんでしたがね」

「お初さんが、それを大切にとっておいたのは、つまり金四郎さんが、この手紙を見せた直後に翻意したという意味で、お初さんにとっては、貴重な紙きれだったんですね」と私は、何気なくいった。

雅楽は腕を組んで、目をつぶっていた。そのうちに、老優の口もとに、皮肉な微笑がうかんだ。

それはよく、雅楽が何か事件のあった時に、犯人をあれかこれかと考えたあと、頭の中で推理を組み立てて、ああこれがその人物だと思い当った時と、あたかも同じ表情だった。

私は、雅楽が突然何かを云い出すのではないかと、期待しながら、じっと見守っていた。

目をあけて、雅楽が私を見て、ニッコリした。それから、さっき一言だけしゃべった、部屋の隅の婦人に向って、呼びかけた。

「失礼ですが、あなたは、お初さんのお友達ですか」

「はい、同じ小舟町に育って、小学校も、女学校でも、ずっと同級だった、わかささだこと申します」

「よほど、親しくしていらっしゃった？」

「はい、何でも打ち明け合うというような、親友でございました」

「なるほどね」と雅楽はうなずいた。「では、お互いに、いろんなことを、たのんだり、たのまれたりしましたか」

「はい」

「わかささだことおっしゃったが、どういう字を書くんです？」と雅楽が尋ねた。「メモに書いて下さいませんか」

私は、老優がなぜ、こんなことをいうのか、わからなかった。別に、さだこが、貞子だろうが、定子だろうが、どっちでもいいと思ったし、わかさは恐らく若狭にきまっている。「忠臣蔵」のことなら、生き字引のように知っている雅楽が、大序で師直《もろのお》に辱められる人物の名前を、どう書くか、知らないはずがないのである。

婦人もちょっと戸まどったようであったが、金四郎にたのんで小さな紙片を受けとり、ついでに渡してもらったボールペンで、「若狭貞子」と書き、雅楽に手渡した。

じっと見ていた老優が「じつに達筆《のうしょ》ですね、しかも女の人らしい、しっとりとした気分も出ています。昔は、こういう字を、能書といったものです」

私には、まだ、事情がのみこめなかったが、金四郎は、おやッという顔をした。すかさず、雅楽がその紙を金四郎に見せて、

「この字に見覚えはありませんか」といった。

「御存じだったのですか」と若狭貞子がいった。

「金四郎君、憎らしい金四郎という手紙は、お初さんにたのまれて、このお人が、書いたんですよ」

「はア」と、金四郎は、その手紙を素昇の家に持って行った時と同じように、途方にくれる顔をした。

「お初さんは、金四郎さんが、前から好きだった。縁談がおこって、あの人の所に行かないかと親御さんにすすめられた時、どんなに嬉しかったか、わからない。しかるに、金四郎さんは、二ヵ月も返事を保留した揚げ句、結婚する気はないといった。お初さんは、残念だった、悲し

かった。そこで、金四郎さんに自分に関心を持って貰う手だてを考えた。ちょうど、二ヵ月待っているあいだに、『鏡山』の岩藤で、金四郎さんが、ほめられた。心底憎らしい金四郎という評判だった。それで、お初さんは、友達に、あの手紙を書かせて、ポストに入れた。多分、それを誰かに見せるだろう、そして、そのあと、自分の所に挨拶にでも来た時に、その手紙の話をするだろう、そうしたら何といおうと、そこまで考えて、思う通りに事がはこんだ」

金四郎は、目をこすりながら、聞いている。写真のお初が、ほほえみながら、そうしている夫を見おろしていた。

「お初さんだけに、岩藤が憎かったといったら、小咄《こばなし》になるがね」と、雅楽は白い歯を見せて、口もとをほころばせた。

「高松屋のおじさん」と、素昇がいった。

「じつは私も、相談されたんですよ」

「えッ」さすがの雅楽が、あっけに取られたような顔をした。

「金四郎さんが、もしかしたら、妙な手紙を持って行くかも知れない、その時思い切って、金四郎さんをやりこめてやって下さいなって、いわれたんです」

「そうだったのか」

「でもね、おじさん」と素昇がいった。「私は、お初さんにたのまれて、金四郎に手きびしいことをいったりするのが、いやでしたよ。第一、よりによって、なぜ私が縁談の使者に立ったりしたんでしょう」

「……」一座の者が、しずかになった。

「こんな、つらい話ってありません」と素昇がいった。「だって、こっちは、昔から、お初さんに、こがれていたんだ」

この役者は、顔を大きな手で蔽《おお》って、泣き出した。

むかしの写真

一

千駄ヶ谷の中村雅楽《なかむらがらく》の家に私が行くと、庭に面した広い座敷に、いろいろなものが、散らかっている。

「竹野さん、すみません。ちょっと探しものがあって納戸の長持をあけたら、むかし大切にしていた品物が出て来て、おもしろくなって、ここにひろげていたところです」と老優が、云い訳をした。

すこし片づけて、すわる場所をこしらえてくれたが、私は内心、いい時に来合わせたと思った。雅楽が若いころに集めた絵はがきらしい包みだの、古いアルバムだのが、目の前にあって、すぐにでも見せてもらいたいのだ。

雅楽は私にとっては、いつ会っても、何か新しい知識を与えてくれる大変な人で、私のメモが千駄ヶ谷に行くたびに殖《ふ》えてゆくのであるが、その雅楽が奥にしまっていたものが出ているという機会は、めったにない。

私は一服吸いながら、内心の昂奮をおさえきれなかった。

「これをまず見てください」

私の気持を察したのか、それとも私のキョロキョロする顔がおかしかったのか、雅楽は、手近なところにある一軸をとりあげ、立ち上って床の間に吊った。

いつも見なれている蜀山人《しょくさんじん》の花見の狂詩の上に、矢筈《やはず》を使って釘にかけて垂らしたのは、唐詩らしい五言絶句を書いた軸である。

筆勢が見事で、風格がある。

「いい字ですね、何という書家が書いたのですか」と尋ねた。

「ここに印がおしてあります。清岳というんですが、竹野さん、これはじつはむかし、私の番頭をしていた古川が書いたものですよ」というので、私はびっくりした。

古川というのは、雅楽の先代から高松屋《たかまつや》につかえていた人で、年は雅楽より少し若いはずだが、もちろんもうかなりの年配である。

二十年ほど前に、雅楽から離れ、娘の嫁ぎ先に今は同居して、悠々とくらしているはずで、私もいつぞや正月に年賀に来た老人の顔を見ている。

「古川は、父親が大した書家だったんですよ。だから、倅《せがれ》も親ゆずりで、こんな立派な字を書くんです。この軸は、私の古稀の時に、表装までして届けてくれたものです」

「大したものですね」

「古川は、よく頼まれて、代筆をしていましたよ。大正のおわりごろになると、役者もみんな万年筆を持って、手紙も便箋に書くという時代でしたが、時には筆で巻紙に書いたほうがいい手紙があります。そういう時にたのまれて、古川が書いてやることがよくあったんです。楽屋では、重宝がられていました」

「筆で書いたほうがいい手紙というと」と私はあい変わらずのことだが、老優から何でも聞いておきたかったので、こんな質問をした。

「それはきまっているじゃありませんか」と老優は皮肉な笑顔を私に向けた。

「女に送る文ですよ」

私は頭を搔いた。

「これを拝見していいでしょうか」

私は、膝の脇にあるアルバムを指さした。

「どうぞ、どうぞ」といわれて、私は早速部厚いアルバムをひろげた。

雅楽の私生活の写真が貼ってある。その髪が黒くふさふさとしているところから見て、どう考えても、半世紀前のものと判断された。

繰ってゆくと、山歩きをしている写真がある。雅楽と並んで、杖を持って歩いているのは、戦争直後に死んだ市村芳之丞《いちむらよしのじょう》という女形《おんながた》である。

「これは芳之丞さんですね」

「ええ、私の一座にいて、立女形《たておやま》だったころの写真です。その時分はよく二人で、あちこち旅をしたものです。まだあの男も私も、独身だったから」と、雅楽はなつかしそうな顔をした。

演劇史を見てゆくと、雅楽の女房役者は、若いころは先代の浜木綿《はまゆう》が、いつも相手をしていたが、大正中期から昭和のはじめまでは、この芳之丞がずっとそばについていて、雅楽の政右《まさえ》衛門《もん》にお谷《たに》、又平《またへい》におとく、五斗兵衛《ごとうべえ》に関女《せきじょ》、知盛《とももり》に典侍局《すけのつぼね》というふうな役を受け持っていたのが、「演芸画報」を見ればわかるのである。

その芳之丞が、突然、一座から出て行った事情を私もまだ知らなかった。いい折だから、それを訊くことにした。

「芳之丞が私の前に来て、兄さん、私は来月から大阪に行って、しばらく向うで勉強したいといったのは、昭和三年の六月です。なぜ、そんなにハッキリおぼえているかというと、その年の秋に、私がかみさんを貰ったからですよ。芳之丞が出て行ったので、私は先代の芙蓉《ふよう》に来てもらって、ミッシリ仕込みました。この芙蓉は、三四年のちにはいい女形になって、『廿四孝《にじゅうしこう》』のお種《たね》なんぞ、ビックリするほどうまかったんですが、芳之丞にくらべると、芸格がちがいます。はじめの二年ほどは、千秋楽《せんしゅうらく》になってからその月のすんだ役の稽古をし直すといったきびしい修業をさせたものです」

「ほう」

「いえね、芙蓉が芳之丞が大阪に行った直後の九月に、私の団七《だんしち》にお梶《かじ》をして、あまりまずいんで、毎日小言をいっていると、劇評家の本山さんが私を慰めて、芳之丞に出て行かれたといっても、とにかく舞台の上の女房が新しく出来たんだし、それに本物のおかみさんが来月来るんだから、いいじゃないかといったのを、おぼえています」雅楽は、すこし頰を赤らめながら、語った。

「芳之丞さんが急に一座から出て行ったのは、なぜでしょう」

「それがわからないんですよ。どんなに尋ねても、上方《かみがた》の芝居をすこし勉強したいとしか、いわないんです。まアあの時分は、大阪に成駒屋《なりこまや》や河内屋《かわちや》がいる、女形も名人が三人いましたからね。それはたしかに、行ってみたかった土地なんでしょう」

「そのまま、向うに居ついたんですね」

「ええ、昭和三年に行って、昭和十八年までいることになりました。戦争中、身体をこわして舞台を休み、東京に帰って来て、弟の家でなくなったんですがね」

「私は道頓堀で、何回か見ました。口跡《こうせき》のいい人でした」

「セリフもいいが、何よりも情のある女形でした。『七段目』の平右衛門《へいえもん》をしている時、芳之丞がおかるで、東《あずま》のおともがかなったかなったと喜んだ平右衛門のうしろから着せて、肌を入れるところなんか、一緒に芝居をしていて、しんみりとしたものです。着せ方も親切なんですが、小声で兄さん、よかったよかったとつぶやくんです。あんな女形は、いません」

雅楽はノロケをいうような口調で、芳之丞の話をしている。

「私は、高松屋さんと芳之丞さんの共演は、ずいぶん見ていますが、いちばん印象に残っているのは、『御所桜《ごしよざくら》』三段目のおわさです」

「そう、おわさはよかった。私が弁慶で、正面を向いている。弁慶の顔をたしかめるために舞台をひとまわりするところが、たまらなかった」

よほど雅楽は、芳之丞にほれこんでいたらしい。

「大阪に行くといわれた時、さぞお困りになったでしょうね」と私は訊いた。

「目の前がまっくらになりましたよ。とにかく十三年も一緒に芝居をして来た仲ですからね。あの男とは、こまかい打ち合わせなんかしなくても、すぐイキが合う芝居ができたんです」

「もちろん、おとめになったんでしょうね」

「上方なんか、行こうと思えばいつでも行ける。お前に出て行かれるおれの身にもなってみろといって、散々とめたんですが、しまいに泣きそうになるんです」

「大阪には、あらかじめ行くという約束をしていたんですか」

「五月に病気だといって、一ヵ月休んだんですが、そのあいだに、向うに行って、話をきめて来たらしいと、古川がいっていたのを、おぼえています」

「歌舞伎の夫婦役者が別々になったので、いちばん有名なのは、帝劇ができて、橘屋《たちばなや》（十五代目羽左衛門）と永田町（六代目梅幸）が離れ離れになった時ですが、それに次いで、大きな事件だったように、私は聞いています」と私は、演劇雑誌でこのことに触れた評論を読んだのを思い出していった。

「あとに来た芙蓉に悪いから、誰にも話したことがないんですが、ほんとをいうと、芳之丞以後、安心して女房にまかせて舞台をつとめるという気持は、一度も持たずに終りましたよ。よく片腕をもぎとられるという形容があるでしょう。芳之丞が一座を出て行ったあと、ほんとうにその通りだと私はしみじみ思ったものです」

そのアルバムには、ほかにも、芳之丞と一緒に写っているのが、何枚もあった。

山歩きの写真のほかに、どこかの園遊会で、二人でおでんを食べている姿だの、川開きの花火を見るために屋上にあがって浴衣《ゆかた》ですわっている姿だのがある。

みんな楽しそうな印画であった。

二

私はそのアルバムをしばらく眺めているうちに、ふと妙なことに気がついた。

中村雅楽という人は、毎度いうように頭がよく、物事を分析して推理する聡明さを持っていて、劇場の周辺でおこった大小の事件を、解き明かしたことが数知れない。

その雅楽にとって、役者として最も大きな事件といってもいい、立女形の一座脱退という問題にぶつかった時、芳之丞が不意に大阪に行こうといいはじめた事情を、推理しようとなぜしなかったのだろうということである。

今もって、芳之丞の行動がわからないというのは、雅楽にしては、すこしおかしいのではないかと思った。

私は、すぐ思い直した。じつは、雅楽は、わけを知っていたのかも知れない。しかし、わからないということにしているのだ。雅楽が他人の心が読みとれぬというはずは決してないし、まして永年連れ添った女房役者である。稽古の時、簡単に打ち合わせただけで、相手の呼吸がスッカリわかっているというほどの女形の腹を、雅楽が理解せずにいたとは思えないのだ。

アルバムをさらにめくって行くと、若いころの雅楽の妻女の写真が出て来た。目もとの涼しい、美しい顔である。おそらく、嫁に来て間もないころ撮《うつ》したものらしい。

門の前に立って、ニッコリ笑っている。

「これは高松屋さんの撮影ですか」と訊くと「そんな写真は、どんどん飛ばして下さい」といって顔を赤くした。

雅楽の妻女のお豊さんは日本橋のべっ甲問屋の娘だという話だった。その一家は歌舞伎が好きで、とりわけ雅楽がひいきだった。

後援会を作ってくれたのも、その店の主人で、そんなことで家族ぐるみのつき合いから良縁がまとまったという話は、前にほかの役者から聞いている。

昭和のはじめごろは、まだ下町で日本髪に結う娘がいたが、少女時代のお豊さんが文金に結って劇場の桟敷《さじき》にすわっていると、平土間《ひらどま》の客がみんな振り向いたという話を、これもほかの役者から聞いた。

つまり、雅楽はずいぶんいろんな話を私にしてくれたのだが、妻女のことだけは、ほとんど何も話そうとしないのだ。

いつか、一緒に飲んでいる時、江川刑事が、「御宅は恋愛結婚でしょうね」といった時、雅楽は大きく手をふって、「冗談じゃありません。縁談を持って来られて、やむをえず、その気になっただけですよ」といい、さらに「あんまり私が遊ぶので、虫封じに嫁を貰わせようと親父が思ったんです」と付け加えた。

そのころの役者が花柳界で遊んだ話は、雅楽自身の口からも、たびたび聞いたが、私はじつはそんなことをいいながら、雅楽は案外固かったのだと思っている。

男もいいし、気っぷもいい役者だから、もてないはずはなく、深く馴染んだ女の人もいく人かあったにちがいないが、浮気者ではないから、一度にいく人もの女とつきあうなんてことは、なかったにちがいない。

これも「演芸画報」のゴシップに出ていたのだが、新橋の叶屋の小稲という芸者が若いころの雅楽に夢中になって、巡業先までついて行ったという話がある。

そっと会って帰るつもりだったが、旅先であいにく盲腸炎になって大騒ぎになったそうで、雅楽が見舞ったあと、うしろ髪を引かれながら次の興行先に発ったなどと書いてあった。堂々とそんな記事が出ていた時代なのである。

私は雅楽がいやがるのを知っていながらアルバムをゆっくり繰り、妻女の写真を見て行った。古川という番頭も、家庭の写真の中に、姿を見せていた。箱根に行った時に山道を雅楽が先頭で、うしろから妻女が降りて来るのだが、古川が手を貸して親切につき添っている写真もある。

「これもいい写真ですね」と指さすと、

「古川は、女や子供に親切な男でしてね。旅に出る時、細かな品物をいろいろ買ってかばんに入れて行くんです。そして、宿に着くと、女中にハイおみやげといって渡す。だから、どこに行っても、人気がありましたよ」と雅楽がいった。

「この写真は、誰です」と私が訊いた。西洋人の夫婦が雅楽と並んで立っている。

「これは、アメリカから来た映画俳優です。この人は日本が好きで、三回も来ているんですが、前に来た時に私のども又を見て、芳之丞のおとくとの夫婦の情愛がじつによかったと話していました。細君は、この写真の時日本にはじめて来たんですが、主人から評判を聞いていた芳之丞の舞台をぜひ見たいというので、私が丁度休んでいる月でしたから大阪までつれて行って、中座《なかざ》を見たんです。これはその時、道頓堀で撮したものです。家内が撮した写真です」

「芳之丞さんと、この夫婦は、会ったんですか」

「中座はその時、『伊賀越《いがごえ》』の通しで、芳之丞はお米《よね》に出ていました。楽屋に四人で訪ねて、あと芝居がすんでから、一緒に水たきを食べようと誘ったんですが、急用ができたといって、とうとう来ませんでした」

「芳之丞さんに久しぶりに会って、どんな気持でしたか」と私は率直に訊いた。訊いてみたかったのだ。

「前ぶれせずに不意に部屋にはいって行ったら、私達夫婦を見て、泣きそうな顔をしましたよ。やはり、長いこと一座していた者の持つ、いうにいわれぬなつかしさが、こみあげたんでしょう」

「芳之丞さんは、いつ結婚したんですか」

「そう、大阪に行って、二年ほどして、南から出ていた人を貰いました。これがふしぎに、扮装した芳之丞によく似ている芸者でしてね。芳之丞に似ていると皆からいわれているうちに、芳之丞に夢中になってしまったんだという話です」

女形の妻女というのは、どういうわけか、夫の舞台姿に似たタイプが多いと、昔からいわれている。三代目梅玉《ばいぎょく》夫人もそうだし、三代目雀右衛門《じゃくえもん》夫人もそうだ。

「芳之丞さんとは、それっきり、一度も共演しなかったんですか」

「そんなことはありません。京都の南座の顔見世で、二度一緒に出る舞台がありました。ひとつは『寺子屋』の源蔵《げんぞう》で向うが戸浪《となみ》、もう一回は私が重忠《しげただ》に出ている『琴責《ことぜめ》』で、芳之丞が阿古屋《あこや》をしました」

「戸浪はいかがでした」

「別れてから七八年経っていましたが、やはりうまい女形だと思いましたね。首実検がすんだあとで、私が木戸をしめてふり返ると、私の顔をじっと見ていて、黙ってコックリコックリうなずくんです。前に源蔵と戸浪を東京でもしているんですが、こんなことはしなかった。それだけまた、芸が深くなっていましたね」

「大阪の女形らしくなっていましたか」

「戸浪ではわからなかったが、お米はじつによく上方の型をおぼえて、やっていましたね。十兵衛《じゅうべえ》の印籠《いんろう》をぬすみに行く時、帯をといてその上を踏んでゆくんですが、足の運びが、じつに色っぽかった」

芳之丞の話をはじめると、止め処《とど》がない。いまだに、雅楽は五十年前に別れた女房役者に未練があるらしいのだ。

私は思い切って、さっき考えた疑問を、老優にぶつけてみた。

「芳之丞さんが急に大阪に行く気になったことについて、高松屋さんは、なぜこんな事態が起ったのかとお考えになってみませんでしたか」

「そりゃ考えましたよ。私のほうでは、死ぬまで夫婦役者だと思っていたんですから、そういう私を不意にふりすてて上方に行くというのには、よっぽどの事情があると思いましたよ」

「それで」

「金が動いたのかと思いました。あのころ、芳之丞は、そんなに暮らしが楽ではなかった。親の借金で苦しんでいたんです。また、大阪のほうでは、年配の女形はいるが、若い女形がいなかった。『先代萩《せんだいはぎ》』でいえば政岡《まさおか》をする女形が三人もいて、沖《おき》の井《い》の女形がいない。そこで、芳之丞に目をつけて、今の言葉でいえば、スカウトされたのじゃないか、そんな風に考えました」

「しかし、金ということになると、何だか、いやですね」

「いやですよ。だから、なぜ大阪にあの男が行ったのかという問題については、一切考えないことにしました」

「なるほど」

「役者というものは、それぞれの家庭に、外にはわからない、いろんなことがあるものでしてね、だからお互いに、よその家のことを尋ね合ったりしない習慣があるんです。芳之丞の場合も、私のところから離れるというのには、よくよくのわけがあるのだろうと思い、多分それは金だろうと思ったんですが、それを誰に尋ねるというわけのものでもありませんから、結局、一度も詮索はしませんでした」

「しかし、忘れるわけには行かなかったんでしょうね、そのショックは」

「そりゃア、かなりのちまで、気にはなっていましたよ。だが、芙蓉が舞台の上ののち添えになり段々うまくなってくれたから、そのうちに、芳之丞のことも、忘れてしまいました」

雅楽はそういったあとで、感慨ぶかそうにいった。

「芳之丞が死んで、もう三十年になります」

三

アルバムを見おわってから、私は雅楽にことわって、紐でむすんだ包みをほどいた。

すると、その中に、大正のおわりから昭和初年にかけてのブロマイドがはいっていた。まだ雅楽と芳之丞が一座していた時代のものである。

銀座の上方屋で発売したブロマイドは、私も数百枚持っているが、ここにあるのは、雅楽が舞台に出た時の写真ばかりで、もちろん芳之丞と二人で撮したのもあるし、ほかの役者がはいっているのもある。

若いころの雅楽の団七だの鱶七《ふかしち》だのの写真は、見倦きぬほど、すばらしい。芳之丞がお筆《ふで》で子役と一緒に、雅楽の樋口兼光《ひぐちかねみつ》のそばにいる写真もある。「毛谷村《けやむら》」の六助《ろくすけ》の隣に芳之丞のおそのが立っている写真もある。さっきから、舞台の情愛がすぐれているという具体的な話を聞いていたためか、じっと雅楽を見ている目が、何ともいえず色っぽい。こういう女形は手放したくなかっただろうと思った。

順々に見てゆくと、芳之丞ひとりのブロマイドもあった。それは雅楽一座の興行の中幕に芳之丞がおどった演目である。

「近江《おうみ》のお兼《かね》」「鷺娘《さぎむすめ》」といった舞踊の写真だが、私の知らないおどりのが一枚ある。

「これは何というおどりですか」と訊くとチラッと見て、「ああ、それは、『文ひろげ』といってね、

「私は、狂女のおどりですよ」といった。

「私は、このおどりを見ていません」

「この芳之丞がおどったきり、それから一度も出ていませんからね」

「むずかしいおどりなんですか」

「そんなことはありません。狂女が恋文をひろげて、さまようというだけの、他愛もないものです。大てい、これともうひとつ何かと、二つを続けておどるんですがね」

私に質問されたので、見直す気にもなったらしく、またその人の話をしたために、なつかしくなったとも見え、雅楽は、芳之丞の狂女が橋のそばに、うつろな目をして、しどけなく立っている写真を見つめている。

「こういう手紙は、恋文らしい文句にして書くのですか」と私は訊いた。

「一応、そういうことになっていますが、遠くから見て、手紙の文字のように見えさえすればいいのですよ。この時のは、何が書いてあるかな」

拡大鏡を持ってきて、雅楽は、芳之丞の狂女が手にしている恋文の文字を見ようとした。そして、しばらく見ていたが、拡大鏡を私に手わたすと、「竹野さん、見てごらんなさい」といった。深刻な表情だった。

のぞいてみると、小道具の恋文には、スラスラと読める文字が、書き散らしてある。そこには、「おとよこひしや、がらくにくや」という文字が、くり返しくり返し、五回も草書で記されていた。

「竹野さん、このおどりは、昭和三年の五月の芝居の中幕に出たものなんですよ」と雅楽がいった。「その翌月、芳之丞は、大阪に行きたいと私にいいました」

「……」私には、何と答えていいか、わからなかった。これから、雅楽の話す事柄がほとんど予知されたからである。

「これで、五十年前の謎がとけました。なぜ、芳之丞が私から離れたのか、わかりました」

「私にも、わかりました」とうなずく。

「芳之丞にそんな気持があるなんて、夢にも思わなかった。『文ひろげ』の出た五月の芝居の稽古の時、つまり四月のおわりですが、私は、芳之丞を誘って、飲みに行きました。そして、この秋にかみさんを貰うことになったと話したんです」

「ほう」

「縁談がまとまって三日か四日のちで、私は誰よりも早く、芳之丞の耳に入れたわけです」

「何といいましたか」

「相手は誰だというので、山城屋の娘のお豊さんだといいますと、しばらく黙っていて、そりゃアいい、あのひとなら立派なおかみさんになるだろうといいました。今思うと、しばらく黙っていたことに意味があったんです。芳之丞はお豊を好きだったんだ」

「ええ」

「それで、文ひろげの文に、こんな憎まれ口を書いたんだ。この写真は何回も見ているのに、ちっとも気がつかなかった」憮然とした顔で、雅楽がいった。

「芳之丞は、私のかみさんになったお豊を見るのが、つらかったんですね。だから、大阪へ行ったんです。アメリカから来た映画の役者と飯を食うからといって誘った時に来なかったのも、こうなると、お豊が私と並んでいる席に出たくなかったのだということなんです」

私は思わず質問した。

「しじゅう一緒にいて、芳之丞さんのそういう気持が高松屋さんには、わからなかったんですか」

かなり失礼な問いかけだが、これだけは聞いてみたかったのだ。

雅楽が口もとをほころばせながら答えた。

「わかりませんでしたよ。だって、芳之丞は、私にとっては、男というよりも、女でしかなかったのだから」

老優がそういった時に、「まアまア、すっかり散らかしたまんまで」といいながら、妻女のお豊さんが外出から帰ったらしい姿ではいって来た。美しい老女である。

「何を見ていらっしゃったの」

「むかしの写真さ」雅楽はあっさり答えた。

お豊さんが出て行ったあと、雅楽はもう一度拡大鏡で、狂女の写真を見た。そして、さけんだ。

「おやおや」

「何ですか」と私は思わず乗り出した。

「この恋文の文字は、古川の手ですよ。古川はいい字を書くので、作者部屋の連中がよくたのんで書いてもらっていたんです。しかし、ほかの者ならともかく、うちの番頭をしている古川が、たのまれたとはいえ、こんな憎ていな字を書くなんて、ひどい話ですね」雅楽は眉間に八の字を寄せて、苦い顔をした。

そして、電話を自分の手もとに引き寄せ、ダイアルをまわした。どうも、古川氏の所らしい。

「古川さんだね、千駄ヶ谷の雅楽だ」といった。

「いま、東都新聞の竹野さんが見えている、竹野さんは知っているね」

怒った口調でもないので、私は内心ホッとした。

「じつは竹野さんとむかしの上方屋の写真を見ていると、芳之丞が大阪に行く前におどった

『文ひろげ』の狂女のがあってね、私は拡大鏡でそれを見たんだ」

そういって、雅楽は私のほうを振り向いてニッコリした。

「ところが、おどろいたことに、狂女の持っている小道具の文字が、どうもお前さんの手らしいことに気がついた。たのまれて書いたんだろう」

向うがしきりに弁解しているらしく、雅楽は、しばらくフンフンと聞いている。

「しかし、古川さん、何ぼ何でも、がらくにくやなんて書くのは、ひどいじゃないか。私の家の人間が、そんなことを書いたのは、無茶ですよ」

笑顔を作りながらではあるが、雅楽は、古川氏を責めている。

電話を切ったあとで、雅楽は、額の汗をふいた。「近ごろめったにいわない小言をいったので、熱くなってしまいましたよ」

やはり、雅楽は、機嫌をそこねていたらしく、そういう顔を見せたくないと見えて、部屋を出て行ってしまった。

私は、芳之丞がこんな形で、雅楽に自分の好きだった娘をとられた恨みを晴らそうとしたのが、いかにも役者らしい洒落っ気だと思ったが、当の雅楽にすれば、「おとよこひしや」のほうはともかく、「がらくにくや」は不愉快なのだろうと思った。

電話が突然鳴った。とりあえず、私が受話器をとりあげた。

「そちらに竹野さんはいらっしゃいませんでしょうか」

という、老人らしい声が聞こえた。

「私ですが」

と答えると、「やれやれ、丁度ようござんした」といった。

「どなたですか」

「私、古川で御座います。いま、高松屋から、五十年前のことで、叱られました。全くとんだいたずらをしたもので、高松屋のお叱りはごもっともです」

「話は伺いましたよ」

と私はいったが、なぜ私にこの電話をかけようとしたのか、古川氏の真意がわからなかった。

「じつは、芳之丞さんが、こんどお豊さんが高松屋の嫁になる、癪《しゃく》だからこんな文句を恋文に書き散らしてくれといったので、私もおもしろがって書いたんです」

「それも伺いました」

「しかし、これは竹野さんにだけ聞いていただきたくてお電話をしたわけですが、私はたのまれたから書いたんじゃないんですよ」

「どういう意味ですか」

古川氏は、声をひそめて、電話の向うでいった。

「じつはね、竹野さん、私も、お豊さんが好きだったんです。あの時は、私も、うちの旦那が憎らしかった」

砂浜と少年

先年、小豆島《しょうどしま》から出帆した客船に乗りこみ、夜半に入水《じゅすい》して死んだ老優がいる。私はその役者について書く必要があったので、中村雅楽《なかむらがらく》に会って、故人との交友を聞かせてもらった。

雅楽は自分と同じ世代の人たちについて話す時には、いつも血色がよくなり、話し方も活発になる。それは雅楽が昔ばなしをしながら青春をとり戻しているためなのだろう。

その日も、千駄ケ谷の家の広い庭に面した十畳の座敷で、大正のはじめの歌舞伎座や本郷座に出ていた名優たちの話をまじえながら、ノートにとる覚え書が見る見るうちに殖《ふ》えてゆくほど、ゆたかな芸談を数多く聞いた。

それが一段落したところで、妻女が運んで来たビールを私は老優と飲んだが、雅楽が急に、こんなことをいった。

「海で死んだといえば、三河屋《みかわや》だけだと、みんな思っていますがね。大正のおわりに、もうひとりいるんですよ、海で死んだ役者がね」

「えッ、それは、ほんとですか」と、私は目を見はった。

「竹野さんは、もちろん、初耳でしょう。しかし、これは、おそらく、ほとんどの人が知らない話なんですよ」

「誰です、海で死んだのは」

「先代の嵐芙蓉《あらしふよう》の二番目の男の子でしてね、新三郎《しんざぶろう》という芸名で、舞台にも出ていた、いきのいい役者でした。死んだのは、数えで十六歳の夏です」

「そんな役者がいたことさえ、私は知りませんでした」

「そうでしょう。あの子の死については、あまり、親も兄弟も、話したがらなかったんです」

遠い沖の舟の帆でも眺めるような目をしながら、しみじみと雅楽がいった。

「なぜです」

「ちょっとした事情があったからです」

「聞かせていただけるんでしょうか」と、私は雅楽をひたと見つめながら、いった。

その新三郎という若い役者の死を、永遠に秘密のまま葬ってしまうつもりがあるなら、こんな時に、私の好奇心をくすぐるような云いまわしで、洩らすはずはないと、私は確信していた。だから「聞かせていただけるんでしょうか」といいながら、おいしそうな料理の皿を前に置いてもらったような感じで、私は固唾《かたず》を呑んだ。

「竹野さんに、書いておいていただくことにします。じつは、そういう機会を、私は待っていたんです」

老優がこういってくれたので、私は夏の夜に聞いた話を、この小説にすることができた。それは、悲しいものがたりであった。

一

大正十五年の夏、壮年期の雅楽は妻女と弟子の楽三《らくぞう》を連れて、相州《そうしゆう》葉山の先の秋谷《あきや》という海岸で、三週間ほど、すごしていた。

六月ごろに中耳炎をわずらったので七月と八月の舞台を休ませてもらったわけだが、いつもひいきをしてくれる堀留の木綿問屋の別荘が、ことしは誰も行かないのであいているから、気楽に使ってくれないかといわれたので、喜んで雅楽は、その家に招かれて行った。

東京を発つ前に、芙蓉と先輩の女形《おんながた》の法事で会った時に、近々秋谷へ行くと話すと、「うちの新三郎が、すぐそばに行っているんだよ」といった。

「新三郎が?」

「ああ、五月からずっと、芦名《あしな》という浜でくらしているんだ」あまり浮かない顔で、芙蓉が説明した。

そういえば、ずっと自分も休演していたので気がつかなかったのだが、五月からこっち、嵐新三郎の名前は、どの劇場の筋書にも、のっていなかったようである。

新三郎は色の白い、鼻すじの通った美少年で、子役の時から、みんなに可愛がられていた。

どちらかというと、線の太い芸風の父親には似ていない。柳橋の名妓だったという母親の顔をそのまま貰ったといわれた。ズケズケ口を利く者は、芙蓉に「新ちゃんは、とんたかだね」といったりした。「とんたか」というのは、「鳶が鷹を生んだ」ということわざを略していう俗語なのである。

親まさりという意味で、父親にそんなことをいうのは失礼きわまる話だが、そんないい方をされても、子ぼんのうの芙蓉は、ニコニコ笑っていた。

震災前であるが、新三郎の子役時代、雅楽は何回も、自分の子供に出てもらっている。「湯《ゆ》殿《どの》の長兵衛《ちょうべえ》」にも出た。「蘭平《らんぺい》」にも出た。貞任《さだとう》と袖萩《そではぎ》を二役かわった時の「安達原《あだちがはら》」三段目のお君にも出た。

いい子柄で、声がよく通って、自然に抱きしめたくなるような子役だった。

育栄中学にはいって、まもなく声変わりになったが、名子役というものは素質にめぐまれているのだろう、震災の年に、兄の蓉蔵《ようぞう》がおどった「お祭り」のカラミに出て、万灯《まんどう》をふりあげた立ちまわりが、大変な評判になった。

名門の子でタテのうまい役者のいない時だったから、新三郎は、大幹部たちから、注目された。今のことばでいう「特訓」を、当時のタテ師にして貰って、若手芝居の「千本桜《せんぼんざくら》」の小金《こ》吾《きん》《ご》や、「八犬伝」の犬塚信乃《いぬづかしの》を演じたが、水際立った動きが、客席をわき立たせた。憎らしいような気《き》っ風《ぷ》だった。

子役の時の実名のままではおかしいというので、一門のいい名跡《みょうせき》をやがて襲《つ》がせようと父親も思っていたらしいのだが、中学三年になったこの年の春から、何となく、気分がすぐれず、ぶらぶらしているという。

今ならノイローゼというのだろうが、当時は「神経衰弱」といった。明治の初期に生まれた老人は「気やみ」という言葉を使った。

法事のあとの食卓で、雅楽は、芙蓉から、「気やみ」という表現で、新三郎が芝居を休んで、しょんぼりしているという話を、その日はじめて聞いたのである。

「まさか、恋わずらいじゃあるまいね」と雅楽がいった。半分は冗談だが、年頃の男の子に、そんな事情がないと、断定もできない。歌舞伎の世界は派手で、若くても遊びに誘われることが始終ある。新三郎に、好きな女がいたって、おかしくはない。

「落語の『崇徳院《すとくいん》』じゃあるまいし」と芙蓉は大きく手を振って否定した。「いやね、いっそ恋わずらいなら、それはそれで、いいんだ。私だって、若いころに、女に夢中になって、親を困らせた覚えはある」

「それはよく知っている」と雅楽がうなずいた。目が笑っている。

「新のやつ、そんな器量はないんだ。育栄にも熱心にかよっていたんだが、三年生の一学期がはじまって間もなく、学校にゆくのがいやになったといいだした。そのうちに、芝居も休みたいといいだした。外にも出ないで家に引っこんでばかりいる。それも、自分の部屋にとじこもって、飯も運ばせて、ひとりで食べる始末さ」

「おかしいな」雅楽は腕を組んだ。

「なぜ、そうなったか、おたつ（芙蓉の妻女）が聞いても答えない。ひとりにさせて下さいというだけだ」

「見たところ、どんな様子だったのかね」

「そう、何となく、子供が大人になったような、ことしになってから、早くいえば、男くさくなったとは思ったが、目で見て、どこが悪そうというのでもない。医者にかけるほどでもない。まア、おたつとも困ったものだとうなずき合っていたんだが、そのうちに、お願いがあります、二三ヵ月どこかで気保養《きぼよう》をして来ていいでしょうかといいだした」

「気保養なんて言葉を、新ちゃん、知っていたのかね」雅楽がすかさず、尋ねた。こういう時に、こんな質問をはさむのが、そのころからの癖だった。

「ああ」芙蓉はうなずいた。「それで、おたつとも相談して、好きなところへ行って来るがいいというと、自分でかけまわって、芦名の海岸にある家の二階を借りることに、勝手にきめたんだ」

「ふしぎなところを、えらんだものだな」と雅楽はいった。じつは、こんど秋谷に来ないかといわれた時、アキヤってどう書くんですかと反問した位で、当時一般には、鎌倉、逗子、そして葉山までは人が知っていたが、その先の海については、あまり知られていなかったのである。秋谷の先の芦名と来ると、なお、知らない。芙蓉も、もちろん、初めて聞いた地名だったらしい。

「どうして芦名なんて場所を探したんだといったら、うちの近所の髪床《かみどこ》（理髪店）のおかみさんの出た漁村だというのだ。新三郎は、土井というあの髪床の夫婦とは、どういうわけか、親類のおじさんおばさんみたいに、子供の時からなついているんで、きっと行って相談したんだろう」

「そういう筋なら、まず安心だな」雅楽は、肩に入れていた力を抜いて、ホッとした。そして思い出したようにとりあげた酒を、まず芙蓉につぎ、自分の前にある杯にも満たした。

「高松屋《たかまつや》」と芙蓉がすわり直していった。

「その秋谷ってところへ行ったら、ついででいいから、新三郎に声をかけてやってくれないか。あの子は、高松屋のおじちゃんといって、子役の時から、何となく、お前さんを慕っていたからね」

「いいとも」言下に、雅楽は答えた。「そういわれなくても、芦名の新ちゃんの部屋を、一度のぞいてみるつもりだった。どういう入りわけか知らないが、悩んででもいるんだったら、話し相手になろう、私が役に立つなら何でもしようと思っていたんだよ」

「よろしくお願いします」

古風な役者といわれるだけあって、折り目は正しい。芙蓉は、もう一度、膝を正して、低く頭をさげた。

二

法事で芙蓉に会って、新三郎の話を聞いた次の週の木曜日に、雅楽は、秋谷に出かけた。逗子の駅の前で待機している乗合馬車に乗って、まがりくねった海岸に沿って、四十分ほど行ったところにある、遠浅の海を抱えた村である。

その後に馬車はバスに変わったし、御用邸に通じる、トンネルを掘った「行幸道路」がやがて出来るのだが、大正十五年は、まだ葉山でさえ、そんなに賑かな町ではなかった。

田越川の木橋を渡って、川に沿った道を、鋭角に曲ると、大きな岩がひとつ立っていて、それから次の明神社のある小さな岬までの漁村が、最近海水浴場の指定を受けた秋谷だった。

県道の左側に小高い山があり、田圃をぬけて石高道《いしだかみち》を上って行くと、一軒目立って大きな家がある。それが堀留の山城屋の別荘であった。

冬は冬で暖かなので、山城屋は避暑だけでなく、避寒にも来るらしい。むかし番頭だったという、多木という老人夫婦が管理をしている。二人は、雅楽と妻女と弟子を、にこやかに迎えた。

食事も掃除も洗濯も、風呂焚きも、全部、多木夫婦がしてくれるという。これでは、旅館に泊っているようなものだ。

「何か、私にさせて下さい、そうでもしなければ、お天道様《てんと》に申しわけがない」

ひょうきんな楽三が、こんな挨拶をしたので、雅楽が苦笑しながら制した。

「冗談じゃない。もっといろんな仕事が、あるんだよ。そのつもりでいてくれなくちゃ困るぜ」

じつは、この楽三が、このあと、思いがけない出来事が発生した時、この上なく、雅楽にとって、たよりになったのである。


ひとまず持って来た荷物を開き、貸してもらった箪笥や小抽斗《こひきだし》に整理をし終ると、雅楽は楽三だけを連れて、海岸におりてみた。

午後二時半という時間、夏の砂浜は、人がかなり出ている。

明神社に参拝したあと、雅楽はゆっくり歩いて、子供たちが歓声をあげているあいだを、北のほうに進んだ。

「ちょいと、あすこにゆくのは、雅楽じゃないかしら」という女の声がした。

「そうだわ、高松屋だわ」

楽三がその声のするほうを振り返って、ペコリと頭をさげたので、照れ性の雅楽も、まぶしそうにそっちを見返って、軽く会釈をした。

「あら」といって、それでもうれしそうに頭をさげた二人の女性は、水着を着て中年の人妻らしかったが、こんなところで、役者と目が合ったのを、喜んでいるらしかった。

雅楽にしても、迷惑という気がしなかった。もともと人気稼業である。お客は大事にしなければいけない。

そのまま、すこし行ったところに、白い絣《かすり》を着たまま、寝そべっている男の子がいた。顔に麦藁の海水帽をのせている。頭の脇に、黒い鼻緒の下駄が置かれていた。

スラリとした、姿のいい子だと思った。裾から見える足が白い。

「新三郎じゃないか」と思わず、声をかけた。

「新ちゃんでしょう」と、楽三が中腰で、のぞきこんだ。

楽三の声で、帽子を動かした男の子は、ハンカチで大部分を蔽い、目だけ出した顔を、二人の前に見せた。眉が太く、きつい顔に見える。嵐新三郎では、なかった。

「失礼しました。人ちがいでした」雅楽はハッとして、すぐあやまった。

少年は黙って、じっと雅楽を見ていたが、無言で、また帽子を顔にのせた。

しばらく行ってから、雅楽は、独り言のように、つぶやいた。「いけない、いけない、さっきから、新三郎のことを考えていたので、とんだ人ちがいをしてしまった」

「新三郎さんが、ここに来ていらっしゃるんですか」と楽三が尋ねた。

「だって、お前、新ちゃんでしょうなんて、スラスラいってたじゃないか」

「私は、親方が新三郎じゃないかとおっしゃったんで、ただそれについて、声をかけただけなんですよ」

「楽三には、まだ話してなかったな」と雅楽が弟子の横顔を見ながらいった。「まア、そこにかけよう」

世話狂言の街道の場面に置いてあるような手ごろな石を見つけて、師弟が腰をおろした。

「新三郎が、神経衰弱になって、この先の芦名という村で、間借りをしているんだ。父親が一度様子を見てくれといっている」

「そうですか。やっぱりねえ」楽三が妙なことをいった。

「何か知っているのか」雅楽は敏感に、聞きとがめた。

「いえ、大したことじゃないんですが、木挽町《こびきちょう》（歌舞伎座）の楽屋口のまん前にある結城屋という足袋屋の娘で、おていちゃんというのが、新ちゃんと前から親しいんですよ」

「ほう」雅楽はうれしそうな顔をした。「新三郎に、そんな子がいたのか」

「向うは女学生、新ちゃんは中学生、色だの恋だのという年じゃありませんが、子供の時から仲がよくて、みんながよく新ちゃんをひやかしていましたっけ」

「結城屋なら、あの店の足袋は使っているが、そんな娘がいたとは知らなかった」

「いい娘でしてね、新ちゃんとは好一対だと思ってました。当人たちも好き合って、末《すえ》しじゅう、一緒になるつもりでいたんじゃないかと思います」

「ふうん、それで」まだ話が残っているのを知って、雅楽は催促した。

「私が聞いたんじゃないんですが、新ちゃんが五月から舞台を休んでいるでしょう。病気だといって休学届も出しているという話は、私も豊島屋《てしまや》（芙蓉の屋号）の番頭から聞いてました」

「早くしねえか」雅楽は、じれったくなって、苦い顔をした。

「結城屋のおていちゃんが、豊島屋の部屋に、寿司を差し入れに来たんです。その時、番頭が、新三郎がいなくて淋しいだろうねとからかったんだそうです。すると、おていちゃんがツンとして、私はもうあんなひと、何とも思っていないわ、大嫌いといって、帰って行ったんだそうです」

「おもしろい」雅楽は手をこすりながら、いった。

「はア」楽三はキョトンとしている。

「すこし考えさせて、もらおう」そういったまま、雅楽は腕組みをしてスタスタ歩き、別荘に帰り着くまで、楽三には、一言も口を利かなかった。

雅楽は考えた。自分にもおぼえがあるが、芝居に出ている男の子は、世間一般よりは概して早熟だから、十五六にもなれば、いっぱしの恋もする。すくなくとも、多情多感な年ごろになっている。

きょうはじめて聞いたのだが、劇場の近くの結城屋の娘のおていというのが、新三郎という少年の私生活の中で、かなりの重さを持っていると考えてよかろう。

当然まだ童貞で女を知っているはずのない新三郎にとって、おていはいわゆる色恋の対象とまでは行っていないにしても、何となく、胸がキューッと痛くなる存在にちがいない。

雅楽は去年のくれに、歌舞伎座で催された藤間流の大会で、「お染《そめ》」に出ていた新三郎の姿を思い出した。あの時、新三郎の久松《ひさまつ》の相手をしたお染が、そのおていではなかったかという気もしないではない。

それはともかく、そのおていが、人もあろうに芙蓉の番頭に向って、「もうあんなひと、何とも思わないわ、大嫌い」といったという。これは、どういうことであろう。

雅楽は、頭の中に、トランプでペーシェンスをしている時のように、札を並べてみながら、新三郎とおていとのあいだに起った、おもしろくない状況が、どういう理由から来ているのかを、あれこれ想定してみた。

甘い恋に酔っている若い男女の仲にひびがはいる場合は、すくなくとも、二つある。

男がべつの女を好きになったという時と、逆に女がべつの男を好きになった時とである。普通、役者の子で、少年にだって誘惑の手が伸びないとは限らない新三郎のほうに、おていとちがう恋人ができたと見るほうが、誰が聞いても納得が行くだろう。

しかし、新三郎は、五月から学校も休み、あんなに好きだった芝居も休んで、家にとじこもっていた揚げ句、自分で部屋をさがしてひとりで芦名に来てしまった。これは、べつの女がいたりするような、浮かれた状況であろうはずがない。

そうなると、おていという娘のほうに、誰か好きな若者ができ、新三郎につめたくなったとしか考えられない。菊池寛の新聞小説に出て来る「失恋」の痛手を、新三郎が味わっているということだろうか。

管理人のおかみさんが、ラジオを持って、とつおいつ考えあぐねている雅楽の前に持ってきた。「いかがですか、ラジオでも。よく聞こえるように、さっき電気屋さんが、すっかり見て行ってくれました」という。

その夜、都新聞のラジオ版を見ると、左楽《さらく》が「おせつ徳三郎」を演じると書いてある。

雅楽は妻女と楽三と三人で、朝顔の形をした拡声器の前に、寄席《よせ》にでも行った時のように行儀よくすわって、人情噺を聴いた。

「はてな」終ってから雅楽は小首をかしげて口の中でつぶやいた。「新三郎は、案外、失恋したわけではないのかも知れない」

おせつと徳三郎という若い者同士の恋のはなしを聴きながら、徳三郎と新三郎の顔が重なっていったのである。

五月からぶらぶらしていたのは、本気で惚れた女がいたためかも知れない。そしてその女としめしあわせて、二人で芦名にころがりこんだのではないか。

「何をひとりで、クスクス笑っていらっしゃるんですよ」妻女がのぞきこむようにして、尋ねた。

「いや、新三郎のことを考えていたんだよ」

「気の毒な新ちゃん」妻女は美しい眉をひそめて、溜め息をついた。

「気の毒ときめつけちゃいけない」

「え?」

「いやいや」あわてて、雅楽はとりつくろった。「新三郎というと、どうしても色男の名前だ。あの子に、お露《つゆ》がいないなんて考えられない」

「『牡丹燈籠』ですか」と妻女がいった。

「よくわかるな」

「そのくらい知ってます。私だって中村雅楽のかみさんですからね」妻女はわざと、フンといった顔をして、横を向いた。そうして、たのしそうに、笑った。

三

芙蓉が法事の席で、箸紙を裂いて鉛筆で書きとめてくれたのを、雅楽は紙入れに入れて来ていた。

ひろげて見ると、「神奈川県大楠町芦名一二九稲田文三郎方」と書いてある。

楽三に命じて、芦名の電話をしらべてもらったら、稲田というその家には、電話が引かれていた。

むろん、いま滞在している別荘にも電話があるので、翌朝、雅楽は、かけてみた。局が違うので、記録といって申しこんでから二十分ほど待たされたが、「嵐新三郎をお願いします」というと、すぐ通じた。

「新ちゃんかい、雅楽だ」というと、息をのんだような間《ま》があって、「高松屋のおじさんですか」という声が返ってきた。

「元気かい」

「どうして、ここを」

「いま秋谷に来ているんだ。先週、法事でお父っつァんに会って、新ちゃんが芦名にいるのを知ったんだ。遊びに来ないか」

「はい」

「しばらく会わない。ゆっくり話そうじゃないか」というと、電話が切れたのかと思うほど待たせてから、「一度、伺います」と新三郎が、やっと応じた。

最初の声は明るかったが、「遊びに来ないか」といってからの反応は、暗かった。

「もし、こっちに来るのがおっくうなら、こちらから芦名に散歩がてら行ってもいいんだがね」と雅楽がいうと、「いえ、ぼくのほうから伺います。伺う前に、電話をします。おじさんのいらっしゃる所は、何番ですか」といった。

「一度、伺います」というのは、早速来る気のない逃げたいい方だと、雅楽はさとった。何がそんなに、新三郎を、もじもじさせているのだろう。それが不安だった。

秋谷に着いて四日目に、明神様の祭礼があった。昼間から、笛や太鼓の音がしている。村の娘が、柄の大きな浴衣《ゆかた》に赤い帯をしめ、鼻筋に白粉《おしろい》を塗って、すこしはしゃいで、前の道を下におりて行く。

東京とちがった漁村の祭りもおつなものだろうと思い、暗くなったら行ってみようと考えていると、電話が新三郎から、かかった。

「きょうは、秋谷のお祭りだそうですね。ぼくもお参りに行きます。その行きか帰りに、おじさんの所に寄せて、いただきます」と、今日は元気な声であった。

「お赤飯を炊きました」といって、管理人のおかみさんが膳の上に、大きな皿を出した。煮しめが用意されている。風が運んで来る祭り囃子を聞きながら、こういう食事をするのも、悪い気持がしない。

毎晩のおきまりの二本目の酒が半分になったころ、もうトップリ暗くなっている庭先に、白い着物の姿が、忽然《こつねん》とあらわれた。

顔がハッキリ見えないが、新三郎にちがいない。

「新ちゃんね」と妻女が声をかけて、「さアどうぞ、こっちへ上ってちょうだい」と、イソイソ出迎えた。

「ちょっとお参りをして来ます。あとで、あがります」と早口でいったと思うと、クルッと背中を向け、新三郎は外に出て行った。

「何だい、まるで、風のように行ってしまったじゃないか」

雅楽は憮然として、若い役者の去った方角をすかすように見ていた。「鈴《すず》ケ森《もり》」の長兵衛《ちょうべえ》が、権八《ごんぱち》を闇の中で見さだめるような顔つきだと、自分で思った。

「どうしたんでしょうね、あの子」と、妻女は何となく泣きそうな声でいった。「ろくに、私たちに顔を見せもしないで」

「おかしな奴だ、まったく」

夫婦がぼんやりしているのを見て、楽三がとりなすようにいった。

「大きに、外にきれいな女の子か何か、待たせていたんじゃありませんか」

「見えたのか。そんな女の影が見えたのか」意気ごんで、雅楽が弟子をふり返った。

「見えやしません、でも、フッと、そんな気がしたんで」

「それならいいが」と雅楽がいった。「そんな、いきなことをする新三郎なら、誰も案じやしない」

反射的に、まるでセリフでもいうように、雅楽は、こんな相槌を打ったのだが、あとで考えると、それは前夜ラジオで聴いた「おせつ徳三郎」のおじさんのしゃべり方に、感染した無責任な独り言だったということになる。

その夜、秋谷の浜で、奇妙な事件がおこったのである。

四

雅楽は楽三と二人で、笛や太鼓の音がまだ聞こえている浜辺におりて行った。

小さな岬の明神様には、境内の松林のあいだに吊りわたした電灯があかあかとともって、神楽殿では、ヒョットコがおどっていた。

石段をあがった参道の左右に、露店が出て、アセチレン・ランプのにおいが流れている。

セルロイドの面を売っている店、木太刀を売る店、飴屋、金魚すくい、七色とうがらし、どこの縁日にも見かける店がならんでいた。

雅楽は神殿の前まで行って、鈴を鳴らし、柏手を打って、うやうやしく頭をさげた。楽三も、師匠のあとについて、自分の蟇口《がまぐち》から十銭のニッケル貨幣をつまみ出して、賽銭箱にそっと入れた。

二人で砂浜におりて行くと、人だかりがしていた。神社のあかりが届く場所なので、赤い顔をして漁師の法被《はっぴ》を着ている男が、わいわい寄って来る群集を整理している顔が、よく見えた。人の輪をのぞくと、額をおさえて、苦しそうにうずくまっている少年の姿が見え、直感的に、それは新三郎にちがいないと、雅楽も楽三も思った。

しかし、新三郎ではなかった。白い絣の着物は似ていたが、赤の他人である。

「この子はこの前、まちがって声をかけた子ですよ」と楽三がいった。「きっと、そうです」

「何があったんです」と雅楽は、ワイシャツ姿の男に尋ねた。

「いきなり、誰かに頭を打たれたんだそうです。可哀想に、血が眉間から流れていますよ」怒ったような口調で、その男は、答えた。

そこへ、駐在所の警官が白い制服を着て、かけつけた。サーベルの音がしたので、群集は、サーッとしりぞいた。

「坊ちゃん、どうなさったんです」と警官がいった。「坊ちゃん」と呼ぶのを聞いて、居合わせた人は、互いに顔を見合わせ、誰だろうというような、反応を示した。

雅楽は、警官が「坊ちゃん」といった少年の顔を見ようとしたが、少年は人目を極端に避けるように、うつむきがちである。

警官が懐中電灯で、少年の顔を照らした時、タラタラとまだ血が流れているのが見え、少年はまぶしそうな目をしながら、両手で、その頬を隠した。

「とにかく、医者に行きましょう」警官が思い出したように、にわかにうろたえて、少年の肩を抱き、砂浜から県道に上って行った。群集は、私語しながら、散った。

楽三が「取材」して、帰ってきたのを、雅楽は、山城屋の別荘の縁先で、待ちうけていた。

「あの子は、唐沢という子爵の坊ちゃんだという話です。この道をすこし上に行ったところに別荘があるんだそうです」

「華族の若様か」

「ひとりっ子で、学習院の中等科三年生だといってました」

「どういうことだったんだ」

「あの子は、いつも、ひとりで、砂浜にぼんやりすわっているのが好きだという至って無口な子で、きょうも、賑かな祭りをよそに、ポツンとひとり、海のほうを向いて、足を組んでいたんだという話です」

「それで」

「すると、いきなり誰かが近づいて、額を棒のようなもので、なぐりつけたんだというんです。それがどんななりをしていた人間なのか、まるで、わからない。アッといって、頭をかかえて倒れると、すぐ人が飛んで来てどうしたと声をかけてくれた。まるで天狗にでも会ったようだと、あれから医者に行って、そう話していたと、いま駐在所で、聞いてきました」

「棒で打ったのだろうか」と雅楽が、独り言のようにいった。

「明神様の露店で売っている木太刀が、あの子の倒れていたそばに、落ちていたそうです。駐在所の机に、のっていました」

雅楽がだまって、下駄をつっかけて、外に出た。楽三も急いで、そのあとについて行く。

雅楽は明神様の境内に行くと、木太刀を売っている店の男に、あわただしく、尋ねた。

「つかぬことを伺いますが、この店で、木太刀は、きょう何本ぐらい、売れましたか」

「三本売りました」

「どんな人に売ったか、おぼえてますか」

「じつは、一人で、三本買って行ったんです。木太刀を使って、立ちまわりの稽古をするなんて、いってましたよ」

「ありがとう、ございました」といって、立ち去ろうとしながら、雅楽がふり返って、もう一言訊いた。「三本の木太刀を買ったというのは、もしかすると、白い絣の着物を着ている男の子じゃありませんか」

「よくおわかりで」怪訝《けげん》そうな顔で、どちらかというと不愛想な返事をしていた店の男が、はじめて金歯を光らせて、ニッコリ笑って答えた。

雅楽は県道に戻って、二三軒物色したあとで、波の模様を染めたガラスののれんのかかっている氷屋に、はいった。

「くたびれた、冷たいものを飲んでゆこう」といって、氷あずきを二人前注文する。楽三は、師匠が、氷が飲みたくて、この店にはいったのではないことが、よくわかっていた。門前の小僧で、楽三も、雅楽と同じように、事件がおこった時に、聞きこんでまわる楽しみを、やっと、おぼえたところである。

「おかみさん、きょうは妙な事件がありましたね」と雅楽が、氷を運んできた老女に話しかけた。愛想のいい口調だ。

「唐沢の若様が、ひどい目にお会いなさったんですってね」

「恨まれてでもいるなんてことは、なかったんでしょうか」

「そんなことは、あるわけがありません。子爵の若様ですもの」

「その坊ちゃんと、遊んでいる友達が、このへんには、いないのかしら」

「毎年この秋谷にいらっしゃる方ですがね、あまり人とは口をお利きにならないんですよ。この店にはたまに、書生さんと、いらっしゃいますが、書生さんとも、あんまり、お話しにはなりません」

「このあいだ、浜で、ひとりで、寝てなすったのを見ました。麦藁帽を顔にのせてね」と楽三がいった。楽三のこの言葉が、氷屋の老女の思いもかけない返事を引き出した。

「顔をお見せになりたがらないんですよ、あの坊ちゃん」

「そういえば、あの時」と雅楽が氷に立てたブリキの匙《さじ》を手から放すと、叫んだ。「あの時、まちがって声をかけた私を見つめていたが、ハンカチを顔にのせて、目だけ出していた」

「気になさることはないのにね」と老女がいった。「若い時には、誰だって、ニキビぐらい出しますよ」

五

雅楽は翌朝、ふしぎそうな顔で見送る妻女に何の説明もせず、楽三をつれて、芦名の村まで行った。

まず、雅楽は、県道に一軒しか見当らない薬屋にはいって行った。胃の薬とヨードチンキと歯磨を買って、包んでもらいながら、稲田文三郎という家の所在を尋ねた。

「ああ、ありがとう、じつは稲田さんの所に、私の友達の息子が御厄介になっているのでね」

「お宅に、何か薬でも、買いに来ますか」

と、さりげなく雅楽は訊いた。

「美顔水をね、時々」

「ほう」と雅楽はいった。「ねむり薬を、買いに来たりはしないかと思ってね」

「とんでもない」なぜか、薬屋の主人は、大きな声で否定した。

それから、新三郎のところに行くのかと思ったら、雅楽は秋谷にその足で引っ返した。

そして、電話を、芦名にかけた。

新三郎が出た。雅楽がいきなり、いった。

「どうして、妙な真似をしたんだ」

「わかったんですか」と、新三郎の声が、ふるえていた。「ぼくがしたことが」

「なぜ、あんなことをしたのか、あててみようか。新三郎は、秋谷に来て、自分と同じような着物を着た男の子に会ったんだ」

「はい」

「顔を見合わせた時、目の前にいる男の子が、自分と同じように、ニキビをこしらえているのを見た。それで、カーッとなった。そうなんだろう」

「はい、その通りです」

「新三郎が、学校を休み、芝居にも出ず、ひとりでしょんぼりしていたわけが、ニキビだとは気がつかなかった。そんなことを苦にするんじゃない。すぐ、なおるよ」

新三郎が、電話の向うで、すすり泣く声が聞こえた。

雅楽には、切実に、新三郎の心理が、理解できた。若い時、雅楽は、山を歩いている時、崖で足をすべらせて転落したことがある。三ヵ月も、松葉杖をついていた。

もちろん、舞台も休んで、伊香保にしばらく逗留していたのだが、ある日、公園に行っていると、自分と同じ年ごろの若い者が、松葉杖に助けられて、歩いて来た。

俗に「同病あい憐れむ」という。同じような境遇の者が、同情し合うのがほんとうだと思うが、雅楽はその時、目の前に自分と同じような歩き方をしている男を見て、しんから憎らしいと思った。

嵐新三郎という少年俳優の場合も、まったく同じだと思う。新三郎は色白の美少年であった。みんなから、可愛がられて育った。そういう男の子は、容貌に自信を持っている。日常でも鏡をしじゅう見る習性がある。

その新三郎が、ニキビという、おそろしいものに、とりつかれた。普通の中学生なら、そんなことを苦にもしないだろうが、舞台に立つ役者、人からいつも見られる役者が、ニキビを出したのは、致命的なことだと思いこんでしまった。

いろいろ薬を塗ってみたが、さっぱりしない。親にも兄弟にも顔を見せたくないので、自分の部屋にとじこもって、じっとしている。人に顔を見られたくないので、ニキビの治療についても相談した髪床の夫婦の世話で、たった一人、芦名に転地した。

雅楽に電話をもらって、やむなく秋谷まで行ったが、明るいところで、好きな高松屋のおじさんに顔を見られたくなかった。

挨拶だけして、浜におり、祭りで浮き立っている明神社の境内で、木太刀を買った。立ちまわりの稽古ぐらいは、しておきたいという気持が動いたのだ。

その木太刀を買って、ぶらぶらおりてゆくと、砂浜に白い絣の着物を着た少年がいた。こういう時に、自分と似た年ごろで、自分と似た服装の者に会った時、格別の関心を持ち合うものだ。向うもこっちを、チラと見たようだ。新三郎も、少年を見た。

少年の顔に、ニキビが出ているのが見えた。ハッとしたが、そのまま通りすぎた。しかし、少し行って、もう一度少年をふり返りたくなった。そこにいるのは、他人ではなく、悩んでいる自分の分身のような気がした。

すると、無性に、そこにいる少年が憎らしくなった。三本買った木太刀の二本を、砂の上に置き、残る一本で、ヤーッと声をかけて、少年の真っ正面から振りおろした。

思いもかけない手ごたえがあり、悲鳴をあげて少年は倒れた。

二本の木太刀を拾って、新三郎は、県道に逃げ戻った。なぜ、あんなことをしたのか、いまだにわからない。

雅楽は、長い電話で、新三郎から、前夜の事情をつぶさに聞いた。

泣きながら、新三郎は、すべてを語った。

電話を切ると、雅楽はすぐ、芦名に出かけて行った。何となく、不安が湧いたからである。

そして、その予感は的中した。

薬屋でさっき聞いたとおりの道を行き、小高い丘にある稲田という家を訪ねると、「新三郎さんは、海に行って来るといって、お出かけになったところです」といった。

雅楽は、ついて来た楽三と、暗い目を交わし、一礼すると、すぐ目の下に見えている海岸に駆け出して行った。

三十人ほど泳いでいたが、新三郎の姿は見えない。目を沖に転ずると、ボートが一隻、漕ぎ出している。

白い絣の着物だから、新三郎に、まちがいない。

「おうい」と楽三が、精一杯の声を出して、呼びかけた。すると、ボートの上の少年がオールを持ち上げて、振って見せた。

しかし、そのまま、新三郎は、帰って来なかった。乗り手を失ったボートが、沖にただよっていたのを間もなく漁師が発見したが、そのボートを借り出した男の子は、とうとう、遺体をも残さずに、消えてしまったのである。

雅楽から話を聞きながら、私は、何度も溜め息をついた。

ニキビというほんの些細なことが、前途有望の少年俳優の人生を狂わせ、そのいのちをも奪う結果になったのである。

なぜか、この新三郎の話は、劇界がタブー（禁忌）にして、故意に忘れ去ろうとした傾向もあるようだ。げんに、私はきょうはじめて知った。

「しかし、なぜ、木太刀で男の子を打ったりしたんでしょうね」と私がいうと、雅楽がべそをかいたような顔で、こう答えた。

「新三郎は、おろかですよ。立ちまわりの稽古とまちがえたんです。電話でいってました。打ってかかった時、向うが、体《たい》をかわすと思ったんだって」

大使夫人の指輪

一

去年、中国に歌舞伎の一座が久しぶりで行き、若い劇作家の藤井が、老妻にみやげだといって、ヒスイの指輪を買って来てくれた。

決して手軽な買物とは思われぬこの贈り物を貰ったのは、藤井が先年歌舞伎座の客席係主任を長年つとめた女性と結婚した時、新郎も新婦も両方知っているという理由で、私がたのまれて媒妁の労をとったからだ。老妻も喜んでさっそく指にはめて、しばらく眺めたりしていたが、その姿を見ていて思い出した話がある。

それは、戦後、まだ進駐軍がいた占領時代の話だが、東京劇場で起った小さな事件で、これに老優中村《なかむら》雅楽《がらく》が関係しているのである。「車引殺人事件」のように、雅楽が謎をといたというわけではない。雅楽の一言で暗示されて真相があきらかになった点では、一連の事件と同じではあるが、ちょっと違った感じのゆくたてだった。

それを今回は書いてみるつもりだが、ペンをとる直前に千駄ケ谷の雅楽の家に一応電話をして、「書かせてもらいますよ」と私はことわった。

雅楽はしばらく黙っていたが、「いろんな話を竹野さんは思い出すんですね」といった。苦笑している顔が、目に見えるようだった。

たしか、昭和二十四年だったと思う。私は東都新聞文化部のヒラ記者で、劇評を書く機会がまだ与えられず、もっぱら楽屋の取材を担当していた。歌舞伎にくわしい先輩が三人もいたのである。

そして、別に私は、社の事業部の手伝いも命ぜられていた。おどりや音楽の催しならまだしも、絵の展覧会だの、マラソンだの、そんな「文化事業」の使い走りをさせられて、当時はいささか不満だったが、いま思うと、あのころ会った人たちとの交友は現在も役に立っているし、おもしろい経験もすくなくない。

いまここに書くのは、その事業部が主催した「慈善観劇会」という名の催しの日の出来事なのである。

六月の劇場第一部の演目は、一番目が「布引滝《ぬのびきのたき》」三段目の九郎助住家（実盛物語）、中幕に「山《やま》姥《うば》」が出て、二番目が「伊勢《いせ》音頭《おんど》」であった。その月の第三日曜日にその第一部を買い切って社が催した観劇会は、売り上げをしかるべき福祉施設に寄付するという目的を持っていた。いまでいうチャリティ・ショウなのである。

社長がよく知っていたアメリカの実業家にすすめられて、乗り気になった催しだが、チャリティなんていってもわからないというので、私に、こういう会を昔は何といったのか調べるようにという命令があり、『続々歌舞伎年代記』を見たりして、明治時代の團十郎《だんじゆうろう》や菊五郎《きくごろう》が出演した時には慈善観劇会と称したのを確かめて、社告の原稿を書いた記憶がある。

　これも明治の時からそうなのだが、そういう催しには、赤十字社に話を持ってゆくのが筋道だというので、社の事業部長につき添って、私も芝の赤十字の本社に行き、役員に演目の解説をしたりした。

「山姥」は母性愛のおどりだが、「布引滝」では、女の片腕が切られる。「伊勢音頭」では、福岡貢《ふくおかみつぎ》という主人公が古市《ふるいち》のくるわの十人斬りで、女も二人殺す。その前年までは、女性に対する残酷なストーリーを持つ脚本は上演できなかったのだが、歌舞伎通の検閲官がいて、順々に禁止令が解除されていったのだ。「布引滝」の実盛《さねもり》と、「伊勢音頭」の貢の二役を、音羽屋《おとわや》系の演出で、そのころ最も人気のあった二枚目の市村亀蔵《いちむらかめぞう》が演じるのもファンを喜ばせたが、同時に、こういう芝居が舞台にのるようになった、復活のうれしさもあったわけだ。

　雅楽にしても五十代で、至って元気だったから、年に七八ヵ月は出演していた。この月は、しかし、出し物の関係で、第一部では、「布引滝」の瀬尾《せのお》という敵役《かたきやく》で、のちにその本心があきらかになる太郎吉《たろきち》という少年の祖父の役ひと役だった。

　瀬尾がわざと太郎吉に腹を刀で刺されたあと、この男の子と自分との関係を物語り、孫が手をかけた太刀を首筋にあてて、クルリと身体を回転させて死ぬ。俗に「平馬《へいま》がえり」と称する型だが、ここの雅楽の技術がすばらしかったのが、まだ目に残っている。

会の当日、進駐軍の司令官の夫人が見に来ることになっていたが、赤十字社が後援団体なので、元皇族の妃殿下も出席ということになった。

元宮妃のほかに、赤十字社のほうから、会に通訳として来てくれることになったのは、堂本ひで子といって、間もなく外務省から国交を回復したアメリカに派遣される若い書記官にとつぐ、美しい才女であった。

会の二日前に、私はひで子を訪問した。麻布の霞町《かすみちょう》にある小さいけれども、何とも風流な家に両親と住んでいた。社の外報部の記者から、「語学は三ヵ国語がペラペラ、戦前ロンドンに留学していた」という予備知識を与えられていたので、バタくさい顔をした女性だと思っていた私は、初対面の印象がまるでちがうのに、おどろかされた。

和服で座敷に出て来たひで子の様子は、一流の芸者とでもいうような、古典的なふんい気を持っていた。誰かに似ていると、会った時思ったが、すぐには思い当らない。

「出し物は何でしたかしら」といわれて、『源平布引滝』、『山姥』、『伊勢《いせ》音頭《おんど》恋寝刃《こいのねたば》』です」と正確に外題《げだい》を列挙して印刷物を出すと、それを見ながら、「実盛と貢は橘屋《たちばなや》さんですね、お紺《こん》はどなたですの」と尋ねられたので、びっくりしてしまった。

「くわしいんですね」とつい、口走ってしまった。私も若かった。

「だって、子供の時から、見ているんですもの」といいながら微笑する顔が、風に動いている菊の花のように美しい。

「そうですか」

「瀬尾は、高松屋《たかまつや》さんですね、たしか」

「ええ」

「私は、高松屋の実盛を見ています。子供の時でしたが、たしか三《み》河屋《かわや》（七代目団蔵）の型だとかいって」

「そうですか」私は自分より、相手のほうがよほど芝居にくわしいのにやや鼻白んだほどである。しかし、そういう会話をしている時間が、何ともたのしいのだ。

二十三四という年の女性に、こんな風格があるのは、よくよくのことであろう。

「高松屋は、お元気ですか」

「ええ、とても元気です」

「お会いになりますか」

「時々、楽屋に行って、いろんな芸談を聞かせていただいてます」

「まア、それは、羨ましいこと」といった。

帰ろうとすると、ひで子の母親が、玄関まで出て来た。こんどはすぐ、似ている相手がわかった。五十になるかならない年ごろの女性が、亀蔵の妻女とそっくりなのである。

つまり、私がひで子が誰かに似ていると思ったのは、亀蔵夫人のおもかげを、ひで子が母親から譲られていたためなのが、ハッキリした。

「竹野さんは、高松屋と親しいんですって」と、ひで子がわざわざ説明した。

「まアまア」

いかにも歌舞伎の好きな親子らしく、楽屋に気軽に出入りして役者と会っている私の仕事に、一種の好奇心と、ある羨望とを抱いているのだと私は考え、得意そうに、うなずいたりしたことをおもい出す。私は若かった。

会の当日、つまりその日から二日のちになるわけだが、二階の正面に二十の座席を用意する。そのうち、進駐軍関係に十二枚、あと八枚を二人の元宮妃とその付添い、赤十字社関係の分とすること、一応司令官夫人のためには別の接待所を準備すること、「布引滝」のおわった幕間《まくあい》に、休憩している来賓のところに、雅楽が挨拶にゆくこと、それだけ私は念のために、ひで子に告げた。

「太郎吉は、誰がしますの」と訊かれたので「亀蔵さんの孫の羽太次《うたじ》君です」といった。「高松屋さんと一緒に、その羽太次君も来てくださるといいんですけれど」といった。「もしかすると、司令官の坊ちゃんが、お母様に連れられて、劇場に見えるかも知れませんのよ」

「はア」

「同い年くらいの男の子が挨拶に来て下さると、喜ばれるはずですわ」

「そうですね、しかし、あの子役は、幕切れまで出ていますので」

「扮装したまま、来て下さったら、いいんだわ」と、ひで子はいった。

じつに至れり尽せりの助言に、なかば呆れて私は社に帰り、社長と事業部長に報告したが、「そういう劇通の女性がいて、通訳してもらえるなんて、願ってもないことじゃないか」と二人とも、喜んでいた。

私は幕間の挨拶のことを、あらかじめ話しておいたほうがいいと思ったので、雅楽の楽屋に翌日行った。

「挨拶なんて、苦手だ。勘弁して下さい」と、はじめはことわられた。

「しかし、堂本さんという人に、高松屋さんと羽太次君に接待所に顔を出していただくことを話してしまったので」と私はいった。

「堂本？」

「ええ、赤十字の仕事をしている、美しいひとです」

「へえ」と瀬尾十郎《じゅうろう》のひげをつけながら、鏡台に向っていた雅楽は、クルッと私のほうに向き直ると、「承知しました。竹野さんに、そうまでいわれたら、ことわるわけにもゆかない」といった。私はホッとした。

その慈善観劇会の当日、奇妙な小事件が発生したのである。

二

観劇会の日は、案じられていた天気も、うまく晴れあがって、開演直前に、司令官夫人とその息子のピーター君、元宮妃二人、赤十字社の幹部たち、いわゆるコンパニオンの仕事までしてくれる堂本ひで子が、相前後して、劇場に着き、二階正面の座席に案内された。

今は劇場に外人の観光客が毎日何人も来るので、英文のパンフレットを作って場内で売っているが、そのころは、占領下でも、歌舞伎を見に来るアメリカ人はすくなかったから、もちろん、そんなことはしていない。

せっかく司令官夫人が来るのに、口頭の説明だけでは不充分だというので、堂本ひで子にあらかじめ演目の内容を訳してもらい、タイプで打ってホッチキスで綴じたものを用意してはおいた。

「布引滝」は、女の死骸がはこばれて来ると、女の父親と男の子が、湖水から拾って来た腕をつなぎ合わせる。すると、女が息を吹き返して、しゃべるのである。荒唐無稽で、日本人にもわかりにくい部分のある芝居だが、主役の実盛という白塗りの武士が、扇子を使って物語をしたり、人間が二人はいっている馬を舞台に引っぱり出して乗ったり、万事派手な様式を見せるので、ほかにも何人か来ていたアメリカ人たちが、喜んで拍手をしていた。

休憩になったので、私は二人の元皇族を接待所にあてた二階の洋室に案内した。

二人とも和服で、地味な色彩のつけさげであった。客室係が茶菓を出す。隣の部屋の司令官夫人のところにいた堂本ひで子が、まずそこに挨拶に行った雅楽と、亀蔵の孫の羽太次を連れて、こっちの部屋に来た。

雅楽は瀬尾で殺されてかげにはいると急いで顔を落し、着替えて来ていた。紋服にするのかという問い合わせがあったので、そんなことはしないほうがいいといっておいたので、上布《じょうふ》の着物に、薄物の夏羽織で、このあとに舞台にのる「伊勢音頭」の福岡貢のような格好である。

太郎吉の羽太次は、幕切れまで出ているので、そのままの格好で、かつらまでつけていたのが可愛らしかった。

元宮妃に老人と男の子が、ていねいにお辞儀をする。「わざわざどうも」という御挨拶が返されたのは、さすがに時代が変わったのを思わせる。

「羽太次さんはおいくつですか」と、年長の元宮妃が訊く。「十一です。小学五年生」と羽太次がハキハキと答えた。

この子はもうすこし前までは、女の子のようにやさしくて、女形《おんながた》にさせようかと祖父の亀蔵がいっていたのだが、こんな時に答える姿勢も態度も、子供なのに堂々としている。やはり、実盛と将来戦場でたたかおうと予約したりする子役を演じているので、何となく、雄々しい気分が、日常にも残るのかも知れない。

そんな羽太次を、雅楽が自分の孫のように目を細めて見ているのを、私は好ましく見ていた。

堂本ひで子は、そういう雅楽をニッコリ美しい微笑で、観察しているようだった。きょうのひで子は、通訳の仕事も委託されているから洋装だったが、何とも色合いのいい服を、みごとに着こなしていた。

私はこの時から今日まで、公私ともに、親しく話し、親しくつきあった婦人は数え切れないが昭和二十四年六月という時点で、日本にこんなに洗練された美しい女性がいたのを、いまだに忘れられない。

「羽太次ちゃん、一度楽屋に帰って、衣裳をぬいでから、この次の幕間にまた来て、ピーター君のお相手をして下さい」と私はいった。

羽太次はピョコンと頭をさげて、雅楽と出て行った。五分ほどして、私が支配人の部屋に用事ができたので、接待所の次の間の室内電話をとりあげると、故障でつながらない。

それで言伝《ことづて》をたのむために廊下に出ると、亀蔵夫人のおよねさんが立っていて、「羽太次はどうしましたでしょう」といった。

「おや、会いませんでしたか、いま楽屋に帰ったはずですが」と私はいった。

「まア、では、どこかでかけちがったんですわ。いえね、あるじ（亀蔵）があの子にうまく御挨拶ができるかどうか、心配だから様子を見て来いと申しますのでね」といった。その顔は二日前に会った堂本ひで子の母親に、よく似ていた。

私は亀蔵夫人と別れて、接待所に引っ返した。

元宮妃がひで子と話しているのだが、「あなた、そんなこと、気になさらなくてもよろしいのですよ」と若いほうの貴婦人がいっているので、私はドキッとした。慈善観劇会を主催している新聞社の人間として、何か手落ちがあったのではないかと思ったからだ。

それで、ひで子に、「何か」と小声で訊いた。

「いいえ、じつは私、いま、お二方に教えられたことがありますの」

「およし遊ばせよ、あなた」年長の元宮妃が制した。

「でも、この竹野さんに申しあげておきたいのですわ」とひで子がいった。「いまね、私、お二方のお召物について、なんていい色合いでしょうと申しあげていましたの」

「ほう」
「そう申しあげながらふと見ると、お二人が指輪をつけておいでにならないのに気がつきました。それで私、おやと思いました。私は家を出ようとするとき母親から、この指輪をつけて行ったらといわれて、この指に、はめてまいりましたの」

私は何の話か、一向わからずに、それでもわかったような顔で、うなずきながら、耳を傾けていた。

「お二方が指輪をしていらっしゃらないので私は、ぶしつけだと思ったのですけれど、いまそれを伺いましたの」

「およしになって」若いほうの元宮妃が、ひで子を黙らせようとしている。すこし頬を赤らめている感じが、親しみやすくて、いい感じだった。

「竹野さん、私ね、気がつきませんでした。こういう慈善の催しの時などには、指輪とかイヤリングとか、そういうものは身につけないのが本当なのだそうですの」

「なるほど」やっと、わかった。つまり、けばけばしい姿をしたり、服飾品をいろいろつけたりすることが、この種の会の精神と背馳するという考え方で、マナーがいつの間にか、規定されたというわけなのだろう。

「しかも、お二方がおっしゃるんです。もっとも、私たちは大したものではありませんけれど、家にあった指輪をひとつずつ、バッグに入れて持って来ています。それをあとで赤十字の方にさしあげようと思いますって」

「はア」

「私、顔から火が出ましたわ。私もこの指輪を、寄付して帰ります」そういいながら、ひで子は左の中指にはめていた、青いヒスイの指輪をスッとぬきとり、バッグから出した白いハンカチに包んで、卓上においてある乱れ箱の隅に、そっと置いた。

元宮妃はちょっと黙って顔を見合わせていたが年長の貴婦人が、その指輪をじっと見ながら、こんなふうにいった。

「その指輪は、あなたが出て来られる時に、お母様が、これをつけてゆくようにと、わざわざいわれたもので、ございましょう？」

「はい」

「御大切になさっているお品じゃアございませんの？」

「はア、それはまア」とひで子が、小さな声で答えている。

「きょう、この指輪をとおっしゃったのには、意味が、きっと、あるはずですわ。それを、私たちが申したことを気になさって、この催しに寄付してお帰りになることは、ないと思います。ねえあなた、そうお思いにならないこと？」

私は皇族だった二人の女性のそういう話し方を、身近に、きょう、はじめて聞いたのであるが、もちろん、上流社会のいささか気どった抑揚のある会話ではあっても、大変気楽にきこえるのに、おどろいた。

ひで子は考えていたが、「そうですわね、おっしゃるとおり、この指輪は、母が何か由緒があって、大切にしているものだと思います。あらためて、また、別の日に別のもので、私も、お二方のような寄付をさせていただくことに致しますわ」と素直にいった。

しかし、そうはいったが、指輪をすぐにまたとりあげて、自分の指に戻すことを、ひで子はせずにいた。

その時、場内に次の「山姥」の開幕を予告するベルが鳴り、客室係の主任をしている榎さんがはいって来て、「次の幕がはじまりますので」といった。

三人の女性が立ち上り、私は先導する形になって部屋の外に出、そのまま座席のほうに行った。その時、ひで子が卓上に置いた指輪を、そのままにして、部屋を去ったとは、知らなかったのである。

「山姥」はもう二回も見ているし、どんな用事がおこるかわからないので、私はすぐ廊下に出た。すると、小学生の服に着かえた羽太次が向うから来た。

私は、羽太次をやりすごして、階下におりた。階段の途中で、片手に修理の工具を持った男が私に「洋間というのは、どこですか」と尋ねた。「電話が故障だとか聞きましたが」という。

私は指で方角を教えた。

監事室をのぞくと、雅楽がいて、「山姥」を見ている。私に気がつくと、「このおどりにも、子役が出るのでね」と一言、いった。

言い訳めいた表現を雅楽がしたので、おかしかった。

三

監事室の前に立って、事業部長と小声で私は雑談をしていた。社長もこの部長も、歌舞伎についてはあまり関心がないらしいが、社長のほうは来賓につきあって、二階の座席にキチンとすわっているわけである。

二人で、天気がよくて幸せだったという話をしているところに、二階からおりて来た客室係の榎さんが緊張した顔で、私に目くばせをした。

近づくと、声をひそめて、「困ったことがおこりました」といった。「あの堂本さんが、洋間の机の上にお置きになったヒスイの指輪というのが、なくなっているのです」

「どうして、それが」

「まだ開演中なんですが、うちの若い子に、堂本さんがメモに書いておよこしになったので、見に行ったのです。指輪をどこかにしまっておいて下さいと、書いてあるんですが」と、私に榎さんは、ひで子の達筆な走り書きを示した。

私の前で、元宮妃に教わったマナーに従って、ひで子が指からぬきとったヒスイの指輪は、ハンカチに包んで、劇場が卓上に置いた乱れ箱に、軽くのせられていた。

包んでといっても、ふくさのように、左右上下から蔽うとまでのことはしなかったから、自然にハンカチが開いて、ヒスイのあの美しい色の指輪は、人目をひく状態になっていたかも知れなかった。

そして二人の元宮妃とひで子が、「山姥」を見に客席に行ったあと、その卓上の指輪は、ガードする者もないまま放置されていたのだから、考えれば無用心な話だった。

私は、二日前にはじめて会ってから、ひで子にはなみなみならぬ好意を持ったので、この会のためにわざわざ来てくれたひで子が、母親の大切にしていた指輪をなくしたとすれば、何とも申しわけないことだと思って、少々うろたえていた。

こういう会を主催している者としては、些少なアクシデントでも、あってはならない。貴重品の盗難なんてもってのほかである。

私は頭をかかえたい気持で、すぐ二階の洋室に駆け上って行ったが、ハンカチもろとも、指輪はなくなっていた。

しばらく考えていて、私は、私たちが出て行ったあと、洋室のひかえの間に、故障した電話の修理をしに来た男のいたのを思い出した。

疑ってはわるいが、洋室の様子をのぞき、無警戒に放置されてある美しい指輪を見て、魔がささないものでもない。

榎さんから支配人にいって、修理に来てくれた人物に、それとなく尋ねてもらうように、私はたのんだ。

「堂本さんには」と尋ねた。

「しまっておいて下さいと書いてあったわけですから、私のほうで、おっしゃるとおりにしたと考えておいでだと思います」

「もちろん、それでは、まだ何も、堂本さんは知らないわけですね」

「はい」

私は一瞬ホッとしたが、間もなく「山姥」が終れば、当然ひで子に報告しなければならないのだから、それに気がつくと、私は大きな荷物を持たされたような負担を、にわかに感じた。品物が紛失したのは、劇場の責任かも知れないが、きょうの会を催している私の社が全く関知しないことだという顔も、できない。私は、ひで子が落胆する顔を見なければならないと思うと、つらかった。

思い余って、私は監事室にはいって行った。雅楽がいろいろな事件の推理をするのはこの年よりのちなのだが、この聡明な役者には、取材でゆきなやんだり、人に不調法な口を利いてしくじったり、そういう悩みのある時に相談して、いつも適切な助言をもらったことがすでにあったので、つい頼る気持になったのだ。

私がはいってゆくと、私を見た雅楽がおやッという顔をして、反射的に立ち上ったのには、おどろいた。

雅楽は、私が何か心配事があるのだと、咄嗟《とっさ》にわかったらしいのだ。何とも、敏感な人である。

ほかにもそこでは舞台を見ている人がいたので、雅楽は私を押し戻すようにして、しずかに廊下に出た。

「竹野さん、顔色がよくないじゃ、ありませんか」

「はい」

「何があったんです」

問われた私は、かいつまんで、事件について、説明をした。

「ヒスイの指輪がなくなったのですか。そいつは、困った。あのひで子さんも困ったでしょう」

「いえ、まだ、堂本さんは知らないのです」

「ほう」

「洋室にあるのを、とりあえずどこかにしまってくれといわれて、榎さんが見に行ったら、なくなっていたんです」

「ほう」しばらく雅楽は私とならんで腰かけていた廊下の長椅子で、うつむいて考えていたが、急に私に尋ねた。

「それはそうと、羽太次は、あれから、どうしましたでしょう」

「さっき会いました。太郎吉のこしらえを脱いで、洋服を着てまた表のほうに出て来たんですが、司令官夫人の所のピーター君のところに行ったのではないかと思います」

「竹野さん、お会いになったんですね」

「廊下ですれちがっただけです」

「なるほど」

　雅楽が、なぜこんなことを、くどくど質問するのかと思いながら、私は応対していたのだが、雅楽はそう考えている私の胸のうちをまるで見ぬいてでもいるように、ニッコリして、「御苦労ですが、竹野さん、楽屋に行って、羽太次をさがしてみて下さい」といった。

「羽太次君をですか」

「とにかく、行ってみて下さい。多分おじいさんの亀蔵の部屋にいるはずです。きょうは、羽太次のおばアさん、亀蔵の妻君のおよねさんも来ているはずだから」

　私は奈落を通って、楽屋に行った。そして、二階の廊下のつきあたりの亀蔵の部屋をのぞくと、亀蔵とおよねさんと、羽太次がそこにいた。

「あア、いいところに来て下さった」と亀蔵がいった。

「はア何でしょう」

「これですよ」と亀蔵が、私にハンカチに包んだものをさし出す。急いでひろげると、中にヒスイの指輪がはいっていた。

「これは」と私は絶句してしまった。「どうして、ここに」

「羽太次が、まちがえたのですよ。おばアさんが同じような指輪を持っているのを知っているからです」

「だって、おばアちゃんのだと思ったんだもの。さっき、おばアちゃんが、ひで子さんのところに行ったから、その時に、あの机の上に置いて来たのだと思ったんだもの」と、羽太次が、あどけない口調でいった。

「誰もいない机の上にあったので、なくなるといけないから持って来たというんですよ。この幕がとれたら、表にお届けしようと思っていたところでした」

「ああ、よかった」思わず私は溜め息をついた。

「これをおあずけします。これを、ひで子さんに返して下さい」と、およねさんがいった。

私はふるえるような感じで、たしかに指輪をうけとり、ハンカチにしっかり包むと、挨拶もそこそこに、表のほうに戻った。

監事室の前の長椅子に腰かけていた雅楽は、私の手に持っているハンカチを見ると、うれしそうに微笑していった。「御苦労様でした」

「どうして羽太次君が持って行ったとお思いになったんですか」

「あの子は、おじいさん思いですからね」

「はア」私は雅楽の言葉の真意に対して、まったく見当がつかず、妙な声で応対した。

「おじいさんの亀蔵が、これからはじまる『伊勢音頭』の福岡貢で、一所けんめいにさがしているものがあるでしょう」ますます、わからないことを雅楽がいった。

「はア」

「竹野さんだって、おわかりでしょう。貢のさがしているもの」

「刀です。青江下坂《あおえしもさか》の刀」

「羽太次はそれを知っていて、青い指輪だから、おじいさんがさがしている品物だと思ったのですよ。青い指輪、青江下坂、似ているじゃありませんか」

しかし、どうも、これは、雅楽のこじつけである。青江下坂を役の上でおじいさんがさがしている、青い指輪を見て、それをおじいさんに届けた、いくら無邪気な子供のしたことだといってもこれは少々無理だと思った。

私はとにかく、「山姥」のおわる前に、指輪が無事に戻って来たのだから、雅楽に何もいう必要はないと思い、納得のゆかないまま、うなずいて、聞いていた。

頭のいい雅楽は、そういう私の不審そうな表情を見さだめていたらしく、すぐこういった。

「少々苦しい説明ですかな」

なぜか、雅楽は、赤い顔をしていた。

四

慈善観劇会の二日のちに、もう一度、雅楽と会う予定があった。

京都で発行されている歌舞伎の雑誌が、対談をしてくれといって来ていたのである。

私は千駄ヶ谷の家に行って、午後三時から、二時間ほど話を聞き、速記をとってもらった。

国電でゆく途中、私はこれから会う雅楽が一昨日劇場で何となく歯切れのわるい話し方をしたのを思い出し、ヒスイの指輪がなくなった事件を思い返していた。

私が経験したことを順々に追想して行くと、ふしぎなことがひとつあって、その時は気がつかなかったのに、今になると、何とも不可解なのである。

それは、雅楽にいわれて、亀蔵の楽屋に行った時、羽太次が「さっき、おばアちゃんが、ひで子さんのところに行った」という表現をしたことであった。

もし羽太次が普通の子供なら、ものものしく御挨拶に行かされた場所にいる、初対面のよその女性を、「ひで子さん」とはいわないだろう。年齢からいえば、かなり年上の堂本ひで子は「お姉さん」よりも、「おばさん」がふさわしいとさえ思われる。いかにも、ふしぎだった。私は、雅楽にその話をしてみようと思いながら、電車を降りた。

その日、雅楽の妻女が、成田の不動様に月参りに行って不在だったのを、おぼえている。なぜおぼえているかというと、妻女がいなかったので、対談がおわったあとの雑談が、気楽にできたからだ。

雅楽の芸談は、この年から以後に、五回も私は、まとめて聴いている。新聞で連載をして、かなり長く記事にしたこともあるし、テレビやラジオでも、私が聴き手になった。

雅楽といえば私がインタビュアーについなってしまう。そんな傾向さえあったのだが、もちろん、これは、私にとっては、うれしいことなのだ。

雑誌のバック・ナンバーをとり出し、今ひろげて読み返すと、まだ老年期にはいらない雅楽なので、近年の芸談とは、ひと味ちがっている。

年とってからの話には、些細な日常のデータに、さりげなく人生を長く味わって来たひと独特の年輪の渋い味があり、毎食後に一杯かならずのむという中国の茶の話にも、含蓄があったりする。

しかし、昭和二十四年の雅楽は、もっぱら、舞台で自分が役を作るのにどんな工夫をしたとか、どんな先輩の影響を受けたとか、そういう文字どおりの芸談が豊富だった。

ちょうどその月、雅楽の出演している劇場で、「布引滝」と「伊勢音頭」が出ていて、その実盛と福岡貢が、雅楽も好きな役であり、従って当り芸と評された役でもあったので、そんな話から本論にはいった。

そして、二役をその月に演じている亀蔵と雅楽との演出のちがいが、まずくわしく語られた。亀蔵のは、五代目菊五郎の系統なので、馬を舞台に出し、それに乗って引っこむ。その前に子役の太郎吉まで乗せて、ひとまわりするのが、愛嬌であった。

雅楽のほうは「馬ひけ」というだけで、馬は出て来ないのだという。

そのほか、衣裳や持ち道具や、物語の段どりがちがっているという話から、亀蔵論になった。

速記を一部コピーしてみる。

竹野　亀蔵さんとは、ずっと若い時から、一座なさったのですか。

雅楽　ええ、いま第一線にいる人の中では子役の時から仲よくしていたという点で橘屋は、いちばん親しい友達といえるでしょう。向うが、年がひとつ上だから、兄貴と呼んで来ました。

竹野　ライバルといった意識も、あったでしょうね。

雅楽　ライバル？　ハハア、腕をきそう相手ということですか。そうですね。私にとって、ごく近いところにいる目標でしたね。

竹野　たとえば亀蔵さんの演じた役を、御自分でも、さっそく手がけてみようとしたり、そんなことがおありでしたか。

雅楽　そのとおりです。子役の時に「先代萩《せんだいはぎ》」の千松《せんまつ》を向うがして、私が若君でした。「寺子屋」だと向うが小太郎《こたろう》で、私が菅秀才《かんしゆうさい》。二人とももちろん幼名でしたが。

竹野　可愛らしかったでしょうね。

雅楽　ウフフ、とにかく、そんな二人が、以後ずっと、一座して来たんです。やがて、おとなになってからは、こっちが向うのまだ手がけない大きな役を先にすることもありましたがね。団七《だんしち》は、私のほうが先だった。向うが一寸徳兵衛《いっすんとくべえ》、くやしがってね。

竹野　「忠臣蔵」では。

雅楽　私が判官《はんがん》と定九郎《さだくろう》で、向うが若狭助《わかさのすけ》と平右衛門《へいえもん》という時なんか、二人にそれぞれ御ひいきがいるから大変でした。しかし竹野さん、私は亀蔵という兄貴の人柄が好きだったし、絶対に尊敬していたんですよ。そういう気持は、今でも、変わりやしません。

竹野　ほう。

雅楽　亀蔵の持っているものは、見ていると、いかにもいいものに見えるんです。あの男の好むものは趣味がいいと、いつも思う。そう思って、つい真似たりする。

竹野　大変な私淑ですね。

雅楽　私の道楽の中で、俳句も犬も旅行も、みんなはじめは、亀蔵が凝っているのを、見よう見まねで、その道にはいったのです。探偵小説を読むのだけは別ですが。あとは全部、あの男の影響と思って、いいでしょう。

こういう対談をした。まだいろいろあるのは省略するが、速記者が帰ったあとで、私は、雅楽の門弟がはこんで来たウイスキーをオン・ザ・ロックにしながら、さらに二時間ほど、千駄ケ谷にいた。

そのウイスキーはバーボンで、二日前に劇場で、進駐軍の司令官夫人が一ダース置いて行った中の一本であった。

私はすこし酔ったので、つい口軽になって、こんな質問をした。

「堂本ひで子さんは、亀蔵さんの親戚ですか」

「よくわかりましたね」

「じつは、あのひとのお母さんに会っているんです。そのお母さんが、橘屋のところのおかみさんに似ていたので」

「ああ、そうですか、よく似てるでしょう。堂本に嫁いだおみねさんが、二つ年下なんです。二人は日本橋の大きな問屋の娘でしてね。およねさんは役者のところに行き、妹のおみねさんは銀行員の奥さんになってしまった。私はね、およねさんが亀蔵と一緒になった祝言の席にも出ているんですが、目がさめるようにきれいな花嫁でしたよ」

「恋女房ですか、つまり」と私は尋ねた。誘導訊問を試みるつもりであった。

「そりゃアもう。何しろ、亀蔵がいのちを賭けて惚れた女ですからね」

「高松屋さん」と私はわざと、すわり直すようにして呼びかけた。

「何ですか」と雅楽も、おどろいたような声で、返事をした。

「亀蔵さんの好きなものは、自分も好きになると、おっしゃいましたね。高松屋さんも、およねさんを」

「からかっちゃいけません」と反射的にいって、雅楽はしばらく黙っていた。そして、「御明察だな」と、ポツンとつぶやいた。

「しかし、こればかりは、俳句や犬とはちがいますからね」と、私は雅楽をじっと見つめた。

「そうです。ですから、私はよく似ている妹のおみねさんと、つきあうことにしました」

「やっぱり」

「今でいうガールフレンドでしょうね。私はつきあっているうちに、その気になったら、嫁に来てくれというつもりでした。しかし、おみねさんと時々会っているうちに、女房と知り合いましてね」

「事情がガラリと変わった」

「まアその話は、よしましょう」

私は雅楽夫人のお豊さんが、この役者に夢中になって、積極的に自分のほうから近づいたイキサツを知っていた。私が知っているのを、雅楽も察していたのだろう。あわただしく手をふって、その話題は発展しなかった。

「あててみましょうか。亀蔵さんがヒスイの指輪をおよねさんに贈ったのを聞いて、高松屋さんが、その妹のおみねさんに、同じヒスイの指輪を贈ったんでしょう」

「そのとおりです」

これで、すべてのことが、手にとるようにわかった。

慈善観劇会の日、堂本ひで子の母親が、娘にヒスイの指輪をしてゆけといったのは、雅楽がひで子に会うのを知ったからである。雅楽が当日、おっくうがってあまり好まない挨拶ということをするために、貴賓のいる部屋に顔を出したのは、母親に似ているひで子を見て、往時のおもかげをしのぶといった甘い感懐があったのだろう。

私は今でもこころよく、何ともたのしく、この年この月の事件を、記憶にとどめているのである。

堂本ひで子は才色兼ね備えた立派な女性として成長し、間もなく外交官と結婚した。

いま駐仏大使夫人として、パリにいるひで子の手箱の中に、私が短い時間ハンカチに包んでしっかりと握った、ヒスイの指輪が、しまってあるはずである。

俳優祭

一

三原橋のすしやで、老優の中村雅楽《なかむらがらく》と私は、つけ台の前にならんで、飲んでいた。

歌舞伎座の「千本桜《せんぼんざくら》」一幕を見のこして出て来たのである。すしやを見たあとで、すしやに寄ったといっても、入谷のそばやの舞台で食欲をそそられて帰りに更科にはいるというのとは、ちょっとちがう。

私は女形《おんながた》の浜木綿《はまゆう》の姉が開業していたこの店がひいきで、その後経営者の代は替わったのだが、町に出て来ると、この店にちょっとでも顔を出さないと気がすまないのである。

雅楽もこのすしやが好きで、劇場で奇妙な事件がおこった時に、江川刑事と三人が、ここの二階の小座敷でいろんな話をした記憶は、なまなましい。雅楽が、謎ときをしてくれるのを目を丸くして聴いていたその折々の刑事の顔さえ思い出す。

そんな回想が私の頭の隅を通過した時、

「竹野さん、お宅からお電話」と、店で働いている和ちゃんの声がした。

出ると、さっき江川刑事から電話があったので、多分今ごろはすし初でしょうといったら、じゃア早速行ってみようといっていたから、待っていてあげて下さいと、家の者がいった。ほかの場所にいる時、こんなに事が勝手にはこばれると、私はおもしろくない。さしでがましいことをするなと叱るところだが、すし初で雅楽と飲んでいる限りは、しばらくそこを動きたくないし、何となく機嫌もわるくないので、「それはちょうどよかった」と返事をして、私は電話を切った。

まさか犯罪にからんだ話を持って来るわけではあるまいなと、内心どこかで案じてはいたのだが、がらッと戸があいて、はいって来た江川刑事を見て安心した。赤い顔をしてニコニコ笑っているのである。そして、二十前後の若い娘がうしろにいる。

「やア高松屋《たかまつや》さんも、いらしたんですか、こいつは好都合だ」と刑事はいって、私たちとならんだ椅子に腰をかけた。

連れの娘は、H大の国文科に在学している学生で、刑事の姪だというのだが、大変な歌舞伎ファンという話で、雅楽に会ったので、うれしそうにしている。

「竹野さんにたのみがあって来たのだが」と刑事がいう。この女子学生を役者の誰かに紹介してくれというのかと思い、すこしおっくうな気持になっていると、敏感な刑事はそれを察したと見えて「俳優祭の券というものはもう手にはいらないかしら」といった。

そういえば、毎年七月のおわりに、俳優協会が納涼をかねて、一日劇場を借り切り、そういう催しをしている。ことしも、予定されているらしかったが、私はその第一回の時に行っただけで、ずっと見ていない。毎年、招待状は協会から貰っているのだが、まわりに行きたがる人間がいるので、私は自分の貰った券を、まわすことにしていた。

もともと、これは協会の資金を作るための催しで、一枚三千円という券をファンに買ってもらい、舞台でいろいろなものを見せたり、俳優自身が廊下で店を開いたり、サインをしたりして、ワイワイ騒ぐ文字通りのお祭りである。

たしか去年は、天地会と称して、ふだん演じないような役柄をわざと大幹部にわり当てて見せる余興のほかに、協会の会長や理事になっている長老の全員が、本いきで「太功記《たいこうき》」の十段目を最高の配役で演じたはずで、そのままの役で二三ヵ月のちに、本興行で同じ十段目が出るという、おまけがあった。

芝居ばかりでなく、若手のおどる踊りの地方《じかた》を役者がうたったり弾いたりする。あるいは、歌謡曲、奇術といった隠し芸も披露される。役者の素顔にも接することができるので、「演劇界」に投書するような愛好家にとっては、この上ない、楽しい日だろう。

私はしかし、役者とはしじゅう会っているし、正直いって、何か居心地のわるい思いもしたので、一度様子を見に行っただけで、それっきり行かないのである。

「さア、今からたのんでも、どうかな。一応明日、協会の事務局に尋ねてから返事する」と私が答えていると、雅楽が小声で、「私が何とかしてあげますよ」といってくれた。

刑事が姪を帰して、久しぶりで会った三人が、席を座敷に移して飲んでいると、雅楽が急にいった。

「江川さん、姪御さんと別にあなたの券も何とかしますから、俳優祭に来ませんか。竹野さんもいらっしゃいよ。私も久しぶりで行ってみることにしますから」

「何とかしてあげる」といわれた時、刑事の姪の分として、一枚を手に入れてくれることだけは、これでもう間ちがいはないと思って聞いていたが、雅楽がこうなると、打出の小槌をふり出しでもするように、券を何枚でも持っているのではないかという気がして来た。

すこし呆気《あっけ》にとられている私に、雅楽が、その疑問を立ちどころに解決するように説明した。

「私は家に帰ると、七八枚、券を持っているんですよ」

協会は、俳優祭の券を役員全員に割り当てて、ファンに売りさばかせるわけだが、本興行の場合とちがって、年に一度のこうした催しには稀少価値があるから、アッという間に、売り切れてしまう。そして、会の期日がせまると、プレミアムをつけて売るわけではないが、三千円の券が一万円にも二万円にも該当するように見えて来る。

雅楽は、協会の最高顧問で、券の売りさばきを割り当てられたりはしないのだが、自分あてに家族券としての二枚をふくめた三枚が届いて来るほかに、「私の長唄をぜひ聞いて下さい」とか、「私のギターを聞きに来て下さい」とかいう口上をつけて、若い役者から届けて来る券が何枚もあるというのだった。

「毎年、俳優祭までに、私はいろいろな人に貰った券を中元の品物にそえてあげているのだが、ことしはまだ、手もとにあるので、それを使って、みんなで行きましょう」と老優はいった。

「そして、帰りに、またこのすし初で飲みましょうよ」

この店に寄るのは賛成で、毎晩でもいいのだが、俳優祭そのものは、私には、一向魅力がないので、うかない顔をしていると、雅楽がいった。

「じつは、ちょっと気になることがあるので、ことしの俳優祭は、行ってみようかと思っていたのです。あとで何かがおこった時に、それが役に立つかも知れないし」

江川刑事がするどい目をして、雅楽を見つめた。私も、雅楽が勿体ぶって、話を半分でやめる位なら、こんな話し方をしないのを知っているので、次の言葉を待っていた。

「ことしは模擬店に、若い女形が二人、店を出すんですよ。要次郎《ようじろう》が扇子とうちわ、小吉《こきち》が筆と口紅を売るんです。両方とも、ごひいきが品物を寄贈してくれたのを、二人が店番をして、包んでくれるというそれだけのことなんですが、要次郎と小吉が、競争をするというのは、おだやかじゃない。何しろ、小吉はいま人気絶頂ですから、このほうには、客が押しかけるかも知れない、たちまち品切れになるかも知れない。それはそれでいいのだが、一方の要次郎の店が門前雀羅《もんぜんじやくら》で、人が寄りつかなかったら、みじめですからね。私はそれを案じているんです」

雅楽がこういった。

小吉の人気はたしかに異常で、ファンが多いから、劇場も毎月、いい出し物をさせる。まだ二十五だというのに、娘形のおもな役は、ほとんど去年から今年にかけて、演目に選ばれていた。「合邦《がっぽう》」の玉手御前《たまてごぜん》を、芸術祭参加公演に初役で演じたのが好評で、演劇記者たちがえらぶテアトロン賞をもらったりした。芸は達者だし、舞台の行儀もいい。それに顔が美しく、声がいいのだから、評判がいいのは当然という小吉なのである。

ただ、小吉の後援者というのが、ある企業の社長で、財界であまり好感を持たれてない実業家だという点が、どこかひっかかるといわれていた。その社長と政治家との間に黙契があって、政治献金の見返りに、事業のために有利な状況を作ってもらったという内情を新聞がスクープして、去年のくれから、国会の論議にもなり、その社長が肩を入れているというのが、小吉にとっては、むしろマイナスだといわれてもいたのだ。

小吉と少年時代からおみき徳利《どっくり》のように、ライバルとして育った要次郎は、腕は決して小吉に劣るわけでもないのだが、七年前に父親をなくして、そのせいでもないだろうが、舞台に花がない。「二人《に》道成寺《にんどうじょうじ》」を要次郎・小吉のコンビで踊って、両花道に立った時、ハッキリ花の開きぐあいに優劣のあるのがわかったと評された。

それで一つ年上の要次郎が、近ごろでは、小吉が「寺子屋《てらこや》」の千代《ちよ》をした時に、戸浪《となみ》にまわる。それはまだいいとして、「籠釣瓶《かごつるべ》」で、小吉の八《や》つ橋《はし》、要次郎の九重《ここのえ》というランクになって、要次郎のファンをやきもきさせた。

日が一杯に当っている花ざかりの若女形と、それに水をすこしあけられている年上のライバルという、そんな関係の二人が模擬店をならべて開くというのは、雅楽の口まねではないが、おだやかではなかった。

私は一体に判官びいきの癖がつよいので、要次郎の店の繁盛を祈る気持に、もうなっていた。

江川刑事は黙って聞いていたが、小吉の後援会長が、新聞を賑わしている会社の経営者の磯部だと聞いた時に、眉を動かした。

刑事がそういう表情をする時には、何かあるのだ。

私は、刑事から、それを聞かせてもらいたいと思った。

二

その日、江川刑事は何もいわなかったが、翌朝、私の家に電話をかけて来た。

こういう所が、一見豪放に見えて、細心な所で、新聞社にいる私だと、籍は文化部で、定年をすぎた嘱託の私でも、話が事件めいたタネだと、つい社会部の記者に知らせたくなるのを知っているからだ。

「竹野さん、きのう高松屋が話していた、小吉の後援会長が、磯部氏というのは、小吉のためによくない。いや、小吉だけじゃなく、歌舞伎界のためにも、憂慮すべきだね」

「何かあるの?」

「磯部は政界との癒着が問題になっているばかりでなく、暴力団とも関係があるらしい。現在私はよく知らないし、知っていても話すわけにゆかないことがあるものだが、磯部氏が近々逮捕される公算が大きい。そうなると、小吉は打ちのめされる」

「ありがとう。これはゆゆしいことだから、高松屋に早速話してみよう」といって、私は刑事の親切に感謝して、電話を切った。

俳優祭の当日は暑くなったが快晴で、湿度は低く、風がさわやかで、いい心持だった。

雅楽と私は、銀座の風月堂で落ち合い、コーヒーをのんでから歌舞伎座に行った。

若い役者に人気が出て、舞台の世代が大きく交替したのと同じように、ファンの方にも転変があり、こういう催しに、フォーク歌手のコンサートに集まるような十代の少女の姿が多くなった。

「昔は、芝居で見る女の客というと、まず花柳界の人たちだったんですがね、時代が変わりましたな」と、雅楽は、劇場の玄関に集まって賑かに談笑している娘たちを見まわしながら、つぶやいていた。

別館のロビーに、模擬店がしつらえられている。勘亭流《かんていりゅう》まがいの文字で、「要次郎の店、名代扇子うちわ召しませ」と古風な札を出している女形の店とべつの一角に、小吉の店がある。

このほうは、ポスターのレタリングまでが現代ふうで、劇画の主人公のような女性のまつげの長い目をした顔が描かれ、「筆も口紅も店主の口づけを」と書いてある。

私はそれを見て、いやな感じがした。これは着想としては、申しぶんない商策である。美しい女形が、筆をなめたり、口紅を自分の唇に当てたりしてから包んで手渡してくれるというのは、ファンをしびれさせることにまちがいあるまい。

しかし、もともと、芸がよく、持って生まれた天与の素質があっての小吉の人気のはずで、それをこんな露骨なサービスでさらにファンに媚びようとするのは、賢明な考え方とはいえまい。

私はこういう演出を指示したのが、後援会長で、黒いうわさが流布されている磯部だという ような気がして、ぞっとした。

雅楽も黙って要次郎と小吉のまだ開業していない店を見ていたが、私と同じことを考えたと見えて、「芸風ってものが、こんな所にも出るものですね」と一言いった。

評判だった玉手御前を、雅楽は、もうひとつ品がないと評した。「腰元あがりの奥方にはちがいないが、仮にも御前といわれる女ですよ」と、監事室でならんで見ていた時、そういったので、私はハッとした。

私のほうは、年に似合わずうまいと、ひたすら感心していたからである。

別館から本館に戻ろうとしていると、あわただしく駆けて来た女性がいる。見ると、要次郎の姉で、狂言作者の斯波新輔にとついだお美代ちゃんである。

私はこのお美代ちゃんが小学校に通っているころから知っているので、いまはすっかり落ついた人妻になったが、どうも会うと、笑いながら頭を撫でたくなる。

しかし、この時は、その表情が思いつめて、真剣だったので、口もとまで出かかった冗談を、あわてて飲みこんだ。

「おじさん」とまず雅楽に頭をさげ、「竹野さん、こんちは」といった。

「何だね」と訊く老優に、小声でささやいている顔つきは、何事かを哀願してでもいるように、涙ぐんで見えた。

「承知したよ。私がいえば、何とかなるだろう」と、雅楽がいった。

お美代ちゃんが行ってしまうと、雅楽は私を見て、「可哀そうに、苦労があるんだなア」と歎息する。

「何かあったんですか」

「いや、じつはこういうことなんですよ」と老優が脇の長椅子に腰かけて説明した。

「きょうの余興は、八番あります。若手は、長唄に出たり、西洋の歌を歌ったり、演歌を歌ったり、人それぞれ、趣向があるんだが、要次郎は催眠術、小吉はインタビューをして作家と画家の先生に物を教わるというんだ。こんな時にインタビューをするというのも、優等生根性で私はあまり賛成しないが、まアそれはそれでいいでしょう」

「催眠術なんて隠し芸が、要次郎君にあったのですか」と、私はまったく初耳だったので、びっくりした。

「去年の夏に、インドから来ていた手づま使いから伝授されたんだという話です」という。魔術師といわずに、手づま使いと、雅楽は故意にいうのだ。

こんな時に、若い者には言葉がすぐわからない場合があって、「手づま使いって何ですか」と訊くと、それから昔の松旭斎天勝《しょうきょくさいてんかつ》の話がはじまるキッカケになるのだが、私には、雅楽のそういう表現がわかるので、話は発展しない。もっとも、天勝と浮名《うきな》の立った話は、前に何回も聞かされているから、今さら聞こうとも思わない。

話が脇道にそれたが、印度人から教わった催眠術とは、おどろいた。

「それで高松屋に出て下さいというんですね」

「竹野さん、ほんとは敵は本能寺なのさ。お美代がいうには、おじさんに舞台に出ていただいて、催眠術にかかっていただければ一番いいのだけれど、御老体に御無理も願えないから、別の人に出ていただきたいというんですよ」

「はア」

「それが、小吉だというわけです」

「はア」と私は何となく、すぐには、要次郎の姉の真意が酌みとれなかった。

「わかりませんか、竹野さん。要次郎が催眠術を舞台で演じている時に、小吉が別館で筆をなめたり口紅をなめたりして店を開いていたら若い女の子はそっちに集まってしまう。そして、客席がガランとあいてしまう。それでは、みじめだ。ことに、次の小吉のインタビューの時、ぞろぞろ女の子がなだれこんだら、もっといやでしょう」

「ああ、なるほど」と私は、自分の頭の回転のおそいのを自覚して、赤面した。

「それで小吉に、要次郎の催眠術にかかるひと役を買ってもらいたいから、私からくどいてくれとたのみに来たんです」

「小吉は出るでしょうか」

「私からいえば、ことわりはしないでしょう。しかし、私はお美代にこういいました。要次郎の催眠術には、私も出よう、私も舞台に上るって」

「ほう」

「予定された泉五郎《せんごろう》のほかに、私と、小吉とが出るんです。それから、要次郎の時だけ出るのでは、片手落ちになるから、小吉が劇作家の先生にインタビューする時に、私も出て、小吉から質問してもらって、何かしゃべろう。こっちから売りこむわけだし、急にそういってもかえって困るだろうから、質問は一つ、私のほうからこしらえて渡すといっておきました」

こうなると、きょうの俳優祭に来た観客は、中堅や長老が余興のおわりに本格の配役で演じる「五人男」の浜松屋《はままつや》から勢揃《せいぞろ》いのほかに、雅楽を二度見ることになるわけだ。

雅楽は本興行でこそ、近ごろは年に一度か二度、ごく軽いわき役で出るだけだが、私が手記にしている事件の解決に独特の頭脳の冴えを示し、別な意味で関心を持たれている役者なので、観客はこれをやはり、思いがけない御馳走だと思うにちがいない。

そして、お美代の思いつきの動機がどうあろうと、ファンの人気を、多少の落差はあるにせよ二分している若い女形が、催眠術をかける側とかけられる側で共演するというのは、女の子たちを喜ばせるだろうと思った。

はたして、雅楽が小吉に承知させた直後、劇場の玄関に、「本日の催眠術のゲストは中村泉五郎のほかに中村雅楽、嵐小吉、本日のインタビューにも、中村雅楽が特別出演します」と掲示されるのを見て、キャーッという歓声があがった。

開演の十一時近くなると、もう場内は、熱気でムンムンした。いつもの芝居の時とちがって、客席にすぐ通る者がすくなく、本館別館をかけまわって、何があるのだろうと見て歩くファンがいて、ただささえ広くない廊下が、雑踏をきわめている。

私はいつかクリスマス・イヴに、雅楽と銀座を歩いたことを思い出した。

「私が小吉に渡した質問は、これです」と老優は走り書きの心覚えを、私にチラリと見せてくれた。

「昔の役者のひいきとはどういうものだったのでしょうか。教えて下さい」と書きぬきふうに、書いてある。

何となく、判じ物のようだが、雅楽の話は、きっとおもしろいにちがいない。私は、雅楽に社の仕事でもう数え切れないほど会見記事をとっているのだが、こんな話は聞かされていなかった。

ジャーナリストとして何となく、鼻白む気持がどこかにあって、私は琴の楽譜本の表紙に書かれているお家流《いえりゅう》に似て書き流された文字を見つめていた。

「やアおそくなりました」

明るい声で、先日と見ちがえるように美しく化粧をした姪をつれた江川刑事が正面入口からはいって来た。

三

刑事が来た直後に、ぞろぞろとお供をつれて、まるでどこの誰が来たのかと思うような物々しいふんい気を移動させながら、劇場に到着したのが、小吉の後援会長の磯部である。去年のくれから、よく新聞に写真がのるので、私にはすぐわかった。見るからに品性の欠けた、いやしそうな男である。

小吉と小吉の弟子や付き人やマネージャーが、あらかじめ時間を聞いていたのだろう、磯部の車が着くちょっと前に、玄関の所に来て整列、騒ぎ立てるファンに対しても笑顔を見せず、緊張して待機していた。

私はますます、小吉に対する気持が白け、さめて行くのを、感じないわけにはゆかなかった。

磯部は、うやうやしく頭をさげる小吉とその周囲の男には軽く会釈しただけであったが、刑事と私の立っている場所に目が移ると、丁重に頭をさげた。

私はもちろん、この異様な人物を知らない。刑事も、知っているはずがない。

反射的に礼を返したあと、怪訝《けげん》な顔をしている私に、刑事が小声でいった。

「ああいう男は、においでわかるのだ。私が警察の人間だと感じたのだよ」

そんなことがあるのかと思い、引っぱり出せばいろんな話がありそうな気もしたが、俳優祭の廊下にふさわしい話題ではないから、思い止まった。

私は磯部の一行が人波をかきわけて流れて行った方角を漠然と見送り、刑事は姪と一度わかれた。そして、私と刑事は、場内を何となく見て歩くことにした。

二階の東側の廊下には、金魚すくいをさせる店だの、駄菓子だの、風船だのを売る店があって、そこには子役がいた。先月の「寺子屋」に寺子で出ていた子役たちが、神妙に店番をしている中に、よだれくりに出ていたもう年配の獅子丸《ししまる》がいるのが、おかしかった。

別館の二階のロビーには、俳優たちが近年出版した芸談の本を売っている。全部署名本であった。

そのわきに、俳優祭のために協会の幹部の書いた色紙や短冊、俳句や絵をかいたうちわや扇子を即売する店もあった。

女の問題でしくじって、協会を除名されかかった若い二枚目の色紙があって、「真実一路」と、あまりうまくない字で揮毫《きごう》されているのが滑稽だった。

大食堂には、汁粉、おでん、そば、すし、ラーメンなどの屋台がならんでいて、その店それぞれに、役者とその一族がいる。

誰が何を商うかというのは、先日の準備委員会のときくじ引きで決めたのだそうで、アル中といわれるほど酒好きの七蔵《しちぞう》が、汁粉屋になっているのが、おかしかった。

私が前に行って、「やア」と手をあげると、七蔵は照れて、「竹野さん、いかがです。おいしい餡ですよ」といった。

「もらってもいいが、一しょに食べようよ」といったら、あわてて七蔵は、大きく手を左右に動かした。

すしやのところに、つい先ごろの「千本桜」の弥助《やすけ》に出ていた琥珀郎《こはくろう》がいた。符丁《ふちょう》でいうヤスケがすしやの主人をつとめるのだから、これはサマになりすぎていたが、くじを引いたら、本当に自分にあたったのだと、うれしそうに笑っていた。

「竹野さんのお口には合いますまいね、すし初さんほどじゃないから」と琥珀郎が私をからかう。私は、段々、たのしくなっていた。

十一時五分前に、開幕ベルが鳴ったので、席につこうと思って、廊下から場内に通じる戸口のほうに歩いてゆくと、要次郎の姉のお美代ちゃんに手を引かれるようにして、雅楽が近づいて来た。

「高松屋さんの席は」と訊くと、「私は、二回、舞台に出るのだから、楽屋に行っています。あとで、『五人男』の時には、監事室で見ますから、どうか御心配なく」といった。

そして、ニッコリ笑うと、私に小声で、「私の持っていたのは、西の花道のよく見える桟敷《さじき》の五だったんですが、その席を磯部さんにまわしましたよ」といった。

そばから、お美代ちゃんがいった。

「磯部さんに送った券が、どうした間ちがいか、二階のうしろのほうだったのが、さっきわかって、小吉さんが心配しましてね、おろおろして私の所にまで、どこかいい場所がないかしらと相談に来たんですよ。そうしたら、おじさんがいい席を下さったんで、小吉さんは大安心」

「それは、それは」とでも、返事するほか、なかった。

私と刑事と、刑事の姪の女子学生と、三人は、一階ぬの側の21から23という、いい席にならんだ。

場内アナウンスがあって、「出演者の都合で嵐小吉のインタビューを、中村要次郎の催眠術の前に変更します」といった。私の知っている限り、雅楽はもう来ているのだから、それなら劇作家の都合と思ったが、小吉にこの秋「堤中納言物語」の虫めづる姫君の役を脚本に書くことになっている先生は、先刻から私の斜め右のほうにすわっている。

どういう都合なのかと思って、刑事と私は顔を見合わせたが、あとで聞いたところでは、この順序は、雅楽から申し出たのだということであった。そして、なぜ、プログラムの順序を、強引にこの老優が変えさせたかという意味が、その事情を知った時の私には、もうわかっていた。

十一時きっかりに、開会した。協会会長で去年勲章を贈られた女形が挨拶し、文化庁の長官が祝辞をのべた。今の長官は芝居が好きなので遊びに来ていたのを見つけて一言スピーチを貰うことにしたらしいのだが、俳優祭に、こういう官庁の要人から言葉をもらっても仕方がない。気が利かぬことをしたもので、場内は、ざわざわしていた。

十分間で行事らしい行事はおわり、それからまず長唄の「吾妻八景《あずまはっけい》」と「菖蒲浴衣《あやめゆかた》」。これは歌舞伎の若手とベテランがわかれて、演奏した。年の功はさすがで、あとに出た中堅どころの唄が、若手の唄にくらべて、うまさに格段の差があった。

その次に、本職の楽団が出演して、伴奏をする「歌のヒットパレード」というのがあって、これは歌舞伎だけでなく、新派や、新喜劇の俳優も出て、かわるがわる歌った。

「丘を越えて」「影を慕いて」「島の娘」といった昔から著名な歌もあるし、去年から今年にかけて流行した「思い出酒」だの「花街の母」だのも歌われた。

そうかと思うと、越路吹雪《こしじふぶき》のレパートリーをそっくりいただいて、ひとりでシャンソンを八曲歌った度胸のいい女形がいたが、結構聞かせるので、満場大喝采であった。

それがすんで二十分の休憩をとり、そのあとがすこし趣向の変わった番組になる。休憩前は和洋のコンサートだが、これからは、つまり色もの席のようなもので、まず新派の花輪武敏が落語の「たがや」を、本格にしゃべった。これは、うまかった。

それから、新喜劇の女優の水芸で、ワキに「滝の白糸」を持ち役にしている新派の女優の万里子が出ていて、小声でいろいろ注意しているのが、おもしろかった。

やがて、要次郎と小吉が受け持っている余興がはじまる。アナウンスが予告したように、インタビューが先である。

緞帳《どんちょう》があがると、テーブルが一つ、椅子が二つ、舞台においてあるだけであったが、やがて、小吉が出て来た。さっき玄関で後援会長を出迎えた時は、上布《じようふ》に夏羽織という、「伊勢音頭《いせおんど》」の万次郎《まんじろう》みたいな格好だったが、派手なTシャツに、パンタロンを穿いて、まるで歌手のような風体である。

「葉村屋《はむらや》さん」「小吉さアん」と、大した声援である。

私は、小吉がしかし、どんな姿になっても、一応それが滑稽には見えないのに感心した。やはり、この女形は、絵になる役者であった。

小吉に対して磯部の桟敷から、タイミングをわざとはずした拍手が送られたが、小吉が黙殺したのが、いい感じであった。

「私がインタビュアーになって、三人の方から、お話を伺うことになりました」と小吉が前説をのべる。「最初の方は私の姿をこの秋の展覧会に描いて下さった辰宮銀堂先生、日本画の巨匠で芸術院会員でございます。その次が、私のためにもう六つも、いい芝居を書いて下さった、いわば私の恩人ともいうべき劇作家の南郷安男先生。はじめはお二人と思っていたのですが、俳優として大の大の大先輩、お年からいっても私のおじいさまというくらいの先輩でいらっしゃる中村雅楽おじさんに、特別にお話を伺うことになりました」

「高松屋」という声が二階席や三階席からかかり、私の近所にいる若いファンが、拍手をしてくれたので、私は途端にうれしくなり、小吉に群がる十代の少女たちに好感を持ったのだから、現金なものである。

辰宮画伯、それから南郷さんが出て、十分ずつ、小吉から提出したテーマについて、簡単な話をしたが、さすがに一流の人たちなので内容があって、客席も静かに耳を傾けていた。但し、それについては、省略する。

三人目の雅楽が登場した。どういう質問を孫のように、若い女形が老優に対してするのか、私はもう知っていた。

四

雅楽が自分で椅子をはこんで、すこし小吉のほうに近づけた。

「どうも、私は耳が遠いんでね」といいながら、老優は、前の二人よりも、約一メートル、聴き手のほうに寄った。

おもしろいと思ったのは、たった一メートル動いただけで、インタビューを受ける者と話を聴こうとする者との間に、何ともいえない親近感が生まれるのだった。

雅楽の前の画家と劇作家は、いい話をそれぞれしたが、何となく固苦しかった。公式な質問を小吉がするのに対して、公式な回答をしているといった、よそよそしさがあった。

ところが、雅楽が持って行った場所の椅子はピタリと定着して、「さア何でもお訊き、おじさんが答えてあげる」という感じで、キチンと納まったのである。しかも、舞台の空間の上においても、ほどのいい位置だった。これは、居どころを重んじ、行儀のよさを尊ぶ修業を積んで来た、役者の本能的な判断だったともいえる。

「では伺いますが、高松屋のおじさんがお若いころ、御ひいきというのは、どんなふうに役者を応援したのでしょうか」さすがに才人だから、与えられた書きぬきのセリフをまる暗記して、しゃべったりはしなかった。

「そうだな、御ひいきというのは、ありがたいもので、まず芝居を見に来ると、声をかけて下さる。高松屋アといって頂いただけで、どのくらい張り合いが出たか、わかりませんね」

「そうですね、それは私にも、わかります」とうなずいた小吉が、「すると、おじさんにも後援会といったようなものが、やっぱり」

「私にはなかったね。御ひいきで、私のために芝居の札を買って下さるお客様は何十人もいらしたが、みんな、バラバラで、会なんてものはなかった。それに、後援会というのは、その中で勢力のある人が、会長になったりする。政治家とか、社長とか、昔はほかに陸軍大将といった人が、会長になる。その会長が時めいている人だと、役者は損をする」

「なぜでしょう」びっくりしたように、鈴を張った目を見ひらいて、若い女形が首をかしげた。

「考えてごらん。時めいている人が尻押しをしているのがわかると、どんなに役者が、自分の実力で貰った役でも、仕打ち《しうち》（興行師）が、その後援会長にいわれて、その役をもらったのだとまわりの人たちが思いこむ。後援会というものは、もちろん役者には好都合なことが多いわけだが、別な面で、その役者によくない働きをすることがあるものです。だから私は、後援会の御厄介には、ならないで通した」と雅楽がいった。そして、「これは、しかし、昔の話ですよ。いまは、そんなことはないでしょう。後援会長が興行会社に電話をかけて、役者に出し物をさせてやってくれなんて、そんなヤボをいう人が、いまの世の中に、いるはずがありませんからな」といった。

小吉は、雅楽の話を聞きながら、もじもじしていた。

それはそうだろう。何しろ、今を時めいている、そして現在はほかのことで新聞に写真が出たり、週刊誌で話題になる企業の大ボスが、この劇場の中で自分を見ているのが、わかっているのだから。

私は、雅楽も皮肉な教育をすると思った。だが、これは、小吉を呼びつけて小言をいうわけにもゆかない老優の、若い役者のためを思う親切心だと理解した。

同時に、私は、小吉のライバルといわれる要次郎には、後援会がないのを知っていた。

小吉のインタビューが終り、幕もしめずに、舞台の上のテーブルと椅子もそのままで、次の催眠術がはじまることになった。

小吉が退場せず、そのまま、かみ手のほうに動いてゆく。雅楽も立ち上って、その近くにならぶ。もうひとり、五月に初役で「つづらぬけ」の五右衛門《ごえもん》を演じて好評だった大阪役者の泉五郎が出て来た。

これで、二十代、五十代、七十代と、三つの世代の役者が揃って、催眠術にかかって見せるわけである。

要次郎が、ふしぎな長い袖の服を着て、あらわれた。目には、黒いサングラスをかけている。まるで、別人のようだった。

テーブルにゆく前に、あとから一つ出して三つになった椅子に、三人を腰かけさせた。最初が小吉である。

小吉が、ひとつだけ、あとの二人と離して置かれた椅子にかけると、要次郎が、立って口の中でブツブツ何かいった。

ドッと笑う客があり、「成駒屋《なりこまや》」と声をかける客があり、拍手もおこった。しかし、要次郎が大はばな足どりで歩いて小吉に近づくと、シーンとなった。

小吉は大きな目をあけて、要次郎を見ていた。美しく微笑している。

要次郎はまじめな顔で、「さア目をつぶってごらんなさい。そして大きく息をしてごらんなさい」といった。「何か見えませんか」

「見える、見える、花が一杯咲いている。美しい花が」とまじめな顔になった小吉がいう。ファンが、ドッと笑った。

「小吉さんは、その花園の上を飛びまわる蝶々なんですよ」と要次郎が、単調な、ねむそうな声でいう。

小吉が立ち上って、両手をヒラヒラと動かしながら、舞台をフラフラと歩く。またファンは笑いさざめく。

さすがに、役者だけあって、手の動かし方が巧妙だった。

私は十年ほど前に、俳優協会長をしている女形の「鏡獅子《かがみじし》」で、小吉と要次郎が胡蝶をおどったのを思い出した。

「小吉さん、もういいんです」と要次郎がいうと、立ち止った小吉が、目をあけた。拍手がおきたが、他愛ない寸劇である。私は、ばかばかしくなった。

次の泉五郎は、蟇《がま》にさせられて、両手を前について、舞台を這って見せた。

私は、印度人から直伝されたという要次郎の催眠術というものの価値を、みとめずにいた。

しかし、三人目の老優の場合は、ちょっと様子がちがった。

小吉と泉五郎が、うしろのほうに椅子を動かして腰かけ、すこし前のほうに陣どった雅楽が、要次郎の呼びかける声に応じて、眠りはじめた。

「高松屋のおじさん、何が見えますか」というのに対して、雅楽は返事をしなかった。しばらく黙っていたと思うと、急に両手で身のまわりを払う手つきをしたと思うと、「熱い、熱い、火の粉が飛んで来た」と叫んだ。

するとどうだろう。うしろにいる泉五郎と小吉も、いつの間にか眠ったように椅子にかけていて、雅楽と一緒に、火の粉を払う手つきをはじめたではないか。

ことに、小吉が熱がって、逃げまわった。目をつぶったまま、火の粉をよけるような形をした。三人とも、眠ったまま、火に追われて、右往左往する。

「火の粉は、どこから飛んで来ますか」と要次郎がいうと、雅楽が「あっちから」といって指さした。その指がしばらく、宙にとまっている。

うまい役者の指だから、その指がさし示している方を観客は、つい見る。そこに、小吉の後援会長の磯部がいたが、この時急に立って、まわりに従っている男たちをつれて、廊下に去って行った。

「はい、もう夢からさめていいんですよ」

ポーンと両手を打ち合わせて要次郎が大声でいうと、それぞれ、動きかけていた姿で、立ち止った三人が呆然と目をあけた。さかんな拍手がおこった。私も夢からさめたようだった。

江川刑事が私にささやいた。「高松屋が筋書をこしらえたんだね。磯部社長の方からとんで来た火の粉で、小吉が熱い熱いといって逃げまわる。その前のインタビューが、後援会の存在を否定しておいて、火の粉の夢と来た日には、これで小吉も、あの社長からは、離れないわけにゆくまい」

休憩があって、本格上演の「五人男」の二幕があった。これは、本興行以上に顔揃いで、しかも、たった一日の芝居だから、みんなが気を入れたので、見ごたえのある舞台だった。

私は、赤星十三郎《あかぼしじゅうざぶろう》に出ている小吉に、ことに感心した。勢揃いの花道を出て来た時、近ごろこんなにいい赤星はないとさえ思った。あとで思い合わせると、催眠術をかけられたあと、浜松屋の舞台が進行しているあいだに、澄み切った心境になった女形が、精神をこめて演じた役だったからにちがいない。

三原橋のすし初に行って、雅楽と江川刑事と私と、三人で飲んだ。

私があらためて、老優にいった。

「きょうはおもしろいものを見せていただきました。小吉は後援会長から、いやみをいわれるでしょうがね」

「火の粉が飛んで来て、熱い熱いといって逃げまわったんだってね、私が」と雅楽がいった。「眠っていて、すこしも知らないんだよ」

「ええッ」と私は目を見開いた。「だって、あれは台本どおり四人で打ち合わせてやったんでしょう?」

「とんでもない、要次郎の催眠術はほんものですよ。私も泉五郎も小吉も、ほんとうに眠っていた。そして、ほんとうに、火の粉が飛んで来るのが見えたのだ」と老優は、ニコリともせずに答えた。

「しかし」と刑事がいった。「高松屋さんは、あんなことになるのがわかっていて、西の桟敷の席を後援会長にまわしたんじゃないんですか」

「偶然ですよ、私たちは、ほんとうに眠っていたんだよ」と、老優はあくまでも、頑固にいいはった。

磯部のほうから、小吉の後援会を解散したいといって来たのが、俳優祭の翌日である。そして、その次の日、贈賄罪、背任横領罪の疑いで、磯部社長は、逮捕された。

玄関の菊

一

十一月の第一日曜日のひるすこしすぎ、私は東都新聞文化部の若い記者の武藤と二人で、青山大通り、二丁目の角に立っていた。

これから早慶戦にゆくつもりで、レストランで中食をしたあと、このへんに来るとかならず寄ることにしている古本屋をのぞいて、出て来たばかりであった。

そこへ、千駄ケ谷のほうから来たタクシーが信号を渡ると、私たちの目の前で停止した。窓から笑顔で呼びかけたのが、老優の中村雅楽《なかむらがらく》である。

「野球ですか」というので「ええ」とうなずくと、「私はこれから句会です。根津美術館に古い絵巻が出ているので、それを見てから、麻布の公園で吟行《ぎんこう》、会はホテル一本松で、五時にはじまるんです」といった。

隣に楽三《らくぞう》がのっている。もういい年になったこの門弟が、最近は師匠のまねをして、俳句を作っているらしい。

私は急に心が動いた。快晴の午後、雅楽と雑談しながらしばらく過したくなったのである。

小声で武藤記者に相談すると、「ぼくもおともしようかな」といった。句会の常連ではないのだが、集まる連中は、劇界の人たちが多く、ほとんどが私には顔見知りなので、飛び入りさせてもらってもいいと、私は勝手にきめていた。

「さアお乗りなさい」といわれ、武藤君が助手台にのりこみ、私はうしろの座席にかけた。車が走り出すと、雅楽はうれしそうに、「ちょうどよかった。きょうは、多分竹野さんが初めて会う女性で、お菊さんというひとを紹介しよう」といった。

「お菊さんが麻布にいるんですか」と私は月並なしゃれをいったつもりだが、雅楽は大まじめで、「番町のほうのホテルでなしに、麻布にいるんですよ」といった。何か、そういいながら、別に思っていることがありそうな表情だった。

美術館を見て、四人で広尾の大きな池のある公園に行った。歌舞伎座の受付にいた天野さんだの、狂言作者の小寺老人だの、三原橋のすし初のおかみさんだの、知人が多いので、私は気楽に、仲間入りをした。

あいだに句を案じる老優の御相伴で、私も二三句作ってみた。投句するつもりはないが、句会を見学してゆけといわれたので、兼題《けんだい》が「小春」と「文化の日」だということだけは、あらかじめ幹事に聞いておいたのである。

公園の東側が岡になっていて、その中腹のあずまやに、茶菓の用意がしてあった。

雅楽がいった。

「ホテル一本松のマネージャーは女性で、それがお菊さんですよ。英語、フランス語、ドイツ語ができるので、フロントにいつもいます。頭のいいひとで、ホテルの社長からも信頼されています。近くのフランス大使館が、よくここの食堂で宴会をするのですが、第一、お菊さんという名前なので、人気がある」

「ピエール・ロティですね」と、天野さんがいった。文学好きなので、すぐこんな合槌が打てるのだが、私は雅楽が、ロティの作品にふれたのが、意外だった。

「独身ですか？　そのお菊さん」と私が訊くと、「そうです。フルネームが菊山菊さん、私の古いお友達なんです」と、天野さんがいった。

「旧姓は別でしょうね」と老優がいう。

「あら、だって彼女、結婚してませんわ」と天野さんが目を見はった。

「二十年以上前に、一度結婚した。そして御主人と別れたのだろうが、そのまま菊山姓を、筆名のようにしているんじゃないでしょうか」と雅楽がいった。

「はア」天野さんは、不審そうに、首をかしげている。

「いや、菊山菊と、上から読んでも下から読んでもというような名前のつけ方は、あまりしないものですからね。これは、お菊さんがたまたま縁があって、菊山という家にとついだためにできた名前だと、私は思うのですよ」

「これは、大した推理だ。きっと、そうです」と、私の隣にいた武藤君が、大きな声を出して、うなずいたのが、おかしかった。

じつは、この日から十日ほどのちに、そのお菊さんについて、老優がもっと深刻な推理を下すことになるのを、私たちは予想もしなかった。

「たしかに、これも推理の一例です。逆にいうと推理なんて、そんなにむずかしいことではありません」と老優はうまそうに煙草を吸いながらいった。「それは、そうと、天野さんは店を開いているんですってね」

「はい、麴町のほうで」

「何というお店ですか」

「ヴェールという店です。フランス語なんです」

「ああ、じゃア緑という意味ですね」

「まア、高松屋《たかまつや》さんは、フランス語をよく御存じで」と天野さんがびっくりしたような声で答えた。しかし雅楽は「なに、知りやしません。あなたの名前が天野みどりですから、緑をフランス語にしたのだろうと考えてみただけです。こういう当てずっぽは、確率として五分しか当らないのですが、きょうはたまたま、いい当てたんです」

「案外、高松屋さんは、フランス語をよく知ってらっしゃるんでは」と、天野さんは、低い声で雅楽をじっと見つめながら、つぶやく。

「とんでもない、私の知っているのは、国太郎《くにたろう》のお父さんが開いていたプランタンの春、口紅のルージュ、それにコンソメとポタージュぐらいで」と、くすぐったそうな顔をして、雅楽がいった。

「私もフランス語はいくつか知ってます」と、おどけた口調で武藤君がいった。

「希望がエスポワール、花束がブーケ、金の手帖がカルネドール、死んだねずみがラモール」

「武藤さんはいま、所属はやはり文化部ですか」と急に、雅楽がいった。

「ハイ、ラジオ・テレビの欄の担当で。しかし、先月まで、都内版を作っていました」

「そうでしょうね、いまのフランス語は、東都の都内版に一ヵ月連載された銀座の続き物に出て来た店の名前ばかりだから」と雅楽がいった。

「ばれたか」と武藤記者が頭をかく。

「バーと喫茶店の名前をならべたって、仕方がない」と私は苦笑したが、一方、こんな時に、もっともらしい単語をならべたりしないこの男の機智に、内心感心していた。

第一、じつをいうと、武藤記者はK大の仏文科出身で、卒業論文にバルザックを書いているのだ。

「まア、ラ・テ欄の御担当ですの？」と、天野さんは新聞社で通用している隠語を使った。多分店にそういう方面の客が来るのだろう。

「赤坂の局の夜中のディスク・ジョッキーを毎週三回、担当しているのが、お菊さんの姪なんですよ」

「へえ、何という女性ですか」

「芸名っていうのかな、とにかく、一般には、溝口恵理で通っています。声がよくて、呼びかける言葉が甘くて、若い男の子が夢中になって聴いているそうですよ。通称がチェリー、みぞぐち・えりをつめて、下の三字をペットネームにしたわけでしょう」

「ああ、チェリーちゃんなら、私も二回ほど会ってます」

「菊の姪が、桜ですか」と私はいった。武藤君とちがって、夜半すぎの中波放送に出演している女性の名前などは、私はまったく知らなかったので、照れ隠しの冗談である。

「そうそう、竹野さん」と雅楽がいった。

「そのお菊さんが、大変な雪弥《ゆきや》のファンでしてね」

「ほう」雪弥というのは、ことし二十二歳で、この二三年、急にさわがれ出した歌舞伎の二枚目役者である。一対のライバルといわれている若女形の小吉《こきち》と要次郎《ようじろう》が、この雪弥の丹次郎で、「梅ごよみ」の仇吉《あだきち》と米八《よねはち》を演じた時に、あんまり実感がありすぎて、稽古の時からすさまじかったというゴシップが流布されたほどで、もちろん若い女性ファンからの声援もさかんだが、同性の役者に好かれる美青年なのである。

おどりを宗家《そうけ》について稽古をしていて、たまたま流派の会で、佐野源左衛門《さのげんざえもん》の家来に出ている時、りりしい顔立ちと、スッキリした姿が目にとまって、弟子にしたいと、大幹部の雪十郎が手をさしのべたという、異例の劇界入りが、話題になってもいた。

家は神田の生地問屋だということだが、はじめから師匠の部屋子《へやご》にされ、「熊谷陣屋《くまがいじんや》」や「盛綱陣屋《もりつなじんや》」の四天王を、初舞台の翌年につとめて、名門の御曹子に準じる待遇は、すこし甘やかしすぎると、雪十郎が噂されているのを、私も知っていた。

「へえ、お菊さんという人がね」と私はいった。外国語がペラペラ話せるホテルの女性マネージャーが、歌舞伎の二枚目に熱をあげている。現代としては、そんなに珍しい状況でもないが、何となく、違和感がないともいえない。

私は、はやく、その女性を見たいと思った。会う前に、こんなに多くのデータを予備知識として与えられるということは、めったにないのである。

公園で私たちを加えて吟行に参加した十二名の句会仲間が、打ちそろって、徒歩十分ほどの地点にあるホテルに到着したのは、午後五時十分であった。

昔の旗本の屋敷あとといわれる、庭の美しいホテルの広い玄関をはいると、九谷の大きな花瓶に、厚物咲《あつものざき》の菊の花が、ぜいたくにいけてあった。その菊の黄色と、花瓶の色調のキイになっている古代赤の色とが、まじり合って、そのへんを、華やかなふんい気にもりあげている。

その脇に、にこやかに立って、私たちを迎えたのが、噂のお菊さんであった。

二

いろいろ話を聞いているあいだに、私の中に自然にできあがっていたイメージとはちがって、お菊さんという女性は、親しみやすいタイプであった。

三ヵ国語に堪能で、老練なホテルの名物女といえば、まかりまちがうと選挙に推されて立候補もしかねない感じがあったが、どうして、爽やかな感触である。

髪をキリリとひっつめ、紺大島に、淡い色の帯をしめて立っていた。

私の学生のころに、シューベルトを主人公にした「未完成交響楽」という映画がドイツから来たが、その伯爵令嬢にふんしたマルタ・エゲルトにどこか似ていた。

菊の花瓶と、お菊さんとがならんで、句会の一行を出迎えた第一印象が濃厚だったと見えて、その夜、食事の前に披《ひ》講《こう》された俳句の中に、「玄関の菊」という文字のはいっているのが、三句もあった。いちばん高点をかせいだのは、大道具の金井の弟の作った、「玄関の菊美しき日和かな」というのであった。

お菊さんは、ホテルの別館の日本間に、私たちを誘導し、あらかじめ内定しておいた席に、雅楽から順にすわらせ、すわらせる時に一々短い言葉で挨拶をした。

それから、全員が座蒲団の上にすわり終った所で、戸口に近い末席に行って、手をつき、

「きょうはこのホテルをお使い下さいまして、ありがとうございます。お気に召すかどうかわかりませんが、どうぞ、ごゆっくりなさって下さいまし」といった。

あとのが、台本にあるセリフ、前の短い一言一言は、いわばすてゼリフのようなものである。それをみごとな呼吸で、りっぱに使いわけるのだから、大した社交術である。

お菊さんが改めて、おしぼりとお茶を老優にはこんで来た時、「竹野さんのことは、雪弥さんから伺っていましてよ」といったので、私は何となく赤面した。

私のことなんか、知らないだろうと思っていた女性から、こんなふうにいわれると、まんざら悪い気持はしない。

「雪弥さん、雪弥さんて、大変なんですよ、このひと」と、すこし離れたところから、わざと大声で天野さんが私にいった。

これにも、私は舌をまいた。さっき、公園でお菊さんの噂話が散々出たのを、こういっただけで、カバーしてしまったからである。才女の親友は、やはり、才女だった。

こうなると、私も、芝居をしないわけにゆかないから、「そうですか、それは、それは」と応じた。若い記者は、私の脇にいて、おとなというものはうまいやりとりをするものだといいたげな顔で、私たちを観察している。

「雪弥君も、いい二枚目になりましたね、暮には京都に行って、『明烏《あけがらす》』の時次郎《ときじろう》をするそうで」と私はいった。新聞の仕事をしていると、早耳だから、こういう時に、愛嬌のある受け答えができる。

「ええ、浦里《うらざと》が小吉ちゃんだそうで。でも、朝早い時間なんですってよ」

「それは、若手だから仕方がない」と雅楽がいった。「しかし、こんどはやり手のおかやを、七蔵《しちぞう》がする。私の所に話を聞きに来ました。私は、古い型を教えておいた」

こんなことを聞かされると、私は南座の顔見世に行ってみたくなった。

「時次郎はいいんですけれど、怪我をしたらどうしようと思って、私、心配で。豊川様のお守りを届けるつもりなんです」と、お菊さんがいった。大っぴらな態度である。

「怪我って、なぜですか」と、武藤君が小声で私に尋ねた。

「塀を乗りこえる役だからさ」といったが、そんな心配まで、親身になってするというのは、お菊さんの雪弥びいきの病も、膏肓《こうこう》に入ったといっていいと思った。

フロントから蝶ネクタイをしたホテルマンが来て、「小淵先生が見えました」といっている。急いでお菊さんが立って行ったのを見ると、小淵というのは、政治家で保守党の巨頭小淵兵馬氏らしい。

あとでわかったのだが、このホテルの本館からすこし離れた場所に、客室と別なシステムで賃貸する事務所があって、そこにはいっている政治評論家を訪ねて来たらしかった。

じつは、この事務所の一角には、名義は堂々として大日本という時代錯誤の形容詞をかぶせたりしているのに、内容はいかがわしい会社が二つ三つあって、中には暴力団まがいの連中も出入りしているそうだ。

そんなことを知ったのは、この句会からしばらく経って、ひとつの事件が起ったからだが、それはあとで書く。

お菊さんが立って行ったあと、句会の席にはいって来たのは、ディスク・ジョッキーの愛好者たちからチェリーと呼ばれている溝口恵理だった。

雅楽にも、そこにいる誰とも、直接何の関係もない、お菊さんの姪が、挨拶に顔を出したのは、ラ・テ欄担当の記者がいたためだろうと、私は推測した。さっき記者から名刺を貰ったお菊さんのはからいに、きまっている。そういう点でも、ぬけ目のない女性にちがいない。

武藤君とは面識があるので、チェリーは、老優や私たちに一応会釈したあと、記者のそばにすわって、十分ほどおしゃべりをして、戻って行った。

そのあいだに、私が脇で聞いていて、耳に残ったのは、伯母さんが二枚目役者に夢中になっているので、おかしくて見ていられないという話であった。

「雪弥さんは、このホテルのグリルのオニオン・グラタンが好きで、よく食べに来るんですけど、フロントであの人を出迎える時の伯母の様子が、大げさなんですよ。まアユキ！　と叫ぶんですからね。人目がなかったら、西洋人のように、抱きつきかねないほどの、のぼせ方なんですよ」

「ユキ！　っていうのは、感じが出てるな、しかし、名前が又、そういう呼び方をするのにふさわしい。ほかの芸名じゃア、そうはゆかないでしょう」と、記者が笑った。

「小吉でも、要次郎でも、だめですね。やはり、こうなると、芸名にも、運不運があるんだな」と私はいった。

結局、その夜私たちは、句会がおわるまで、その座敷にいた。

互選した俳句の中で、最高点をとったのが、すし初のおかみさんの嘱目吟《しょくもくぎん》「秋の雲映して池のさざれ波」というのであったが、私は「玄関の菊」に、何となく心を奪われていた。

菊山菊という女性の魅力は、私には女優にもタレントにも、花柳界や酒場の女性にもない、まことに新鮮なものだった。

句会から一週間ほどすぎた初酉《はっとり》の日、私は歌舞伎座顔見世興行昼の部のかえりに、三原橋のすし初に寄った。

三

そこへ、はいって来たのが、江川刑事である。私をみつけると、周囲を見まわしながら近づいて来て、「よかったら、座敷に移ってくれないか」といった。事件だな、と直覚した。席を変えて、一杯うまそうにビールを飲みほした刑事がいった。

「何とも妙なことがおこったので、高松屋に考えてもらおうと思って」

「芝居の人が何か」と私は訊いた。「まさか、血なまぐさい事件じゃあるまいね」

「いや、大したことじゃないんだが、私として何とも腑におちないのと、気がかりな点があるので、すこし調べてみようと思ったのだ。すると、その事件に出て来る女性が、雪弥という二枚目の猛烈なファンだというので、歌舞伎の世界とまんざら無縁でもない。というよりも、事によったら、歌舞伎の人自体が、主役になっているのかも知れないと思ったのでね」

私は、何となく持ってまわったいいまわしをしている刑事の説明の中途から、顔色を変えていた。それが、お菊さんのことだと察知できたからである。

「菊山菊というひとだろう？　麻布のホテル一本松のマネージャー、才色兼備の女性」

「ズバリ的中、さすがだな。雪弥のファンの名前まで知っているんだから」

いくら新聞記者のところに情報が集まるからといって、役者個々のひいきまで、知っているわけではない。それどころか、近ごろは大スターが目下熱烈に恋愛中の相手の名前についてさえ、うとくなっている。

お菊さんの場合は、ついこのあいだの文化の日に、当人にあい、当人についてくわしく仕入れたばかりで、だから、知っているのだ。あんまり卒直に刑事が感嘆の声を放つのに、黙っているのも人が悪いから、私は事情を話した。刑事は苦笑していた。

「それで、お菊さんの身の上に」と私は、事実を正視しなければならぬはめになったのを、つらいと思いながらも尋ねないわけにはゆかなかった。

「誰かにホテルの廊下で、なぐられたらしいのだ。当人は、足をすべらせて倒れ、後頭部を打ったといっているが、どうも口ぶりに不審な点があるので、追及したら、急に泣き出したんだそうだ」

「へえ」私は刑事を、凝視した。

「じつはあのホテルの別棟の、いわゆるビジネスルームの中に、何を輸入しているのかわからぬ貿易会社がはいっていて、所轄の警察が目をつけていた。そういう時にフロントにいつも立っている菊山というその女性の傷害事件が起った。ホテルでは、別に明るみに出したくなかったのだが、たまたま食事に来たフランス大使が、いつもサービスに出て来る菊山菊が顔を出さないのを不審に思って、事情を問いただした。大切な常連でもあるから、アクシデントが起ったというと、根ほり葉ほり質問された」

「そりゃ、そうだろうね」と私はいった。

「大使がしゃべったのを聞いて、大使館の警備に当っている警察官に、若い事務官が伝えた。それで訴え出たわけではないが、警察としては、放ってもおけなくなったというわけさ」

私は、改めて、江川刑事から逐一聞いた情報をまとめて、千駄ケ谷の雅楽の家に、電話で知らせた。

その報告をかいつまんでいうと、こうなる。

十一月八日の夜、九時半ごろに、ホテルのボーイが、フロントのお菊さんがいないのに気がついて、探した。この日、彼女は夕刻六時に来て、十一時まで、玄関に出ている遅番の人たちと同じ時間帯を持っていた。

私用の電話、来客、手洗いというような時でも、極端に自分にきびしくしているお菊さんは、五分と職場を離れたことがないのに、二十分経っても、姿を見せない。

プライベートのどの場所にもいないし、メッセージも残していない。それで、ボーイと各階の部屋にいるメイドが屋内電話で打ち合わせてさがすと、五階と四階とのあいだの非常階段の中ほどに、ぼんやり腰をおろしているお菊さんを発見した。

その階段は、一般の泊り客には、変事があった時の脱出口としての掲示が各部屋に出ている以外、あまり目にとまらぬようになっているから、ホテルの従業員以外は昇降しない。客の関係ない階段には、装飾もなく、コンクリートの地肌が荒々しいままになっていて、殺風景な場所だ。

見ると、頭のうしろの所から軽い出血をしているらしいので、何があったのですかと尋ねると、「自分ですべって、後頭部を打ったのだ」といったが、鈍器で殴打された感じもある。しかし当人が、表沙汰にしたくないから、誰にもいわないでくれと、しきりにいうので、妙だなとは思いながら、ボーイは、そっと客室課長にささやくだけにしておいた。

そして、お菊さんは、その日は早退し、次の日一日休んで、きょうはもう出勤していた。警察がホテルに行って事情を聞いた時も同じことをいったが、そのお菊さんについて周囲の人から集めたデータの中に、「歌舞伎の熱心な愛好者で、雪弥という二枚目に夢中」ということがあったので、世話好きな署長が、江川刑事に知らせたというのである。

「歌舞伎ということで、江川さんのところに知らせて来るんだから、売りこんだものだね」と私がひやかすと、刑事はいつになく、赤くなり、「冗談じゃない。私にいえば中村雅楽という名探偵にすぐ伝わり、事件の謎が早くとけるだろうと期待しているだけの話だよ」と、むきになっていった。

「しかし、なぜ、お菊さんは、もじもじしているのだろう」と私は、疑問をそのまま口にした。

「何か、わけがあるのだろうね」

「私もそう思う。お菊さんが自分で足をすべらせたというのは、これは嘘だよ。だれかになぐられたか、そうでなくても、押し倒されている。その犯人をよく知っているが、いいたくない。あるいは、いうと、もっとひどい目にあう危険を感じている。こんなふうに、私は見ているんだ」

「そうだろうね。ああいう場所にいる女性で顔が広く、職場として大きな権限を与えられている人には、いろいろな人物が接近し、かなり深刻な秘密を打ち明けている場合がある。つまり、お菊さんには、いってはならないこと、見ても見ぬふりをしなければならないことが、いろいろあるのだ」と私はいった。

じつは、秋晴れの十一月三日、九谷の古い花瓶に、たっぷり投げ入れた黄菊の脇に立っていた平和な笑顔のかげに、そういう生活のあることを私はまったく気づかず、いま刑事から聞いてはじめて、それを思い、それを言葉にしたにすぎないのだが、お菊さんがたまらなく、哀れな気がした。

四

中村雅楽が翌朝電話で、「昼飯を食べましょう」といって来た。

「どこにしましょう」と一応訊いたが、返事はもうわかっていた。

「もちろん、ホテル一本松ですよ。あのグリルは、フランス大使がしじゅう来るというのだから、まずいはずはありません」といった。

ロビーで待ち合わせて、食事をしたが、この日、お菊さんは姿を見せていなかった。まだ痛みがとれないのかと思って、案じられた。

食事を終えてしばらく庭を見ながら休んでいると、早い足で玄関をはいって来たのが、雪弥である。雪弥を見つけた雅楽が「あ、私の考えはまちがっていた」とつぶやいた。

「どういうことですか」

「いや、私は八日の夜に、お菊さんが雪弥と何かのことで争ったのだと思っていたのですよ。仮に、雪弥がこのホテルに泊った、そして、お菊さんが部屋を訪ねでもして、二人の間に何かがおこったという場合だとしたら、この事件を人にしゃべりたくないだろうと思ったのです。しかし」

「しかし?」と私は、老優の顔をのぞき見ながら、促した。

「いま、ごく普通の顔をして、あの雪弥が来ているというのは、おそらく、何かがあったと聞いて、見舞に来たわけでしょう。とすれば、この事件に、関係がないと思っていいでしょう」

私たちは、わざと声をかけず、向うは私たちの存在に気づかずに帰って行った。

何となく雪弥と会わないほうがいいと思ったので、二枚目役者が出て行ってから、雅楽と私は、もう一杯私たちのいる長椅子に、コーヒーをとり寄せたりしていた。

すると、今度は、句会の夜会ったお菊さんの姪の溝口恵理があらわれたではないか。

フロントで伯母の不在を知らされたあと、ロビーを見まわし、目ざとく私たちを見つけて、駆け寄って来た。

自分もコーヒーを注文して、そばに腰かけた。何となく、もじもじしているのは、お菊さんの事件を知って、雅楽と私が来ているると思ったのであろう。

私が間もなく出ようとしているとほのめかした時、恵理は、引きとめて老優の意見を聞かせてもらいたかったのだろうか、私たちをつなぎとめようとして、ショルダー・バッグから、小型のテープ・レコーダーをとり出した。

「先生たちは、私の放送をお聞きになることなんか、ないでしょうね」といいながら、私たちの反応を待たずに、カセットを機械に入れた。「私のおしゃべりを、ほんのすこし聞いて下さい」

さすがに、ディスク・ジョッキーで、若者特に男の子のあこがれの対象になっている女性だけあって、チェリーは、声がいい。自分の声のよさに聞き惚れているような感じもある。たまたま持ち合わせていた、いつの夜のか知らないが、自分の受け持つ何時間かの録音の一部を、低い音量で再生して聞かせてくれた。

「CM」といわれる広告の文句の末尾からはじまって、「お待たせしましたね、こんどは皆さんからいただいたお便りを、チェリーが読ませていただきます。最初は、大分県日田《ひた》の大島唯一クン、高校二年の方です。この名前はユイチクンでしょうね、それともタダカズかしら。ユイッちゃんか、それともタア坊かな。タア坊にしておきましょう」というような前置きで、その少年が投じた葉書を恵理は読みあげる。

この夏に東京の伯父さんの所に遊びに行った時知り合って親しくなっていた少女に、手紙を何遍出しても、返事をくれないということを綿々と訴えている。

「わかるわ、タア坊の気持。チェリーが、その少女だったら、絶対に、タア坊を悲しませたりしない。だって、君はとてもカッコいい少年だったもの。もう一度、東京に出て来ることがあったら、チェリーに知らせてね、銀座の柳の下で、待っているわ。柳の下は、幽霊みたいで、おかしいかな。タア坊、気を落しちゃだめよ」というのが、それに対する慰めの言葉であった。いささか他愛がない。

さすがに照れくさくなったと見えて、その九州の高校生がすんだ所で、再生していたテープの廻転を、恵理はとめて、「こんなことを、しているんです、私。でも、地方の若い人たちが熱心に聴いて下さるので、何となく、この仕事が楽しくて」といった。

恵理と別れたあと、雅楽は、「竹野さん、この間、吟行をした公園をちょっと歩きましょう」といった。

ぶらぶら散歩しながら池のほとりまで行き、ベンチにかけて、ホープに火をつけたが、雅楽はその煙草を吸おうともせず、視線を宙に遊ばせている。放心したように見えるが、じつは、考えをまとめ、整理しているらしかった。こういう時に、余計な口を利いてはいけないということを、私は長年つきあっているので、よく知っている。

五

初冬の日がもう暮れそうな感じになっている麻布の公園のベンチにかけていた老優が、しばらく経ってから、口を開いた。

「竹野さんの社では、東京版の続き物に、これからあと、どんなプランがありますか」

「銀座を扱ったのが評判だったので、その後、新宿、東京駅、浅草と一ヵ月ずつの続き物をして、いまは山手線を取材しているらしいんですが」

「ホテルというのは、どうです。いろいろ、おもしろい材料があるはずですよ」と、雅楽がいった。私はわざと「ほう」と目を丸くして見せる。

「このあいだの武藤さんにホテル一本松で、いくつか取材してもらうといい」といって、雅楽がニッコリ笑った。目顔で知らせるという笑いである。

「何を取材するんです」

「そうね、風変わりなお客とか、忘れ物とか、このごろ急に殖《ふ》えた若い泊り客とか、そういう角度で、とりあえずこの麻布のホテルで話を集めたら、どうでしょう。帝国ホテルや、ニューオータニでは、宴会とか外国人とか、また別な話を聞くことにして」

雅楽が何を思って、こんなことをいいだしたのか、まるで見当はつかないが、ひとつの手がかりをたぐり寄せるめどが、ついたのだろうと私は推察した。

翌日文化部長に雑談的に話すと、いい企画だ丁度いいと、ひざを乗り出してくれたので、東京版の記者に、受け持ちはラ・テ欄ではあるが案内役の形で、武藤記者がつきそって、ホテル一本松に行った。

雅楽の指示で、すでに顔見知りの武藤君が、その日はフロントにいたお菊さんから、ホテルの由緒だの、食堂の料理だの、そういう正面からはいった形の質問をし、東京版の記者が、そのあいだに、客室で働く年歴の古いメイドから、これも老優が思いついた質問をした。

その結果、武藤君のほうの話は大しておもしろい発掘もなかったが、もう一人の記者が、興味のあるデータをいくつか収穫した。

たとえば、風変わりな客という中に、食事をしに来ていい気持に酔ったからといって、家が都内にあるのに部屋をとって一泊して帰る女性がいたり、せっかく予約して部屋をとっておきながら、チェック・インして一時間たらずで解約して帰ってゆく若い学生がいたりするということがあった。

遺失物では、洗面所に入れ歯を置いてゆく人が多い。位牌を忘れて帰った人もいる。先日は、大きな干し柿の箱を屑籠にほうりこんで、サッサと発って行った若者がいた。「どうして、戦争を知らない連中は、物を粗末にするんでしょう」と、客室係のチーフが嘆いていたという。

私は雅楽にたのまれていたので、ホテル一本松で二人の記者が手に入れた情報をメモにして、すぐオートバイの使いに、千駄ケ谷まで届けさせた。

三日ほど経過した。この間、私は三越の名人会に行ったりしていたが、雅楽から何もいって来ないのが気になっていた。

四日目の朝、役者の雪弥から私の家に電話があった。「つかぬことを伺いますが、高松屋のおじさんが私のことを気にしてらっしゃると伺ったのですが、何かあったのでしょうか」といった。

今月は歌舞伎座で、「籠釣瓶《かごつるべ》」の繁山栄之丞《しげやまえいのじょう》に出ている二枚目が、心細そうな声で尋ねて来たので、私は気の毒になった。それで、「いや、一本松のお菊さんが怪我をしたというのを聞いて、さぞ君が心配しているだろうと話したあとで、君が話題になったのだよ。すし初で、高松屋と私とで、雪弥論をたたかわしただけだよ」と答えた。これはある程度、うそではない。

「ああ、そうですか。おじさんを、何か、私がしくじっているのかと思って。竹野さん、私はなぜか、高松屋が自分のおじいさんみたいな気がするんです。そして、お菊さんが親切なおばさんの感じなんです。血縁がすくない私にとって、この二人は大切な方たちなんです」といった。

雅楽から連絡があって、お菊さんとチェリーと四人で会いたいといって来た。老優がもう解決したのだと私は確信した。

段どりをつけて、その夜、つまり十一月十五日の夕刻、ホテルのコーヒー・ショップで、私たちは会った。

「お菊さん」と雅楽がいった。「じつは警察の人たちが、あなたの怪我を誤解して、刑事事件だと考えているのを知って、私は余計なお世話だが、そうではなかった、こういうことだとあなたの口から話してもらおうと思い、好きな道なので、いろんな方角からいろんな話を集めた結果、私なりの考えがまとまったんです」

少し表情をこわばらせて、お菊さんは聞いていた。なぜこんな席に立ち会わされたのかわからず、姪の溝口恵理は、のんきな顔で傍聴している。

「私にはどうしても、お菊さんがこの話をひた隠しにするのか、そのわけがわからなかった。しかし、今はわかっています。まっ暗な所に光があたったのは、姪御さんのカセットを聞いたからですよ」

老優がそういった途端、恵理はギョッとしたように、肩をびくびく動かし、私の顔を見た。

「お菊さん、八日の晩に、このホテルに、東北のほうから、多分山形県あたりだと思うが、若い学生が泊りに来たでしょう」

「どうしておわかりなのですか」と、お菊さんは青ざめて反問した。

「その少年は、雪弥とか、雪夫とかいう名前ではなかったかと思うんですが」

「はい」と、お菊さんはうつむいた。

「私が十日に、ここで食事をしたあと、偶然、この溝口さんに会い、溝口さんの録音したディスク・ジョッキーという番組を聞かせてもらったのが、謎の解けるキッカケになったのです」

「まア」と、こんどは恵理が青い顔をして、雅楽を見返した。

「溝口さんのところに来る葉書に、山形県か、とにかく東北のどこかの県の若い者がいて、その名前が雪弥あるいは雪夫だったとする。その時、溝口さんは、伯母さんの口まねをして、ユキ！と呼びかけることをしませんでしたか」

「致しました。たしかに」と、恵理はうなずいた。

「記憶している位だから、そんなに前のことではない。この六日か七日あたりの夜ではありませんか」

「はい、多分、六日だったと思います」

「あなたは」とニコニコ笑いながら、お菊さんと見くらべるようにして、雅楽が尋ねた。

「あなたは、その雪弥君か雪夫君に、ホテル一本松の話をしませんでしたか」

「ごめんなさい」と、すこしはにかむような、しかしじつは大変な失敗をしたのをくやむような顔で、恵理がいった。「伯母さんの口まねをしたついでに、麻布のホテル一本松のフロントで、ユキが来るのを待っているわ、東京に出て来たら、いらっしゃいといったんです。ここの宣伝にもなると思って」

「そうだったのね、やっぱり」とお菊さんが姪をまともに見ていった。「こっちから、あなたに訊きにくかったんだけれど、何かいたずらをあんたがしたに違いないと、察してはいたのよ」

お菊さんが告白した。八日の午後、山形県の上山《かみのやま》から、大学受験に失敗して、一浪の生活をしている亀井雪夫という少年が上京して、客室に入った。チェリーに会わせてくれとフロントに電話がかかり、東京に出てホテルに来たら、会ってくれるとラジオでしゃべっていたという。それで、チェリーの伯母として、五一四号室にとりあえず上ってゆき、「雪夫さんね」というと少年がいきなり抱きついて来た。

びっくりして、理由を聞くと、ラジオでチェリーにいわれたので、早速出て来たという。私ではないともいえないし、チェリーの出まかせだともいえない。何となくつきまとおうとする少年を押し返すと、向うが身体をぶつけて来た。そのはずみにすべって、客室の鏡台の角で頭を打った。

部屋を飛び出して、非常階段をおりかけて、ぼんやりしていると、声をかけられたが、私の口からチェリーのことはいえないし、チェリーに訊くのが何だかいやで、きょうまで黙っていたのだといった。

「その子でしょう。わざわざ土産に持って来た干し柿を、屑籠にほうりこんで、すぐホテルから出て行ったのは」と雅楽がいった。

「可哀そうに、その子はキッと、女親がいないか、姉がほしいか、とにかく、いわゆる愛情に飢えている少年だったと思いますよ」といった。

「私、あとで思いましたわ」と、お菊さんがいった。「あの時、ユキといって、なぜ抱きしめてあげなかったのだろうかって。力一杯、この胸に、抱きしめればよかった」見ると、目に涙があふれようとしていた。

泣き顔をしたために落ちた化粧を直しに、お菊さんが去ると、恵理が神妙にわびた。

「申しわけありません。伯母さんが、雪弥さんに、ユキ！　と呼びかける甘い口調がおかしくて、うちなんかで口真似をしているので、つい悪のりしてしまって、そんなことで、素朴な坊やみたいな子の心を傷つけたと思うと、私どうしたらいいのか」

「つみなことをしたとは思うが、もう気にしなくてもいいでしょう」と、雅楽がいった。しかし、きびしい表情だった。

すこし経って、まだお菊さんが戻って来る前だったが、溝口恵理がいった。

「でも、あんまり伯母さんが、夢中になっているんで、からかいたい気持に、ついなってしまったんです。まさか、あの年で、伯母さん、あの歌舞伎役者と、へんな噂を立てられたりするようなことには、ならないでしょうね」

「決して、そんなことはあるはずがない」と雅楽がキッパリ断言した。そして私にいった。

「竹野さん、お菊さんは、雪弥に対する自分のほんとうの気持を、人に知らせたくないのですよ」

「だって」と恵理がカナリヤのような声で訊いた。「私たちには、わかっていますわ」

「いや、ほんとうの気持です」

「というと」

「母性愛」この単語を、老優は、おもおもしく発音した。

梅の小枝

一

この夏、京都の大文字《だいもんじ》に行った翌日、新幹線の食堂にゆくと、窓際のテーブルに、女形《おんながた》の浜《はま》木綿《ゆう》がいた。

「ここへいらっしゃい」と招くので、その前にかけてしゃべっていると、私の隣の椅子に、「いいかしら」といって、こっちの返事も待たずに腰をおろした女性がいる。

髪は雀の巣のように縮らせていて、両手の爪が真っ赤である。

いきなり、煙草をくわえて一服吸った。するとボーイが近づいて、「おそれ入りますが、只今お食事時間なので、煙草はあちらで願います」と喫煙コーナーを指さした。

そういえば、灰皿が卓には出ていない。

「あらそう」といいながら、手で火のついたショートホープを揉み消したのにはおどろいたが、無神経でも案外気のよさそうな娘に見えた。浜木綿もしずかに、微笑している。

この女形は十月に新作で、北の政所《まんどころ》の役を演じるのだという。これは、秀吉の正妻で、以前はおねねといった女である。
秀吉が出世して位《くらい》人臣をきわめるにつれ、妻も母（大政所）も、敬称で呼ばれるようになるが、反面、この貴婦人たちの家庭生活は決して幸福ではなかったはずだ。すくなくとも、夫が寵愛《ちょうあい》した浅井長政の娘のお茶々が、淀城《よどじょう》の女あるじとなり、淀の方《かた》と呼ばれ、秀頼《ひでより》を生み、やがて大坂城で亡《ほろ》びるまで、北の政所は、さびしい日々をくらした。夫よりもかなり長く生きのび、高台寺がその遺跡である。

いつも淀の方を演じて来た女形が、北の政所の役をするという企画がおもしろいと私はいったが、ちょうどそんな話をしているところに、食堂車にはいって来た男がいて、ぼくの隣の娘の指の合図で、来て椅子にかけたが、浜木綿をチラと見ると、もじもじしているのがわかった。派手なチェックで、肩幅の広い上着に、サングラスをかけている。一見、歌手のように見える中年の男で、ぼくは近年リバイバルで「君恋し」を歌っているDではないかと、思ったほどである。

男に向って若い娘の使う日本語がすさまじかった。「このへん、けしき、わりかし、いくない？」などという。何かといえば、「すごい」である。

男は言葉少なに受け答えしていたが、浜木綿が気がついて、とうとう吹き出したのにつられて自分も笑い出し、サングラスをはずした。

「もう化けちゃいられません、尻尾《しっぽ》を出してしまいます」と、悪びれずにいった。

「弁天小僧《べんてんこぞう》だわね」と女形が、すかさずにいった。

「あいすみません」と頭をかく。娘は、キョトンとしている。私はどういう世界に属する人物かが、わからずにいた。

浜木綿が紹介した。「こちら、東都新聞の竹野さん、こちらは（フフと笑って）梅里《うめさと》流の家元の薫さん」

ああそうだったのか、と思った。サングラスがなければ見た顔である。私は舞踊のほうは暗いので、家元といわれても、ピンと来ないが、梅里流は、上方の流派からわかれて戦後に独立した邦舞の、それでも由緒《ゆいしょ》のある家筋であることぐらいは知っていた。

たしか、能役者の娘が先代にとつぎ、おどりのふんい気をすっかり変えたといわれていたような気がする。現在の家元の夫人、つまり目の前にいる薫の妻は、澄子といって能楽の血を引いている女性で、茶道のほうでも、華道のほうでも、一流の聞こえの高い才女だということも、聞きかじっている。

「ここにいるのは、演出助手をしている古市アケミ君です」いささか照れくさそうに、薫が私たちに引き合わせた。

「こんちはア」と大きな声でいい、軽く頭をさげただけである。

マナーは乱暴で、邦舞の演出がこれで手伝えるのかと私は呆れて見ていたが、浜木綿は事情を知っていた。

「薫ちゃん、このごろは、フラメンコのかたとジョイント・リサイタルを開いたりして、おさかんね」

「いや、おはずかしい」

「しかし、うちの息子が拝見して来て、ほめてたわよ」

「私のおどりをですか」

「いいえ、フラメンコの松隈さんのおどりのことですよ。本場仕込みとはいえ、まるでスペイン人みたいに、みごとにおどったって」

「ありがとうございます。松隈さんに、伝えておきましょう」

薫はあらためて、私に名刺をくれた。何の気なしに裏返すと、ローマ字が刷ってある。

これも伝統芸術の世界の人にしては、珍しい名刺であった。

「じつはこの秋も、芸術祭参加で、こんどは、ジョイントでなく、私が松隈さんと共演するんです。『細川ガラシャ』で、私が忠興《ただおき》とバテレンの神父と二役をするので、音楽はいま高井さんに作曲して貰っています」

「ほう」と私がその相槌を打った以上、聞き出す努力もしなければならない。

「それだけですか」

「いいえ、松隈さんがお弟子たちと一緒にスペイン舞曲をひとつ出すほかに、私が短いものですが、何か松隈さんとのリサイタルにふさわしい新作を、工夫しようと思っています」

「新作では、よく鶯《うぐいす》がテーマになっていたわね、梅里流の梅の縁ですね」と浜木綿がいった。そして、「竹野さん、薫ちゃんの流派ではね、鶯をしじゅうテーマにするんですよ。去年はたしか、谷崎先生の『鶯姫』からおどりを作ったんじゃなかったかしら」

こんな話をしているあいだに、注文した料理が来て、黙って食べていたアケミという娘は、コーヒーをのむと、「向うで煙草吸ってるわ」というと、顎をしゃくったような会釈《えしゃく》を残して、席を立って行った。

「どうも不作法で、あいすみません」と、薫はさすがに照れている。

「元気そうでいい子じゃないの」と、皮肉でもない感じに、浜木綿がいったので、薫はホッとしたようである。

「じつはアケミ、アケミ君は、松隈さんの姪《めい》なんですけど、演出の仕事を勉強したいなんていうもんですから、いろんな所に、連れて歩いているんです」と、薫は弁解した。

「私はいま竹野さんと、この秋に出す書きもの(新作)の話をしていたんです」

「役は何ですか」

「秀吉の正室、北の政所、神保先生の脚本です」

「はア」

「時に、お宅の北の政所は、どうなさいました。御元気?」と、浜木綿がいきなりいった。

「ええ、それが」

「どうなさったの」と畳みかける。

「すこし身体を悪くしまして、養生しています。この秋の舞踊会には、そんなわけで、家内は手伝わないのです」

「まア」女形は大げさに目を見はった。「どうもおかしいと思って伺ったのよ。去年は奥さんが『葛《くず》の葉の道行』で、あれはいいものでしたよ」

「ありがとうございます」

「では、ずっと家で休んでいらっしゃるんですか」

「それがですね」

「入院なさってるの？」と浜木綿が、顔色を変えた。

薫はしばらく沈黙していたが、やがて口を開いた。

「じつは、七月のはじめから、ひとりで静かな所に行って、じっとしていたいといって、旅に出たんです。ひとり弟子がついて行ってるんですが、なぜか私には、ゆく先をいわないんです。家にいるマネージャーの野原は、どこにいるかを知っているらしいのですが、私の仕事の妨《さまた》げになるといけないから、わざと知らせないのだと家内がいっているというのです。だからまア何かあったらいうだろうし、向うがそんないい方をするなら勝手にしろと思って」

少々口調が激昂《げっこう》に似て来たのに気がついた。これは、梅里流の家元夫婦の仲が、しっくり行っていない証拠だと私は推量したのである。

おそらく、そうなった原因は、今し方まで私の隣にいた、悪くいえば不作法、よくいえば天《てん》衣無縫《いむほう》のあの古市アケミのためではないかと想像される。

梅里薫は、こう見たところ五十に近い年配であり、アケミは精々二十五だろう。娘のような女と親しくなるのは当節珍しくないが、それにしても、おどりは無論のこと、諸芸に秀で、端正で美しい妻をさしおいて、こういうお半《はん》に惚れる長右衛門《ちょうえもん》の心境が、大正初年生まれの私には理解できなかった。

向うに行ったアケミが気になるのか、二三度振り返っていた薫は、とうとう、頭をかくような格好で私たち二人に挨拶して、先に席を立った。

東京に着いたのは夕刻だったが、私は家に帰るタクシーを千駄ケ谷の中村雅楽《なかむらがらく》の家に立ち寄らせ、四条河原町の永楽屋で買って来た椎茸《しいたけ》を届けた。

玄関で、車中で浜木綿と梅里薫に会ったこと、薫が演出助手と称して毛色の変ったナウな娘を連れていたことを話すと、老優は、「梅里の先代は私の親しい友達でしたよ」といった。すすめられたが、疲れていたので、その日は私もあがらずに、まっすぐ帰宅した。

二

家に着いて、入浴して一服茶をのんだ時に電話が鳴った。雅楽からだった。こういうタイミングも絶妙なのである。私が何時ごろ帰宅して、それから何をするかが、老優にはスッカリわかっているのだ。

「竹野さん、先ほどはありがとう。あの時聞かなかったが、梅里の家元は、妻君《さいくん》のお澄さんのことを、何かいっていませんでしたか。今年の秋の大会で、何をおどるとか、そんなことだが」

うに伝えた。

私はとりあえず、かいつまんで、薫から聞いた通り、身体を悪くしてどこかに保養にでもいっているらしいが、居場所はマネージャーが知っているだけで、家元は知らないのだというふうに伝えた。

雅楽はしばらく黙っていたが、私に明日《あした》か明後日《あさって》、もし薫のリサイタルの稽古があるようだったら、一緒に見にゆかないかといった。

「フラメンコというのを、私はじかに見ていないし、日本のおどりとスペインのおどりを組み合わせて新しい舞踊劇をこしらえるというのも、おもしろそうだから」と付け加えた。

しかし、私は雅楽の本心が別の目的を持っているのが、わかっていた。雅楽は、薫の妻の澄子の身の上を案じているのだ。

稽古を見に行き、薫と会って、雑談しながら、老優独特の観察をくだそうとしているのに、まちがいはない。長年のことでそれはわかっているが、マナーとして、ひと言もいうべきではない。

私はあくまでも、雅楽と一緒に、稽古場にゆき、見学をし、雅楽と薫の会話を交わす現場に立ち会うことになって、はじめて、場合によって一言二言口をさしはさむ。それでいいのだ。

「明日か明後日」という時は、明日のほうがいいのだから、私はその翌日の先方の予定を確認して、築地会館で行われている稽古を見に出かけた。残暑はまだきびしかった。

薫は雅楽と久しぶりに会ったらしいが、自分の両親と親しかった「高松屋《たかまつや》のおじさん」が、自分の仕事に関心を持ってくれたのを、ことのほか喜んでいた。

スペイン舞踊の松隈かおりは、魅力にあふれた女性だった。メークアップを施していない顔は、西洋人くさくなくて、むしろ地唄舞《じうたまい》の似合う感じさえしたが、体格もよく、血色もよく、動作も表情も、活気に満ちていた。

雅楽に対する挨拶も行き届いて、はたで見ていると、雅楽の気に入るタイプだということが、すぐわかった。

雅楽は「松隈さん」と呼びかけて、「薫ちゃんと仕事を一緒にして、たのしいですか」と質問した。

これはたくみな一種の訊問だったが、かおりは、なぜそんなことを尋ねるのかといった顔を一瞬して見せ、それから、「それは楽しゅうございますわ。日本舞踊の世界は、私たちの知らないことが多くて、お会いしていると、毎日新しい知識が目に見えて、蓄積されてゆくんですもの」と答えた。

「そのぶん、貴女からも、薫君は吸収しているんでしょう」その日初めて会ったかおりに、私はいった。

かおりは私をわざとにらむような目で見返して、

「それはだめです、もしおぼえたとすれば、私とつきあって、薫さんの酒量が上ったことぐらいです」と、高い声で笑った。

そんな笑い声をあげる時だけは、フラメンコの名手で、グラナダに長く住んでいたというだけあって、かおりがカルメンみたいに見えたりした。

一休みしようというので、かおりが気を利かせて取り寄せた「赤トンボ」のサンドイッチと紅茶を、みんなで中食にした。その直前に、新幹線で会ったかおりの姪のアケミが来た。私を見ると、この前と同じように、ぞんざいに頭をさげたが、雅楽には神妙《しんみょう》に挨拶をした。

雅楽は珍しいものを見るような顔に、やさしい微笑をうかべて応対していた。

「お澄さんにもしばらく会わないな」と雅楽がいった。「こんどの会では、何をするの？」と訊く。私と打ち合わせていたように、話をはこんでいる。

「じつはすこし加減が悪いので、今年は休ませようと思っているんです。なまじ出て、自信のない仕事をされても困るし」と、薫はうまい言い訳をした。

「加減がわるい？　それはいけない。大切にして貰わなくちゃ」雅楽は落ちついた口調だが、初耳だったのでおどろいたというニュアンスは、持ちながらしゃべっている。

「ハア、ありがとうございます」

「一度見舞にゆこう」ひとり言のように雅楽がいう。すこし沈黙のタイミングがあって、薫が老優の横顔をうかがうようにしながらいった。

「じつは湯治《とうじ》に行っているんですが、あちこち知っている温泉を歩いているので、きょうどこにいるかと訊かれても即答できないような始末で。向うから時々電話はかかるんですが」スラスラと薫は、とりつくろった説明をした。

稽古で見た限り、ガラシャ夫人の松隈かおりには、素顔の彼女ほどの美しさも才気もなかった。一方、薫のほうも、細川忠興のほうはともかく、神父の役は、いかにも無理だった。

雅楽は見せてもらったものについては、何の感想も述べずに、稽古場を出たが、出しなに薫に「すしを御馳走するから、夕方六時に、三原橋のすし初に、みんなで来なさい」といった。

その足で、雅楽と私は出光《いでみつ》美術館の陶磁展を見、そのあとで、三原橋のすし初に行った。浜木綿とゆかりのある店で、雅楽が東京中でいちばん落ちついて飲める場所だと推薦している店なのである。

小座敷にすわると、雅楽は、はじめて薫の話をした。

「どうも私は頭が古いので、薫の話を聞いていると、明治の相馬《そうま》事件を思い出す。というよりも、もっといえば、芝居のお家騒動ですよ」ビールをうまそうに飲み干した雅楽が、こう切り出した。

「前にこれと似たような話があってね、私がひいきにして貰った紡績《ぼうせき》会社の老夫人が、病気で転地しているときいたので、見舞にゆこうといってゆく先を尋ねると、あいまいな返事を聞かされた。結局、あとでわかるのだが、その大奥様がいろいろ会社の裏の取引をくわしく知っていて、人のいる席に出て来られると、万一口がすべって秘密が洩れたら大変だというので、みんなで寄ってたかって、顔色が悪いとか何とかいって、とうとう今でいうノイローゼ、つまり神経衰弱にしてしまったわけでね。そしてよそに行っているというのは嘘で、広い自分の家の、奥に座敷牢みたいにして押しこめられていた揚句《あげく》、本物の病人になっていのちを縮めたという、いやな話があるんですよ。まさか、お澄さんにそんなことはないと思うが、やはり大事をとったほうがいいと思って」

「ほんとうに大丈夫でしょうか」私も心配になったので反問すると、

「まアあの北の政所はしっかりしているから、神経衰弱にはなるまいがね」と雅楽は自問自答して、元気を出そうという面持《おももち》だったが、クスッと笑って「第一、淀の方があの女の子じゃ、北の政所も手持ちぶさたですよ」といった。

私は急にいわれてもピンと来なかったのだが、雅楽がアケミを見ないようでいて、ちゃんと見ているのに感心した。

どやどやと、薫、かおり、アケミ、それとリサイタルの制作をしている望月という男が、すし初に来た。

雅楽は上機嫌で、四人を相手に、いろんな話をする。何ものを知らないアケミが、つい乗り出して聞きたくなるような話までする。そういう話術は、まったく見事であった。

しばらくしてから、急にまじめな顔になって、雅楽がいった。

「まアお澄さんが病気で、ことしの会に出られないのは残念だが、それは仕方がない、ただ梅里流として、最初の大会からずっと、梅里澄子という名前を一度も欠いたことがないのに、今年だけポスターやプログラムからその字が消えるのが惜しいね」

「はア、それはそうですが」と薫がいった。

「お澄さんが振りつけをした短いものをひとつ、誰かお弟子におどらせる手もあるな」

「それがいいと思いますよ、私も」と松隈かおりがいった。

「それとも、薫君、奮発して、君が、古曲の『うぐいす』を舞ったらどうだ。荻江《おぎえ》で、たしか十五分ぐらいのものだったろう。あれはお澄さんがおっかさんから教わって、こしらえ直したものだと思う。第一回か第二回の会で、お澄さんが舞ったのを、おぼえている。あの時は背景の梅を戸林小径さんが描いたのじゃなかったかな」

雅楽は記憶がいい。きょうのために、日記かノートでも見て来たのではないかと思うほど、データをハッキリいうのだが、そんなことをしているわけではないのだ。

「戸林さんの絵をそのまま使ってもいいが、ついこのあいだ上野であった四君子絵画展の梅の絵の中から、いい図柄を借りて、それを屏風《びょうぶ》にあしらうのも手だね」といった。

「おじさんがこういう企画を、スタッフの一人になったみたいに助言して下さるなんて、何というありがたいことでしょう」と薫は、ごく素直にいった。

「『うぐいす』を追加することにしよう」望月に薫は、そうささやいたが、「装置のことは、二三日考えてみましょう」と老優に改まっていった。

ちょっと硬い話になっていた席が、再び陽気になり、そんなに飲まないのに真っ赤な顔をしたアケミは、友達がたむろしているディスコにゆくといって、ひとりで出て行った。「ぶしつけで困ります」と、かおりが、雅楽にではなく、私にいったが、かおりはそういう姪に、眉をひそめている様子でもなかった。

三

翌《あく》る二十日に私の社で舞踊を担当している記者のところに、松隈かおりがわざわざ電話で、できたらこんな記事をのせてほしいと、申し入れて来た。

つまり、こんどのリサイタルに追加する家元梅里薫の「うぐいす」の背景を、一般から公募したいというのである。梅を主題にして、日本画、洋画、墨絵、淡彩、彩色を問わない。いい絵があったらそれを背景として使わせてもらうというのだ。

「私のプランなんです」とかおりは、念を押したそうだ。

珍しい着想だが、絵に関心のある人たちの目を、舞踊の分野にも引き入れようとする案としては、わるくないと私も思った。次の日の東都新聞夕刊に、かなりの行数を使って、この記事がのった。

雅楽とは四五日会わずにいたが、次の週の木曜日の夕方、新しくこしらえ直した「うぐいす」の振りつけを見てくれと薫がいって来たから、一緒に行ってくれませんかという電話がはいったので、喜んで承知した。この日が八月二十八日ということになる。

稽古場にゆく前に、つめたいものでもというので、雅楽と私は、もとボーリング場だったという大きな喫茶店にはいって、ジュースをのんだ。

すると、向うのテーブルから、梅里流のマネージャーで私とは初対面の野原と、リサイタルを制作する望月が来て、挨拶した。

「どうです、絵が来ましたか」と老優が尋ねると、野原が、「今まで六枚来ました。どうぞ、ごらん下さい」といって、大きな畳紙《たとう》にはさんである絵を見せた。

いそいでのみ干したコップを片づけたテーブルの上にひろげて見せてもらった中に、和紙に墨で描いた梅が二枚、洋画風に色を使ってワットマンに描いたのが三枚、梅の花を抽象といっていいほどデフォルメしたのが一枚あった。墨絵の一枚の右脇に登水と号が書いてある。

雅楽は興味深そうにその絵を眺めていたが、「墨絵のほうが、背景にはいいかも知れないね。色を使うと、前でおどる者の衣装が損をするから」といった。

一枚一枚の絵の裏に、梅里流本部に配達された日時が書いて貼られている。なかなか、事務的である。

エレベーターで、築地会館の四階に上ってゆく途中、雅楽が、「竹野さん、八月のはじめにこっちに台風が来たのは、いつでしたっけ」と、突然いった。

咄嗟《とっさ》に返事もできなかったが、私は手帖を出して、「五日でした。帝劇のかえりに、車がなくて困ったのをおぼえています」と答えた。なぜ、こんなことを、急にいわれたのか、私にはわからなかった。

「うぐいす」というのは、荻江節の古曲で舞うものだが、上方舞《かみがた》に、能の足どりを加味した典《てん》雅《が》な振りがついていて、見ていて気持のいい小品である。夏羽織を着て端座した老優が見ている前で、薫は緊張して、舞って見せた。素おどりだから、白足袋の動きが美しい。

テープで稽古しているが、この日は雅楽が行ったので、わざわざ、荻江の家元の妹がついて演奏してくれたから、本番のような迫力があり、じつはこの秋のリサイタルでは、この短い演目が、質的には目玉になるのではないかと私は思った。

おわって、別の部屋の大きな卓を囲んで、雅楽の感想を聞いたが、「うぐいす」そのものについては、「いい振りだね」といっただけである。

「これがあるから、振付梅里澄子という字がプログラムにのります」と薫がいった。

「いや、振りだけでなく、装置にも、お澄さんが参加するんだよ」と、雅楽がいった。

「はア？」耳を疑うような顔で、薫がいうと、老優が合図して、望月が卓上に、さっき見せてもらった六枚の絵を、畳紙から出してひろげた。

「薫君、この墨絵は、登水という落款《らっかん》がある。登水という画家は知らないが、私はさっきこれを見た時、これは君の奥方の絵だと、直感した。どうだね」

「しかし、うちの家内には、こんな号は、ありませんが」

「登に水、サンズイに登だから、お澄さんの澄じゃないか。お澄さんが、自分の絵だと教えるために使った雅号《がごう》さ」

「はア」薫は目をパチパチさせている。

「ところで、薫君、そのお澄さんの居場所が私にはわかったよ」

「えッ」と顔色を変えたのが、マネージャーの野原だった。雅楽はその野原を見もせずにいった。

「大磯海岸の松籟閣《しょうらいかく》の東側の離れです」そこにいる人々は、みんな顔を見合わせ、目を丸くした。ことに、薫は、よほど驚いたらしい。

「おじさんの所に、知らせて来たんですか」と訊いた。

「いや、そんなことじゃないんだ。あの松籟閣は私もよく行って知っているが、むかしの元老の松方さんの別荘で、庭に二つ古梅がある。二つとも公爵の遺愛の梅です」

「はア」

「私はその一つ、臥竜梅《がりゅうばい》といって、竜が寝そべった形のが好きなんだが、この登水という名前の書いてある梅は、臥竜梅を中庭で、裏側からスケッチして描いている。つまり、玄関からあの宿屋の広い庭に木戸《きど》を通ってはいると、臥竜梅の向う側にある離れの部屋から、この梅を、この人は描いていることになる」

「ほう」

「本来なら、竜の顔が正面から見た左側にあるべきなのが、この絵は右側になっている。つまり裏返しの臥竜梅だ。だからこの絵を描いた場所もわかる。お澄さんがこれを鏡にうつして見るなり、裏からすかして見るなりしてもらいたい思いをこめて、登水をわざと右側に持って行った。普通は、落款は左側だものね。しかも登水は鏡にうつしても、左右が同じだから、登水という字が狂わないような書体で署名している。ゆきとどいたことだ」

薫は青ざめて聞いている。

野原はしきりにハンカチで汗をふいていたが、望月のほうは冷静だった。「しかし、これが奥さんの絵だとしても、最近の写生ではなく、たとえばスケッチブックにあったのを」といいかけると、雅楽がその言葉をすくいあげるようにいった。

「じつは、この臥竜梅の小枝で、竜の角《つの》になっている所が、絵に描かれてないんです。これはきっと八月のはじめの嵐で折れたのだと思う。だから最近の絵ということになります」

そういえば、どこか臥竜梅というのに、竜の顔が、竜らしくないと私も思っていたのだ。

雅楽は登水の墨絵の裏に貼ってある紙をたしかめた。「八月二十二日着」となっている。

「この六枚はみんな郵便で来たの？」と、雅楽が望月に尋ねた。

「と思いますが」と望月がいった。

「そう」とうなずいたあと、雅楽が急に、松隈かおりにいった。「大磯の警察の隣にある、あのそば屋、何でしたっけ」

「花水庵です」とかおりが即答した。

「あなた、つい最近、花水庵に行ったでしょう？　松籟閣のゆきか帰りに」

「まア」と、かおりはおどろいている。

「この間会った時、あなたは砂場の木版画のレッテルのマッチを使っていた。そばが好きなのだと私は思った。だから大磯へ行ったとすれば、花水庵にゆくにちがいない」

「どうしてまた」かおりは老優をじっと見た。

「この絵が二十二日に梅里流に来たというのは早すぎますよ。二十日に松隈さんから竹野さんの社に電話があって、二十一日の夕刊に背景を公募する記事が出た。それを見てすぐ描いて速達で出したとしても、二十二日は早すぎる。これは郵便でなく、じかに描いてもらった絵をあなたが持ち帰ったにちがいない。折り目がないから、巻いて持って来たんでしょう。つまりあなたが、お澄さんを訪ねて、絵を広く募集して背景に使おうとしているという話をしたわけです」

「おっしゃる通りです」と、かおりがいった。薫は、隣にいるかおりをじっと見ていたが、何ともいわなかった。

「梅の小枝で、梅の小枝で、うぐいすが、雪の降る夜の夢をみた」突然きこえて来た歌声がある。向うの部屋で、アケミが歌っているのだ。

「何だ、今ごろ」と薫がいった。

「お弟子の小さな子供たちを、アケミさんが遊ばせているんです。あの子、子供をあやすのが、ふしぎに、うまいんですよ」と野原が説明した。薫が面会に来た雑誌社の記者と会いに席を立ったあとで、かおりがいった。

「私は、わざと姪のアケミを、薫さんと親しくするように仕向けました。口の利き方もろくにわかっていない小娘を見たら、奥様のいい所が改めて思い出されるだろうと考えたからですわ」

「ほほう」扇をしずかに使いながら、雅楽が耳を傾けている。

「ところが」とかおりがいかにも心苦しそうにいった。「ところが、裏目に出てしまったのです。アケミの野放図《のほうず》な所が、薫さんには余程魅力だったのでしょう。奥様のことなんか、どうでもよくなってしまって」

「ほほう」

「困りましたわ、私」

「野原さん」と雅楽がいった。「お澄さんの具合は、どうなのかね」

「いやどうも」とマネージャーは頭をさげた。「もう元気になられたのです。でも、当分しずかにしていたいと」

「この絵を背景に使うだけにしておきますかな」とうなずいていったあと、かおりに雅楽はいった。

「あなたが、お澄さんの消息を全部知っていると私は思っていた。しかし、お澄さんは才女だ、絵もうまい。万事にソツがない。頭がさがります」

そういったあと、老優は一言付け加えた。

「しかし、家元がアケミさんに夢中になる感じも、私にはわかりますよ。何となく」

女形と香水

昭和初年の話を、中村雅楽《なかむらがらく》の思い出話から、小説にしくんだものである。

一

浜木綿《はまゆう》（先代）の妻女の郁子は、日本橋小網町《にほんばしこあみちょう》のうちわ問屋の娘であった。

女学校は九段の上にあって、正門にジャンヌ・ダルクの銅像が立っているミッション・スクールだったが、郁子は庭球が得意で、卒業する時はキャプテンになっていた。

兄が一人、弟が一人いるが、女のきょうだいを持たず、ふしぎにいとこにも女がいない家系なので、郁子は、女学校の中で、姉として慕い、妹のように可愛がる上級生と下級生を目でさがし、心持で追いかけるのを、二年生のころから、習慣のようにしていた。

庭球部では、すてきな五年生がキャプテンで、四年に進級したばかりの郁子は、美貌で才気あふれるこの上級生に、熱をあげた。

そのキャプテンは、麹町三番町に家がある弁護士の娘で、中沢とし子といった。

下町の商家の娘から見ると、山の手のゆたかな家庭のふんい気は、異国のように思われ、遊びに行って通された応接間のピアノや電蓄や、とし子の父がパリで買って来たという油絵を見ただけでも圧倒されたが、学校にいる時のセーラー服をぬいで、肩の線のやわらかいスウェーターを着ていたりするとし子が、うっとりするように美しく見えた。

自分の家では、初午《はつうま》とか、お酉《とり》様とかいう、江戸以来の年中行事にはみんなくわしいのに、クリスマスを祝うことなどなかったから、イヴに庭球部員が呼ばれて、電気を消したろうそくの光だけで、英語でとし子が「きよしこの夜」を歌う姿が、壁の影法師になり、炎と一緒にその姿がかすかにゆれているのを見ただけで、お伽話の世界にでも迷いこんだように思われるのだった。

とし子は、そのクリスマスの翌年の正月、つまり卒業してゆく日も間近いころだったが、土曜日に、郁子を、葉山の別荘に誘った。

ほかにも誰か来るのかと思っていたら、招かれたのが郁子一人だったので驚いたが、同時にうれしくもあった。

一泊して翌日の夕方まで、葉山にいた。寝室が二つもある広い別荘で、二人は別の部屋に寝た。しかし、休む前に、ここにもピアノを置いている客間で、とし子が「ほんのすこうし、アルコールがはいっているだけだから、大丈夫よ」といって飲ませてくれたワインで、うまれて初めて酒を経験し、それでもう、郁子は酔ってしまった。

何となく、暖炉の前の柔かい革の長椅子の背に、もたれて目をつぶっていると、耳もとにとし子の声がして、「好きだよ、郁子」とささやいた。宝塚の男役のセリフに、その声が似て聞こえた。

夢見心地で、「私もよ」と答えると、「ね、私の耳たぶを噛んで」と、とし子がいった。いわれた通りにした。ほんのり香水がかおり、それに汗のにおいがちょっと、まじっていた。

とし子は、赤くなった郁子が顔を離し、うつむいていると、いきなり、強い力で郁子を抱きしめ、「お休み」といって、急ぎ足で出て行ってしまった。

翌朝はケロリとしていたし、終日いつもの練習の時のキャプテンらしいとし子に戻っていて、二人は話に興じて笑い転げながら、馬車で横須賀線の逗子駅まで出て、東京に帰って来た。

ゆうべのことは夢だったようにも思われ、ほんとだったとしても、とし子が自分と同じように、酔っていたのだと、郁子は考えた。

たしか、葉山から逗子までの、御者が古風なラッパを吹く馬車の中での話題だったが、とし子が「古橋さん(郁子の姓)の家は、しじゅう芝居にゆくんでしょうね」といった。

「ええ、歌舞伎座、帝劇、明治座、新橋演舞場、ほうぼうへゆくわ。明治座が家から近いので、一番多く行くわ」と答えると、とし子が、「私のところも、明治座が多いわ。パパが浜木綿の後援会長だから」といった。

「まア、浜木綿なら、私の所も、ひいきなのよ、家にもよく来るわ」というと、とし子が「よく来るって、しじゅう?」と、妙に真剣な表情で訊いた。

「芝居のゆきやかえりに、ちょくちょく」

「まア」と、大きな目を見はって、とし子は嘆息した。そして、それっきり、芝居の話は打ち切られた。

横須賀線が戸塚のトンネルをぬけて間もなく、線路と平行した国道を、流線型の新車が走っているのを見て、とし子がいった。「まアいい車、欲しいな」

「車を買って、どうするの？」

「私が運転するのよ」

「あらまア」

「おかしい？」

「だって、女の人が、運転するなんて」というと、「西洋では、珍しくないっていうわよ。私、卒業したら、車を買ってもらって、それで日本中をドライブしたい。郁子も、のせてあげるわ」と、話がもうきまったとでもいうように、うれしそうに笑った。

得意そうになっている時のとし子は、格別、魅力があった。むずかしい球をうまくレシーブした時によく見せる顔と、同じ顔であった。

「私、ひとりっ子でしょう？　パパは、何でも、私のほしいものを、手に入れてくれるのよ。たのもしいパパだわ、私、幸せよ」と、とし子がいった。

サイン帳を交換し、免状を持った手で同級生と抱き合って泣く卒業式の日に、郁子はとし子のそういう姿を遠くから見ていた。そして、近づいて、「さよなら、お元気でね」といった。そのへんに、庭球部の下級生が大ぜいいたせいか、とし子は意外にそっけなく、「また会いましょうね」といったきりだった。

まだ正式にはきまっていなかったが、次の年度のキャプテンは郁子と、みんな思っていたし、郁子もそう思っていたから、庭球部について特別に何かいいおいてくれるかと考えていたのが、はぐらかされたようで、物たりなかった。

五年になって間もなく、郁子は両親につれられて、矢の倉の福井楼に食事に行った。盛装してゆくというので、見合だと直感したが、まだ卒業まで一年あるのだから、別のことでゆくのかと考え直した。

今までも、商談の席に、きちんと着物を着せた娘を父親が連れてゆくことがあり、いかにもたのしそうに、その席で郁子を眺めて悦に入っていることがあった。父親は男の子にはきびしく、郁子にだけ甘かった。

福井楼の広間に通されると、座蒲団が五枚出ていて、やがて女中に案内されてはいって来たのが、母親と同行した女形《おんながた》の浜木綿だったので、郁子は動揺した。

五人で会席料理を食べ、浜木綿と父親がすこし酔って散会した。どういう意味の集りなのかが帰ってからわかった。両親が窮屈な帯をさっそく解こうとしている郁子をすわらせて、こういったのである。

「浦乃屋《うらのや》（浜木綿の屋号）が、郁子を嫁にしたいというのだが、どうだね。お前さえよければ、承知したとだけいっておきたい。なに、式は二年でも三年でも、先でいいのだ。ただ、浜木綿は、郁子の縁談があって、よその誰かに貰われてしまうといけないから、早目に申し入れたのだといっている」

「どうかね」と母親が娘をのぞきこんだ。「浜木綿さん、嫌いかえ」

「好きも嫌いも、そんなこと考えたことがないから」といった。「役者としては好きよ。うまいし、きれいだし」

「異存がなければ、承知したらどうだろう。お父さんもお母さんも、じつをいうと、賛成なのだよ、この話」と、父親がいった。郁子は三日考えた末、首をたてにふった。

そして、それから二年のちの秋の大安吉日に、杉の森神社で婚礼の式をあげ、福井楼でごく内輪といっても五十人ほどの披露宴を、開いた。有望だといわれ、人気も上り坂の女形が、郁子という商家の娘を貰ったというのは、当時劇界の話題であった。

二

とし子は、自分の卒業した年の秋に行われた母校の慈善バザーに顔を出したきり、その後まるで、同窓会には出て来なかった。

そして、いつの間にか、十年経った。

大陸で戦争がはじまっていたが、まだ経済統制が行われたわけでもなく、一応、物資もゆたかだった。

庭球部にいた同級生がだいぶ前に、芝居に来て、楽屋見舞を浜木綿に届けてくれた日、ちょうど劇場に行っていたので、郁子が表に出て、座席まで挨拶にゆくと、千葉孝枝という級友がいった。

「中沢さんのこと、御存じ？」

「知らないのよ。私、芝居の中にはいってしまったから、同窓会にも、クラス会にも、ゆくひまがないし。あの方とは、私が五年生の時のバザーで会って、立ち話をしたきりなの」郁子は、さびしそうにいった。

「小里という子爵と結婚したのよ。つい去年かしら。旦那さまは二十も年が上だというのだけれど。もちろん再婚よ、向うは。でも、もう中沢さんがぞっこん好きになってしまって、どうしてもというので、中沢さんも承知したらしいんだけど。大金持でね、中沢さんのように若くて美しい奥様を持って、得意なんですってよ」

「まア、そうなの」

「郁子のところにも、便りがないの？」

「ええ、まるっきり」

「まア」と孝枝は目を丸くした。「あなたとあの方、Sだったんでしょう。それも、かなり深刻な。みんな知ってたわ」

「そんなことはないわ」といいながら、葉山の夜の短かったけれども熱っぽい時間を思い出して、郁子は上気した。胸が今でも、ときめくのだ。

「どうして手紙一本くださらないのか、私も、ふしぎな気はしているんだけど」と、郁子は正直にいった。

「結婚するまで、あの方、お父様と外国に旅行したり、思い切り、青春をたのしんだらしいわ。英語でもフランス語でも、スペイン語まで、ペラペラなんですってよ」

「まア」

今は、小里とし子になった、ひとつ年上のあの上級生が、遠く、雲の上のような場所にいる星のように思えた。

ところが、そのとし子に、そんな話をした直後に会ったのだ。それは、日本にもう三十年もいて、郁子の女学校の同窓生たちから敬慕されているシスターが、フランスの政府から表彰されたのを祝うパーティーの席上であった。

学校の近くの富士見軒の洋間と庭とを買い切って模擬店をならべ、学校が学校だし、女性の集りだから酒類はむろん出なかったが、ずいぶん賑かな会になった。

もう祝辞のような改まった挨拶が出つくし、出席者がグループごと汁粉やおでんの店の前で談笑しているころ、贅沢な外車でのりつけたとし子が会場に姿を見せると、何となく、そこらにいた人々がどよめいた。

子爵夫人になったとし子は、昔より品位もそなわり、天性の美しさのほかに、おかしがたい風格さえ感じられた。

夫が年配のせいか、やや年より地味だが、センスのいい着物をみごとに着こなし、三十とはとても見えなかった。

十年ぶりのとし子を見つけた瞬間、郁子は、われを忘れて、駆け寄った。とし子も、手をのばして「お久しぶり」といった。

先生たちへの挨拶をすませて、卒業生の所に戻って来たとし子を、庭球部にいた者が自然に輪になって囲む形になる。郁子は、何となく遠慮して、すこし離れた所にいた。

しばらくすると、とし子が見まわしながら、「郁子、いるの?」といった。

「ここにいるわ」と手をあげると、手招きし、近寄った郁子に、「帰りに車でドライブしましょうよ」といった。

郁子は反射的にうなずいた。ちょうど、夫の浜木綿は、子供と大阪の中座《なかざ》に出ていて、東京にはいない。電話で留守の者にことわれば、ゆっくり遊べるのであった。

その日、郁子は子爵家の、立派な帽子と服をつけた運転手が乗りこんでいる車にのせられて、京浜国道に出、横浜のニューグランドホテルに連れてゆかれた。そして、海の見える六階の食堂で、食事をした。アペリティフという酒にはじまるフルコースを、ゆっくり食べた。

終って食堂の脇のロビーに出ると、二人の青年が立ち上って近づいた。「進藤さんに高梨さん、二人ともスポーツマンよ」と紹介された。

それから、四人が同車して、渋谷の松濤にそそり立つ子爵の屋敷に行った。とし子の実家もいい家だったが、金持の華族がとし子を迎えるに当って改築したという洋風と和風との両方に金を惜しみなくかけた、すばらしい本宅であった。

八時すぎに着き、四人でそれから遊んだ。女学校を出て、二年目に歌舞伎役者の家にとつぎ、あまり世間を知らない郁子には、この日の経験は、何もかも、おそるおそる封を切った恋文のようなものだった。ホテルでいろいろ、すこしずつ飲んだ洋風の酒の酔が残っている郁子には、客を遇して一瞬も退屈させないとし子の様子が、どこかの国の女王のように見えた。長いあいだ忘れていた、年上の友に対する愛情が、なだれのように郁子を押し包み、わくわくさせている。

夫と別れて二十日になっている郁子は、目の前にいる男たちよりも、とし子に、いつかの葉山のように抱きしめてほしい欲求が、燃え上っていた。

遊んでいる最中に電話が鳴り、そのあと、ひと休みすることになった時、とし子が「うちの中を案内しましょうか」といった。そして更衣室、浴室とまわって、寝室まで見せた。寝台はダブルで、枕許のスタンドのすぐそばに、小さな絵がかけてあった。

「これ、セザンヌよ。もちろん、ほんもの」といった。

「そうそう、あなたに、香水をおみやげにあげるわ」と、とし子はマホガニーの戸棚から、紙の箱を出した。「一ダースはいっているわ。この香水は、小里がパリのコティにわざわざ注文してくれたの。レッテルにうちの紋がはいっているでしょう?」

見るとイタリックの文字で、*TOSHIKO*と刷られている。

「まア、トシコっていうの？」

「そうよ、この香水よ」と右の耳を指した。近づくと、ちょっとうわずった声で、とし子がいった。「耳たぶを噛んで」

郁子がいわれた通りにすると、「うれしいわ」といった。とし子の形のいい耳は、香水でむせ返るようだった。ずっと香水を使わずにいたので、郁子は、とし子のつけているトシコの香りに、息苦しくさえなった。

それから又、さっきいた客間の脇の部屋に戻り、とし子と郁子と、二人の青年とで、十一時すぎまで、ずるずると時をすごした。郁子がかつて考えもしなかったような享楽があるのをこの夜知った。それが、夫の浜木綿には秘密にしておいたほうがいい遊びであるのを、郁子はわきまえていた。

「長いあいだ会わなかったけど、こんな夜をすごしてしまうと、もう会わずにいられないわ」と、もともと強かった上に、あれから大分手が上ったらしく、夜更けてからはスコッチのハイボールを、青年とほとんど同じピッチで飲んでいたとし子が、何度も何度も、郁子を抱き寄せて、ささやくのに、恍惚として郁子は、大きく、うなずいていた。

浜木綿は大阪から帰って来た日に、玄関に出迎えた妻の郁子が、香水のにおいをさせているのに、すぐ気がついた。

三

女形は、においにもともと敏感だが、浜木綿の場合、話がすこし入り組んでいる。

浜木綿が二十代のころ、しきりに相手役を変えた揚句、「忠臣蔵」の道行、「十六夜清心《いざよいせいしん》」、「吉田屋」の、おかる、十六夜、夕霧《ゆうぎり》と、清元の狂言三役をコンビで演じ、羽左《うざ》・梅幸《ばいこう》以後似合いの女夫《めおと》役者と絶讃された時期、女役としてしばらく共演を続けたのは、先代の文太郎《ぶんたろう》であったが、この気むずかしい二枚目は、香水が好きであった。

そして、ぬれ場や色もようといわれる歌舞伎のラブ・シーンの時に「この香水をつけて舞台に出ておくれ」といって、ひいきの客から貰う舶来の香水を、浜木綿の部屋に届けるのだった。

相手役から何かいわれれば、女形にとって、それはかなり重い一言だというのがきまりで、こういう舞台の上の注文は、金科玉条として守らなければならない。

文太郎の好きなにおいをつけて出ていることにはなったが、徳川時代の腰元やおいらんがコティの香りを発散しているのはどんなものかと、いつも思っていた。

そのうちに、浜木綿は、香水のかおりに、あきあきした。文太郎の紋をつけた手ぬぐいを小道具に使うといった「立役《たちやく》への奉仕」は、むしろ床《ゆか》しいしきたりだと思っていたが、香水の強要がつくづく厭《いや》になり、それが原因で、やがてコンビは解消してしまう。

ちょうどそのころ、恋女房の郁子との話がまとまったのだが、二泊の新婚旅行で箱根の福住に行っている時、庭を散歩していると、手をつないで歩いていた新妻の肌から、汗のにおいがしていた。

郁子に何もしゃべりはしないが、浜木綿は十七の年から女を知っていた。相手は花柳界の年上の女で、そういう遊びは、芸のため、役者として人間的に目ざめるためという、まことに都合のいい口実があって、色の道は、この世界では親から奨励されるほどなのである。

しかし、びんつけ油や紅白粉《べにおしろい》のにおいの濃い女たちは、名門の御曹司といわれる浜木綿と同席する時に、気をつかって、さらに香水をタップリ身のまわりに撒いてあらわれた。

若いし、体調もよかったから、いろいろな相手と夜をすごす日が続いても何ともなかったが、その中でのちのちまで情が残っているのは、ほかでもなく、香水をつけ忘れて、広間の余興をおどった足でかけつけた若い芸者だった。さだ子という、その日本橋の妓は、汗をかいており、その汗のにおいが、十八の年のくれの浜木綿を惑溺させ、以来三年、さだ子とだけ、逢い続けた。

気も合い、浜木綿が望んでいることを、程のいい間《ま》で充足させてくれる同い年のこの芸者を、女房にしようと思ったのだが、浜木綿が父親に相談すると、言下に反対された。

「あんな器量の女を嫁にはできない。ろくな子が生めない」というのが、反対の理由であった。

なるほど、さだ子は、端整な容貌ではなかったが、人柄がよく、話題もゆたかで、気の利いた会話をして、魅力のある女だった。結局親には賛成してもらえず、夫婦約束もせずに逢い続けているわけにゆかないで別れたのだが、しばらく大魚を逸したという未練が残った。

その後に会った郁子が汗ばんでいるのに昂奮した瞬間を、十年経った今も、浜木綿はハッキリおぼえていて、「香水は使ってもらいたくないね」とよくいった。

事情を知らぬファンが届けてくれる高価な香水を、惜しげもなく、浜木綿は後輩や弟子に配っていた。その妻が、夫の喜ばない香水のにおいをさせていたのだから、夫がふきげんになったのは、当然である。

旅から帰って間もない月末、華族会館で、国賓の英国皇族をもてなす会があり、余興の一部として「子宝三番《こだからさんば》叟《そう》」をおどることになった浜木綿が、大役をつとめて楽屋に帰ると、「只今、幹事の小里子爵夫人が見えます」と前ぶれがあり、はいって来たのが、香水のにおいをむんむんさせている、とし子であった。

むかし後援会長をしてもらった中沢先生のお嬢さんは、今や堂々とした貫禄と、年を加えて大輪の菊のように開花した美しさを、誇示するように、はいって来た。

あわてて、すわり直して、畳に額をつけて挨拶すると、「水くさいわね、浜木綿さん」といった。

「じつは、あなたに余興に出ていただこうといいだしたのは、私なのよ」

「恐れ入ります。いろいろおどりの上手な方がいるのに、私のようなふつつかな若輩を」というと、「それがいけないのよ。もっと気軽に話して下さいよ」と、とし子がじれったそうにいった。「私ね」と、とし子は続けた。「あなたをお願いしようと思ったのは、楽屋に来て二人きりで、お会いできると思ったからなのよ。こんな時ででもなければ、会えないんですもの」

そういうとし子の目つきは、近松の芝居の女役のように色っぽかった。思わず、浜木綿はぞくぞくとした。

しかし、にじり寄る子爵夫人が、今にも手をとってくれといわんばかりの姿態を示したのに、浜木綿が身体を硬くしていたのは、妻に対するたしなみではなく、香水が強くにおいすぎていたからである。

こういう女は、浜木綿という女形を、決して「男」にしないのだということを、浜木綿自身、よく知っていた。

次に、浜木綿は、とし子のつけている香水が、このごろ妻が時々つけている香水と同じかおりであるのを知って、おどろいた。

「奥様」

「なアに」と、とし子は目を見はって反問する。

「奥様の香水は、何という銘柄で、ございますか」

「トシコっていうの。私のために、コティが特別に調合してくれているんです」

「失礼ですが、宅の家内が、最近、奥様から、その香水をいただいたりしては、おりませんでしょうか」と訊いた。

「だめね、秘密は守れないわね」と、苦笑しながら、とし子がいった。「香水が真実を告げてしまうわけだわ」

「真実を告げる？」つい、高っ調子になった。

「気をつけなきゃだめよ。結婚して十年も経つと、何となく、夫婦の生活に隙間風が立つものよ。郁子さんは私の一つ下、いまが一番発散したい年ごろなんです。あなたは時々、地方にゆくでしょう？　殿方はゆく先々で、いろんな方と会うかも知れませんけど、女はそうはゆきませんもの」

「と申しますと」

「別に、どういうことがあったとか、私は知りませんし、仮に知っていても、郁子さんは大切な親友ですから、あの方のために、べらべらおしゃべりなんかしませんわ」勝ち誇っているようなとし子の笑顔が、目の前にあった。浜木綿は動転した。

「じつはね」とし子がいった。「同窓会でお目にかかってから、このごろよく郁子さんとは遊びますの。大抵若い殿方が二人いて、つまり男女四人で遊んでいますの」

「どういう遊びなんですか」と浜木綿は、ふるえる声で訊いた。

「そんなことが申し上げられるものですか。あなたよりずっと前から親しくしていて、何もかもわかり合っている郁子さんですもの」

思わせぶりなとし子の言葉に、浜木綿は、狂おしいほどの嫉妬心をかり立てられた。

帰って詰問しようと、部屋の隅にゆき、黙々と支度をはじめると、とし子が香水のかおりとともに近づいて、いった。

「どう？　そういう郁子さんに御不満だったとしたら、ひとつだけ、復讐する方法があるわ。わかって？」

「……」浜木綿は無言で、さっき脱いだ衣裳を畳んでいた。

「私と夜をともにしましょうよ。私と遊んでも、香水が同じだから、あの方にはわからないわ」と、とし子が耳もとで、ささやく。

なおも、無言でいると、とし子はスックと立って、花道を退場するような足さばきで、楽屋の戸口のほうにゆき、ふり返って、こういった。

「私、ほしいと思ったものは、何でも手に入れたわ。だめだったのは、浜木綿さん、ひとり」

すぐ弟子の浜吉がはいって来た。かげで、部屋の様子をうかがっていたにちがいない。

四

華族会館で出してくれた車に乗り、すぐ帰ろうと思ったが、「千駄ケ谷にお願いします」といってしまった。

こういう時話を聞いてもらえる中村雅楽に会いたくなったのだ。たまたま、つい先日の旅興行にも共演した立役である。

「何かあったのか」と玄関で訊かれた。

浜木綿は、とし子と会い、とし子にいわれたことを包まず話した。

「思い当ることが多すぎるんです」

「というと」

「香水を郁子がつけはじめたこと。筋書のミツワ文庫で私が、汗くさい女はたしなみがなくていやだと話していたのを読んだので、気をつけて使うことにしたといいました。しかし、その香水がトシコだとはいいませんし、とし子さんに会っていると一言も申しません。これが変です」

「ふうむ、まだあるかい？」

「私より遅く帰る日があります。門の外まで誰か送って来る時があると、じつは浜吉が私にそっといったこともありましたが、こうなると、気になります」

「ほほう」

「時々指を折って、数を数えているような顔をします。あれはきっと、この次いつ男に会うことになるのか考えているにちがいありません」

「なるほど」

「男女二組で、私がせっせと働いているあいだに、遊んでいるなんて、ひどい」

女形らしい、金切り声に、ついなった。その浜木綿を制するように、雅楽がいった。

「まアお待ち。まず、ミツワ文庫だが、あれは勝手に丸見屋の宣伝部で書くのだ。シャボンや香水の広告だから、汗のにおいを消せと書くのは当り前だ」

「筋書に出ていたんでしょうが、私はろくに読みもしないんですよ。しかし、そのミツワ文庫よりも、私が気になるのは」

「わかった、わかった」とうなずいた雅楽が、浜木綿には相談もせず、妻女を呼んで命じた。

「浦乃屋の家に電話して、おいくさんに、ここまで旦那様を迎えに来るように、いいなさい。着変えたりしなくてもいい、すぐ来るようにって」

「はい」

「といっても、旦那様は元気なのだから案じることはないと、いっておやり」行き届いた注意であった。

間もなく、タクシーで、郁子がかけつけた。まっすぐ帰るとすれば、とっくに着いている夫の帰宅が遅い時に、電話で迎えに来いというので、さすがに何事がおこったかという顔をしている。

妻女がお茶を持って来た。雅楽が小声でささやくと、妻女は怪訝《けげん》そうな表情で、二三度念を押してから、座敷を出て行った。

「おいくさん、いまここに、最近うちに来たねえやがあらわれますよ。目がリャンソウみたいなんで、おかしいですよ」

「リャンソウって何ですか」と、浜木綿が訊いた途端に、妻女を手伝っている女が菓子盆を持って来た。

「まア、高松屋《たかまつや》さん、大きな目をしている方じゃありませんか。これならリャンピンっていうのじゃありませんこと」

郁子がはしゃいだ声でいうと、雅楽が、浜木綿にいった。

「奥方の隠れ遊びは、マージャンだったのだよ。いま流行している、シナから来た室内遊戯だ。私も真似事はする」

「はア?」

「二時間でイーチャン、四人で卓を囲んで象牙と竹で作ったパイを組み合わせて遊ぶんだ。おもしろいから、つい病みつきになる。おいくさんも、小里家にでも連れてゆかれて、この遊びの味をおぼえたんだね」

「申しわけありません。あなたに隠して」と郁子がポロポロ泣きながら、畳に手をついた。

それから半世紀あまり経つ。

先代夫妻は、このことがあったころ子役だったひとり息子を、立派な次の代の女形に大成させた。いまの浜木綿には、郁子ゆずりの顔があって、美しい。

雅楽が老優といわれても、仕方がない。

子役の病気

一

この正月、年賀に行って、中村雅楽《なかむらがらく》とブランデーをのみながら、テレビの「刑事コロンボ」を見ていた。終って、出演者のところに、ジャッキー・クーパーという名前が出たので、「これは昔、子役のころに『トム・ソーヤの冒険』に出ていた役者でしょう」と、私が尋ねた。

雅楽はクスッと笑って、「竹野さんは、私のことを老優といつも書くが、私だってはじめは子役ですよ」といった。

そんな話の末に、「子役が病気になった話をしましたっけ」というので、尋ねたら、それは昭和初年の話であった。

おもしろいので、小説として、書くことにする。

昭和四年の大正座の春芝居は、獅子丸《ししまる》、雅楽、先代の浜木綿《はまゆう》といった、腕の達者な役者が顔をそろえた一座で、出し物は、一番目が「寺子屋《てらこや》」、そのあとに「連獅子《れんじし》」と、若手が主となって演じる「真如《しんによ》」という額田六福《ぬかだむっとみ》の作、二番目が「湯殿《ゆどの》の長兵衛《ちょうべえ》」だった。

雅楽の役は「寺子屋」の武部源蔵《たけべげんぞう》と、「湯殿」の水野《みずの》である。

「寺子屋」という芝居の場所は源蔵が京の芹生《せりよう》の里で開いている私塾だから、書道の稽古に来ている寺子の子役が七人、そのほかに、源蔵がわが子のように見せかけて守り育てている、菅丞相《かんしょうじょう》の一子菅秀才《かんしゅうさい》と、この若君の身がわりになる松王丸《まつおうまる》の一子小太郎《こたろう》とがいるから、あわせて九名の子役が必要である。

だから、地方巡業の時などは、東京から大ぜい連れてゆくわけにゆかないので、現地であらかじめたのんでおいた、おどりの弟子の子供などを舞台に出すこともあるのだ。

しかし、東京の場合は、役者の子供たちで、一応間に合う。そして、子役のころから特別に扱われる名門大幹部の子が、二つの大きな役に出るが、小太郎のほうが上位、その次が菅秀才ということになっている。

「先代萩《せんだいはぎ》」でも、千松《せんまつ》が上位、若君の鶴喜代《つるきよ》がそれに次ぐわけで、たとえば兄弟で出る時は、兄のほうが、小太郎なり、千松なりに出るのが、長年の不文律《ふぶんりつ》であった。

しかし「寺子屋」の菅秀才は、出ている時間が、小太郎より長い。幕あきは、二重屋体《にじゅうやたい》の上のほうで手習をしている。

松王丸が首実検に来る前に、源蔵夫婦が、この若君を押入《おしいれ》に隠し、松王丸が源蔵の打ったにせ首（じつはわが子）を見て、若君の首だと証言して帰って行ったあと、押入から出て来る。

あとで松王丸夫婦が来て、藤原時平《しへい》の家来ではあるが、この際父親や兄弟たちのつかえている菅丞相のためにひとり息子を犠牲にした苦衷《くちゅう》を訴えている所にあらわれてセリフをいい、松王丸が救い出して連れて来た母親（御台所《みだいどころ》）と、小太郎の遺体に焼香をしたりする。幕切れまでずっと出ているのだから、子供でも、気疲れのする役にちがいない。

大正座のこの時、菅秀才に出たのは、松王丸にふんした獅子丸の子の民蔵《たみぞう》であった。本名のまま舞台に立って、もう三年になる。九段の暁星《ぎょうせい》という私立小学校の四年生であった。

獅子丸の子ではあるが、芝居の中では、源蔵とからむので、雅楽が稽古の時から、民蔵に親しんでもらおうと思って、オモチャを買ったり、菓子を届けたりしていた。

ふしぎな子で、キャラメル、チョコレート、ヌガー、ラスク、ウェーファーといった、西洋ふうの菓子は、もらうとすぐ食べるのに、羊羹《ようかん》やまんじゅう、練切《ねりきり》に求肥《ぎゅうひ》、あるいはせんべいのたぐいには、決して手を出さないのである。

甘いものが嫌いでないのに、菓子の国籍にこだわるのが妙だと思ったが、気にしないでいた雅楽が、初日からずっと同じ「寺子屋」に出ていて、やはりどこか違った所のある、つまり神経質で、くせのある少年という印象を受けるようになった。

民蔵にはきょうだいがいない。甘やかされた、ひとりっ子である。

ひとりっ子は、どうしても家庭で、兄弟姉妹と見くらべられる機会がないから、偏向はなおりにくい。そして、どこかに孤独な心理が、つい働く。

民蔵には、お末という婆やがいて、何から何まで面倒を見ている。学校、劇場と、この子役の行動する生活の範囲には、いつもお末がピタリと密着していた。

大体、役者の家の周囲にいる、弟子、男衆《おとこしゅ》、付き人といった人々は、役者のために自分を犠牲にするのを苦にしない忠義者が多いが、お末もそれで、「坊ちゃん」のためなら火の中水の中に飛びこむ気でいるほどである。何しろ、民蔵が二つの時から、ついているので、芝居の中で、民蔵を悪くいう声が聞こえると、血相《けっそう》を変える。

気もつよいし、弁舌も立つ。富田屋《とみたや》の家の政岡《まさおか》という、あだ名がついている女性であった。

お末は二十八の年に夫に死に別れてから、縁があって獅子丸の家に住みこんだのだが、ひとり息子がいま佐倉の連隊にはいっている。その二等兵が外出して来る日だけは、さすがに民蔵と離れるわけだが、雅楽が見ていると、民蔵はたまにはこの婆やと別になりたい願望を持っているらしく、春芝居がはじまってから女中が風邪を引いてしまったので、お末がひいき先に大正座の座席券を届けに行った留守に雅楽の部屋に来て、「ぼくはきょうは、とてものんびりしているんだ」と口走ったのにはおどろかされた。

獅子丸は子ぼんのうだが、獅子丸の妻女のおいくはしつけがきびしく、もっと幼い時から、挨拶の言葉など、ていねいに教えこんでいた。民蔵の行儀がいいのは、そのためだろう。

だから、菅秀才で正座して、清書をしている姿は、見事であった。舞台で前のほうに、大人が演じるよだれくりという道化《どうけ》の弟子とならんで手習をしている子役が、もじもじしたり、居汚くすわっていても仕方がない。

源蔵が帰って来て、身がわりになりそうな子がいないと思い、「いずれを見ても山家育《やまが》ち」とつぶやくのだから、大ぜいの寺子はむしろ行儀が悪いほうがいいくらいだが、菅秀才の子役は、キチンとすわり、見るからに品位のある姿が示されなくては、落第である。

民蔵は、その点で申し分なく、雅楽も、押入に入れて、せまくるしい場所にすわっても、身じろぎもせずにいる民蔵が、ほんものの若君のような気のする日があるほどで、「寺子屋」の幕が切れたあと、獅子丸に、

「民ちゃんは、子柄がいいね。どう見ても菅秀才だぜ。教育がいいんだな」といったことがある。

獅子丸は苦笑して、何もいわなかったが、やがて雅楽の耳にはいったのは、ほかの子役の場合、ひいき先のお客に挨拶させるような時に、親の代理で客席のほうにゆくことがよくあるのに、この民蔵だけは、絶対に「表」のほうにいってはいけないと、いわれているということだった。

ことに売店を、廊下とんびして歩くことなど、もってのほかである。

劇場の頭取部屋の脇に、五坪ほどのあき地があって、その砂場で、下まわりの役者がトンボ返りの練習をしたりするのだが、同時にそこは子役の遊園地でもあった。

そして、あき地のそばにある厚い鉄の扉をあけると、大正座の別館の売場のところに出るので、遊んだあとで、多くの子役は、その戸口から売店にゆき、買物をしたりもするのだが、民蔵は「別館なんかに行ってはいけません」とかたく命じられており、お末婆やも、それについては、監視の目をゆるがせにしていなかった。

同じ「寺子屋」に出ているので、松王丸の役者を相手にして四つ相撲を組んでいるのとはち

がうにしても、菅秀才の子役の健康や、その日の気分は、自然に雅楽の関心事である。幕があいた時手習をしている姿は、花道の揚幕《あげまく》から眺められるが、ここからは遠いから変化はわからなかった。

しかし、芝居の五日目から七日目あたりにかけて、押入に入れる時に、口の中に何か民蔵が入れているのに気がついた。

つまり、菓子玉か何かを頬ばっているのである。菅秀才がそんなことをしては困ると思ったので、七日目が終ると、お末婆やを呼んで注意すると、

「まア申訳ありません、坊ちゃんが口に入れたまま、舞台に出るなんて」と目を丸くした。

「いえね、じつは、何だか出るのがいやだなんて、駄々をおこねになるので、おすきな変わり玉――、あのチャイナマーブルってのをあげてなだめていたんですが、そのまま出ておしまいになったんでしょう」といった。

もちろん、押入の中に入っている時間は短い。うしろにぬけることもできるのだが、大ていの子役はそのまま、首実検のあいだ、中で待っている。再びその押入から出て、若君のいのちが救われたのを、源蔵夫婦が喜び合う時までには、その菓子玉もとけてしまっているのだろうが、「寺子屋」の最中、若君に、ハイカラな薄荷《はつか》のにおいがしていたので、雅楽はいやな気がしていた。

八日目、九日目あたりになると、そのあとで、かげで若君の「おみごろも」という衣裳《いしよう》に着替えて、松王丸夫婦の前にあらわれ、「われに代ると知るならば、この悲しみはさせまいもの

を」と、小太郎を悼《いた》む言葉をのべるセリフに、凜《りん》とした張りがない。

子役のセリフは、俗に「かかさまいのう」という独特の哀愁をこめた抑揚《よくよう》を、ボーイ・ソプラノで聞かせる伝統があり、民蔵の声はよく通るのが定評だったのであるが、中日《なかび》にもならないのに、その声調に乱れが来たのが、雅楽には解《げ》せなかった。

戸浪《となみ》に出ている女形《おんながた》の佳照《かしょう》も心配して、「民ちゃん、どうかしてるのじゃないかしら」と、眉をひそめていた。

二

春芝居では、民蔵は、そのあと、父親の獅子丸の長兵衛の一子長松《ちょうまつ》の役にも出ていて、これから水野の屋敷にゆく父の背中にすがったりする芝居がある上に、その前に子分たちとのやりとりがあって、出《で》っ尻清兵衛《ちりせいべえ》の肩を持つセリフがある。

すこし疲れているのかとも思った。

ほかの子役は、「寺子屋」がすめば帰ってしまうのだが、今月は稽古事は休んでいるにしても、暁星に午後二時までいて、それから婆やに付き添われて楽屋入り、菅秀才でずっと舞台にいて、あと二時間半ほどすると、再び扮装《ふんそう》して、長松になるのだから、少年にとっては過重な日程だったかも知れない。

しかし、セリフが駄目になったほか、劇場に来てすぐ雅楽の部屋をのぞき、のれんの下に両手をついて、「お早うございます」といい、寺子にやつした菅秀才の姿になってまた来て、「おじさん、よろしくお願いします」という、毎日の挨拶の態度が、民蔵は段々ぞんざいになっている。

どこか悪いのだったら、医者にかかるなり、薬をのむなりして、手当をしなければなるまい。まかりまちがえば、代役を立てることもあり得る。

一緒に出ていて、子役の異変に一喜一憂するのは、雅楽も佳照もまっぴらだった。源蔵と戸浪の役者は、そんなことまで先を考えて、ひそひそ相談していた。

十一日目の日曜日の午後、早目に楽屋入りした雅楽が、大正座の地下にある栄床《えいどこ》という理髪店で、髪を刈ってもらっていた。

この店の栄さんと、宣伝部にいる、その娘の加奈枝とは、雅楽がひいきにしている親子である。親代々、家業でバリカンを持っている栄さんは、雅楽の飲み友達でもあった。

鏡に向って見ている自分の顔が時々笑うのは、ラジオのためと、栄さんの毒舌《どくぜつ》のおかしさである。

ラジオのほうは、左楽の「崇徳院《すとくいん》」であった。若旦那が恋わずらいをする、他愛ないはなしで、百人一首の「瀬をはやみ」の歌がサゲになっているので、その作者の名前が、演目の通称なのである。

店の番頭が、神経衰弱の若旦那の胸のうちを聞き出すところまで来ると、雅楽が、叫んだ。

「おやッ、民坊やは、事によると、『崇徳院』なのかも知れない」

「何ですって」うしろを櫛とハサミで刈りととのえていた栄さんが、「びっくりするじゃァありませんか、不意に大きな声を出して」といった。

「いや、獅子丸んとこの坊やが、このごろ何となく様子がおかしいんだがね、どうしても訳がわからない、お末婆やにもさぐってもらっているんだが、見当がつかないという」

「へえ」

「学校のほうで先生に叱られたとか、同級生にいじめられているとか、そんなことがないかと思って訊《き》いてみたが、何もない」

「なるほど」栄さんはとっくにハサミの手をとめ、雅楽のそばに来て、まともに顔をのぞきながら、話を聞いていた。

「あの子の家は、しつけがやかましくて、小屋の表には一歩もはいるなといいつけているし、婆やがつきっきりでいる。それがうっとうしくて、反抗しているのかとも思ったが、どうも、そうでもなさそうだ」

「そうですかね」

「舞台も初日から三日四日は大出来で、私も御褒美《ごほうび》に何か買ってやるつもりだったが、このままでは、菅秀才、落第だ」

「ふむ、ふむ」栄さんは、ほかに客もいないので、隣の椅子にかけてしまった。

「仕様がないわねえ、おとっつァんは」

劇場が入れこみをするまでは父の店を手伝っている加奈枝が、わざと大声で、たしなめた。祭りが好きで、みこしについて歩き、一ぺんでいいから男の子のふりをして、かついでみたいといっている、この娘が、雅楽は、可愛くて仕方がなかった。

「それで、崇徳院てのは」と栄さんが、尋ねた。

「いえね、今の落語の若旦那のように民蔵が恋わずらいをしているのじゃないかと思ってね」

「そんな、馬鹿な、小学生でしょう、まだ十一か十二でしょうに。そんな子供が」

「いや、それはわからない。役者の子は、世間の子供よりませているものだ。濡れ場の芝居も、舞台の袖《そで》から見ている。おどりの稽古にゆけばクドキで、唄の文句からして、きわどい言葉があって、まともには説明しなくても、色目を使うことをひとりでにおぼえたりする。どうしたって、ませる」

「そんなものですかね」

「色の道は、世間様より、五年は早いだろう」

「それは、高松屋《たかまつや》が、特別だったんじゃアないの」と栄さんがいったので、「ばかをいえ」と雅楽は、わざと目をむいた。

その翌日、お末婆やが、雅楽の部屋に、そっとはいって来たのは、二番目の長兵衛の内《うち》があいている時間である。

獅子丸が長兵衛、民蔵が長松で、二人とも楽屋にはいない。婆やは、ふだんは、舞台を黒いすだれのかかっている下座《げざ》の脇から見ているのだが、この日は、雅楽を訪ねたわけである。

雅楽のほうは、前の村山座から水野の顔のこしらえは、もうできている。衣裳は変わっているが、訪ねて来た長兵衛に応対するための衣裳も着ているから、かつらを着ければ、いいのである。そういう夏姿の旗本の前に手をついた婆やが、「あのう」と心細い声で、話し出した。

「これは坊ちゃんのことをよほど心配して下さる方だと思うのですが、どっか悪いんじゃないのかという電話が二回ほど、家にかかったんで、ございます」

「ほう」扇を手にして、姿だけ水野になった雅楽が、興味深そうに、うなずいた。冬だから、あおぐためには使わないが、小道具としては、やはり役に立つ。

「その電話、最初は、おかみさんが出ました。二度目は私でしたが」

「声は男かい、女かい」

「女の声でした。お名前はと訊くと、芝居を見ていて、何だか変だと思ったので、私は獅子丸さんよりも、民蔵坊やのひいきなんですと申しました」

「民蔵坊やといったんだね」

「はい」

「おいくさんは、何といっているんだね」

「何だか気になりますわねと申しあげたんですが、おかみさんは、別に私は、坊やはどうってこともないと思うがね、とおっしゃっていましたが」

「ほう」

「ところが、さっき、楽屋に電話があったんです。同じ女の人の声で、たしかに坊やは変だから、気をつけたほうがいい、その証拠に菅秀才が手習をしている時に、書いている字が変わっているというんです」

「これはおもしろい」と雅楽は、ひと膝、乗り出した。

しばらく黙っていたが、雅楽は弟子の楽三《らくぞう》を呼んで、「小道具の部屋に行って、寺子屋の手習草紙を借りて来ておくれ。菅秀才のだけでいいんだが、さがすのが面倒だから、みんな持っておいで」と命じた。

五分ほどして、楽三が持って来た草紙を、雅楽がテキパキと整理している。いわば寺子屋の師匠が習字の出来をしらべている図だが、姿は上布《じょうふ》に夏羽織の旗本なのだから、珍《ちん》であった。

拙《つたな》い字で「いろはにほへと」と書いたのや、「天下一」なんていうのがある。「へのへのもへじ」は、よだれくりの役者が描いたざれ絵である。

べつに、墨《すみ》の汚れもすくなく、折り目も正しい草紙があり、それが、菅秀才の子役、つまり民蔵が初日から書いて重ねて行った文字だということは、すぐわかった。

じつはもう一枚で草紙がおわり、中日かその前後に、新しいのを一帖渡すのが普通だが、十二日目なので、草紙がそのまま残っていたのが、雅楽のためには、幸せだった。

下のほうから見てゆくと、小学生にしてはうまい字で、「いろは」「いろはに」「あいうえお」などと書き、日によって、「天地玄黄《てんちげんこう》」という千字文《せんじもん》の冒頭の四字、あるいは、「さくやこのはな」などとあって、これは、おそらく、母親のおいくが、教えたのにちがいない。

七日目は「いろは」で、なぜか、下のほうに「たみざう（注、旧仮名づかい）」と名前を書いている。八日目のは、書いた字の上を太い筆で抹殺《まっさつ》したものだが、はみ出して残っているのを見て、「あひたいあひたい」と読めた。

のぞきこんでいるお末が、「あひたいって、何でしょうね」と雅楽の顔を見た。

「やっぱり恋わずらいかな」と相手に聞こえるような声でつぶやいたあと、もう一枚、めくると、これも消してあったが、「ははうへにあひたい（母上に逢いたい）」となっている。

「お末さん」と雅楽がすわり直して尋ねた。

「きょうが十二日目だが、六日目あたりに、何か変なことがなかったかね」

「変なことと申しますと」

「たとえば、お末さんが電話か何かに呼び出されたが、話がとんちんかんだったとかいったことさ」

「ありました、ありました。そんなことがございました」とお末が即答した。

三

お末の説明によると、こんなことがあったという。

「寺子屋」と「湯殿」とのあいだに、獅子丸がひげを剃ってもらいに栄床に行っている留守だった。

「息子さんが面会です」という連絡が頭取からあったので、日曜でもないのにどうしたのだろうと思ったが、公用外出ということもよくあるから、近所に来たので寄ったのかと思い、民蔵に「ここにいらして下さいよ」と念を押して、お末がいそいそと楽屋口にゆくと誰もいない。もしやと思って、劇場の裏まで行ったが、誰も聞いていないという。頭取に聞くと、さっき置き手紙で「午後六時にお末さんに、息子さんがたずねて来ます」と書いてあったのだという。きつねにつままれているような顔で、部屋に帰ったが、そのあと、九日目にも、もう一度似たようなことがあった。その時は、何となく民蔵の手をひいて部屋を出たが、やはり、犯人不明のいたずららしかったというのだ。

「その置き手紙は、女の手（蹟筆）じゃなかったかね」と、雅楽がいった。

「さア、おぼえていませんが」

「手習草紙の七日目に、たみざうと書いている。八日目には、あひたいあひたい、九日目がはうへにあひたいとなっている。その最初の妙な置き手紙は、たみざうと書いたあとの話だが、八日目に、まったくちがう字になっているということが、奇妙だね」と、雅楽は腕を組んで考えていた。

次の日は興行の十三日目になるが、ゆうべから、手がすぐにも届きそうで、真相がつかめずにいた雅楽が、源蔵の役の終ったあと、民蔵の菅秀才が今し方書いた文字を見ると、キチンとした楷書《かいしょ》で、「いろはにほへと」と初日と同じように書いていた。

「これは、お末婆やに何かいわれたのに、ちがいない」と察した。あとでたしかめたら、果して、その通りだった。

お末は、この日の朝「きのう、雅楽のおじさんから、きめられたいろはにほへとを書くようにといわれましたよ」と注意したのだそうである。

栄床の娘の加奈枝は、花を習っていて、好きな雅楽の部屋には、しじゅういけに来る。その日も夜になってから、水仙と南天をいけに来ていた。

「加奈枝ちゃんはいろんなことを宣伝部で耳にするらしいが、民蔵坊やは、獅子丸の養子だったかね」と訊いた。

「おじさんが知らないことを私が知っているわけはないけれど、坊やは富田屋さんに、よく似ているじゃありませんか。鼻から口のあたりが、そっくりですわ」といった。

「そうだな」と雅楽は腕を組んだ。それからしばらく考えていたが、ハタと膝をたたき、明るい顔で雅楽がいった。

「楽三、照明室に行って来ておくれ、二階の東の桟敷《さじき》の一番舞台寄りの所に、スポットなんかがおいてあるだろう。あすこに劇場の誰かがはいって芝居を見せてもらったりすることはないか、あるとしたら、それは誰かと聞いて来ておくれ」

大幹部からの質問なので、何かしくじったのだと思ったのか、電気主任という肩書のある野寺という技師が、神妙な表情で、弟子につれられて、はいって来た。

「じつは、初日から毎日、あすこで、『寺子屋』を見せてくれといって、私にたのんで、お客様からは隠れるようにして、舞台を見ているひとがいますんで」

「ほう」

「申しわけありません」

「邪魔になるわけじゃないから、あやまらなくてもいいんだが、それは誰だい」

「別館の二階で、和菓子の店を出している甘泉堂のおかみさんです」

「ああ、あのほっそりした、梅村蓉子《うめむらようこ》に似たひとだね」と雅楽が日活の花形女優の名前をいった。

「どうしてわかったんですか」と、先日から民蔵の様子がおかしくなっていることを小耳にはさんでいた加奈枝が、いかにも興味深そうに、話に割りこんだ。

「わかったよ。坊やは、あのおかみさんに惚れちゃったんだ。だって、美人だもの」

「菅秀才に出ていて、照明室が見えるんですか」

「見えるはずがない。第一、若君がキョロキョロするわけには行かないじゃないか」

「じゃア、どうして」

「楽三、お末を呼んでおいで。今舞台の袖にいる。獅子丸も子供も舞台だ、ちょうどいい」

お末がすぐ来た。息をはずませている。

「民蔵坊やは、甘泉堂のおかみさんに会ったんだよ。お前さんが、いい加減な置き手紙にだまされて、うろうろしている十五分ぐらいの間に」

「どうして又、それが」とお末は、目を見はった。

「菅秀才の書いている字が、この際問題だ。それを見つけるには、舞台に近い二階か三階の席からだと思ったが、どうも毎日見ているとしたら、この小屋の中にいる人間だ。私はそれを女の人だと考えた。電話の声が女だからね」

「はア」

「私はこう思う。その女が毎日見ていると、ある日、坊やが、たみざうと書いた。自分の名前を書いたんだ。菅秀才が、民蔵と書くのはおかしいのだが、まアこれは仕方がない。それを見ていた女の人は、どうせへのへのもへじでなければ、何を書いてもいいのなら、こう書きなさいと教えたくなった。菅秀才は両親と別れてくらしている。ことに母親を恋しがっている。だから、母上に逢いたい、逢いたいと書くのがいい。それこそ菅秀才の心持の出ている字だと教えたくなったのだろう。そういう女の人が、民蔵に近づくために、作り話で、お末さんを部屋から連れ出したんだ」

「そう、そうなの」と加奈枝は聡明《そうめい》そうな顔でうなずく。お末は、泣き出しそうな顔をして、雅楽の次の言葉を待っている。

「毎日『寺子屋』を見る女の人、それは寺子に出ている子役の身寄りだろうと、照明室は考えて、そっと見せていた」

「はア」野寺がかしこまって答えた。

「双眼鏡か何かでのぞいて、民蔵が教えた通りに書いたので、満足したと思う。その女の人は、いま野寺君に聞くと、二階の甘泉堂だった。甘泉堂のおかみが、民蔵にわざわざ、そんなことを教えに行ったのはなぜだと思うね、加奈枝ちゃんは」

「さア、わかりませんわ」

「民蔵が可愛くて仕方がない、ひいきのおばさんなのだ。あんまり可愛がられると心配なので、獅子丸のところでは、甘泉堂にゆかせまいとして、別館はもちろん、小屋の表には一切《いっさい》足を踏み入れさせない。和菓子を食べないほうがいいとしつけたのも、そのことと関係があるかも知れないのだ」

「まア」

長年付き添っている「坊ちゃん」に関する、重大な話が初耳だということに狼狽《ろうばい》して、お末はべそをかいていた。

「甘泉堂のおかみは利口な女だ。余計なことを教えたわけではない、菅秀才のために、菅秀才の役を立派なものに完成するために、その性根《しょうね》を教えたんだと、万一の場合も言いひらきをする用意のある教え方をしているが、母上に逢いたいと、仮名で書かせるなんて知恵は、この私、武部源蔵の役者にも、つけることができなかったぜ」

野寺が出てゆき、加奈枝が帰ったあと、まもなく長兵衛の内の場が切れるのを気にして、中腰になりかけていたお末に、雅楽がいった。

「民蔵には、もう何もいいなさんな。きょう、いろはにほへとと書いたし、さっきの舞台はキリッとしていたから、もう心持は、落ちついたのだろう」

お末が出て行ったあと、そろそろ水野の屋敷の舞台に出なければならない雅楽が、かつらを着けながら、楽三にいった。

「あした、何となく、甘泉堂に行ってみよう。あの店には、葡萄玉《ぶどうだま》は売っていたかな」

「さア」

「そうだ、お前は酒しか気にならないのだから仕方がない」

楽三はちょっと赤面して、頭を掻いた。

「あの店のあるじって人はいるのかね」

「いるはずです。大正座には来ないようですがね。娘さんがいます。小学の一年か二年で、おっかさんによく似て、ほっそりとした、愛くるしい子ですよ」

「しかし民蔵って坊主も、一目見て、あのおかみさんが好きになったんだから、ふしぎだな」と雅楽がいった。「まったく、これは、ふしぎとしか、いいようがない」

「小学生が、よそのおかみさんにね」と、楽三がいった。「ませてますね」

「ませてるってことじゃ、多分、ないだろう」と、ゆっくり雅楽がいった。その顔は、人の心をいたわる表情であった。

「何なら、民蔵坊やに、甘泉堂の娘と遊ばせたら、どうでしょう」楽三がポッンといった。

「母親似の美女ですよ、あの子は」

「本気になられたら困る」

「いいじゃありませんか」

「困るんだよ、それが」と旗本姿の雅楽は苦笑しながらいった。

「兄が妹に惚れるわけにはゆかない」

二枚目の虫歯

中村雅楽《なかむらがらく》が推理力というものを、いつごろから自覚したのか、これは私が長年聞いてみたいと思っていることであった。

折にふれて話をそっちのほうに持って行っても、老優は何となく逃げていた。しかし、思いがけぬキッカケがあって、雅楽がはじめて事件らしいものにかかわり合い、それを解決した話を、してもらえることができた。

キッカケというのは、若手歌舞伎が、芥川龍之介の「好色《こうしょく》」という短編を脚色して、人気スターの隆夫が主役を演じる話がおこった時、「竹野さん、この芝居は昭和のはじめに上演しそうになり、結局おくら（とりやめ）になったのです」という話から、この物語の平中《へいちゅう》といういろごのみの青年の役をする予定だった佐野川燕糸《さのがわえんし》の回想がはじまり、そのついでに、燕糸にまつわる小事件を聞かされたわけである。

「若死した役者ですが、二枚目という言葉にピッタリ当てはまる、いい男でしたよ」

雅楽はなつかしそうに語った。「私とほとんど年がちがわないから、生きていれば、いい年ですがね。男にも佳人薄命《かじんはくめい》というのが、あるのかな」

例によって私は、その時聞いた話を、小説の形にしたててみることにした。

一

「忠臣蔵」の通しが大正座で上演されたのが、昭和三年のくれで、五段目、六段目の勘平《かんぺい》に扮したのが、当時売り出しの若手の燕糸だった。

この時の芝居は由良助《ゆらのすけ》と師直《もろのお》の二役を、みんなが「根岸《ねぎし》の小父さん」と呼んでいる由美蔵《ゆみぞう》が演じる以外、判官《はんがん》、おかる、平右衛門《へいえもん》その他のおも立った役を三十代の役者が分担することになり、雅楽は若狭助《わかさのすけ》と二人ざむらいの不破数右衛門《ふわかずえもん》をしていた。

勘平は、燕糸が明舟町《あけふねちょう》の十五代目の家にかよって、五代目菊五郎《きくごろう》のつくった型を、手とり足とり、教えてもらった。音羽屋《おとわや》系の演出は、勘平に限らず、手順がよくできていて、無駄がない。

燕糸は男前で、口跡《こうせき》がよく、姿がいいのだから、勘平は共演している雅楽が見とれるほど、よく仕あがった。いい素材を使って名手が彫る像のように端正な役づくりになったのだ。もちろん観客の評判は上々だが、各紙の劇評も悪くなく、口のわるいので評判の閻太郎《えんたろう》も、「色にふけったばっかりに、と右手で頬をたたくと血染《ちぞめ》の手形が残る。ゾッとするほどの美しさ」と書いた。

ところが、五日目の舞台で、腹に刀をつき立てた勘平が一度倒れてからおきあがり、「いかなればこそ勘平は」という長ゼリフになった時、いつものさわやかな声が聞かれない。そればかりか、闇太郎が絶讃した「色にふけったばっかりに」で、燕糸は頰をたたかないのである。何となく、気勢もいつものように上らないが、手負《ておい》いになった男の息づかいを示す場面だから、そのほうは目立たないにしても、劇評で「ゾッとするほどの美しさ」とあるのを読んで期待していた観客は、おそらくガッカリしたにちがいない。

千崎弥五郎《せんざきやごろう》をしていたのは先代の獅子丸《ししまる》だが、幕切れに格子戸《こうしど》の外で勘平を片手で拝んだあと、先に立って楽屋にいつもならさっさと行くところを、わざと待ち合わせて、燕糸に呼びかけた。

「精《せい》ちゃん（本名）どうかしたのかい？　今日は。頰っぺたを叩かなかったが」

「うん」と燕糸はいった。

「どうして？　あの型は音羽屋のほうでは、大切な型だぜ」

「うん、きょうはちょっと」と言葉を濁《にご》す。

雅楽はうしろのほうから並んで歩いて来る二人の声でふり返った。そして燕糸に聞いた。

「あのセリフが、気がさすのかい。それとも、歯でも痛むのか」

するると燕糸が目を見はって、「どうしてわかる、両方だ」といった。

自分の部屋に帰ると、顔を落しながら、雅楽はひとりでクスクス笑った。「どうしてわかる、両方だ」という云い方が、いかにも二枚目で、多少おっちょこちょいの燕糸らしかったからである。

燕糸はその年二十七歳で、独身だった。しかし、もててもてて、どうにも仕方がない。子役の時に、大幹部の芸養子になり、そのまま順調に育った役者であるが、十五歳で、年の十も上の芸者と深い仲になったのがはじまりで、ずいぶんいろいろな女出入りがあり、その半分ぐらいは、雅楽も知っていた。

男の友達にはそういわれてもピンと来ないのだが、雅楽のつきあっている花柳界の女で、直接燕糸とは口を利いてもいない年増《としま》のいく人かが、「燕糸ちゃんを見ていると、何となく面倒を見てあげたくなるのよ」といった。これがいわゆる岡惚《おかぼ》れの発言で、親身になって世話を現に焼いている女が、この役者の周囲に、いつも二三人はいた。

若い時から、異性とこんなふうにかかわって来て、世の中ってそんなものだと思いこんでいるようなところが、燕糸にはあり、だから照れるという性格が薄かった。

勘平の原型を作ったといわれる三代目菊五郎には、鏡を眺めながら、「どうして、おいらはこんなにいい男なんだろう」とつぶやいたという伝説が残っている。燕糸も、「ぼく、何となく可愛がられるんです」と平気で、十五代目にいって、プレイボーイで鳴らした大先輩を唖然《あぜん》とさせたそうである。

その時、雅楽が帰り支度をしている所に、燕糸がはいって来た。グレイのズボンに、紺の上衣、赤いネクタイという、寸分の隙もない瀟洒《しょうしゃ》なスタイルである。

「ハイカラだな」と、こっちは結城《ゆうき》の対《つい》を着ている雅楽がひやかした。「どう見ても、活動写真の二枚目だ」

「高松屋《たかまつや》、じつは歯が痛くてたまらないんだが、たしか君には懇意《こんい》な先生があったねえ」

「うん、茅場町《かやばちょう》の桃田《ももた》さんは、ずっとかかりつけている先生だ。安心してまかせておけば、痛みは止めてもらえるよ」

「何しろ、ゆうべは痛んで、夜っぴて、寝返りばっかり打っていたような気がする」

「さっそくゆくといい。何なら夜だが、これからいって、見ていただいたらどうだ」

とりあえず、雅楽が電話で紹介、燕糸の歯は一応痛みを止めたが、千秋楽《せんしゅうらく》になってから、一度ていねいに手入れをし、場合によっては悪い歯をぬいてしまうといった根本治療が必要だといわれた。

ところで、翌月の春芝居は、丸の内の劇場に燕糸がひとりだけ特別に招かれて出ることになり、前の年の夏に自殺した芥川が原作の「好色」の主役を演じる話がきまった。出し物はほかに「千本桜《せんぼんざくら》」の三段目、女優の喜劇といった並べ方だったが、燕糸は、平中という平安朝の若者のほかに、椎《しい》の木場の小金吾《こきんご》を演じることになっていた。

そのころでも、新しい脚本で、前評判を立ててもらいたい時に、稽古のはじまった段階で、扮装をした写真を撮ってジャーナリズムにくばるという例はあった。燕糸の平中のスチールは滅法《めっぽう》美しかった。

この稽古中に、燕糸は、アメリカの女性と知り合う。それが、ちょっとした事件に発展するのである。

喜劇は「アイラヴュー」というので、早口で知られた李津子《りつこ》という女優が、アメリカから帰国したばかりの女学者で、道楽者の父親に英語で意見するというふしぎな趣向があった。たまたま作者のゴルフ仲間に、アメリカ大使館の一等書記官がいて、「一度日本の劇場のリハーサルを見せてほしい」といったので、ある日曜日の午後、大正座にゆく前たまたま燕糸が行っていた時に、夫婦で、その「アイラヴュー」の立ち稽古を見に来ていたのである。

燕糸は、書記官の夫人の美貌に打たれた。どう見ても、リリアン・ギッシュという感じの魅力がある。楚々《そそ》としていて、しかも色気が充実している。もともと西洋人は彫りの深い目鼻立ちを持っているのだが、この夫人は舞台に立ってでもいたのではないかと思わせるほど、自分の顔の長所を一層いきいきと活かす方法を知っていた。

いろいろな女を見て来た役者だが、アメリカ人をこんなに身近に見るのははじめてで、肉体的に熟した果実のような、ヘレンと呼ばれているこの人妻に、燕糸はひと目惚れをしてしまった。

李津子がペラペラとしゃべる英語は、この女優が外国に旅行した時、わざわざ特訓を受けている位だから、発音もある程度確かだったが、それでも本物のアメリカ人から見ると、おかしなところが、かなりあったと見える。

そして、ヘレンはきっと言語について敏感で、しかも親切だったのであろう。稽古を見ているうちに身を乗り出し、しまいに「オオ、ノー」と叫んで、李津子の発音を直そうとした。

大正座には午後五時に着到《ちゃくとう》しなければならないので、燕糸はヘレンに目礼して、うしろ髪を引かれる思いで丸の内から浜町に向ったのだが、タクシーの中で、めずらしく昂奮しているのに、自分でもおどろいていた。

金髪の女性は、もともと高嶺《たかね》の花というよりも、文字通り異人種で、自分とは何のえにしもないと思っていたのだが、さっき、喜劇の作者に、夫もろとも紹介され、握手した感触が何ともいえぬ余情《よじょう》になっている。あの時、ニッコリ笑った表情を見れば、充分、自分に好意を寄せてくれたにちがいないと、この二枚目は確信を持っていた。

二

丸の内の劇場の支配人に、燕糸はわざわざ電話をかけた。

あのアメリカの女性が、稽古場にまた来るようなことがあったら、ぜひ連絡してもらいたいとたのんだのである。

さすがに気がさすので、燕糸は、もっともらしい口実を考えた。自分は前から英語を習いたかった。しかし舞台に毎月出ていると、勉強する時間がない。しかし、芝居に出ていても、午後四時から九時半まで、のべつに役をしているわけではないのだから、そのあいだに家庭教師のように、個人的に教えに来てくれる先生をさがしていた。

「もしよかったら、あのヘレンさんに、そういうことが願えないかと思って」というと、支配人は、「それなら私のほうから聞いてあげましょう」といった。燕糸がめったに出演しない劇場なので、この若い二枚目の行状《ぎようじよう》にもうとく、女好きの独身者がこんどは外国人に熱をあげたのだとは、つゆ疑わぬ応対であった。

雅楽にすすめられて、茅場町の歯科医にかよっている燕糸が、勘平の役がすんで、帰りに雅楽のところに顔を出した。

「これが来月の平中の写真だ。見てくれ」

「何だい、この顔は、いやにしかめ面《つら》をしているじゃないか。おかるの恋人とは大分ちがうぜ」

「だって、この役は、色好みの美男子ということにはなっているが、じつは三枚目で、ドジを踏むんだ」と燕糸はいった。「そのへんが、案外、ぼくに向いているかも知れない」

「まるっきり、私は知らないんだが、どういう筋なんだい」と雅楽が尋ねた。

「平中という男が、宮中の侍従という美人にあこがれて、せっせと文《ふみ》をやる。しかし、女のほうは物堅《ものがた》くて、なびかない。それで平中はあきらめようとして、その女が不浄にはいって排泄《はいせつ》するものを見ようと思い、手をまわして、その館《やかた》のはしためにたのむ。女はそれを知って、便器に香木《こうぼく》を入れておくという話さ」

「そんなのが、芝居になるのかね」雅楽も呆れた。

「芥川龍之介さんの小説を脚色したといっても、その前後は、いろいろと天野先生（劇作家）が綾《あや》をつけているから、芝居にはなるんだ。平中の家の下男と、侍従に仕えるおはしたが、じつは恋仲だったりして、そのおはしたをする女優がおもしろそうだ」

「侍従の役も、むろん女優なんだろうね」

「これは、加久子《かくこ》さんがする」

「それで、このしかめ面は何だい」

「届けられたおまるをあけて、あの美しい女は、こんなことまでして、自分を無視したのだとわかり、女にいつも自信を持っていた男がギャフンといわされた瞬間の顔なんだ。見てくれ、こっちの写真は、すまして、いい男だろう」

「君は平中に似ているな、なるほど」と雅楽が首を振った。「いい男だろうといいながら、自分の写真をつき出して、ニッコリ笑うんだから」

「そう思いこんでいなければ、勘平なんか、できないよ。音羽屋の家では、勘平をする時は、われこそ日本一のいい男だと自分に暗示をかけることになっているんだと、明舟町の小父さんがいっていた。家代々の口伝《くでん》だそうな」

「それは私も知っている。私は勘平の柄《がら》ではないから、口伝を聞いても仕方がないがね」といって、雅楽は話題を変えた。「時に茅場町の桃田先生、行っているんだね」

「うん、大分痛みは薄らいだが、毎日行かなければならないのが、面倒臭くてね」

「そりゃア仕方がない」

「長い間、ほうりっ放しにしていたから、歯ぐきが大分いかれている。歯槽膿漏《しそうのうろう》というやつだ。困るのは酒をとめられたことだよ」

「そりゃア気の毒だ。しかし、たまには、禁酒もよかろう。五臓六腑《ごぞうろっぷ》の休養になる」

雅楽はこの燕糸の酒には、つきあわされて、いつも迷惑していた。雅楽も嫌いではないのだが、性格的に律義《りちぎ》だから、節度を守る飲み方で、晩酌にしても、寝酒にしても、自宅で飲む時は、キチンと量をきめて飲む。

たとえば、ウイスキーのボトルから、小型のポケット瓶に移しておいて、その小瓶の三分の二で打ち切るといったメドを立てて飲むのだ。外で友達と飲んでいる時は、まさか、そんなわけにも行かないが、一定の量に達すると、何となくもうやめたほうがいいという信号がてきめんに伝わるので、さりげなく、やめるわけだ。

そういう雅楽が、燕糸には気に入らない。女の遊びでも、この二枚目は、自由奔放《ほんぽう》だが、酒もそうで、ビール、日本酒、洋酒、チャンポンでも平気だし、肝臓が丈夫なのか、どんなに飲んでも、まだ二日酔いをしたことがない。

ただし、酔ってしまうと、ある時からの記憶を、ケロリと喪失してしまうのが困った癖で、もちろん、それでも、自分でタクシーを拾って、ちゃんとわが家には戻っているのだが、翌朝になって、最後に誰とどこに行って、何をしたかというのを、まるっきり忘れている時がよくある。

雅楽は、はじめは、それを、燕糸が煙幕を張っているのだと思った。つまり、物忘れがひどいと宣伝しておけば、大抵の失敗は、酒の上というふうに、寛大に取扱ってもらえる。

一般の酔っ払いでさえ、飲んでいたのだからといえば、ある程度大目に見てもらえるのである。まして、人気のある二枚目ならば、世間は甘やかしてくれる。

そう思っていたのだが、どうも記憶の喪失は、ほんものらしい。時々、目がさめると、まるで知らない町の知らない旅館に寝ていたりする。そうかと思うと、まったく聞いたことのない名前の女が花を届けて来たりする。「どこで会ったひとだろう」と考えていると、劇場に電話がかかって、「ゆうべ、待っていたのに、なぜ来なかったの?」と詰問《きつもん》され、番頭にしらべさせると、「十日前に銀座のバーのカウンターで偶然知り合って、そのあと家まで送っていただいた時にお約束したんです」などと相手がいう。

雅楽は、燕糸に忠告した。「今のところ、そんな他愛のないことですんでいるが、そのうち、酔って女とどうにかなって、子供でも抱いて来られたら、どうするんだ」

燕糸も、そういわれて、シュンとなった。

「いいことがある。タクシーで家に帰れる位だから、あとで忘れるにしても、飲み歩いている時には、意識は一応しっかりしている。梯子《はしご》をして歩いた店を、あとから何かの時に知っておくと都合がいい。まず店にはいったら忘れずにそこのマッチをポケットに入れて、翌日、自分の歩いたコースをそれで思い出すんだね」と雅楽は教えた。

酒を歯のために飲まずにいる燕糸は、何となく、陸《おか》に上った河童《かっぱ》のようだったが、こうなると、ほかに時間のつぶしようがない。平中の役づくりに、いろいろな工夫をし、この主人公があでやかな上臈《じょうろう》を恋いこがれる気持を、どう表現すればいいのかということに没頭していた。

いまの燕糸には、打ってつけの状況が一方にはあるわけで、丸の内の劇場で会った、目の大きなあのアメリカの人妻を、朝から夜まで、のべつに思っている。その気持で、平中がうまくできそうな気がしていた。

ヘレンがもう一度来ると聞いたので、大正座に行く前に、稽古場に寄り、隅のほうで見ていた。主役の李津子が、「あら、きょうは天野先生はいらしていませんよ」といった。「ちょっと衣裳の打ち合わせに寄ったので」と誤魔化《ごまか》したが、ヘレンは目ざとく、スタッフのうしろのほうにいる燕糸を見つけて、片目をつぶったりする。

「おぼえていてくれたんだ」と、思わず笑顔になってしまう。

李津子が如才《じょさい》なく、二人を接近させてくれた。しかも、通訳までして、燕糸が英語を勉強したいといっていると、ヘレンに話したのである。

ヘレンは首をかしげて、早口でしゃべっている。そばにいる支配人が燕糸にいった。

「私の英語は、アメリカの日常語で、キングス・イングリッシュじゃないといっています」

「キングスっていうのは何のことなのさ」

「イギリスの標準的な、立派な英語ということです」

「立派でなくても、用がたりればいい。いや、ヘレンさんに会えればいいんだ」と正直に燕糸がいった。うっかり本音《ほんね》を口走ったといったほうが、正しいが、李津子が笑って、「あきれたわ」といった。しかし、ちょっと怪訝《けげん》な顔をしているヘレンには、「彼はぜひあなたに習いたいのだそうです」とだけ説明してくれたらしい。

「とりあえず一度、御飯でも食べて、それから、いつどこに来ていただくか、相談したい」と申し入れる。

そこにいる支配人も李津子も、酒好きである。尋ねてみると、ヘレンも酔って騒ぐのが決して嫌いではないらしい。

もう歯の療治なんかかまっていられない。幸いに三日前から、勘平で頬をたたく型をしても痛んでないから、少しぐらいは飲んでも差し支えあるまいと燕糸は勝手にきめ、その夜、大正座の自分の役がすんだあとで、人形町で食事をしようときめた。

ヘレンもはしゃいで、「美しいスターとゆっくり会えるのを喜んでいる」と、愛想のいい返事をした。何もかも、流行語の万事ＯＫであった。

三

しかし、面倒なことがおこったのである。

ヘレンをもてなした日は、久しくやめていたためか、早く酔いがまわってしまった燕糸が、ここ数年これほど惚れたという気持になった覚えがないと思う相手と、同席した喜びに有頂天《うちょうてん》になり、ポケットから翌朝出て来たマッチの数が七つもあるというほどのはしゃぎようであった。

平中の稽古もボツボツはじまり、丸の内の劇場でヘレンと顔を合わせる。英語のからきし出来ない燕糸は、手まねで一杯のみませんかと合図すると、役者の演技力で、以心伝心、すぐ話が通じてしまう。

はじめのうちは、通訳の意味で支配人を誘ったが、そのうちに二人だけで、銀座で飲んだりするようになった。

もう年も押しつまって、街頭では、サンタクロースの姿をしたサンドイッチマンが、ビラを配ったりしている。

救世軍の慈善鍋の前を通った時、燕糸が何となく見栄《みえ》で一円札を投じると、英語でヘレンにも礼をいった女の士官が、「鬨《とき》の声《こえ》」という新聞をくれた。

ボルドーというバーのボックスに落ちつくと、ヘレンがその新聞を見ながら、「わアくらい」といった。

「アメリカのこういう店は、暗くはないのですか」と尋ねたかったが、英語ができないので、「イエス」とだけいった。

それでも酒は便利なもので、言葉の通じない二人のあいだに、すぐ心やすい空間が生まれる。それにヘレンのほうは、片言《かたこと》ながら、日本語がしゃべれるから、大抵の用は通じた。

その夜も、しまいは、したたかに酔ってしまった。ボルドーはゆきつけの店なので、時間を見はからって、弟子が迎えに来たが、そのあと、ヘレンと三人でまた二三軒行ったようだ。

ただしこの弟子は、燕糸に聞かれても、ニヤニヤ笑っているだけなので、手がかりがない。

しかし、ヘレンが自分にいい感じを持っていてくれることだけは、間ちがいなかった。

雅楽に燕糸がいった。

「平中がおわったら、一度ヘレンと二人で、箱根へでも行きたいな」

「ばかな」と、さすがに雅楽は顔色を変えた。「相手は人の奥さんだぜ。しかも旦那は外交官じゃないか。事が明るみに出たら、国と国との大問題にもなりかねないよ」

「しかし、ぼくは、あの女ほど、いま抱きたい女はいないんだ。いや、今までにも、これほど恋いこがれた覚えはない」

雅楽は何とかしなければいけないと思った。この向う見ずの二枚目は、子供がオモチャを欲しがるように、ヘレンという女性のほうに手をのばして泣き叫んでいる。放っておいたら、一大事だ。

平中の稽古場に、ヘレンの夫が姿を現わしたのは、そういう会話を二人が交わした翌日だった。

はじめは平静に挨拶していた書記官が、突然、顔を真っ赤にして怒り出した。そして、燕糸を指さして、ののしる。隣の稽古場から支配人が飛んで来て、事情をきくと、「この男は失礼だ」といった。

じつはその前の晩も、燕糸はヘレンと会っていた。そして、そのことがわかって、アメリカ人が怒鳴りこんで来たのだと、その途端、燕糸は直覚した。

青くなって、平あやまりにあやまった上で、大正座にいったが、さすがに、神妙に顛末《てんまつ》を、雅楽に説明した。

「はじめから怒っていたわけじゃないんだね」と雅楽が念を押した。

「うん。部屋にはいって来た時は、ハウアユーと手を出して、ニコニコ笑っていた。丁度天野先生が加久子さんのぬき稽古をしていて、ひまだったので、ぼくは平中の写真を見せたんだ。そうしたら急に怒り出したわけだ。平中のスチールの中で、一番ぼくの自信のある写真を見せたので、急に腹が立ったのかも知れない」又しても、ぬけぬけと燕糸はいった。

「まさか、君、ゆうべも、ヘレンと会ったわけじゃないのだろうね」

「いや、じつは、ゆうべも会っていたんだ。ここ（大正座）に電話がはいったので、はねてからボルドーでかなり長く飲んだ。それから最後はきっと家まで送ったのだと思うが、よく覚えていない。ただ、ぼくの着ていたスーツに、香水のにおいがタップリ浸《し》みていたから、もしかすると」と言葉をにごす。

「おい、まさか、君」

「大丈夫だとは思うが、何しろ酔うと、前後不覚になるのだからどうも」

「きょうはよせよ、きょうだけは酒をやめて、あしたの朝、桃田先生の所にいきなさい。そうしなければ破滅だよ」と、雅楽は友人の身を案じて、忠告した。

燕糸は、その翌日、茅場町の歯科医院にゆく。桃田先生が笑いながらいった。

「いけませんな、大分飲んでいるというじゃありませんか。歯もめちゃめちゃです。これでは、来月舞台に出ている途中で、歯が浮いて、セリフがしゃべれなくなりますよ」

「高松屋から何か聞かれたんですか」と燕糸は心細そうに質問した。

「ゆうべ電話がありましたよ」といいながら先生は二枚目の口の中に、ピンセットをぐいと入れた。そして、それを引き出し、診療台のうしろの棚から出したガラス板に何かを載せ、虫めがねでじっと見ている。

桃田先生は、いった。

「燕糸さん、これは何でしょうな」

ピンセットでもう一度つまみあげたものを、この歯科医がつきつけたので、よく見ると、何とそれは金髪らしい。色はヘレンの髪の毛と、そっくりである。

燕糸はふるえ上った。

四

雅楽に招かれて、丸の内の劇場から、大正座まで、支配人が来た。

「じつはさっき、茅場町の歯の先生のかえりに、燕糸が家まで来て、ヘレンというアメリカ人と深くつきあいはじめているという話を、はじめから、くわしく聞いた所ですよ」

「いや、偶然稽古場で会った時、紹介したのが私なので責任を感じています。しかし、私には、ヘレンさんの主人が燕糸さんの所に、妻が不貞を働いたのを知ってのりこんだとは思われないのですがね」

「写真を見せたら、急に怒りだしたとか」

「そうですか。あの書記官は日本語が達者だし、もし何かあったら、日本語でゆっくり話すはずですよ」

「そうですね」

「ヘレンさんも多少は話すんです」と支配人がいった。

「そういえば、ボルドーというバーで、わアくらいといっていたって、燕糸が話してました」

雅楽が縷々《るる》物語られたヘレンとのいきさつを伝えると、支配人が笑い出した。

「わかりましたよ、それで」

「何ですか」

「かんちがいです。燕糸さんがアメリカ人に自分の写真を見せた時、平中という役の名前をいったのです。それを相手はアイヘイチュー（I hate you. 私はお前が嫌いだ）といったのだと誤解したのです、きっと」

「しかし、なぜ、そんなことがわかるのです」と雅楽が目を丸くして反問した。

「救世軍の新聞を見ながら、ボルドーで、ヘレンさんが、わアくらいといったのは、日本語じゃないのですよ。ときのこえというあの新聞を、英語で、ワークライ（War Cry）というのです。その話を伺ったので、私にはピンと来たのです」と支配人がいった。

二人が話しているところに、まだ部屋着のまま、燕糸がはいって来た。しょげきっている。

「どうしたんだい、精ちゃん」

「平中をする自信がなくなった。ぼんやりしてしまった。丁度いい、すこしこの新作を、先にのばしてくれませんか」

「冗談じゃない」と支配人はあわてた。

「桃田先生の所で、金髪を見せられたら、肝《きも》がつぶれてしまった。平中なんて役は、ふるえるほど、こわいんだ」

燕糸はいつもの元気はどこへいったのか、憔悴《しょうすい》しきって、雅楽と支配人の顔を交互に見ながら、口の中で何かつぶやいていた。

この話をしおわったあとで、雅楽が私にいった。

「私は、この時の支配人の推理に感心したんです。それも英語で謎をといたんだから、大したものだ」

「そうですね」

「その後に大プロデューサーになるだけあって頭のいい人だったが、私も勘平が頬っぺたを叩かなかった時に、歯でも痛むのかといったのがピタリ的中していたので、気をよくしてはいましたがね」

「年表を見ると、平中は、おくらになったようですね」

「結局別の出し物に切りかえ、ひとまずのばしているうちに、こういう芝居の上演がむずかしくなって、そのままになってしまったわけですよ」

「しかし、ヘレンとの仲が発展しないでよかったですね」と私はいった。

「それは、桃田先生の薬が利いたのです。歯の痛みと同時に、たちの悪い燕糸の女ぐせをいくぶん牽制《けんせい》したのですからね」

最後に、私は聞いた。

「しかし、ヘレンの金髪が燕糸の歯から出て来たとでもいうのですか」

雅楽がうれしそうに、手をもみ合わせながら答えた。

「私はその前の晩に、先生の所に電話でたのんだんです。先生は、燕糸の口の中からピンセットを出すと、あらかじめ棚においていたものを、見せたわけです」

「それは」

「先生のお嬢さんのフランス人形からぬいた髪の毛でした」

コロンボという犬

一

去年、九月のおわりの土曜日の夜、私は久しぶりに三原橋のすし初ののれんをくぐった。雨が急にはげしく降ってやんだ直後だったので、五時半という半端な時間なのに、店はこんでいた。雨やどりに飛びこんだ客が多かったのだろうと思うが、隅の小座敷に、中村雅楽《なかむらがらく》がひとりで飲んでいるのを発見して、私はうれしくなった。

すわらせてもらって、雑談をしながら、おかみさんが黙っていても用意してくれる小鉢の肴で、老優のついでくれる酒を二杯のんだ時に、ガラリと戸があいて、はいって来たのが、劇団新星座の長老で、新劇界ではもう大先輩の溝尾修三だった。

うしろから濡れそぼった傘をたたんで、続いてはいって来たのは、二十三四の女性である。

二人は店の中を見まわし、あいたばかりの付け台の前にならんで腰かけようとした。

私は溝尾とはそんなに親しくはないのだが、もう七十歳になったはずのこの俳優が、推理小説のファンであることを知っていたので、雅楽を紹介したいと思った。

「溝尾さん」と、立って行って声をかけると、向うもびっくりした。

「珍しいですね」

「いやね、じつは来月、そこの劇場に出ることになって、きょうは本読みだったのです」

「ほう、新派に出るのですか」

「ええ、大佛《おさらぎ》先生の『楊貴妃』に、李白の役で買われましてね」溝尾は、昔からの癖で口をおちょぼにして笑った。

私は「楊貴妃」を長谷《はせ》好江《よしえ》が親ゆずりで演じることは知っていたが、溝尾の出演については初耳だったのを、内心恥じた。現役の記者とちがって、週に一度社に顔を出すだけのこのごろの生活だと、情報がつい粗雑になるのだ。

「もう一人、新劇から大江友夫君が出ますよ。高力士《こうりきし》という、このほうは大役で」と溝尾がいった。

そういえば、好江の母親が楊貴妃を演じた時は、二度とも、玄宗皇帝の宮廷に幅をきかした側近のこの役は、新劇の俳優が出ていたのを私は思い出した。

雅楽が向うにいるのを教えると、溝尾はホクホクしながら、「一度ゆっくりお目にかかりたかったんです。ぜひ、ひきあわせて下さい」といった。

耳打ちすると、雅楽も喜んで、二人で向い合っていた卓の脇に、自分で座蒲団を隅からはこんで、小招きする。四人で真四角の卓をかこんで、飲むことになった。

溝尾の連れている女性は、「うちの娘です」とだけしか説明しなかったので、ハッキリしないのだが、溝尾にこんな若い子供がいるとも思えないので、付き人にしている劇団の研究生を「娘」と表現しているのではないかと思った。

しかし、こういう場合、根掘り葉掘り尋ねたりするものではないというマナーが、特に芸能界にはある。

京都あたりに行って、歩いて来た俳優が仮に顔見知りでも、先方が女連れで目をそらしたら、こちらもそ知らぬ顔ですれちがう。それが礼儀なのである。

雅楽も私も、目礼しただけで、溝尾のためにこまかく気を配り、ひかえ目に箸を動かしている女性については、それ以上追究をしなかったし、あまりしげしげ、見ないようにしていた。

四人になって三十分ほど経ったころ、外から帰ったすし初の娘が、新しい銚子を持って来て、その女性を見ると、「おや美樹子ちゃん、いらしてたの」といった。

「ええ、こんど、新派に出るものですから。きょうは本読みで」と答えている。

「まアそう、それは、おたのしみね」と、すし初の娘はウィンクして、行ってしまった。

私は二人が親しく口を利いたばかりでなく、「それはおたのしみね」といった意味がわからず、それに拘泥《こうでい》して、しばらく黙っていた。

溝尾も敏感に何かをかぎとったらしく、同じように押し黙って、盃を重ねている。

今し方まで、雅楽の解決した事件について、記憶力のよさを示しながら、明るい顔で飲んでいた俳優が、まちがいなく、不きげんになっていた。

すし初の娘が、この店自慢の鯛のあらだきを持って来た。そして、美樹子と呼ばれた女性に、

「コロちゃん、元気？」と訊く。

溝尾の肩がピクリと動いた。

「コロちゃんて、何ですか」と、雅楽が、溝尾に質問した。老優は溝尾がにわかに無口になっているのがわかっていたので、間髪を容れず、わざと話しかけたのである。

「いや、コロンボのことでしょう。うちの犬ですよ」と、溝尾が苦笑いしながら答えた。

「美樹子、お前は前にこの店に来ているのか」と、そのあと、溝尾が尋ねた。

「ええ」とうなずく。「二度ばかり」

「コロンボのことまで話したのか」

「丁度、ペットの話が出たものだから」と、もじもじしながら、美樹子がいった。肩をすくめているような感じだった。だが言葉は、わりにぞんざいなのが耳立った。

「コロンボとは、ふしぎな名前ですな。例のテレビの『刑事コロンボ』から、つけたんですか」

と、雅楽はたたみかけて、溝尾に問いかける。

溝尾も当然、応対しなければならない。

「うちの犬が、あの刑事の飼っている犬と同じようなやつなんで、コロンボにしたんですよ」と
「ほう、あのテレビに出て来る、胴体が長くて耳が垂れて、あんまり敏捷でもなさそうな」

私が訊く。

「ええ、そっくりなんです、あれと」と美樹子が私に答えた。

「あの犬が登場したのが三四本ありましたかな。たしか、犬を抱いて、コロンボが獣医の診察室でテレビを見ながら、事件の謎をとくのがあったと思いましたが」

「ええ、映写技師がフィルムをとり変えるタイミングを利用した犯罪で、女性が殺人犯で」と、溝尾がスラスラいった。

「コロンボ、くわしいんですなア」と雅楽も目を見はっている。

「いや私は、あのシリーズが好きでしてね、最初にあの番組が放映された時から、病みつきで、リストを作って、見そこなったものは再放送の時には、なるたけ見ようと努力して、まもなく全部見ました。もっとも近ごろはビデオ・カセットにとることができるので、今ではうちに、ほとんど洩れなく、コロンボは揃っているんです」

溝尾は得意そうに話し、一時眉間に寄せていた縦じわも消えたようだった。

「高松屋《たかまつや》(雅楽)さんも、コロンボは」

「ええ、私も」と雅楽がいった。「私も好きで、よほどのことがない限り、忘れずに見るようにしています」

「そういえば溝尾さん」と私が気がついていった。「高力士に出る大江君が、コロンボの声を入れてる俳優でしたね」

「そうなんですよ」

盃を癖のおちょぼ口で、おいしそうに受けながら、溝尾は大きくうなずいた。

まるでキッカケを待ってでもいたかのように、戸があいて、好江とその弟の忠次と、今し方噂をしていた大江友夫がはいって来た。古ぼけたレーンコートを着ている。来月は楊貴妃と「婦系図《おんなけいず》」のお蔦《つた》女優があらわれると、何となく、あたりが華やかになる。来月は楊貴妃と「婦系図」のお蔦を演じるスターだから、無理もない話ではあるが、それにもともと愛想がよくて人をそらさない気質の好江は、一座を賑かにするふんい気を、自然に持ってもいるのだ。

さすがに三人を、ここへどうぞと招じ入れるわけにもゆかない。小座敷がせまいからだ。

好江姉弟はむろん、雅楽とはよく知っているので、丁重に「お久しぶりです」という挨拶をした。

大江も、雅楽に敬意を表し、溝尾と美樹子には軽く頭をさげただけで、付け台のほうに歩み去る。

忠次も続いて向うに行った。好江だけが残って、雅楽にいった。

「来月の楊貴妃、お母さんの当り役を初役でするので、おじ様、ぜひ見て下さいね」

「はいはい、なるたけ早く拝見しますよ」

「この溝尾先生、それから大江ちゃんが、李白と高力士に出て下さるので、私はそれがうれしくて、たまらないんです」

「いや、どうも」と溝尾がしきりに照れているのが、何だか、おかしかった。

「弟も喜んでますのよ。美樹子ちゃんが溝尾先生について来て下さるんですもの」と好江がいった。

「おや、忠次君は、美樹子さんと、前から」と私が訊いた。そう訊くのが、この場合、ごく自然だと思ったからである。

「だって、俳優養成所の同期生ですもの」と好江は事もなげにいった。

「そうだったのですか」と溝尾が納得したような表情で、好江の顔を見た。

「まア、あなた、先生にお話ししてなかったの?」と女優が大きな目を見ひらいた。

「だって」と小声で、美樹子はうつむいた。溝尾の目が光った。

私は、好江の弟で来月は「婦系図」のすりの万吉《まんきち》を演じる忠次という若い俳優が、この美樹子と親しくつきあっており、このすし初にも二人で来たことがあるのに相違ないと直感した。

それから、「楊貴妃」の李白という役には、きわめて適役の俳優が一座にいるのを承知の上で、好江が溝尾に出てもらおうとしたのが、もしかしたら、弟のためではないかということまで考えた。

その次の月の新派の公演中に、ちょっとしたことで、中村雅楽がひと役買うことになるのである。

二

新聞社に行って、新劇担当の記者に尋ねたら、美樹子というのは、溝尾修三の妻の遠縁の娘だが、付き人のようにしているうちに、段々可愛くなって来たので、養女として去年入籍したのだという話だった。

「はじめ、おじ様と呼んでいたのを、劇団や劇場に連れて歩くようになってから、先生といわせていたようです。いまは溝尾美樹子になったのだから、お父さんでもいいのでしょうが、そう呼んではいないようです」

「しずかな娘だね」

「そうですか」と記者は私をじっと見た。

「いや一度会っただけだが、溝尾修三のお気に入り、内心自慢している子だというような感じだね」

「ほう」

「恋人はいないのかね」

「さアそこまでは」

「調べておいてくれよ」と私はわざと記者の肩を叩いて笑った。

新派の初日をあすにひかえた舞台稽古の日、私は取材する別の記者にたのまれて、劇場に同行した。

その記者は文化部でいつも文芸のほうの仕事をしているのだが、芸能面を担当する若手が休んでいるので、ピンチヒッターとして、「楊貴妃」異色のキャストといった特報部の記事を夕刊に書くことになったのである。

好江も溝尾も大江も面識がないので、紹介してくれといわれたのだから、三人の楽屋を当然私もまわる結果になった。

溝尾の部屋は、二階の廊下の突き当りで、雅楽が出演する月には、はいる部屋である。ところが中にはいって驚いたのは、感じがまるで変わっているのだ。

床の間のところに、大きな本棚が置かれ、その脇のちがい棚の上には、インドサラサを敷物にして、アール・ヌーボーの意匠の花瓶の隣に小さな額が立っていた。

額に近寄ってみると、三角の切手で、真っ赤な火焔樹《かえんじゅ》の絵があざやかな色を見せている。

「何ですか、これは」と溝尾に尋ねると、「ジャマイカの切手ですが、日本には何枚もない、貴重なものなんですよ」と、口をおちょぼにして、得意そうにいった。

「ほう、溝尾さんは切手を集めておいでなんですか」

「ええ、コレクションを始めてから四十年以上になりますよ。去年は切手を買いにパリまで行き、これを手に入れたんです」と説明する。

「高いんでしょうね、市《いち》に出ると」

「そうですね、日本の切手商だと、いいかげんの宝石より高いかな」と溝尾が答えた。

部屋を出ていた美樹子が帰って来た。

「どこへ行っていたんだ。お客様が二人も見えているのに。早くお茶でも出しなさい」と、さっそく叱られている。

しかし、溝尾には予告して訪問したわけでもないのだから、この小言は少々美樹子に気の毒だったが、「はい」と素直にうなずいていた。

雑談しているうちに、溝尾がおもしろいことをいった。

「私は妙なくせがありましてね、どの劇場に出ても、楽屋が私ひとりで占領できる時は、そこをいつもいる自分の家の居間とおんなじにするんです。この本棚もわざわざ持って来たんです」

「なるほど、それでわかりました」と、私がうなずくと、溝尾が妙な顔をした。

「と、おっしゃると」

「いえ、ここはいつも高松屋がこの小屋に出る時にはいる部屋なんです。だから、私としては見馴れている部屋の具合が、いつもと変わりすぎているので、さっきから、なぜだろうと考えていたものですから」

「じつは、明日から、次の間にコロンボを連れて来ます。おとなしい犬ですから、迷惑はかけないと思いますが、何しろ淋しがり屋で、私か美樹子がいないと、ものも食べないんです。あいにく、家内が犬が嫌いで、コロンボのほうも、それがわかると見えて、決して、なつかないんです」

私は笑いながら聞いていたが、楽屋にペットの犬を連れこむのは、すこし無茶ではないかと思った。

観客の残した弁当殻《がら》をねらう鼠がいるので、楽屋の頭取が猫を飼うことはよくあるが、キャンキャン吠えたてる犬を、楽屋に連れて来る役者は、どんな大幹部にだっていないだろう。

しかし、余計な口出しをする必要はないから、私は黙っていた。

連れていった記者が取材するあいだ、私は溝尾の部屋にいて、舞台稽古の時間が来てから、客席にまわり、「楊貴妃」の序幕だけ見て、外に出た。

好江の楊貴妃がグラマラスで、妖艶に見えたのがよく、溝尾の李白も、大江の高力士も、予想以上に演じられていた。

私がもう一度新派を通して見たのは、四日目であるが、記者の取材が、「新派に新風、新劇との提携」という見開きの記事になり、東都新聞の夕刊にのったのは、その二日前、つまり興行の二日目だった。

特別に俳優に会ってもらい、談話をとったり写真をとったりした時は、担当した記者が掲載紙の早版のいわゆる刷り出しを届けるのがしきたりである。

その記者が劇場から帰って来た時間、たまたま私は社に行っていた。

一応記事を読み、芸能馴れのしない青年にありがちなミスが二つあったので、その注意をしたあとで、私は記者に訊いた。

「コロンボという溝尾さんの犬がいただろう？　おとなしくしていたかい」

「いや、いませんでしたよ」

「おかしいな、初日から楽屋に連れて来るといっていたのだが」

「いませんでした」

私は何となく、腑に落ちないものがあった。

「それから、一昨日、楽屋でコーヒーを出してくれた溝尾さんのところの若いひと、美樹子といったかな、あの女性もいませんでした」

「丁度用事で部屋を離れていたんじゃないの？」

「いえ、溝尾さんがわざわざ私にいったんです。美樹子は、うちのほうに、コロンボと留守番をさせることにしましたって」

「へえ」と私は益々腑に落ちなかった。「しかし、溝尾さんが、なぜ、君にそんなことを、ことわったんだろう」

「ぼくが質問したからですよ」と記者は赤い顔をしていった。「あのお嬢さんはおいでにならないのですかって」

「何だ、そうか」と私は思わず破顔した。つまり、記者は、溝尾美樹子に、かなりの関心を寄せていたのである。

しかし私は念のために、記者に話しておくことにした。

「あの溝尾さんとこの女性には、かなり親しいボーイフレンドがいるはずだよ」

「ほう」興ざめのした表情で、記者が私を見返した。「竹野さんは、なぜ、そんなことを御存じなんですか」

「そりゃア君、記者ってものは、そこまで知ってなきゃ」と私は笑いながら、冗談めかしていったのだが、相手が大まじめに、私を見つめているので、ちょっと手持無沙汰であった。

「楊貴妃」の四日目の昼の部を見おわって、ロビーに出ると、劇場の副支配人の村島がいて、「竹野さん、何となく、困っているんです」と、おかしなことをいった。

「何かあったの?」

「いえ、正式には何も聞いてないんですが、溝尾さんの楽屋に置いてあった外国の切手が盗まれたとか、紛失したとかという噂が耳にはいったものですから」

「ああ、その切手なら、先日ぼくも見た。日本には、ほとんどない切手で、ずいぶん高い値のつく品だとか、溝尾さんは嬉しそうに話していた」

「ですから、それがなくなったということになると、一応劇場のほうも、知らん顔もできないんで、支配人も胸を痛めてるんです」

「そりゃアそうだ」

「ただ、溝尾さんのほうから、こういうことがあったという話を聞いていないので、こちらから、何かあったんじゃありませんかとも尋ねずにいるんですが」と副支配人は、手の甲を別の手でこすりながらいった。

昔、楽屋で役者が大切にしていた仏像が紛失した事件があって、雅楽がその謎をといている。「三角切手紛失事件」というのは、小説の題名としては悪くないと、不謹慎なことを思いついた私は、一応これは老優に話してみたほうがいいと、内心考えていた。

偶然、三越の浮世絵の展覧会で、私は雅楽と会ったので、さっそく、溝尾の切手の紛失についての風説を報告した。

三

雅楽が私の話は、はじめから、まるで予告を聞いた上で待ちかまえてでもいたかのように、楽しそうに、ニコニコしながら耳を傾けているのに気がついた。

長年つきあっているからわかるのだが、私の話を、こうした表情で聞く時は、二つの場合しかない。

ひとつは、ほんとは自分もとっくに聞いて事実を知ってはいるのだが、その話を私がどういう順序でどんなふうに話すかということに、興味を持っている場合である。

もうひとつは、初めて聞くには聞くのだけれども、そんなことが多分あるだろうと、かなり確度の高い予想を、雅楽がしていた場合である。

きょうは、そのあとのほうだと、私は判断した。つまり、溝尾の身辺に何かが起りそうな気がしていたというわけだ。

「竹野さん」と聞き終ったあとで、雅楽がしずかにいった。「私には、その三角の切手が誰に持ち去られたか、そして今高い切手が、どこにあるかが、大体わかっていますよ」

これには、しかし、私も驚いた。

「竹野さん」と重ねて、老優が同じような口調で続けた。

「これから先のこともあるから、溝尾さんのほうでは黙っているにしても、事務所のほうから、ちょっと気になる噂を聞いたので、念のために伺いますがとか何とか前置きをして、溝尾さんを見舞わせたほうがいいと思う。これから先のことがありますからね」と、同じことを、雅楽は二度いった。

「しかし、溝尾さんが何も頭取や支配人にいわないのも変ですね。出入りする者をチェックできる頭取には、特に一言いっておいたほうがいいと思うんだが」

私がひとり言のようにつぶやくのを待って、雅楽がいった。

「いまのところ、好江と、あの弟の忠次だけは、このことを知っているはずです」

「なぜだろう」私には、雅楽の言葉の意味がわからなかった。また仮に、それが当っているとしても、それなら、好江姉弟が騒ぎ立てずに、黙っているのは、なぜだろう。

雅楽が笑みをふくみながら、しきりに私を促すので、私は三越のかえりに、劇場に行き、支配人に、老優の助言を伝えた。

私はその足で、楽屋をのぞいてみたが、私も粗忽《そこつ》だった。好江も、溝尾も、大江も、いまは舞台に出ている時間なのだった。

では、忠次に会ってゆこうかと思って、好江の部屋の前で、床を掃いている女弟子に訊いたら、「いま、まだ来ていらっしゃらないんです。もう三十分もしたら、着くと思うんですが」

といった。

私は時計を見て訊いた。「でも、忠次君は、次の湯島に出るんだろう？」

「ええ。でも、忠次さんは、毎日ギリギリの時間に楽屋入りなんです。きょうもいつものように寄り道して来られるんじゃ、ないかしら」

「歯医者にでも、かよっているの？」

「まアいやだ」と笑いかけて女弟子は急に神妙な顔つきをこしらえていった。「御用事があるんです。ここのところ毎日」

私もつぎ穂がないので、そのまま楽屋を出て、奈落（地下室）から表のほうに歩いて行った。

すると玄関のところで、受付の相馬さんと雅楽が立ち話をしているので、おどろいた。

「おや」と目を見はると、老優はいささか照れて、こういった。

「あなたと別れたあと、まっすぐ千駄ケ谷に帰るつもりで地下鉄に乗ったんだが、フラフラッと銀座で降りてしまった。やはり、早いほうがいい、早くこの事件は解決させて、スッキリしたほうがいいと思う」

結局、支配人が「楊貴妃」のおわった時に、溝尾の部屋に行き、雅楽にいわれた通りの口上をのべた。

溝尾は、「そんなこと、あまり表沙汰にしたくなかったものだから」と、しきりに云い訳をしていたという。

その支配人と溝尾と、雅楽と私と四人で、午後四時に、すし初で会うことにした。何となく、大げさだが、雅楽がしきりに主張するのだから、席を設営しないわけにはゆかない。

三時半ごろまで監事室で、私は「婦系図」の一幕を雅楽とならんで見ていた。丁度万吉が出て来るころに、高力士の化粧をおとした大江友夫が同じ監事室にはいって来たが、開演中なので、目礼しただけで、そのままいた。

湯島の境内が幕切れになったら、雅楽が大江を招いて、小声で何かいっている。

「いや、しかし、ぼくは、どうも、弱ったな」などと、それでも笑いながら受け答えしている声が、私の耳にはいった。

私はこれから行くすし初に、雅楽が大江を誘ったのだと聞いて、さらにおどろいた。老優の考えていることが、今度に限って、わかりそうでわからない、もどかしさがある。

午後四時に、すし初の小座敷に、いささか物々しく、五人が卓をかこんで、すわった。

ビールをすこしのんだだけで、まず雅楽が口を切った。

「楽屋で事件が起るということは、しばらくありません。幸いに殺傷事件も、全くない。むろん盗難はよくあります。じつは溝尾さんが大切にしている切手がなくなったという話を、竹野さんから聞いたので、私は誰にたのまれたわけでもないがこれは私がひと役買わせてもらおうと思って、あえてこの席を設けたのです」

溝尾はキョトンとしていたが、それを受けて、こういった。

「なに、私が悪いんです。私があんなものを楽屋に持ちこんで来たのが悪いんです。結局はいろんな人の自由に出入りできる場所に、切手の額なんか立てるから、いけないんです」

「溝尾さん」と急に顔をあげて、大江がいった。「切手のある場所を、私は知っています」

「えッ?」と溝尾ばかりでなく、支配人も私も、ギョッとして、大江を見た。

「それはねえ」とにわかに大江がセリフをいうような声で続けた。「ほんとうのジャマイカの切手は、銀行の貸し金庫にあるんじゃありませんか。それから初日の日まで楽屋に立ててあった額は、切手の精巧な複製を入れたまま、溝尾さんの楽屋の本棚のかげになった所にある、床柱の隠し穴にでも、はいっているのではありませんか」

私は大江が、テレビの刑事コロンボの声でしゃべっているのに気がついた。

コロンボの詰問する口調に追いつめられ、観念したと見えて、溝尾はたちまち、落城した。

「どうして大江さんに、そんなことが」と支配人が訊く。大江が頭をかきながら、「セリフの書きぬきは、この高松屋さんに貰ったんです。ぶっつけ本番なので、うまくいえなかったが」

まだ納得しない顔をしている私を慰めるように、老優が話してくれた。

「まず、溝尾さんが物を隠すとしたら、楽屋にはいる者以外には、劇場で教えてくれない床柱の隠し穴だと見当をつけたんです。私がたまたま同じ部屋を使っているから知っているんだが、うまく柱をくりぬいて、木目にあわせて作ってあるから、誰にもわからない場所なんですよ」

「おどろきましたよ、高松屋さん」悪びれもせずに、溝尾がいった。

「私はこう考えたんです。溝尾さんは舞台稽古から初日にかけて、この小屋に来ていると、美樹子さんと忠次君が、今度の興行中に、もっと親しくなる危険があるのに気がついた。それで美樹子さんを家においたほうがいいので、二つの手段を考えた。まず、切手の額を自分で隠し、大切なものが紛失したのは部屋を守る者の責任だといって叱り、美樹子さんには劇場に来るなと命じようと思った。しかし、それにもうひとつ綾《あや》をつけて、初日にコロンボという愛犬を連れて来たが、楽屋におけばまわりに迷惑をかける、やはり家におくことにする、それにはコロンボがよくなついている美樹子さんに、家にいてもらうと、こんなふうに二重の理由を用意したんです」

「そうです、その通りです」と溝尾は、すなおにうなずく。

「しかし、ほんとうの切手が銀行にあるというのは」支配人が聞いた。

「こういう蒐集家《しゅうしゅうか》は、ほんものを手に入れてから、こんどは安心してその複製を書斎や居間に飾るのです。ほんものがなくて模造だけ持っていても、それは悲しいことでコレクションをする者にとってはむしろ悲劇ですが、ほんものを持っていれば、複製をそばに置いて満足できるんです。そうでしたね、切手狂の話が、『刑事コロンボ』にもあったような気がするが」

私は雅楽が蒐集家のそんな心理にまで、通暁しているのに、舌をまいた。

恥じ入ったようにビールのコップをあけている溝尾に、雅楽がやさしくいった。

「しかし、あなたにも誤算があった。新派の出し物がいろいろあって、『楊貴妃』の李白に溝尾さんが出ている時間、忠次君はまだ劇場に来なくてもいい。むしろ溝尾さんのこわい目ににらまれずに、美樹子さんは忠次君と毎朝会えるわけです」

「ええ」肩をすぼめて、溝尾修三がうなずいた。「きのう、それに気がつきました」

「美樹子さんには、若い者相応の人生を許しておあげなさい」

「……」

「それにあなたには、コロンボがいるじゃありませんか。その愛犬、あなたの気持も、美樹子さんの気持も、何もかも、よくわかっているはずですよ」といったあと、雅楽が一言つけ加えた。

「何しろ、コロンボだから」

神かくし

一

昔から「いい当てる」という言葉がある。偶然にはちがいないだろうが、噂をしているとその人が急にあらわれるとか、地震の話をしていた時グラリと来たりする、そんな場合にいうのだが、劇界にとんだ騒ぎがおこった時、中村雅楽《なかむらがらく》と私は、顔を見合わせて、「いい当てましたね」といったのである。

じつは九月のある日、用事があって千駄ヶ谷の近くまで行ったので、私は久しく訪ねずにいた雅楽の家に寄った。

丁度ひる少し前だったから、玄関で帰るつもりだったが、「お彼岸《ひがん》なのでめずらしい五目飯を炊《た》いたから、食べていらっしゃい」とすすめられて、結局、食事を御馳走になることになってしまった。

食後、何げなくテレビをつけたら、尋ね人をさがす番組で、家族のもとを離れて出奔《しゅっぽん》した夫だの娘だのに、妻や両親が呼びかけるわけである。

「今は蒸発といってますがね、竹野さん、以前はこんな時、神かくしといったものですよ」と老優が話した。

「天狗にさらわれたという話がありますね」と私がいうと、雅楽はニッコリ笑って、

「今までいた家が住みにくくなって、ひとりでくらしたいと飛び出して行く人間が、江戸時代にもいたでしょうが、今のように、何といいましたっけ、そうそう情報網が発達していないから、探しようがない。そんな時、あきらめて、神かくしといったものです。たしか七代目團《だん》十郎《じゅうろう》の子供の一人がいなくなって、大分のちに旅先でチラリと姿を見かけた人がいるという話を聞いたことがあったような気がする」といった。

五分ほど見ていたテレビを消し、卓に出て来たりんごを食べていると、電話が鳴った。

それは意外な事件であった。

かけて来たのは、歌舞伎のプロデューサーの宮山《みややま》で、二枚目役者の藤川友蔵《ふじかわともぞう》が、だまって外泊したまま、もう三日も帰らないというのである。

来月名古屋の劇場の顔見世に出て、「すしや」の弥助《やすけ》と、「髪結新三《かみゆいしんざ》」の忠七《ちゆうしち》を演じるはずの友蔵が、この興行を担当している宮山にも連絡せず、どこかへ行ってしまったというのだから、九月がもう間もなく終ろうという今、困った事態になったといわなければならない。

「きのうまで待っていたのですが、家族にも何ともいって来ないので、事故にあったのか、それとももっといやな事件があったのか、急に心配になりましてね。奥さんも、警察に捜索願を出そうかといいはじめたのです」と宮山はこういったそうだ。

電話を一応切って、雅楽が私に友蔵失踪《しっそう》の話をしたが、雅楽が可愛がっている若い役者の身の上を案じている心持が、その話し方にハッキリ示されていた。

老優は青ざめていたのである。

友蔵は三十三歳である。生家は日本橋の糸屋だったが、四人兄弟の末子《ばっし》で、子柄がいいので見こまれて、藤川友之丞《とものじょう》の門弟になった。

顔もいいし、芸も達者で、早く名題《なだい》になり、八年前の芸術祭では、抜擢《ばってき》されて演じた「沼《ぬま》津《づ》」の十兵衛《じゅうべえ》で新人賞をもらった。

その後まもなく、姉川《あねかわ》流という邦舞の家元の娘と結婚した。姉川家に籍《せき》こそはいらないが、それ以後妻の実家に住んでいて、入《い》り聟《むこ》のようなものである。

姉川のひとり娘で、つまりいま友蔵夫人の染子《そめこ》は、美人であるが、気がつよく、性質は驕慢《きょうまん》で、かなり我儘《わがまま》らしかった。

甘やかされて育ったので、少女のころから、欲しいと思ったものは、何としてでも手に入れるといったところがある。友蔵にも、それと同じ打ちこみ方をし、どうしてもあの人と夫婦になりたいと云い張り、はじめはあまり賛成しなかった両親を説得して、結婚というゴールにはいった。

友蔵としては、贅沢な生活ができ、芸の世界にドップリつかっている家にいるのだから、役者の修行の上でも文句をいえない身分ではあったが、五年も経たないうちに、そういう環境が、たまらなく、厭《いや》になったらしい。

染子は友蔵には惚《ほ》れているのだが、その前に家元の娘という態度を、夫に対しても持っている。おどりのことならともかく、一般の狂言の役づくりについても、あれやこれや、余計な口出しをした。

新婚早々は黙ってそういう忠告に耳を傾けてもいたが、友蔵は段々、染子のおしゃべりがうるさくなった。

だから、外で仲間の役者と酒をのんだり、マージャンをしたりして、家になかなか帰ろうとしない。

夫婦のあいだには、子供ができず、家に帰れば、染子がベッタリそばにいて、世話を焼くのが、うっとうしくて仕方がないのであった。染子の父の姉川政喜《まさき》は、さすがに、男だけに友蔵の苦労に理解があり、遅く帰って来る聟の悪口をいう妻や娘に、「俺だって若いころは、外で羽をのばしたものだ、そういうことのある男のほうが、芸はのびるものさ」などと、聟の弁護をしていた。

友蔵と親しかった女形《おんながた》の中村笑弥《しょうや》が、「染子さんには悪いけど、お前さん、すこし浮気でもしてごらんよ」とそそのかした時、友蔵は顔色を変えて、こういった。

「そんなことをしたら、殺されてしまう」

友蔵は、じつはそんな状態で、ことしの秋を迎えていたのである。今私が書いたのは、たまたま神かくしという言葉で、あたかもいい当てたことになる宮山の電話のあとで、雅楽から聞いた話である。

「友蔵はなぜか、子役のころから、私になついていましてね、私はあの男に、子供の役では『寺子屋《てらこや》』の寺子と小太郎《こたろう》、『先代萩《せんだいはぎ》』の千松《せんまつ》を教えたんです。それから少し大きくなってから、『忠臣蔵』の力弥《りきや》と、『新薄雪《しんうすゆき》』の園部左衛門《そのべさえもん》、それからこんどするはずだった弥助、忠七、『千本桜《せんぼんざくら》』の小金吾《こきんご》、『酒屋』の半七《はんしち》、『盛綱陣屋《もりつなじんや》』の注進《ちゅうしん》、そうそう、御褒美《ごほうび》をもらった十兵衛を教えてます」と雅楽がいった。

そういうふうに、指を数えながら、友蔵の役々を思い出している雅楽の顔には、憂色《ゆうしょく》があふれていた。

宮山が、電話のあと、車で駆けつけて来た。私は何となく帰るに帰られず、そのまま千駄ヶ谷にいて、友蔵の捜索の手順だの、さしあたってすぐにも考えなければならない名古屋の舞台の穴埋めだのについて、老優に報告したり相談したりする宮山の混乱した様子を、逐一《ちくいち》見る結果となった。

「奥さんはきのうまではわりにのんきでしてね、時々ぶらっと出かけて、伊豆で釣をして来たよなんていうことがありますから、こんどもそれですよなんていっていたんですがね」

「今日になって、警察に届けようといいだしたのは」と私が尋ねると、宮山がいった。

「朝、はじめて、友蔵の部屋にはいったら、ボストンバッグのかなり大きいのがひとつ戸棚から消えていて、下着やワイシャツなんかがかなりなくなっているのに気がついたというんです。つまり、当分帰って来ないつもりだということに、やっと気がついて、急にあわてて、電話をして来たんですが、ぼくだって寝耳に水ですからね、びっくりしましたよ」と宮山は、額の汗を、しきりにハンカチでぬぐっていた。

「いなくなってから三日も、その部屋にはいってもみないというだけでも、夫婦仲の冷たさが思いやられるね」苦い顔で、雅楽はつぶやいた。

「しかし、まだ、これは誰にもいわずにいて頂きたいと奥さんはいっているんです。しかし、高松屋《たかまつや》（雅楽の屋号）さんには話すことを許して貰いました」と宮山がいってから、私をチラリと見た。

　雅楽がすかさず宮山に釘をさした。

「竹野さんがたまたまいたのは、ほんとうの偶然です。しかし竹野さんは口が固いから、新聞には話したりしませんから、大丈夫ですよ」

　こういわれると、私も弱い。ほんとうなら、劇界に起った美男俳優の失踪事件という、週刊誌の飛びつきそうなニュースを、私が属している東都新聞の特種《とくだね》にしたいところであるが、老優にそういわれては仕方がない。

　雅楽は宮山を制したのと同時に、私にも釘をさしたのである。

「ほかの人とちがって、友蔵は私の息子みたいな気のしている男です。私もできるだけ知恵をしぼって、ゆくえを探す手伝いをしますよ」

「お願いします」と改めて、宮山は頭をさげた。

「まず聞きたいことがあります。メモをして下さい。友蔵がぶらりと釣に行ったりする時に、どんな宿に泊っているのか、いつもひとりで行くわけでもないだろうから、その旅館をしらべること。次に、酒をのんだり、マージャンをしたり、友蔵がいつもゆきつけている場所のリストを作ること、そしてその家に友蔵と親しい男でも女でもいたら、何か手がかりがつかめるかも知れない」

「はい」と神妙に、宮山は、一々うなずきながら、メモに書きとめている。

「もうひとつ」と雅楽がいった。「あの姉川の家の内弟子で、この四五年前から、おどりをやめてしまった女がいるかどうか、そのリストが見たいな。そしてその一人一人が、その後どうしているのか、たとえば嫁に行ったとか、国に帰ったとか、つきとめてほしい」

私には、その女性のリストということの意味が、咄嗟《とっさ》にはわからなかった。

二

もちろん、しばらくしてから、私は友蔵が染子との生活にあきたらず、ほかに女性を求めていたと、雅楽が想像したのだろうと思いついた。そして、もしそういう陰の女がいたとすれば、単なる浮気ではなく、かなり深刻な段階まで発展した関係だろうと思った。

翌日、雅楽から電話があって、「きょう午後、友蔵の妻君《さいくん》がうちに来ます。何となく来てくれませんか」というのだった。

私はいろいろな事件の時に、老優の謎をとく現場にいて、その明快な判断に舌をまいた経験があるから、こんどの事件についても、雅楽の推理を同じところで見聞きしたいと思っていたので、喜んで誘いに応じた。

千駄ヶ谷にゆくと、朝早く、宮山が来て置いて行ったリストをひろげて、雅楽はじっと見つめていた。

まず、いつも釣にゆくのが、伊豆の稲取《いなとり》と三浦三崎で、それぞれ、ゆきつけの宿屋があるのがわかったが、最近そのどちらにも、姿を見せてはいなかったそうだ。

東京でのみにゆく店は、三原橋の私たちもよくゆくすし初、人形町の鳥定、浅草の雷門のそばの菊ずし、銀座のバーあかねにミューゲ、マージャンは同じく銀座の大三元と、店名と電話番号が書かれたリストの下に、友蔵と親しく口を利く女性の名前まで、書いてあった。しかし、そのどの店にも、この二三日、友蔵の連絡はなかったという。

一方、姉川流の女の弟子で、ここ四五年のあいだにやめた名取りが七人いるが、うち三人は結婚してすでに子供もおり、一人は病気で入院中、一人は事故で死んでいた。残りの二人は消息を絶ったままだが、たまたま一人沖縄の那覇《なは》の出身で、琉球《りゆうきゆう》舞踊をうまくおどった比嘉《ひが》由《ゆ》岐子《きこ》という女性があった。

もしこの由岐子が友蔵とひそかに愛し合っていたとすれば、最も遠い南の島に友蔵が身をかくす可能性もあると思ったのだが、ぬかりなく劇場では、今朝「琉球日報」に電話を入れて調べてもらっているということだった。

私が行ってから、宮山の電話がはいり、比嘉由岐子は、アメリカ人と結婚して、いまボストンにいるということだった。七人のうち六人を除去して、最後にわからないのが、五年前まで内弟子でいた松沼多加代《まつぬまたかよ》という女性である。

色の浅黒い、たくましい体格をした女で、おどりの弟子という感じはなかったという。師匠の仕込みで、わざは上達して、温習会《おんしゅうかい》でも、ひとりでおどる機会が与えられたが、一向に色気がないので、舞台ばえがしない子だったと、同じ姉川流で同じころ稽古をして貰って、いま劇場の受付につとめている村松弥生が話していたと、これも二度目の宮山の電話で告げられた。

午後三時ごろ、友蔵の妻の染子が来た。私も染子が友蔵と結ばれた時のホテルの披露宴にも招かれていたし、その後も何回か会っている。

染子は私がいたので一瞬ギョッとしたように身を硬くしたが、「この人は私の相談相手です」という説明で、納得したようだった。

私は、染子がはいって来るなり、べそをかいて、「おじさん、どうしましょう」と泣き崩れたりする気づかいはないと、あらかじめ思ってはいたが、染子があんまり、サバサバしているので、呆気《あっけ》にとられた。

「まア家がいやで、どこかへ行ってしまったのでしょうから、それはそれで、仕方がないと思いますわ」というに至っては、少々私も腹が立ったが、見ていると、時々声が激している。

事によったら、染子は一所けんめい私情をおさえて、強がっているのかも知れなかった。

雅楽が見せたリストを見ながら尋ねた七人の女弟子について、染子がくわしく記憶しているのには、私も感心した。

「この人はいま前橋の旅館のお嫁さんで、東京に来れば顔を出してゆきます。お酒が好きで、父の相手をよくしていました。おさらいでおどった『賤機帯《しずはたおび》』の狂女はよかったですわ」といった工合《ぐあい》である。

警察で顔写真をいくつもならべて、目撃者から、それらしい人をえらんで貰う方法とよく似ていたが、雅楽は染子に、七人の名前を順々にあげて、しらみつぶしに、くわしく聞いていた。

六人目に書かれていた松沼多加代について、染子はこういった。

「この子は内弟子でしたが、家事を手伝って貰っていました。一度親が病気だといって半年国に帰ったことがありますが、当人は頑丈《がんじょう》な人でした。ぜひおどりを覚えたいというので、父もその気になって教え、おさらいでも、柄《がら》に合った『子守』をおどりました。農家の娘で骨太のいい体をしている分、色気がないので、日本舞踊には向いていませんでしたわ。愛嬌がなく、友蔵となんか、同じ屋根の下にいながら、ほとんど口を利かない不愛想《ぶあいそ》な人でした。ある時突然おひまを下さいといって国に帰りましたが、たしか九州のほうでした。一度手紙をよこしましたが、それっきり。いまごろは村の誰かの嫁になり、子供を二三人生んでいるのではないかしら」

染子は雅楽に、こういう時どうしたらいいのでしょうと、それでも愁《うれ》い顔をチラリと見せて、訊いていた。

「警察に手配してもらったのだから、すべてまかせて待っていることですよ。あせってみても、はじまらない」と脇から私も慰めた。

「金はそんなに持っていなかったと思うんですけれど、かなり大きな鞄《かばん》を持って出ているので、しばらく帰らないつもりだったのは確かです」といったあと、染子は「ただ病気になったとか交通事故とか、当人の考えていないようなことが起ったとすれば、困りますのでね」と付け加えた。

それにしても、警察の情報交換の手早いのには驚嘆する。染子の家からの電話で、「熱海の錦ヶ浦の崖のところに、短靴が一足おいてあって、それが銀座のヨシノヤのかなり新品だということだった。そういう靴を友蔵が先月買って、それがいま玄関にはなくなっている。もしかしたら、その崖から投身したのではないか」と父親が知らせて来た。

染子はさすがにショックだったらしく、すぐ、ずっと待たせていたハイヤーで、帰宅した。

その直後に、宮山から電話があり、「錦ヶ浦の靴の中に石ころがそれぞれ三つずつはいっていた。すこし離れたところに、TOMとぬいとりのしてある白いハンカチが落ちていて、その中にも石ころが一つはいっていた」ということだった。

雅楽は、「石ころがねえ、石が都合七つねえ、何のまじないだろう」と、腕を組んでいた。

「七といえば伊豆七島といいます。その島のどこかにいると、それとなく知らせているのではないでしょうか。それとも、どこかに、七石《なないし》という地名があるとか」と私がいったが、雅楽は返事をしなかった。

私は午後四時まで千駄ヶ谷にいたのだが、帰ろうとして、門のところまで送りに出た雅楽の弟子の楽三《らくぞう》が、郵便受けを見ると、絵葉書が、はいっていた。

「あッ、友蔵さんからの郵便です」とさけんでいる楽三から、私はひったくるようにしてその絵葉書を受けとり、もう一度、雅楽のところに引っ返した。

通信欄には、乱れない文字で、「おじさんの健康を心からお祈りします、藤川友蔵」とだけ書いてあった。

ほかに何も書いていないが、こんな文面で絵葉書を書いて送ったということは、これから死ぬか、死なないにしても当分会えないかを、それとなく、世話になった大先輩に告げて、訣別《けつべつ》の挨拶をしたとしか、考えられない。

雅楽は感慨無量といった面持ちで、友蔵の絵葉書を眺めていたが、しばらくして、その裏を返すと、去年の夏、三回目に演じた「伊賀越道中双六《いがごえどうちゆうすごろく》」沼津の呉服屋《ごふくや》十兵衛が、千本松原《せんぼんまつばら》で、平作《へいさく》というじつの親の雲助《くもすけ》の臨終に、松の露をよけるため、自分の道中笠を上からかざしているいい横顔の写真だった。

「この十兵衛はよかった。初役の時に賞をもらったんだが、去年の舞台は、さすがにそれから七年経っただけのことがある、いいものでした」と雅楽はいった。

「私も見ていますが、小道具の扱いが、じつに水際《みずぎわ》立っていました」と私がいうと、「そう、あの役は旅をしているので、例の肝心《かんじん》の印籠《いんろう》のほかに、持ち道具がいろいろあるんだ。道中差し、紙入れ、懐紙《かいし》、煙草《たばこ》入れ、手ぬぐい、そういうものを平作の内《うち》で泊った時全部はずして、もう一度出かける時に、順序よく身につけなければいけない。その段どりを、役の性根《しようね》のほかに、私は去年、ていねいに教えたんです」

「高松屋さんの口伝《くでん》のたまものでしたね」と私が相槌を打つと、雅楽は、「今なら、旅行鞄にボンボンほうりこめばいいのだが」といった。

「ボストンバッグですか」

「そう」といったあと老優は目をキラリと光らせて、「アメリカに行った姉川の女弟子のいるところは、どこでしたか」といった。

「ボストンということでした」

「ボストンに、まさか」と、雅楽は口を大きくあけていった。「比嘉という沖縄の人がアメリカに行って、夫婦別れをしたということもないとはいえない」

「ほう」

「ボストンにゆくという暗号でしょうか」

「私は友蔵が身投をしたと思えないんです。石なんかわざと靴の中に入れたのが、その証拠で、これは来月名古屋でする予定だった忠七が死のうとする時に、袂《たもと》に石を入れることから思いついたにきまっています」といった。

「普通の人なら死んだと思いこむ。しかし私なんかには、じつは死なずに生きていると知らせたんだと思う。石ころで、忠七を思い出させ、しかし結局は抱きとめられて死ななかったといっているんですよ」と語った雅楽が、おかしそうに笑った。

「どこの世界に、熱海の崖の上から飛びこむのに、ポケットの石ころなんか、いるものですか」

雅楽はあくまで、友蔵の死をみとめなかったが、警察も、崖っぷちの靴だけで、ここから海に飛びこんだときめて、遺体の捜索をはじめるわけにはゆかないらしかった。

ただ、私がすこしおどろいたのは、染子がまことにサバサバとしていたことで、死んだと思って葬儀をいとなむつもりは全くなく、失踪は極秘にしたまま、外部には、友蔵が急病で倒れたと発表したことである。

三

ところで、雅楽は、物事をトコトン追究したい性格があるので、この事件を中途半端にしてはおけないらしかった。

その後、しばらく会わずにいたが、友蔵の代役を立てて名古屋から帰って来た宮山が、ほかの用事で私に会った時、「高松屋は自分なりに、染子さんの思わくはともかくとして、友蔵がどうしたのか、ぜひ突きとめたいといっています」といった。

殺人や盗難とちがって、家庭の不和が原因で夫が家を出たというふうな事件は、人間心理の複雑な綾《あや》がからんで来るから、テキパキといつもの雅楽のペースで、解決してゆくわけにはゆかない。それが、年はとっても頭は一向に衰えていない老優には、もどかしくて仕方がないのだろう。

十月のおわりの土曜日に、あれ以来久しぶりで、私は雅楽と、三原橋のすし初で飲んでいた。友蔵はこの店によく来ていたので、一緒に飲んだこともある。それを知っている店の女あるじが、「そういえば、友蔵さん、どこかお悪いんですか、もう一ヵ月以上も、見えませんが」といった。

私は、あいまいな返事をした。雅楽がすかさずいった。「どこかに保養に行っているそうだよ」

「まア」

「気保養《きぼよう》といったほうがいいかな」

これはまことに適切な表現だったので、私は思わず手を打って、笑った。

そこへ、若い役者が三人はいって来た。

「やアおじさんだ」といって、ドヤドヤ挨拶に来る。「来月は旅です」と口々にいった。

移動芸術祭で九州をまわるのだという。出し物は「寺子屋」と「連獅子《れんじし》」で、十一の市や町を、順々に公演してゆくという、この頃しきりに行われる巡業である。

「どんな所をまわるの」と訊くと、三人の中で一番若い宇多次《うたじ》がふところから手帖を出して、それを見ながらいった。

「鹿児島、宮崎、人吉《ひとよし》、別府、豊後《ぶんご》高田、日田、熊本、博多、若松、小倉、門司です」

「大変だね」と雅楽がいった。「人吉ってのは、どこにあったっけ」

「熊本県の球磨《くま》川の中流の城下町です。立派な公民館があるそうですよ。そうそう、おじさん、人吉は、昔相良《さがら》といった町です。例の『沼津』のセリフの、落ちゆく先は九州相良、あの相良ですよ」

手に持っていた猪口《ちょこ》をドンと卓におき、雅楽は陣屋の盛綱が首実検の時に見せるような口をあけて、うなるような独り言をいった。

「そうか、迂闊《うかつ》だったなア」

何のことかわからないでいる私に、突然、雅楽が声をかけた。

「竹野さん、この連中の旅の芝居を、見にゆきませんか、来月」

「おじさん、来て下さるんですか」と若い役者たちは、目を輝かしている。

「ああ、久しく旅をしないし、話を聞いているうちに、急に行って見たくなった。どうせゆくなら、今まで行ったことのない人吉に行きたいな」

結局、その場で話がまとまり、翌月の十八日に、人吉で演じられるその移動芸術祭を私がついて、見にゆくことがきまった。

いい町であった。

雅楽は、この旅に出る前に、いろいろ土地の風土や名産についても調べていたらしいが、べつに、「寺子屋」の幕あきに舞台にならんでいる寺子の七人は、菅秀才《かんしゅうさい》や小太郎とちがって、それぞれの町の子供を借りるのだというのに、興味を持っているらしかった。

「中国に山本安英《やまもとやすえ》さんが、『夕鶴《ゆうづる》』を持って行った時、むこうの子供に出てもらったという話を聞いてはいましたが、歌舞伎でも、現地で子供を借りるというのは、おもしろいですね」と私がいった。

「それを聞いたので、私は楽しみにしているんだ。竹野さん、そういう子供たちの記事を、新聞に書きませんか」

「いいですね、こちら特報部のいいネタです」

こんな話をしながら、二人の乗っているハイヤーが、人吉の公民館まで、連れて行ってくれた。

楽屋に着くと、待っていた役者たちに、わざわざ東京から持って来たスコッチの瓶を渡すやいなや、雅楽が尋ねた。

「『寺子屋』の子供たちは、どういうふうにして、調達するの?」

「大体、前もって、その町でおどりを稽古している男の子をたのむことにしています」

「男の子で、おどりを習っている子なんて、どこにもいるんですか」と私はまたもや、目を丸くした。

「うん、ますます、おもしろい」と雅楽は、たのしそうに、うなずいている。

「熊本日日」の支局の記者が、老優のインタビューをとりに来た。こういう取材をあまり快く思わないのを知っているので、私は雅楽がどうするかと思ったら、ニコニコと応対して、大いに語っている。

話がおわり、記者が録音機をとめた時に、私は小声で訊いた。「旅先での取材なんて、気が利きませんね」

同業だけにそう思って、わびたのだが、雅楽はアッサリこういった。

「いえ、私がこの人吉に来ることが、今朝の朝刊にも出ているんですよ」

何だか、妙だった。

いよいよ「寺子屋」の幕があく直前、雅楽が、武部源蔵《たけべげんぞう》の役を演じる宇多五郎《うたごろう》を呼びとめ、

「寺子が手習草紙に書いた字が見たいから、おわった時に、みんなのを集めて、私に見せて下さい」

これも、ふしぎだったが、私は雅楽に何も尋ねず、二人で客席にまわって観劇した。

幕間《まくあい》に楽屋のスタッフルームにゆくと、宇多五郎が、寺子の草紙をつみ重ねて待っていた。

「いろはにほへと」と書いてあるのが四枚、「天下一」という字と、「人吉人吉人吉」と書いたのがあった。一応、よだれくりではないのだから、「へのへのもへじ」でなければいいのである。

残る一枚に「ともおともお」と書いたのがあった。

「やっぱり、あった」と雅楽がいかにも嬉しそうにいった。「この字を書いた子供を呼んでおくれ」

ともおと書いた子がはいって来た。色の白い、可愛い少年だった。

「ともお君だね」と老優が尋ねている。「いくつ？」

「七歳です」

「竹野さん、おわかりでしょう。ともおの友は、友蔵の友ですよ」

私はハッと気がついた。

雅楽がしずかにいった。「私は友蔵が落ちゆく先は九州相良とセリフでいう十兵衛の絵葉書を送ってくれたわけが、わからずにいたんです。つまり友蔵は、まず錦ヶ浦では、私は死なないと合図をしておいて、これから九州相良にゆくということを、私にそっと知らせたんだ」

「そうだったんですか」

「友蔵とほとんど口を利かなかったという姉川の内弟子こそ、かえって親密な仲だったと私は思った。しかもその女は九州の人だという。おそらく二人の間に大分前に子供ができていたと考えていた。親が病気だといって半年家に帰っている時に生んだ。そして今、神かくしにあったように、姉川の家を飛び出す時、その女と子供のところに行ったと考え、もし子供が男の子だったら、『寺子屋』の寺子になって舞台に出て来ることが、まずまちがいなくあると私は考えたんだ」

目のウロコが一枚一枚とれてゆく思いだった。雅楽は続けた。

「もしその子が首尾よく寺子に出てくれたら、草紙に自分の名前を書くだろうと思った。昔、子供のころの友蔵に、私はそういうふうにしたらいいと教えたからだ」

私は目に涙があふれて来たので困った。男の子はキョトンとした顔で、昂奮気味に語る老優の口もとを見ている。

「友蔵は、ともぞうと書いたんだよ。ねえ、そうだったね」と雅楽が廊下のほうを向いて大きな声で呼びかけた。

楽屋の戸口が、ソッとあいて、しずかに顔を出したのが、友蔵だった。
友蔵の目は、真っ赤であった。

芸養子

「芸養子」という言葉が、近ごろ、歌舞伎ファンの間でも使われるようになった。

役者には実子のない場合、養子をする習慣がある。徳川時代には、名門の名優が自分の名跡《みょうせき》をつがせる者を予定しておく必要があり、実子があれば問題はないが、男の子のない時には、目をつけたいい若手を娘と結婚させたり、兄弟の息子を貰ったりしたし、また全くちがう家から、養子をとる例もすくなくなかった。そういう場合は大体赤ん坊を、俗にいう藁の上から貰うことが多いが、養子をとったあとで、正妻以外の女に実子ができたりして、名跡の継承の際に、ややこしい問題のおこる例もなくはない。

これは別にお家騒動になったわけではないから、実名で書くと、明治の五代目菊五郎《きくごろう》は、まず二人男の養子をもった。年長のが菊之助《きくのすけ》といって「残菊物語」のロマンスで知られた美青年だが、病気で早世した。そのあとに、栄三郎《えいざぶろう》がいたが、やがて菊五郎の別宅で、二人の男の子が生まれ、その長男が六代目菊五郎になり、同じ時に栄三郎は養父の俳号を芸名にして、六代目梅幸《ばいこう》になった。なお、実子の弟のほうが六代目彦三郎《ひこさぶろう》で、いまの羽左衛門《うざえもん》の父親である。

いまいったのと少しちがうのが芸養子で、これは門弟の中から有望な若者に注目した師匠が、ある時からとり立てて、身分を自分の養子に近く昇格するのである。そういう形で出世をしたいい役者が、現在もいく人かいる。

去年、芸術院賞を貰った女形《おんながた》の祝賀会の時、ホテルの壁に沿って並べられた椅子にかけて、私は老優中村雅楽《なかむらがらく》と、すこし離れたところにいて今人気の絶頂といわれる若い二枚目を見ながら、彼が先月演じた与三郎《よさぶろう》の話をしていた。この役者は、芸養子という待遇を与えられ、その翌月から貰うことになったいい役を次々に苦もなく演じて、この三年ほどの間に、あれよあれよと周囲が呆気にとられるような進歩を見せ、急速に伸びた若者であった。

「芸養子というのは、しかし竹野さん、大変な賭でしてね、うまくゆかないこともあります。まアよくなかったほうの話はあまりしたくないが、戦後までいて、三十いくつかで死んだ左莚《さえん》という女形が、芸養子だったんです。その左莚が瀬川《せがわ》の家にはいるについては、おもしろい話がありましたよ」と雅楽がいった。

二三日して、千駄ケ谷の家に行って聞いた話を、私はここで読者に紹介しようと思う。わざと、小説のスタイルで、書かせてもらうことにした。

一

瀬川路莚《ろえん》という女形の妻女は、以前女役者であった。神田の三崎座《みさきざ》に出て、妹と二人大学生に騒がれた。ちょうど女義太夫《ぎだゆう》の昇菊・昇之助と同じである。美貌な点では姉も妹も優劣はなかったが、芸の質はちがった。

　路莚と間に立つ有力者の口利きがあって結ばれたお袖（芸名にすると混乱するので実名で書く）のほうは、役の性根《しようね》をトコトンまで追究し、深く考えて舞台をこしらえるタイプだし、妹のお種のほうは、ひたすら華やかに芸をもりあげるのがうまかった。

　お袖は明治の女團十郎《だんじゆうろう》といわれた市川九《く》女《め》八《はち》の晩年に可愛がられ、女役者としてのさまざまな技術を伝授されていた。男優と同じように、娘時代には娘役、そして段々片はずしの役（武家の妻の役）や町の女房を演じるようになったが、出来の悪い役はほとんどない。しいていえば、ライバルと目された歌扇の向うを張って一度だけ扮した弁天小僧《べんてんこぞう》だけは失敗だったが、若い時からの役を順にあげると、お七《しち》、お里《さと》、時姫《ときひめ》、「毛谷村《けやむら》」のおその、「弁慶上使《べんけいじようし》」のおわさ、「阿《あ》波《わ》の鳴門《なると》」のお弓《ゆみ》、重《しげ》の井《い》、玉手御前《たまてごぜん》、「吃又《どもまた》」のおとくと、小芝居や女役者のファンのために売り出されていた「花形」の古い号を見てゆけば、たちまち当り役がこんなに数えられるのである。

　路莚は、歌舞伎界で特級の名門というほどではなかったが、同じ名跡だった先代の実父も路莚も、中堅としていつも安定した立場にいて、演技も過不足のない手がたさで、立役《たちやく》（男役）にたのもしがられる女形であった。

　お袖とは仲人がいて、見合いをわざわざしたのだが、それ以前に、互いの舞台を見て、気に入っている相手だったから、近づく機会を持つとたちまち燃えるような愛情が湧き、親しく口を利いて二ヵ月目に、もう世帯を持った。

ただ、それから蜜のように甘い新婚の生活があり、妻女は惜しまれながらキッパリと舞台を引退して、ひたすら家事に尽すようになっていて、文句のつけようのない夫婦といわれながら、たった一つ物足りないのは、子宝にめぐまれないことだった。

「一人でいいからほしいな」と夫がいうと、「私もそう、あなたの子供が生みたい」と、鸚鵡《おうむ》がえしに妻がいった。

「弁天様に願でもかけるか」

「だめよ、弁天様はお門ちがいですよ。二人揃っておまいりしてもいけないというじゃありませんか」

「そうだったかな、では観音様だ」

そんなことをいい、じじつ、浅草に行くと、「施無畏《せむい》」という額のかかった観音堂で護摩をたいて、子供が授かりますようにと願うのだったが、験《げん》がない。

雅楽は路莚とうまがあい、よく共演していたので、そのへんの事情はよく知っている。路莚にいわれて、お袖がこれだけは何かおっくうがっていた医者の門を、とうとうくぐったことも聞いていた。

夫婦になってから、二十年経っていた昭和初年の酉《とり》年の春である。路莚が、雅楽をわざわざ訪ねて、こんなことをいった。

「高松屋《たかまつや》の兄さん、養子を貰うことにしたいと思うが、どうだろう」

「そりゃアいいだろう。将来名前をつぐ者がいたほうがいい。何といっても役者のいえの芸は、名跡と一緒に手渡すのが、ほんとうだからね」

「しかし、高松屋は、養子をとらないね」

「私は芸を誰にでも、万遍なく教えることにしている。いろんな形で、いろんな役者が私の修業した歌舞伎の役柄のこしらえ方を、げんに身につけてくれている。それでいいのだ」

「そうかねえ」

「君の所は、やはり、路莚になる、適当な若いのを見つけて、仕込むほうがいい。それには平の弟子ではなく、養子として家にいれるのがほんとうさ」

そういう問答をした年、路莚は正月の大正座からくれの京都南座の顔見世まで、九ヵ月働いているが、それがいい役ばかりつとめた。

特に四月の「毛谷村」のおそのが評判で、六助《ろくすけ》は雅楽だったが、舞台に出ていて、目を見はるような、みごとな仕あがりであった。

おそのが、六助をいいなずけの相手と知って急にはにかみ、それまで手につけていた赤い手甲《てっこう》の紐を口でほどきながら、メリヤスの三味線で、二重を降りる所なぞ、うしろ姿を上から眺めている六助に、客席のほうからしか見えない、女の羞恥に赤らむ魅力的な表情が見えるようで、毎日そこに来ると、わくわくした。

「手甲を口でとく型を、はじめて見たね」と雅楽がいうと、路莚がしばらく黙っていたあと、口ごもりながら、「じつは、お袖に教わったんだ」と打ち明けた。

「それじゃ、今までにも、お袖さんから聞いた役があるのか」というと、「ずい分あるんだ。女役者の型を貰ったというときまりが悪いのでいわなかったが、何しろお袖は九女八さん直伝の役が二十いくつもあるのだからね、筋の悪いものはほとんどない」と、やや得意そうだった。

「そういえば、一度訊いておこうと思っていたのだが、お袖さんと君は、たしか見合いだったね」

「ああ」

「なぜ、そういう縁談を持ちこまれたんだろう」

「わからない、お袖に尋ねたこともないが、あれから二十年にもなるがあの見合いをする席を設けてくれたのは、市会議長をしていた若奈さんで、その若奈さんは、お袖と妹のお種の親がわりになって面倒を見てくれた人だった」

そういう話をした直後に、路莚は、お袖にいわれて、二人の新しい弟子を一門に加えた。もちろん、養子という話を前提としたわけではないが、何となくしばらく作らずにいた弟子を作ろうという気持になったのである。

一人は浅草の紙屋の息子で、一人は小石川の料理屋の息子ということであった。二人とも、藤間流のおどりを習っていて、芸の筋がいいという師匠の推薦があり、役者になりたいという切実な希望を持っている点でも共通していたし、色が白く、目鼻立ちがハッキリした美青年である点でも、負けず劣らずだった。

浅草の子は莚次《えんじ》、小石川の子は莚五《えんご》という芸名を貰った。もちろん、ただの門弟の名前である。

お袖はどちらかというと、莚次に目をかけていた。莚五は、どことなく気に入らない点があるのか、よそよそしくされた。

といっても、お袖は意地の悪い女ではないし、若者のほうも素直な人柄だったから、別にこれという、不愉快な摩擦がおこるはずもなかった。

莚次も莚五も、腰元の役や、通行人の役を貰って舞台に出たが、しっかりおどれるので、入門三ヵ月目の「勢獅子《きおいじし》」には、手古舞《てこまい》の芸者の役で、先輩の名題《なだい》にまじって、群舞の短い個所を早くもおどったりした。

雅楽は、路莚にいわれて、若い二人を注意して見たが、末しじゅうこの二人のうちのどちらかが、路莚の名前をつぐ軌道に乗ればいいと、気の早い自問自答を早くもしていた。

二

その年の秋も路莚の演じた役は、大ものばかりだった。

十月の歌舞伎座では「吃又」の女房おとく、十一月同じ劇場で、「合邦《がっぽう》」の玉手御前、十二月京都南座でも玉手を演じた。

夏に芝居の休みの時、路莚夫婦は、大磯の貸別荘にはいって三週間ほどのんびりしたが、前半の十日を莚次、後半の十日を莚五が付き人になった。もちろん、昔からいる番頭が泊りこむわけではないが、いろんな用があるので、毎日のように湘南線でかよって来る。

莚次も莚五も、師匠と別棟の小さな家に泊り、食事はほとんど一緒にした。夫婦の身のまわりの雑用を、若者が交代でたすのだが、これは歌舞伎の世界での一種の教育法でもあり、芸の修業につながる共同生活といえる。

食事の時に芸談をきくのも為になるが、箸のあげおろしまで、マナーをきびしく、しつけられもする。路莚は古風で頑固な気質だから、稽古場《けいこば》ではいつも和服に着かえて、本読みも立ち稽古もする。ふだんは至ってハイカラな服を着ているのだが、着がえは必ず用意してゆくのだ。

大磯でも、食事の時は、若い弟子に、わざわざ浴衣《ゆかた》に着かえさせた。何かの話のついでに、役の型を教え、一度やってみるように命じた時、シャツにズボンでは第一サマにならないし、話が身にしみないからである。

大磯に二人を呼んで、十日ずつくらしたのは、もうひとつ、それぞれの人柄をじっくり観察しようと思ったからでもある。

九月のはじめに、雅楽と路莚が清元の家元の聟《むこ》とりの披露に呼ばれ、帝国ホテルで会った時、大磯の話を路莚はして、問わずがたりに、「二人のうちの一人を、芸養子にしてもいいと思うんだが」といった。

「お袖さんは何といってるのだね」

「まだハッキリ話してはいない。だが、見ていると、お袖は莚次のほうが、気に入っているようだ。莚五には、どこか、つめたい所がある」といった。

「よく見てるんだね」

「だって」と路莚はちょっと赤い顔をして、口ごもった。

「ああ、そうか、妻君が若い弟子をどう見ているかが、やはり気になるんだな、お前さんも」

と雅楽は、そのころ愛用していたエアシップを、うまそうに吸った。

「それはそうさ、大阪の李《り》鶴《かく》の家のようなことがあったら困るもの」と、路莚が素直に答えた。

その前年、上方役者の嵐《あらし》李鶴の妻女が弟子の女形と深い仲になり、離婚一歩前まで行ったさわぎは、面白ずくに誇張されて東京にも伝わっていたのだ。

「莚次も莚五も、おどりは習っていたが、素人さんだったね、実家はたしか」

「ああ」と路莚がいった。「莚次のほうはふた親が揃っているが、莚五は生みの母親というのがわからない。いまの実家の母親というのは後妻なんだろう。それとも、わきに生まれた子供とも考えられる。深い詮索はしなかったが、どちらにしても、養子にするなら、一応くわしく、もう一度氏素性《うじすじよう》をたしかめなくてはね」

路莚はいつも、氏素性だの、身状《みじよう》が悪いだのと、芝居のセリフに出て来るような口を利くのが癖だ。その点、雅楽は、新しい流行語や、かなり複雑な外国語を会話にまじえるところがあった。路莚が馬琴や春水の活版本を読むのに対し、雅楽はルパンやシャーロック・ホームズを読む。そんなちがいが、会話の用語にも、反映していた。

ホテルで会ってから二週間ほど経ち、十月の芝居の顔寄せの日、雅楽は路莚から小声で、

「どうも見ていると、莚次のほうが人間がシッカリしているので、私としては、そっちにきめたいのだが、こういう話は案外切り出しにくいのと、誰かが聞いていてくれたほうが後日のためにいいので、一度うちに来て、お袖と会ってくれないか。高松屋に来てもらった日に、高松屋の前でお袖に話したいと思うのだ」といった。

「そうか、ちょうどいい、来月、お前さんのおとくで、又平をするし、もうひとつの私の出し物の俎《まないた》の長兵衛にも、女房で出てもらう。役の打ち合わせという名目で、君を訪ねよう」と、雅楽は快諾した。

九月は二人とも休演で、翌月の稽古以外にタップリ時間がある。根岸の路莚の家で、食事をしようという電話を貰い、雅楽は広島から届いたばかりの蔵出しの酒をみやげに持って出かけた。

食事のあとで、路莚がいった。

「高松屋、こんどのおとくは、お袖からも九女八さんの型を聞いたのだがね、それでいいかどうかと思って」

「私は沢瀉屋《おもだかや》(三代段四郎)の時に、雅楽之助《うたのすけ》で出ているから、やはりその型で行くつもりさ。あの時のおとくは、前の秀調《しゅうちょう》さんだった」

「秀調さんなら、坂東のしほという女役者の縁続きですから、女役者の型もはいっているはずですよ」と、お袖が口をはさんだ。

頃合がよかったので、路莚がすわり直して、「時に高松屋、うちに芸養子という形で、若いのを一人とり立てようと思うのだがどうだろうね」と訊いた。

とっくに内示はしてあっても、こういう段どりをつけるのが役者の心意気で、口上をのべる前に、扇子を一本前において、結界《けっかい》を作るのと同じである。

「ほう、それで誰を」と雅楽は反問した。この答もわかっているが、そう質問するのが定石である。セリフを書きぬきで拾って、やりとりするようなものであった。

「莚次はどうかと思って」といった途端に、お袖がいった。

「ちょっと待ってください、あなた。莚次といったって、ついこの間、弟子にとったばかりじゃありませんか。まだ三年も経ってませんわ。そういう養子なんて話は、じっくり人を見て、そう、短くても五年ぐらいしてから、きめるのがほんとうです。あなたは、方々の家の息子が子役から育って来てきのうきょう権八《ごんぱち》だの弥助《やすけ》だのをするのを見て、羨ましくなったんでしょうが、家に来たての弟子に、いくら路莚の芸養子だといっても、小紫《こむらさき》やお里の役が来るわけじゃなし、養子にすれば名前も変えなければならないのだけれど、そうしたあとで、ろくな役がつかなければ余計みじめですよ。私はこの夏大磯で二人の若いのを見てましたが、まアそんなにいやな所はないにしても、小紫やお里はまだまだできる器量じゃありません。当人は何というか知らないが、そのままでいたほうがいいのじゃないでしょうかね」

まるで、立板に水というたとえの通りの饒舌で、お袖はしゃべった。雅楽はお袖とはかなり長く知っているが、そんなに弁が立つとは思わなかった。それに、異様に昂奮しているのが、いささか不気味だった。

「よくしゃべるな、お前も」と、少しどもりながら、路莚がつぶやいた。いささか辟易している感じだった。

おとくになる女形が、どもるのはおかしいと内心思いながら、雅楽がしずかに訊いた。

「莚次が気に入らないのかね」

「そんなわけじゃありません」

「莚五ならいいとでも」と重ねて、雅楽が尋ねてみた。

「同じことですわ、私は芸養子に二人のうちのどれかを入れることに反対なんです」

「しかしね」と路莚は何かいいかけたが、あきらめたように、口をとじてしまった。

そして、その夜は、話題を別に切りかえてしまい、ラジオで松永和風の「新曲浦島」を聞いた所で、雅楽は千駄ケ谷に帰って来た。

お袖がまくしたてた訳が、その後しばらく経ってわかるのだが、この日、雅楽は、毛頭その理由に気がつかなかった。

気がついておいたほうがよかったと、あとで思うのである。

三

「吃又」は好評であった。雅楽の又平は段切れの大頭《だいがしら》の舞がじつにみごとで、おとくの打つ鼓に合わせて、白足袋を交互に出して舞うあたり、気品に溢れ、近ごろになくいいものだと、毒舌をもって鳴らした朝日の劇評家が絶讃した。

おとくも、よかった。雅楽と路莚は私生活でも親友だったが、舞台の上で、合性のいい女夫《めおと》役者になっていたのだ。

十一月は、「合邦」で、路莚の玉手御前に、父親の合邦は雅楽である。「吃又」が評判だったので、二人ともはり切って、この大物を、いつもより念入りに稽古して、初日を待っていた。

ところで、十月の半ばに、路莚が「二人だけで話したい」といって、雅楽を新橋の待合の玉竜にさそった。

「また、養子の話かい」すわるなり、雅楽が尋ねると、路莚はだまって首をふった。いかにも屈託ありげな様子である。

二人で一本ずつ飲み了《お》えるころ、やっと路莚が口をひらいた。

「家内の様子が変なのだ」

「お袖さんがかい」と訊いた。いつになく、赤の他人にいうように、この女形が家内という言葉を使っているのが、まず雅楽には、気になった。

「身体の工合が悪いのか」

「そうじゃない」

「というと」とたたみかけて訊くと、苦笑しながら、路莚が話しはじめた。

「家内が若い者に惚れたらしいのだ」

「まさか」と雅楽は手をふった。「お袖さんに、そんなことがあるものか」

「まア聞いてくれ、高松屋」と、又しても几帳面な女形は、膝を正して、説明した。その話をかいつまんでいうと、こうである。

路莚は二人の新しい弟子が来てから、ほんのすこし年上の莚次に対しては、お袖がごく気楽に口も利き、何でもたのみ、たのしそうに話すのに対して、莚五に対しては、切り口上で話す傾向があるのに気がついていた。ごく微妙なちがいではあっても、はたで見ていると、格段にちがう。

普通、役者の妻女と弟子の関係としては、莚次には目をかけており、莚五には冷淡と見ていいのである。

そのちがいを、路莚ははじめ、それぞれの実家とお袖とのつきあい方から来ているのだと、漠然ではあるが、考えていた。

具体的にいうと、小石川の鶴の家という割烹旅館が、お袖の実家と古くからゆききがあり、お袖お種の姉妹が舞台に立っているころ、ひいきにしてもらったといった過去があるとしたら、一旦弟子にすれば別だという理屈はあっても、ポンと肩を叩いたり、ズケズケ小言を浴びせたりはしにくいものだということが、路莚自身の経験からも、いえるからである。

しかし、お袖が年がいもなく、この数週間、鏡に向って、いつもより濃く、唇に紅をさしたりするばかりか、髪結から帰って合せ鏡をする時なぞ、自分の顔をとっくり眺め、流し目のような目つきをしているのにふと気がついた路莚が、「何だい、しなを作ったりして」といったら、「西洋ではあなた、五十を越してから、赤い服を着たりするそうですよ。日本ではそんなことをなさるのに、すぐ色気ちがいみたいだなんて悪口をいいますけどね、あなたが舞台で若い役をなさるのに、私が地味な着物で化粧もしないでいたら、あなたの芸のためにもなりませんわ」といった。

しかし、夫婦になってもうかなりの年月が経つのに、こんなに濃く、目立った化粧や身づくろいをするお袖を見ていないので、路莚は不安になった。若い恋人でもいるのではないかと、はじめは口に出して冗談めかしていおうと思っていたのだが、それをいう前に、想像がどうやら的中したようであった。

それも相手は、莚五らしいのである。莚五を見るお袖の目つきは、異常に光を帯びていた。莚次に対しては前とちがわないのだが、莚五にものをいいかける時、猫撫で声のような、気の悪いものの言い方をする。

路莚は玉手御前の役を、こんども「吃又」の時と同じように雅楽の合邦と二人でほめてもらいたいと思い、古靭《こうつぼ》大夫のレコードを聞いたりして工夫しているのだが、折角型を思いついても、お袖を呼んで実演して見せ、その批評を聞く気になれないのだ。

思い余って、こういった。

「お袖、俺は玉手の舞台を思案するために、大磯へでも行って来るよ」

「だってあなた、芝居があるのに」

「なアに、昼間向うにいて、夕方東京に出て来ればいいのだから」

「だって、往復が大変でしょう、それは大磯なら静かでいいけれど。私も行きましょうか」と、お袖がいった。

お袖の目つきや態度が気になって、役づくりの妨げになるので家を離れたいのだから、ついて来られたら何もならない。

「四谷の福田家にでも行ったら」

「東京だと駄目だ、東京だと、うちが根岸にあるのに無駄なことをすると思ってしまう。大磯まで行くということなら、話はべつだ」といった。

お袖を莚五と置いて行くのはいやだから、莚五をつれて行くつもりだった。そんな小細工がわれながらいやだったが、留守に大阪の李鶴の家で起ったような間ちがいがあっては大変だと思ったのである。

お袖が莚五と親しそうに話している現場を路莚はたまたま見た。夫が帰って来たのに気がつかず、茶の間で話しこんでいた。

ふり返って、あわてて離れたが、その直前まで寄り添っていたような、接近したすわり方をしていた。

路莚は何もいわずに、だまって着替えをしに別の部屋に行ったが、あわててはいって来たお袖の上気したような、汗ばんだ肌のにおいを感じて、いつになく情欲を感じた。

「お早かったんですね」

「ああ」

「きょうはどこへいらしたんでしたっけ」

「亭主の行く先ぐらい、おぼえておけ。高松屋の従兄の絵の展覧会だよ」

「そうでしたわね。いい絵でしたの」

「とってつけたようなことを尋ねるな」癇癪で苦り切って路莚はいったが、女形が妻女に手をあげるのも、たしなみがなさすぎると思って、歯をくいしばった。

「いま、莚五に、おっ母さんのことを訊いていたんです」問われもしないのに、お袖はこんな弁解をした。

「それを聞いて、どうする」

「莚次からも聞いておくつもりですが、きょう、莚五がいてくれたので、尋ねてみたんです。あの子、生みの母親の名前も顔も知らないんですって」

「ふん」気の乗らない返事をわざとした。

「だから、母親らしい年ごろの女の人にやさしくされると、甘えたくなるんですって」

「で、お前に、甘えてるのか」わざと憎々しい云いまわしで訊くと、「そうです」とハッキリいって、まじめな顔になる。

路莚としては、何だか、むしゃくしゃしてたまらない。

ここまで聞いて、雅楽がいった。「今までの話だと、しかし、色恋じゃなさそうじゃないか。莚五がお袖さんに甘えたい気持をもつ。よそよそしく扱っていたが、そんなふうにされると、女は誰でも母親になったような気持をもつ。しかし、別に男が若くて、二枚目だと、お袖さんのように舞台でいろんな役を演じて来た女としては、反射的に、母親という感情のほかに、女としてのたかまりがつい生じても仕方があるまい」

「それはまア、そうだが」とうなずきながらも「お袖は、莚五の実家の鶴の家に一度行ってみたいといっている。熱心なことだ、まア莚五の生みの母親のことなぞ、先方もしゃべる気はないだろうが、弟子にする前にたしかめなかったそういう生まれや育ちについて知っておくことは、無駄ではないから、これは私も賛成した。それに第一」といいかけて口をつぐむ。

「それに?」と訊くと、路莚がやや当惑した表情でいった。「この際、お袖が莚五の父親と話し合って来ると、自分と莚五の年のちがいについて、改めて思い知るから、あいつの邪念に水をかけることになって、いいのじゃないかと思うのだ」

そこまで想いつめているとは考えなかったので、雅楽はおどろいた。

それから「合邦」の稽古がはじまり、十一月の芝居が初日をあけると、共演している路莚の玉手御前が、何ともいえない、絶品であった。

その女主人公は、高安家の腰元で、合邦という道心の娘なのだが、奥方の死後、身分をとり立てられて殿様の後妻になる。家には腹ちがいの兄弟がいて、父の跡目をねらう悪い息子が、もう一人の美しい息子を邪魔者に扱っている。それを知った玉手御前(奥方としての敬称)は、美しい俊《しゅん》徳丸《とくまる》の危い生命を救うために、家を出奔させようと考え、毒をのませて病気で顔をみにくく変え、その若者のあとを追って自分も家を出るのだが、そうなる前に、わざと義理の息子にぞっこん惚れてしまったふりをする。

そうして合邦の内にたまたま、いいなずけの浅香姫《あさかひめ》と保護されている俊徳丸をさがし当てた玉手御前は、父親の見ている前で、俊徳丸にしなだれかかったりして、とうとう短気な合邦に腹を刺されて死ぬのだが、この女の肝の臓の生き血をのんで、俊徳丸の病気は全快するという、古怪な筋なのである。

路莚の玉手は、俊徳丸をつかまえて、かきくどくところが、何ともいえない色気があってよかった。今まで夫婦の役を何度もした時、その都度、充分女の情愛をみごとに描写する路莚の芸は高く買っていたが、こんどの玉手では、合邦をしているのをつい忘れて、「こんな女を抱いてみたい」と舞台で思ったりするのである。

それほど円熟した女形の完成度を示した玉手御前であった。

「おとくについで、玉手御前が大当り、このあと京都に行って、『阿波の鳴門』のお弓がまたいいだろうな」と雅楽がしみじみいうと、満更でもない顔で、路莚もうなずいた。

「こんなに気持よく、芝居ができるのは、珍しい。これなら死んだ親父にも見てもらえる玉手だと、じつは思っている」

「親父さん以上さ。ねたましくなるような、出来だよ」手放しでほめる。共演者で敬愛している親友にこうほめられれば、路莚も悪い気持はしない。喜んで、お袖についての愚痴もいわなくなった。

しかし、十二月の南座の出し物は、「阿波の鳴門」でなく、狂言を搗《つ》き替えて、東京から持ち越しの「合邦」になった。雅楽は南座は休ませてもらうつもりでいたのだが、そういう風な事情になったので、合邦ひと役で、京都にゆくことになった。

「なぜ、お弓をしないのだ」というと、路莚がいった。「お袖が猛烈に反対したのだ。お願いだからこの役はやめて下さいといって聞かないのだ」

雅楽は、そういう女形の顔を、じっと見つめていた。

「それは妙だな、どういう訳か、お袖さんは、説明したのか」

「お弓はいけない、師匠の九女八さんも好きな役じゃなかった、あんな気色の悪い役はないというのだ」

「ほう」

「ところが、たまたま妹のお種が来ていて、お弓なら私が九女八さんから教わっています、姉さんは忘れているかも知れないが、私は師匠の型をよく覚えているから、何なら教えてあげましょうかといってくれたんだよ」

「へえ」お袖のいない時は、めっぽう能弁になる路莚がおもしろくて、雅楽は相手の顔を、なおも見つめている。

「じつは、京都で順礼のお鶴に、大阪の成駒屋《なりこまや》の孫が出てくれることになっていたんだ。それで、『阿波の鳴門』がおくら(中止)になると、子役の出る幕がなくなるといわれたので、それでは重の井をしようかと、一度は別の案を出してもみたわけだったが」

「重の井は見たかったな、ずいぶん、していないだろう」と雅楽が年月を数えるように、指を折りながら、いった。

「十四五年前にしたきりだからね。あの時、馬方の三吉《さんきち》をした子供が、もう嫁を貰っているんだ」と路莚が感慨深そうな声を出したあと、「ところで、重の井はどうだろうというと、これもまた、お袖が反対した」

「ほほう、お弓も重の井も、お袖さんが反対したのか、ふしぎだな、これは」と、雅楽が腕組みをして考えていた。

あんまり長い間、黙考しているので、路莚は手持無沙汰になり、ぐあいの悪いライターを分解して、中の仕掛を点検してみたりしている。

「浜村屋《はまむらや》」と雅楽が急に改まって尋ねた。「お袖さんは、近ごろ、何か考えこんでいる様子は、なかったかね」

「じつは、そうなんだ。まア、お袖は年に一度ぐらい、ひどく気の重そうな、大儀そうな心持を見せる女だから、またいつもの低気圧かと思っていたんだが」

「お袖さんがどこかに行って、誰かと会った様子はないか」と雅楽が訊いた。

「そうさな。一々どこに出かけたかと尋ねもしないから、くわしくは知らないが、この半月ほどのあいだでいえば、古い遊び仲間と成田におまいりに行ったのと、私のかわりに、藤間の先代の家元の法事で、押上の寺に行っている」

「おまいりに、法事か。いろんな人に会う機会があったわけだ」独り言のように、雅楽がいった。

路莚は、そうしたつぶやきの意味が理解できずに、ぼんやりしている。

四

雅楽が突然、路莚の家に、朝早く訪ねて行った。相手の都合もたしかめずに、午前九時に押しかけて行ったのは異例で、待てしばしのゆとりがないほど、緊急に会いたかったという、真剣な表情であった。

「まア高松屋さん」とお袖がおろおろして出迎える。路莚は、あわてて、湯殿で、ひげを剃《そ》ってから、座敷に顔を出した。女房役者のたしなみである。

「こんなに早く何事です」

「御上使がのりこんで来たようで、おかしいんだが、思い立ったら、矢も楯もたまらなくなってね」と、雅楽は煙草の火をつけながら、夫婦の顔を、七分三分に見た。「きょうは相談があって来た」

「京都の芝居のことで何かあるのか、急に行けなくなったなんて、いわれると、私は困るよ」眉をひそめて、路莚がいった。そういう顔に、評判のよかった玉手御前の顔が二重写しになる。

「そんな話じゃない。浜村屋、養子のことさ。私にちょっとした考えがあって、とっくり二人に話してみたいと思って」と、雅楽は、襟もとを正すように、もう一度すわり直していった。

「はてね」例によって、路莚のこういう応対の言葉は、ついセリフじみる。「誰か、いい若い者がいるのか」

「莚五だよ、君んとこの弟子のあの莚五がいいと思って」

お袖の顔が、ぽうっと赤くなり、次に血色が褪せて、青ざめた。そして、おそるおそるとでもいうような口調で、女形の妻女は、雅楽に反問した。「どうしてそんなことを」

「ざっくばらんにいおう」と雅楽は、路莚に向って話しはじめた。

「ゆうべ、床の中で、『合邦』のことを考えていた。歌舞伎座と南座は、舞台の寸法がちがうから、私の役と玉手との居どころを多少は変えなければと思い、あれこれ思案しているうちに、ふいに目のウロコがとれたような気がした」

「ほう」

「お袖さんがなぜ、お弓と重の井をやめてくれといったかという意味がわかったのだ」

「というと」女形は不安そうに訊く。

「こんどの玉手は大変に評判がいい。それには、お袖さんのかげの働きがあるのを忘れてはいけないことに私は気がついたのだ。浜村屋、君が私と玉手の稽古をはじめたころ、お袖さんは莚五と何となく親しくしていただろう。あれは、玉手御前のつもりになって、俊徳丸のつもりで莚五に色っぽい目つきをして見せたりしていたのだ」

「まア、そんなこと、私」とお袖が、大げさに手をふった。

「私は思い出したんですよ。お袖さん」とはじめて妻女のほうを見て、雅楽はいった。「九月にあなた方に会った時御主人が一言いう間に、あなたはべらべらと、おしゃべりをしましたね。

あれは又平の女房のおとくになっていたのです。長年のあいだ、浜村屋が次の月に演じる女の役を、あなたは稽古がはじまると、何となく自分の性根にする習慣ができていたのだと思う。九月は、だから又平のおしゃべりの女房になり、十月は義理の息子に恋いこがれる玉手御前になってしまっていた。莚五が、俊徳丸にさせられていたのさ」

お袖はうつむいて、じっと耳を傾けていた。真剣な目つきで時折見返すのだが、その目がうるんでいる。

「お袖さん」と雅楽がいった。「最近、あなたは、あの莚五の母親が誰かということを、教えられたんじゃありませんか」

「はい」とゆっくり妻女は答えた。「藤間の法事の時に、はじめて知ったのです。莚五のおどりの師匠から聞かされました」

「誰なのだ」と路莚がお袖に尋ねたが、それにはかまわず、雅楽が続けた。

「それを聞いたお袖さんとしては、十二月の京都の芝居に御主人がお弓をすることになれば、いやでも、お弓らしい姿を見せなければならない。それがつらいので、反対したのさ」

「でもよく、おわかりに」とお袖が顔をまともに見ていった。

「先日、お袖さんが、お弓の話が流れてから、では重の井はどうだろうということになった時、やはり反対したという話を思い出し、ハッと気がついたんだ。お弓にしても、重の井にしても、自分の生んだ子供を、母だといって抱きしめることの出来ない、悲しい女の役だ。そんなつらい役を、お袖さんにはこの家で、地のままして見せる気がしなかったのさ」

「というと」と路莚はべそをかくような目もと口もとで、雅楽の顔をふり仰いだ。それは手負いになった玉手御前が、舞台で雅楽の父親を見あげる表情に似ていた。

「莚五は、このお袖さんが生んだ子供だったのさ」

「申しわけありません。私は男の子を生んで、すぐ里親にあずけたんです。そのことを、あなたにいつ打ち明けようかと思いながら、二十年も経ってしまったんです」泣きながら、お袖がいった。

「……」路莚はじっと目をつぶって、しずかにうなずいている。

「私は莚五というあの弟子が、昔私のつきあっていた男と似ているのがいやで、よそよそしくしたんです。ところが、あなたが玉手をすることになったころ、急に可愛くなりました。そして、なぜか、この子は私の子じゃないかという気持がして来たのです。ですから法事の時に心当りの人に、それとなく尋ねてみたら、やっぱり、そうだったんです」

「こうなれば、莚五をここの家の息子にしたら、めでたしめでたしじゃないか。もちろん、芸養子として、挨拶をするのだ」と雅楽が結論した。

瀬川路莚は、その翌年の春、内弟子の莚五を芸養子として浜村屋の家に入れ、左莚《さえん》の芸名で披露もした。

路莚ゆずりの役を次々に手がけて、順調に育った女形は、終戦後三年、病没した。惜しまれて散った、花のような、いい役者であった。

四番目の箱

一

二年前の秋だった。

私は、中村雅楽《なかむらがらく》と二人で、めずらしく、新劇を見に行った。日生劇場の「ヴェニスの商人」である。

じつは、シェイクスピアのこの芝居は、老優には、まことになつかしいものらしいのである。

いくら雅楽が老人でも、川上音二郎時代のは見ていないはずだが、二代目左団次《さだんじ》が、大正のはじめにシャイロックを演じた時は、たまたま同じ興行のほかの出し物に出ていたので、二代目松蔦《しょうちょう》のポーシャの美しかったのを覚えているというのだ。

電話をかけて、劇場の席の手配を私にたのむについて、「その時は、裁判所の一幕しか出ていないんですよ。日本の赤毛物は、歌舞伎の時と同じように、寺子屋なら寺子屋だけ出すというしきたりとちっとも違わず、平気で、通しで見るはずの狂言の中の見せ場だけ見せようとするんですね。だから、ポーシャ姫が男の姿で、金貨をきめつける所だけしか、私は知らないんです」といった。

裁判の場面を奉行所とはさすがにいわなかったが、この雅楽の話し方が、イギリスの古典劇の話とはまったくちがって、歌舞伎の話と同じ云いまわしをしているのが、たまらなくおかしく、同時に何となく、嬉しくもあった。

ポーシャを、ポーシャ姫といったりするのも、ひと世代前の呼びならわしらしい。雅楽とは、電話で話しているだけでも、教わることがあるのだ。

雨のしとしと降っている午後、帝国ホテルのコーヒー・ラウンジで待ち合わせ、私たちは隣の劇場にはいった。

「ヴェニスの商人」は、戦後も、三代目左団次といまの芝翫《しかん》が東横で上演しているが、それは雅楽は見ていないとのことだった。

私は、滝沢修のシャイロックを見ているが、こんどは日下武史である。このごろは、演出者が作品を分析し、新しい解釈をくだして、ユダヤ人とキリスト教徒の対立といった主題を基本においたりするので、原作が文学的にひろがる反面、見せ場といった印象を受ける場面があまりないのだが、雅楽のような頭がよくて腕のある役者に見せると、自然に、その芝居のどこが、いわゆる目玉なのかを判定する識見があるので、ちがった見方ができるわけだ。

はじめて、通して見た（と雅楽はいう）「ヴェニスの商人」で、いちばん老優が喜んだのは、ポーシャが、求婚する人たちに対して、父親ののこした三つの箱を見せ、そのひとつをえらばせるところだった。

金と銀と鉛の箱があって、そのひとつをえらばせ、中からポーシャの絵姿の出て来た時に、その時の相手の妻になるべしという遺言なのだ。

小田島雄志氏の「シェイクスピア物語」の一部を要約しながら写すと、モロッコ大公は、「衆人の求むるもの」と書いた金の箱を、つまりそれがポーシャだと思って選んだが蓋をあけると、中にはシャリコウベ（頭蓋骨）がはいっていた。

アラゴン大公は「分相応のもの」と書いた銀の箱を選ぶが、中には阿呆の絵姿がはいっていた。二人は、うなだれて、帰ってゆく。

ところで、ポーシャは、バッサニーオという若者に恋をしているが、彼が金又は銀の箱を手にとりあげたとしたら、やはり妻になるわけにはゆかない。

はらはらしていたのだが、結局、「われを選ぶものは所有するすべてを投げうつべし」と刻まれた鉛の箱を選び、その中に美しいポーシャの絵姿を見て、首尾よく相愛の男女は結ばれたのである。

「これは『竹取物語』ですね」と小声でいいながら、雅楽はニコニコして、舞台を熱心に見ていた。

休憩に三階のロビーで、ジュースをのんだ。

「高松屋《たかまつや》さん、新劇は久しぶりでしょう」というと、「じつは去年から、銀明座の芝居を二つ見てるんです」という。

この劇団は、長期の企画を立てて、大正以降の近代古典を順々に上演するという、意欲的な仕事をしている。私も「父帰る」と「地蔵教由来」を見た。

「何をごらんになったんですか」

「坂崎出羽守《さかざきでわのかみ》」それから藤森さんの「何が彼女をそうさせたか」を見たという。

「竹野さん、じつをいうと、私は、牛にひかれて、見に行ったんですよ。私の甥の娘が、中村進吾《しんご》の細君でしてね」

「それは前から伺ってます」

「進吾は、山本有三さんの『出羽守』を若いころ、六代目に教わって演じているんです。それであの劇団の真田さんにたのまれて、稽古場《けいこば》に何べんも足を運んでいるうちに、いつも自分の住んでいる歌舞伎とはまた気分のちがう世界がおもしろくなったと見えて、その次の藤森さんの芝居の時は、演出を買って出たんです。中村進吾でなく、本名の赤松利夫の名前でポスターには出てましたから、誰も気がつかなかったようですが、『出羽守』の時に千姫で出ていた広部真美という女優のすみ子は、なかなかいいものでした。進吾も、この女優は有望だとほめてましたが、そんなことで、ぜひ伯父さん見て下さいといわれて、出かけて行ったんです」

私は、「出羽守」も「何が彼女を」も見なかったので、その広部という若い女優を全く知らないが、その前の年の芸術祭に、「千本桜《せんぼんざくら》」の小金吾《こきんご》で優秀賞をもらった新進気鋭の二枚目が、新劇の公演にそっと肩を入れている話を聞いて、ほほえましかった。

ただし、進吾が新劇の仕事を手伝ったことが、すくなくとも東都新聞の記事にはならなかったのを思い、やはりこれは記者の怠慢だったと、社のOBとして、いささか恥じ入る気持があった。

その日は、芝居がおわってから、雅楽といつもの三原橋のすし初で、ゆっくり飲むのを楽しみにしていたのだが、それが、そうは行かなくなってしまった。

終演でエスカレーターを下ってクロークの前にゆくと、雅楽を待っている青年がいて、老優に近づき、耳もとでささやいている。物に動じた姿をあまり私なぞには見せない雅楽が顔色を一瞬変えたので、私はハッとした。

わざと目をそらしていると、雅楽は、「急用ができたので、きょうは失礼します。また、あしたでも、電話しますが、折角小部屋をたのんであるのだから、あなただけでも、すし初に寄って下さい」といいすてて、急いで青年と帰って行った。

何かよくない知らせでもあったのではないかと案じていたら、翌朝千駄ケ谷からの電話で、前から具合のわるかった進吾の妻女がゆうべ、私たちがシェイクスピアを見ているあいだに死んだのだと聞かされた。

休憩に、その進吾が演出した新劇の話をしている時、雅楽は進吾の家に重病人がいることを思いうかべていたのかも、知れないのだった。

話が前夜に戻るが、クロークの所で、雅楽を送り出した私がレーンコートを着ている所に、声をかけて来た女性がいる。

それは、劇界で大変顔の広い外交官の未亡人で、末松のぶ子という、派手な顔立ちの美人であった。

私は、この女性とは、京都の南座の顔見世にゆく時、偶然新幹線の座席がならんでいたので知り合った。

京都では、芝居がおわってから、いろいろな役者を、先斗町《ぽんとちょう》の料亭に招いて、賑かな会を二晩続けて催したという話を、のちに聞いた。私も来ませんかと一応南座の廊下でいわれたのだが、役者の後援をしている人物と同席するのが嫌いだから、ちょうどべつに先約もあったので、辞退した。

その顔見世では、進吾が「土屋主税《つちやちから》」の大高源吾《おおたかげんご》に出ていて、あのあんまりおもしろくない芝居をもりあげていたのを、おぼえている。

末松夫人はその夜は和服で、雨天なので古めかしいコートをクロークの前でゆっくり着ていたが、その姿は、一種、妖艶に見えた。

「高松屋さんと御一緒に行かれませんの」と訊くので、用事があるといって帰りましたと答えると、「では、よろしかったら、私につきあって下さらないこと。私、今夜、のみたいんです」といった。

何だか、はしゃいでいるような、明るい表情で、大分前に死別した夫を持った未亡人だが、まさにこういうのがメリー・ウィドウなのだろう。

しかし、私は、大輪のダリヤのようなタイプは至って苦手なので、こんども、丁重に辞退した。

「おやそう、竹野さんは、私とのむのが、おいやなのかしら」と艶っぽい目つきを私のほうに流して、軽くにらむ。年のほどはさだかでないが、男の官能をそそる、ふしぎな魅力はあるようだ。

私は雅楽にいわれたように、ひとりですし初にゆくつもりだったが、末松夫人の誘いをことわったあと、何となく家に帰りたくなったので、電話を三原橋に入れて、そのまま帰宅した。

私とのみたいといった夫人が、浮き浮きしていた理由が、翌日、私には、わかったのである。

二

もう一度書くが、翌朝雅楽の弟子の楽三《らくぞう》が、電話をかけて来た。

「きょう、竹野さん、おひまでしたら、ちょっと、つきあって下さいとのことで、お出先を伺っておくようにとのことです」といった。

「何かあったのでしょうか」と、私は尋ねた。前夜の別れ方も、気になっていたからである。

「はい」と、ちょっと間をおいて、楽三がいった。「前から悪かった進吾さんのおかみさんが、ゆうべ、なくなったのです」

「そうでしたか、それは、それは」と、私は挨拶した。

「親方は、日生から、中野の進吾さんの家にゆかれ、ちょっと遅くなったので、まだ、お休みになっていますが」

「わかりました。高松屋さん、御無理をなさってはいけませんよ。私は十時半ごろから新聞社にずっと居りますとお伝え下さい」といって、電話を切った。

偶然「ヴェニスの商人」を見ながら、話の出た進吾の夫人が死んだという。前にも書いたが、あの時、雅楽は血縁に当る女性が重病の床についているのを知っていたのだ。

そういえば、あまりニコニコした感じでなく、「甥の娘」という表現をしたと思えないこともなかった。

東都新聞にゆき、若い演劇担当の記者に、進吾の妻の死を夕刊の記事に入れるように話した。記者はさっそく「演劇界」の増刊の俳優名鑑を見て、名前を確認し、松竹に電話して、原稿を書いている。

私は、もうひとり、新劇の取材を分担している記者に、劇団「銀明座」の資料をさがしてもらった。

文化部の演芸専門のクロークに、ハトロン紙の大きな袋に入れて、公演のプログラムや、俳優の写真や、いろいろのデータが、分類して保存されている。

政界官界財界の人たち、つまり政治や経済の分野の知名人についてのデータは、調査部に保管されるのだが、芝居や映画や演芸、テレビ・ラジオの分野の人たちのは、わざと文化部においてあるのだ。

私は、銀明座の公演で、「坂崎出羽守」の千姫と、「何が彼女をそうさせたか」のすみ子を演じた女優の資料をさがし、広部真美の顔を、はじめてスチールで見た。

すこし受け口の丸顔で、眉が濃く、コケットリーの魅力がある。

中村進吾が本名の赤松利夫で演出した時のプログラムもあった。

スタッフの言葉として、「広部真美さんは、まことに有望な女優です。こんどの芝居の稽古場で、私が短い暗示を与えた時に、期待した数倍の効果を、敏捷に工夫して、表情やセリフにみのらせる彼女のカンのよさには舌をまきました」などと、手放しでほめている。

スタッフの自画自讃も珍しくはないが、進吾のこの文章は、若い女優に対して、よだれを垂らしているような印象が、なくもない。

そんなことをしていると、雅楽からの電話が取り次がれた。私は弔意をまず表した。

「まさか、こんなに早いとは思わなかったので、びっくりしました」と雅楽がいった。そして、「ところで竹野さん、ちょっと気になることがあるので、私と一緒に進吾の家まで行って下さいませんか。私ひとりで、あの進吾と問答をするのも気が重いし、誰かにそばにいて聞いていてもらいたいのですが、それには、あなたがいちばんいいと思ったからです」といった。

歌舞伎の仕事をしている私が不幸の知らせを耳にして、くやみにゆくのは少しの不自然もないことだから、すぐ雅楽と同行する約束をし、社の車で千駄ケ谷に寄り、老優をのせて、午後二時に、中野の鍋屋横町にある進吾の家に行った。

喪中という紙を貼ったすだれが玄関にかかっているだけで、親戚以外の弔問客は、まだ来ていなかったが、松竹系の劇場の袢天を着た人たちが、天幕を張って受付をこしらえている。

今し方納棺して祭壇が飾られたという。進吾がその部屋に、ぼんやり、すわっていた。その隣に、喪服で、三十五六の女がいた。目のキリリとつりあがった、美しい女性である。雅楽を見ると、「あア高松屋さん、ふうちゃんがねえ」と、袂《たもと》からあわただしくとり出した真っ白なハンカチを目に当てた。その女のポーズは、絵になっている。

三十六で死んだ進吾の妻は房枝というのである。この女性は、小学校の時から故人と同級生の仲よしで、葭町《よしちょう》に日本舞踊の稽古場を持っている花柳徳栄、本名吉野郁子ということを、すぐあとで雅楽から聞いた。

私は雅楽と別の部屋に行く。奥のほうで、男の子の声がする。進吾と房枝とのあいだに生まれたひとり息子の豊で、まだ幼稚園にもゆかぬ四歳の幼児である。

二人で庭を見ながら、茶をのんでいるところに、進吾が来た。

「向うはいいのかね」と雅楽が尋ねると「まだ人も来ないし、来ても、郁子さんがいてくれますから」といった。私は、何となく、引っかかるものがあった。

さっき、焼香しおわった私に、深々と進吾の隣で答礼した郁子が、いかにも女房気取りに見えたからだ。

「時に、相談って何だい」と雅楽が催促した。「竹野さんは私と親しい人で、いろいろなことを相談し、考えてくれる人だから、ここにいて貰う。いいね」と念を押す。

「はい」とすぐ進吾がうなずいたのを見ると、ゆうべ、私を同行することまで、進吾には告げていたように、想像された。

「伯父さん」とすわり直して、端整な顔をした二枚目が、泣きはらした目を、しばたたかせながら、話し出した。

「いま私がいちばん案じているのは、あの豊のことなんです。まだ頑是《がんぜ》ない子供です。ばアが今のところいるにはいますが、いつ実家に帰ってしまうか、わかりません。房枝も、半月ほど前に自分でも覚悟をしたのか、自分が死んだらできるだけ早く、嫁をとって下さい、豊を無事に育ててくれるようなひとを探して下さい、そういうことは、千駄ケ谷の伯父さんに、まず相談して下さいといったのです」

「ほう」と、雅楽が進吾をじっと見つめた。

「それで、誰かいい人はいないかと思いまして」

「そう急にいわれても困る。お前に何か心当りがあるなら、遠慮なくいってごらん」笑みをふくんだ雅楽の顔は、進吾が胸に候補者を用意しているのだろうと、察している表情を示していた。

「べつに、さしあたって」と一応口ごもる。

「正直にいったほうがいい。房枝以外の女に、目もくれなかったといったら、うそになる。二枚目役者が、そんなわけはない」と老優は笑った。「だが、房枝がお前が後妻をとるようにと、面と向って、ほんとうにいったのかね」

「そうじゃないのです。カセットなんです」

「カセットとは」と首をひねっている。私もわからなかった。ピンと来ない外来語だ。

「房枝が時々声を吹きこんでおくのです。私が留守をしているあいだに、あったことをマイクに向ってしゃべると、その声がテープに残るわけです」

「そんな重宝な仕掛があるのかね」

「伯父さん」と進吾がかすかに笑った。「そんなこと、近ごろは小学生でもしていますよ」

「ほう」

「たとえば、きょうは末松の奥様から千疋屋の果物が届きましたとか、千駄ヶ谷の伯母さんから電話がありましたとか、そんなことまでテープにはいっているんです」

「メモのかわりだね」

「それから、時には、メロンがおいしかったとか、テレビの『三時のあなた』に、浜木綿《はまゆう》さんが出て、あなたの話をしていましたなんていってる時もあるんです」

声がうるんで、さすがに妻を失ったばかりの役者の悲しみは、私にも同情できたが、そういう一方で、妻の死んだ翌日に再婚の相談を、妻の父親の伯父に当る人にしているという矛盾も、いささか奇妙だった。

進吾は素行の正しい役者と見られていて、花柳界やバーで浮名《うきな》の立ったという話は、耳にしていない。もっとも私も記者としては現役でないし、どちらかといえば、そういう方面には昔からうといほうなので、無関心といってもいいのだが、遊びのほうでは名の高いいく人かの役者の、よくいえばロマンス悪くいえばスキャンダルのたぐいを、全然知らないわけでもない。

だが、中村進吾については、何も知らない。だが、男前のいい、腕の立ついい役者を、周囲がほうっておくはずがない。そう思う。

げんに、今遺体の安置されている座敷にすわっている房枝の幼友達の郁子にしたって、へんに馴れ馴れしく、この家にはいりこんでいるように思われる。

もてて仕方のない年頃の役者に、雅楽のいわゆる「心当り」が五人や六人いたって、背徳とも思われないだろうと、私は同時に考えていた。

そこへ、弟子がはいって来て、「末松さんから、お花が届きました、奥様は夕方見えるそうです」といった。

廊下には、ちょっと私なぞには市価の見当もつかないような、贅沢な花が、「御霊前」という木札をつけて、届いていた。

末松といえば、ゆうべ日生にいたあの未亡人からの供物にちがいない。咄嗟《とっさ》に私は、あの派手な顔立ちの未亡人が、妙にはしゃいで、私に「のみませんか」と誘ったのが、進吾の妻の死んだという情報を、いち早く手に入れていたためだと察知したのである。

すでに、郁子の次に、末松という外交官の未亡人がいる。二人の女が、妻を失った美男の生活の中に、投げた影をはっきり見せているわけだ。

三

雅楽は近い親戚だから、ずっといるのが当然だが、私は弔問に来て、老優の注文通り、進吾の話を聞ける場所に居合わせることをしたのだから、先に帰ろうと思ったが、何となく立ちにくく、庭の見える居間に、かなり長くすわっていた。

霊前に香をあげたあと、こっちをのぞいてゆく人の中には、顔見知りの役者の家族だの、松竹や東宝の社員もいた。

雅楽とも、とりとめない話をしていたが、夕方までのあいだに、いろんなことがあった。

まず、末松夫人から大きな献花の届いた直後に、郁子がはいって来て、たまたまそこにいた劇場の支配人を廊下に呼び出し、大きな声で、「この花、どのくらい、するかしら」と尋ねていた。

支配人が小声で答えていたが、金額は聞こえなかった。しかし郁子がすぐ、私の脇にある電話をとりあげると、自宅にかけて、「赤坂の『有職』に注文して、こっちに千円の箱を五十人前、届けさせてちょうだい」と命じた。通夜の客に出す茶巾ずしである。

これは郁子が、末松夫人の花に対する意識を露骨に示したわけである。そんな電話の口調が、これも妙にはしゃいで聞こえるのが耳ざわりだった。

しばらくすると、名古屋の御園座に出演している女形《おんながた》の浜木綿の番頭が、急いで上京して、進吾にていねいに、くやみを述べたが、もっともらしく、ふくさから小さな箱を出して、「あの、これを聞いて下さいと申しております」といった。

「カセットだね」

「へえ、おくやみの言葉を吹きこんであるんでございます」

「そりゃ、どうも」と進吾がいい、押入から録音再生機を出して来て、手際よく、そのカセットをはめこむと、スイッチを入れた。

「進ちゃん、大変なことになったね。さぞ、お力落しでしょう。お察ししますよ。伺わなければならないんですが、名古屋の芝居に朝から夜まで四つもつかまっているので、すぐにはゆけません。ラクになって、東京に帰ったら、さっそくおまいりにゆきます。房枝さんの御冥福を祈ります。あなたも御大切に、ね」

女形だから、声は男の低音だが、やさしい。進吾と舞台で夫婦や恋人になる時の多い役者だけに、情がこもっている。役者というのは、えらいものだと思った。

こういう短い言葉でも、心をこめていいまわし、しかももともと芸があるので、ついホロリとさせてしまうのである。

進吾はハンカチを目にあてて、泣いていた。

黙って聞いていた雅楽が「カセットってのは、こういうものなの」と尋ねている。私でさえ初めて見るのだから、明治生まれの老人が物珍しそうに質問するのに、無理はなかった。

進吾がハンカチを袂にしまうと、機械をあちこちいじったあと、「伯父さん、はじめてですか、これを見るのは」という。

「文明も進んだものだね、声を郵便がわりにはこぶのだから」

「全くですね、これでは、手紙なんか、書く必要がない」と私も合槌を打った。

すると、すました顔で、進吾がどこかのボタンを押すと、今交わした三人の声が、そのまま、出て来た。

私の「全くですね、これでは」といった言葉も、明瞭に再生されている。油断も隙もあったものではない。雅楽と私は、顔を見合わせて、溜め息をついた。

「そうか、この機械に、房枝が吹きこんでいたわけなんだね」と雅楽が訊いた。

「はい、日付をまずいってから、毎日のように、何か声を入れてました。カセットの中に小さなテープがあって、そこに音でも何でも、はいってしまうわけです」

「どんなことをいっていたのだろう」

「聞いて下さいますか」といって、押入から進吾が持ち出した大きな紙箱に、カセットがぎっしり詰まっていた。

「いちばん新しいのが、これです」と、日付を見ながら、そのひとつを選んで、進吾が機械にかけると、咳払いをして、低い声で、房枝という故人の声が、聞こえて来た。

「十月一日、晴。きょうは、何となく、気分がいいようです。豊は、ばアと機嫌よく遊んでいます」というふうに、房枝が、日記でも朗読するようにしゃべっている。

松竹の社長が来たというので、進吾は、仏間に行ったが、そのあと、私たちは、ずっとカセットに耳を傾けていた。

しかし、この声を入れたひとが、もうこの世にはいないというのは、異様な話であった。雅楽にカセットというものについて教えるために、死ぬ直前の声を聞かせてくれはしたものの、進吾がひとりで静かにこれを聞いたら、哀惜の情に、居ても立ってもいられないのではないかと同情した。

再婚の話をすぐに持ち出し、その候補者も推察できる進吾だが、私は進吾が亡妻を愛していた心持については、すこしの疑念も持たなかった。

心なしか、段々声が張りを失い、苦しそうな咳が多くなっている。何かいいかけて、やめたりもしている。病人のなまなましい息づかいが、露骨に記録されて、無残な気がしないではない。

「十月五日」といったあと、房枝がしばらく黙り、時計が三つ鳴る音がはいっている。そして、そのあと、房枝が、やっとしぼり出したとでもいうような感じで、こんなことをいった。

「あなた、あの方はいけませんよ。あの人もだめ。彼女は、お話になりません。いいわね」といってから、またしばらく沈黙があり、「ああ、あそこにいる人なら、許せます」といった。

その声のおわった直後に、社長を送り出した進吾が戻って来て、何もいわずに、機械のスイッチを切った。私は、進吾が、こんなところまでは、聞かせたくなかったのだと思ったが、房枝の言葉の意味は、私には不可解であった。

どやどやと、女の人たちが、喪服ではいって来た。姿勢がいいのでわかるが、みんな舞踊の人らしく、つまり、郁子が動員した弟子にちがいなかった。

夜は当然通夜になるから、人手がいるにしても、ざっと十五人ほどの人数は、少々多すぎるような気がしたが、郁子としては、この際の地固めをしたいので、いわば人海戦術であろう。

短いあいだに、私は妻を失った二枚目の家をとりまく空気を、知ってしまった。雅楽は内心苦々しく思ったにちがいない。

「庭を歩きませんか」といって、立った老優のあとから、私もサンダルをつっかけて、戸外へ出た。

中野といっても、家並のたてこんでいる鍋屋横町としては、かなり広い敷地を持った家で、庭にもかなり古そうな欅《けやき》があったりする。武蔵野の風情であった。

進吾の子の豊の声がしないのは、この時間いつも昼寝をするのだという。私は、進吾が「ばア」と呼んでいた婆やさんの顔をまだ見ていなかったが、黒を着た中年の女性が、紅茶を運んで来て、雅楽に説明しているのを、さっき聞いたばかりだった。

仏様を安置している座敷では、話し声がやみ、今まで私たちのいた部屋には、今し方はいって来た女の一群が、声をはばかりながらも、おしゃべりをしている。

私が振り返っていると、雅楽が苦笑して、「ああいうひとたちは、苦手でね」と一言ポッンといった。

そういえば、老優を知っている二人の女性が、くどくどと挨拶しているのに、当惑していたのも見ている。

「私もそうです」といった。

「しかし、竹野さんは若いから、女性といるのも嫌いじゃないでしょう」

「冗談じゃありません」と笑った。私を若いといってくれるのは、雅楽ぐらいのものである。

庭の花壇の脇に、焚き火のあとがあった。紙の焼けたようなものが、灰のあいだに残っている。

「落葉のほかに、何か焼いたんだな」と独り言をいいながら、雅楽がそばに落ちている杖でほじくり出し、用心深そうに、焼けきれなかった紙の破片をとりあげて、じっと見た。事件の現場を検視している刑事のような手つきだった。

「おや、これは、封筒のようですね。何だろう」といって、眺めていた雅楽が、痛ましそうな表情で、私にいった。

「房枝が文がらを、頼んで焼かせたんだな、きっと」

「覚悟していたんですね」

「可哀そうに」という雅楽の声が、うるんでいる。

しばらく黙っていて、私たちは、さっきいた部屋に戻った。郁子の門弟と思われる人たちは、分担をきめ、それぞれの位置についたらしかった。

茶巾ずしが届いた。二つ宛入った箱のようである。それを手伝っている女性たちが運びこんだので、部屋は、たちまち、手ぜまになった。

雅楽は疲れたので、通夜の読経のはじまるまでいずに、帰ろうといい出した。私も失礼することにした。

雅楽のうしろから、そっと手さげ袋を、さっき畳の話をした女性が手渡す。

礼もいわずに、雅楽が受けとる。多分、親戚なのだろう。

私が先に出て、老優がゆっくり玄関にあらわれた。さすが貫禄で、そこにいる人たちが、平身低頭して、見送る形になる。

郁子が白足袋の色あざやかに走り出て、「あのこれを、どうぞ」と茶巾ずしの箱を私にひとつ、雅楽に二個渡した。

「竹野さんにも、それなら、もう一つ、あげて下さいよ」と雅楽がいった。

受付の脇に積んである青い包装の箱の山から、四つ目の箱がとりあげられた。

それをじっと見ていた雅楽が、青梅街道で呼びとめた車に乗るとすぐ、私にいった。

「カセットで房枝が、わけのわからぬことをいっていたでしょう」

「はい」

「私は、今、それがわかったんですよ」

四

タクシーの右の窓に、くもり空にそそり立つ高層ビルの群が近づいていた。雅楽が大声を出した。

「大変な忘れ物をして来た。すまないけれど、車を戻して下さい」

タクシーはUターンした。忘れ物って何だろう。私は、もじりを着て、鳥打ちをかぶり、手に鹿の革の手さげ袋と二つの箱の包みを持っている老優の姿を見た。

進吾の家の前は、日がくれたので、高張り提灯に火がはいり、受付の前に、顔見知りの劇場のクローク係だの、さっきいた郁子の弟子たちがいた。

内玄関にまわると、薄暗い家の一角に、黒い洋装の若い女が立っている。人待ち顔である。雅楽と私が軽く会釈して、その前を通ろうとした時、奥から紋服に着かえていた進吾が来て、私たちを見ると、立ちすくんだ。

雅楽は無言で、進吾を押し戻すように、奥へはいった。そのまま、勢いで、若い役者が、何か小声で訴えようとしながら、居間のほうに連れてゆかれた。

そこには、昼間から何度も見た、黒の着物の地味な女がいて、あわてて、私たちを迎えた。

「まア、すわんなさい」

「伯父さん、何です」と進吾が、息をはずませている。

「一刻も早いほうがいいと思って、引っ返して来たんだ。さっき、お前は、豊のために、誰かをこの家に入れたいような話をしていた。きのうのきょう、そんなことを持ち出すのは、よくよくのことだと思って、私も昼間ずっと考えていたのだ」

「それはありがとうございます」といいながらも、進吾は納得のゆかぬ顔つきである。

「ところで、お前の意中に、何人かの人がいるのだろう」と、単刀直入に、老優は切り出した。

「ええ」ひろげた自分の手の平を見つめながら答える。

「その指の三本、つまり三人考えているはずだ。そうじゃないか」と雅楽がいう。

「どうして、それを」と目を見はる。

「さっき、お前のいない時、房枝の声をカセットで聞いていたんだ。その中に、十月五日のところで、聞きながら、意味のわからない言葉があった。進吾、もう一度聞かせておくれ」

まるでテキパキ段どられて、進吾は、人形つかいにあやつられている人形のように、立ち上ると押入からさっきの機械を出した。

巻き戻したり、その場所をつきとめるのに時間がかかったが、房枝のすこしかすれた声が再び出て来た。

「あの方はいけませんよ。あの人もだめ。彼女は、お話になりません。いいわね。（しばらくして）ああ、あそこにいる人なら、許せます」という。

「この声のすこし前に、三時の時計が鳴ったのが聞こえている。十月五日の午後、その時間に庭で、房枝にたのまれて、古い手紙を焼いたのは、誰だろう？」と独り言のように雅楽がいった。

低い声が、部屋の隅から、聞こえた。「それは私でございます」

「馬場さんといって、豊の面倒を見てくれている人です」と進吾が説明する。目立たないが、誠実そうな人だ。

「何だ、ばアというから、婆やさん、つまり、かなりの年配のように思っていたんだが、あなただったのか。ばアというのは、馬場の訛りなんだね」

「みんなが、馬場さんというので、舌のまわらない豊が真似て、ばアとか、ばアちゃんと呼んでいるんですよ」といった。

「いま内玄関の所に立っていた若いひとに、表からはいって、お参りしてもらうといい。馬場さん、御案内して」と雅楽が命じた。

馬場さんが出て行くと、雅楽が早口でいった。

「房枝は、十月五日、お前のるすに、もう覚悟し、自分がいなくなったあと、子供のことをたのみ、かたがた、お前の身のまわりの世話をする女の人のことを考え、一言、いいおくつもりだったのだね」

「はア」

「つまり、あの方はいけませんよといった時、房枝には、ひとりの女の姿がうかんでいた。あの方という敬語からして、いろいろ後援してくれる、末松さんの奥さんだと思う」

「はア」

「あの人もだめ、というのは、多分、房枝の幼友達のあの郁子さんにちがいない。郁子さんが、この家にはいるのは、いやなのだ」

「……」

「その次の三人目の彼女というのが、私にはわからなかったので、帰りかけてからずっと思案していたのだが、車に乗って気がついた。『何が彼女をそうさせたか』に出たから彼女なのだ。つまり、いま内玄関の前に立っていた銀明座の広部真美なのだ。彼女は、お話になりませんといっている」

「……」うつむいて、進吾はハンカチで額の汗をふいている。

「そういったあと、房枝は寝床から庭を見た。庭の花壇の脇で、房枝にいわれて文がらを焼いている馬場さんが見える。房枝は子供がなついているあの人ならいいと思った、だから、つい、それを口に出してしまったわけだ」

進吾はハッとしたように、雅楽の目を、見つめる。

「目立たないようにしている、じつに程のいい女だと思う。私は帰る時に、あの人から手さげを渡された。私のうしろから、そっと私の手に、袋の紐をにぎらせてくれた時、黒い着物を着ていたせいもあるが、舞台で後見から小道具を受けとる時のような気持になっていて、つい礼もいわなかったのを、思い出した」

「じつは、私も高松屋さんが、いつになく無愛想だと思って、見ていたんですよ」と私は正直にいった。

「ああいう人ならいい。すべてを安心して、まかせられる。器量もいいじゃないか、化粧をまるでしないが、目鼻立ちもわるくないじゃないか。房枝の身内として、あの馬場さんが、のち添えになるのなら、私は喜んで首を縦にふる。まさか、すぐにとはいえないが、そう考えて、その方向に進むといいのじゃないか」

進吾は思いがけない四人目を、房枝の父親の伯父に当る劇界の大先輩から推薦されたので、戸まどっているようだったが、しばらくして、「考えてみます」といって、席を立った。

末松夫人が来たと知らせられたからである。

結局、その日、半日進吾の家にいるあいだに、こんないろいろなことがあったわけだが、進吾がいなくなってから、私は小声で尋ねた。

「四人目の女のひとというのを、いつ思い当られたんですか」

「カセットの時、はじめの三人について全部嫌っている房枝の考え方はわかった。彼女というのが誰かは別としてね。でも、あそこにいる人というのが、四人目とは思わずにいたんです」

「ではどこで、四人目がいたことが、わかったんですか」

「玄関で、四つ目の箱を竹野さんが受けとった時です。ポーシャ姫の金と銀と鉛の三つの箱のほかに、もうひとつ、別の箱がここの家のあるじの心の中に、当人は気がつかなくても潜んでいたことがフイと頭にうかび、それが、誰かと、タクシーに乗るまで、ずっと考えていたんですよ」

「そうでしたか」

「『ヴェニスの商人』を見た翌日だったから、よかったんだ。進吾と豊が幸せになる、この上ない良縁を、私はつい見のがすところだった」

雅楽は大きな呼吸をして、ニッコリ笑った。しかし、その笑顔は、やはり、淋しそうに、曇っていた。

窓際の支配人

一

大正座の営業事務所は、五階建てのビルの東側の二階にあって、晴れた日は、屋上から富士の遠望される時もある。

下町だが、空襲をまぬかれた町なので、老舗の問屋で壁に銅板を張った家だの、江戸以来の金看板をあげた家だのが散見され、もの珍しがる見物が、都営地下鉄に乗ってわざわざ、古風な街並を見学に来たりした。

大正座の支配人は、溝口という慶應を出た三十五歳の男だが、まだ独身である。ハンサムなので、この劇場によく出る新派の女優やテレビタレントのあいだに、人気があった。

溝口には珍しい趣味がある。天体あるいは気象について、異常な関心を子供のころから持っていた。ボール紙で箱を作り釘で穴をあけて、プラネタリウムの玩具を自分の手でこしらえたのが、小学三年の夏休みだったという。「子供の科学」を愛読して、劇画の本なんかに、目もくれなかった。

あまり熱心なので、当然両親は、そういう方面の学問をさせるつもりでいたが、祖父母が好きで見にゆく芝居に、腰ぎんちゃくでついてゆくうちに、劇場がよいのくせがつき、高校に進学したころから、文学に志すように、人生の進路が変わった。

劇作家になりたいと思い、幸いスラッとはいった文科の仲間と同人雑誌をこしらえて、戯曲を書いていたが、結局卒業する前に、たまたま同じ千駄ヶ谷に住む歌舞伎の俳優中村雅楽《なかむらがらく》と雑談しているうちに、ひょんなキッカケで、大正座に就職する結果となった。

雅楽が、だから、溝口の保証人にもなっているわけだが、入社以来、営業畑でなかなか腕のいいところを見せ、抜擢されて、二年前から、劇場支配人をしている。

溝口はしかし、子供のころ夢中になった天体や気象のことをケロリと忘れたわけではない。その証拠に、今でも、ノートにデータを書きつけて、たのしんでいる。特に、雲が好きで、幸い職場の窓からの見晴らしが広く開けているので、夏になると、二ヵ月にわたって、雲の日記を作成したりする。

ことしは、雨天曇天を除いて、空の雲がハッキリわかる日は、愛用のカメラを持ち出し、事務所の隅の自分のデスクから立って、窓際から、毎回、午後二時なら二時と時刻をきめて、一定の方角にうかんでいる空の雲を撮影して、アルバムに貼っていた。

そして、そのわきに、その日の気象図を貼りこんで、喜んでいる。

雲の撮影ばかりでなく、カメラもまた、溝口には片時も離すことのない日常の伴侶のようなものであった。

いつも小型で軽いが精巧なカメラを肩からかけて、出勤する。ちょっとした外出の時も、かならず携えて行く。

カメラで撮《と》るのは、風景や花ばかりではない。メモをとるかわりにシャッターを切る。仕事や私用で出かけた場所で、乗物を降りると、その駅の標示板と時計を撮《うつ》せば、手帖に書きこむ必要がない。

商売柄、毎日のように、いろんな人にあい、名刺を交換する。その時、溝口は、むろん相手の了解を得た上で、その顔写真を撮らせてもらい、名刺とともに、ファイルに保管する。そういう手段で顔を覚えてしまうので、次に会った時に、失礼がない。

数年前に一度用談しただけの会社の社長に、出張先の大阪の駅頭で偶然会った時、「三味化学の小川社長でしたね」と声をかけたので、すっかり喜ばれ、その会社の創立三十年記念の招待に、大正座の芝居を三日買い切ってもらって、面目を施したという話がある。

早く支配人に昇進したのも、溝口のカメラの趣味の生んだ、思いがけない功績であった。しかし本人は、写真を芸術だとは思わないので、劇場や演劇人のカメラ同好会に参加して、展覧会に出品したりはしない。あくまで、実用だと思っていた。

営業事務所の団体係に、ことし聖心を出て入社した若いＯＬがいる。吉沢みどりという、丸顔の可愛らしい娘であるが、じつは、彼女の父親は、大正座にしじゅう出演している新派のわき役、室戸明太郎で、みどりはそのひとつぶ種である。

芸名と本名とが姓を変えているので、知らない人が多いが、私はみどりの父親と、三原橋のすし初でよく会い、カウンターにならんで酒を酌むこともたびたびある飲み友達なので、みどりが就職する事情をくわしく知っているし、たのまれて口を利いたりしてもいる。

よく出ている役者の娘ならコネとしては強力だと一般の人は思うだろうが、劇界関係の子弟が劇場のいわゆる表に属する事務員になる例はあまりない。よくわからないが、多少、わずらわしい問題があるのかも知れない。

みどりの場合、親は別に勤めさせるつもりもなかったのに、当人がぜひ大正座、それも営業事務所に勤めたいと、熱心に志望したのである。

それには、支配人溝口のカメラというものが、ひとつの動機になっていた。

それは、こうである。

みどりは、大学を卒業する前の年の夏、同じ国文科で単位をとっている級友と、箱根に二泊の旅をした。

『曾我物語』を卒業論文にするつもりでいたみどりは、この軍記文学が、富士山の見える地方で語り伝えられたということを知っていたので、この地方を何となく歩き、祐成《すけなり》と時致《ときむね》の兄弟が育った箱根という土地の風土を実感してみたいと考えたのである。

友人は『平家物語』だから、直接関係はないが、仲のよいみどりにつきあって同行してくれた。

まじめな学生なら誰でもすることだが、みどりは手帖を持っていて、見聞することを一々丹念に書きつけた。

箱根の名所には、観光地のどこでもそうであるように、その場所について、由緒をくわしく解説した立札がある。

箱根神社を参拝したあと、バスの停留所まで降りて来て、神社の歴史を記した文字を、みどりはていねいに筆写していた。

ところが、半分も書きとらないうちに、小田原へ降りるバスが来てしまった。

「さっき、書いておけばよかったのに、困ったな」

「いいじゃないの、それはあとで調べられるんだから。乗ってしまいましょうよ。このバスをのがすと、遅くなるわよ」と友人は促す。

「残念だわ」べそをかきながら、みどりが手帖をとじようとすると、そばに立っていた派手なシャツを着た男が、だまって、カメラで、その立札を撮影した。

そして「さアお乗りなさい」といって、いま目の前にとまったバスの乗車口に、二人の女子学生を誘導した。

乗りこんで、座席にすわると、隣にかけたさっきの男がいった。

「今の立札、私がこのカメラで撮っておきました。あとで送って上げますから、住所と名前をこの紙に書いて下さい」

みどりは、何という、親切な人だろうと、感激して、相手の顔をじっと見た。目のやさしい、しかし、たのもしい人である。「新宿区市谷左内町《いちがやさないちょう》十五　吉沢みどり」と書いて渡すと、「おや、吉沢さんといえば、室戸先生のお嬢さんでしたか」と尋ねる。

「ええ、室戸明太郎は私の父ですが」

「そうですか。お世話になっています。私は大正座の溝口です」といって、名刺を二人にくれた。

父が出演する劇場の人だから、本名を知っていても、ふしぎではないわけだが、みどりは、カメラで自分の写しそこねた立札の文字をフィルムにおさめ、あとからすぐ送ろうという機転と親切には、何と感謝していいかわからなかったし、そういう人柄だけでなく、溝口の顔にも、姿にも、うっとりする思いがあった。

溝口としては、いつもしていることで、きわめて簡単な記録のし方として、他人にすすめはしないが、自分のメモのとり方として、ずっと続けているカメラの効用にすぎないのだが、みどりのほうでは、この支配人が自分に特別に好意を持ってくれたのだと思いたかった。

小田原へ着くとすぐ別れてしまったわけだが、あと東京に帰り着くまで、みどりは何となく放心しており、そういう心持の中味を見ぬいた親友から、その日も、後日も、散々ひやかされた。

帰ると、みどりは両親に訊かれた。「どうだった、箱根は。おもしろかったか」

「お父さん、溝口さんて、知っているでしょう」

「溝口？　さア」

「大正座の支配人よ」

「ああ、そういえば、あれは、溝口といったかな」

「親切な、いい人ねえ」

旅行の報告は、そっちのけで、みどりは、溝口の話ばかりするが、父親のほうは、聞き流していた。

しかし、三日のちに、速達で、その溝口から、写真が届き、事情を聞くと、みどりの両親は、すっかりこの支配人に、感心してしまう。

みどりがおどろいたのは、白い封筒の中から出て来るのが、箱根神社の由緒を書いた立札だけだと思っていたら、みどりと友人が、肩に手をかけ、美しい山のほうに指をさして話し合っている姿が、スナップになっていたことである。

知らないうちに、自分たちを撮していたのだ。みどりは、わくわくした。

二

『曾我物語』の論文を提出、みどりは上々の成績で卒業した。国文科の教授は、大学院に残らないかとすすめたが、みどりは「私、働いてみたいのです」と答えた。

教授も友人も、どこかの教壇に立つつもりだろうと想像していた秀才が、大正座という劇場の営業事務所に勤めると聞いて、唖然《あぜん》とした。

論文のテーマを掘りさげるのに、男まさりの積極性を示す勝気な娘だけに、一図に思いこむと、自分の考えを推進するのに、全力を投入する。そういう気性であった。

「よりによって、なぜ、大正座に勤めたいのかね」とはじめ怪しんでいた父親は、やがて、みどりが溝口のいる場所で働きたいのだという心持を知って、複雑な表情を見せた。

まるで欲しいオモチャをねだる幼女のように、「大正座」と指さして、みどりは父親に、就職の斡旋を懇願する。仕方がないので、社長にあいに行って、たのむ。結局、望み通りの職場について、みどりは有頂天だったが、支配人の溝口は、びっくりしていた。

「お父さんのよく出る劇場だからという話ですが、何も、ぼくのいる、こんなせまい事務所に来なくても、劇場には、まだスタッフとして、いろいろな仕事があります。みどりさんなら、国文学を専攻したのですから、たとえば製作室か監事室で、台本のアレンジをしたっていいのだし、宣伝部というのももっとおもしろいことがあるはずです。営業だと、券の販売、お客様の接待、誰にでもできる雑用のほうが多いんだけれどなア」といった。

「でもいいんです。何でも、いいつけて下さい」

「今のところ、この三月にやめた女子社員のあと、後任がほしいのは、団体係です。むろん、男が二人いて、あなたは、その助手をするわけですが、なかなか面倒ですよ。半年も前から売りこんだ興行が近づくと、来て下さるお客の数がハッキリきまる。その席の割り当て、当日の食事やお土産の手配、遠くからバスで来る団体があるから、駐車場の心配もしなければなりません。地方から来る中年以上の方の多いグループは、とかく病人を出したりするから、医務室にもスタンバイをたのむ。場内に流すアナウンスの文案、プログラムの配り方ひとつでも、サービスが採点されます」

「わア大変」と、わざと声をはずませた。

「大変でしょう? 聞いているだけで、面倒臭いでしょう」

「大丈夫です。私は何でも、その気になると、おもしろくなる性分ですから」

「これからは、とにかく、ぼくの部屋の一人として働いていただくわけだから、室戸先生のお嬢さん扱いはしませんから」

「当然です。よろしくお願いします」とピョコンと頭をさげ、それで入社の挨拶は、おわった。みどりにしては、何ともたのしい、対話の時間であった。

支配人がいった通り、団体係の用事は、繁忙をきわめる。

何かと、数字が多いのが、みどりには、頭の痛いことだった。

月のかわりに、ちょうどみどりの背中の所にかけてある黒板に、一日から三十一日までの日付にまず翌月の曜日を書きこみ、日曜と祭日に赤いチョークで丸を書く。次に、翌月の興行の三十名以上の団体名を、書きこんでゆく。これが、厄介だった。

会社といっても、繊維製品、食料品、和洋酒本舗、化粧品といろいろある。信用金庫もある。農協もある。

馴れて来てわかるのだが、出演する俳優の芸風もしくは人気が、団体客の数字と敏感にかかわり合い、団体を申しこんだ会社の性格とおもしろく照応する。

また、中年以上の女性の多いのが、歌手出身の時代劇役者だということも、みどりは知り、帰宅して父にいった。

「瀬木さんという役者は大変な人気よ。芝居のあとで、歌を歌うのよ。その時は、いままでの股旅物とは打って変わった白いタキシードに変わるの。瀬木さんが熱演する、舞台の前まで近づいた女のひとが、ハンカチをさし出すと、ニコッと笑って、そのハンカチで額の汗をふくんだわ」

「ほう」

「お父さんの若いころに、そんなこと、あって？」

「私の若いころは、精々サイン攻めに会う位さ。女形《おんながた》のほうは、作った紋入りのかんざしや湯呑が売れるかどうかが、人気のバロメーターだった、その程度だ。もっとも私は、渋いわき役とか、性格俳優とかいわれたから、そんなに、もてたわけじゃアない」

そばにいた母親がクスッと笑った。

「何がおかしい」室戸明太郎が、わざと口をとんがらせて訊く。

「ほら、あなたが初役で『大尉の娘』をした時、上方屋の平田さんにおだてられて、ブロマイドを何組も撮ったら、露子の若水さんのほうだけは売り切れになったのに、あなたのは何百枚も残りましたっけね」

「つまらないことを、覚えているものだ」

「平田さんがすまないといって、残った絵葉書を下さったのを、あなた、三年ぐらい使っていらしたわ」

みどりは、おかしかったが、そういう父親が好きでもあった。


その「大尉の娘」が、久しぶりに九月の大正座に出ることになった。

この月の興行は、新派系の一座に、宝塚往年の娘役の玉垣しずかが参加して、開演することになった。

出し物は、獅子文六原作の「娘と私」を、放送作家の土光守男が新しく劇化、それと二本立である。

「大尉の娘」は、井上正夫と水谷八重子によって、大正のおわりにもう演出の完成した古典で、翻案だが、なかなかいい悲劇である。ただ、若い女優のためにこの出し物をえらんでから、玉垣しずかが、ぜひ獅子先生の「娘と私」をしたいといって来た。十数年前にNHKテレビの連続に混血少女で出ていた縁があるからという理由だったが、ポスターに「娘」という字が二つならぶのはどんなものかという声も出た。

しかし結局は、「娘特集」といった売り出し方をすることに決まり、一件落着すると、清酒「富久娘」の団体が、三日分とれたという、ちょっといい話もあった。

舞台稽古は、初日と同じように、扮装をつけ、音楽も照明も、俳優の芸も、本番通りにするのが慣例だ。

スタッフのほかに、支配人もずっと客席で見ている。たまたま「大尉の娘」の森田慎蔵の役についてこまかく教えたので、見に来ていた室戸明太郎の隣席にかけて、みどりも見物した。

森田の演技の手順は、みどり自身二回見ている父親のとほぼ同じで、感銘を与えられたが、娘の露子の役づくりが、どうも納得がゆかない。

露子は家事を手伝っていた村長の家の息子と恋をして妊娠し、子供をうむが、村長の強い反対で結婚はできず、赤ん坊を里親にあずけて、東京に奉公にゆく。子供が病死したのを、父親は娘には告げずにいた。

たまたま前ぶれなしに、露子が帰宅した夜、村長の息子の婚礼があり、子供の死まで知らされた露子はカッとなって、婚礼の席に招かれていた父親の留守を幸い、村長の家まで行き放火、花嫁は焼死する。

母親は早く死に親一人子一人の家であったが、火災の現場で拾った娘の草履を履いて帰宅した森田退役大尉は、娘を詰問、告白を聞き、自決をうながすというのが筋である。哀れなメロドラマだ。

森田が娘を呼ぶ「露子」というアクセントに、初演の井上正夫の伊予なまりが、そのまま残っているといわれるほど、新派では伝統的な名作であるが、露子の役も、水谷八重子のが何代も経て、新人でこんど初役の高尾桃江にも伝わっていた。

一幕おわった所で、「お父さんとお上りなさい」と溝口支配人がとってくれた、うなぎをガランと空いている食堂で食べながら、みどりが、父親にいった。

「高尾さん、可愛らしいけど、露子の役の心理がよくわかっていないようね」

「何を生意気なことをいうのだ。あの役は水谷のお嬢さんが教えたわけだが、私もいろいろ助言している。二十二の若さで、あのくらいできたら、まア合格としておかなきゃ」

「でも、どうしても気になることがあるわ」

「どこが」

「ええ」としばらくうつむいていたみどりが、決然と顔を上げていった。

「あの露子、嫉妬の感情が出ていないのよ。ねたましく思うという経験が、あの桃江さんにはないのよ、きっと」

父親は、はげしい口調でいう娘の顔を、目を丸くして見ていた。

三

室戸明太郎は、みどりが、若い女優の露子を嫉妬の心持がないと評したのに、こだわっていた。

初日があいていく日か経った時、みどりに尋ねてみた。「お前は、嫉妬の経験があるのか」

はじめは渋っていたが、みどりがついに、口を開いた。それは、こういう話である。

気がついた。

溝口支配人が午後二時の雲の撮影をするのに、事務所を出て、最近、ほかで撮っているのに気がついた。

はじめは、屋上に行っているのだと思った。「雲を撮って、すぐ降りて来る」といい置いて、カメラを肩にかついで、部屋を出てゆく。大抵十分ほどで、帰っていた。

ところが、ある日、なかなか降りて来ないので、無断で外出するはずのない几帳面な溝口にしては珍しいと思っている時、社長室から呼び出しがあったので、屋上へ行ってみようと思って、三階に上ると、廊下に出張販売している京呉服の店の前で、溝口が、その店に毎日来ている一昨年のミス京都という女性を、カメラでパチパチ撮っていた。

屋上にゆくというのは名目で、このひとに会いに来ていたのかと思うと、みどりの心は、しめつけられるように痛み、目の前が暗くなった。

支配人に対して持っている親しさを、恋愛とは思っていなかったが、ミス京都を熱心に撮っている溝口の頬が、異様に紅潮しているのは、ただごとではない。

第一、職場では決して見せない、やさしい表情が、その横顔にありありと示されているではないか。

「支配人、社長がお呼びです」といいかけた口調も、つい、とげとげしくなっていた。

ミス京都が、溝口の心を奪っていると思いこんでから、ふと気がつくと、溝口の所に、毎日のように、いろいろな女性から電話がかかって来るのに気がついた。

取次ぐと、受話器をとって、支配人は一々、何ともいえない愛嬌のある微笑を口もとにうかべながら、親切に応答していた。

いちばん多いのは、よく売れている興行の時に切符をたのまれるケースだが、そのほかにも、女優たちの個人的な要望を、溝口は、まめに満足させている。そういう私用の中には、ペットの犬の飼料のことがあったり、別の資本の丸の内の劇場のミュージカルの座席の予約があったり、どこかにうまい中華料理はないかというような、誰に訊いてもよさそうなことがあったりするが、いやな顔ひとつ見せずに、溝口は自分ひとりで、電話の用件を解決していた。

だから、そういうことのあとで、営業事務所には、いろんな品物が届く。花、舶来の石鹼、菓子、ウイスキー、果物が、毎日溝口のデスクの上にのっていない日はない。

しかし、おどろいたのは、裏の糸問屋の広い間口の一隅で、いつも煙草を売っている娘が、この数日、メロンを三日に一遍ぐらい、届けて来ることだった。

よくたのまれて、支配人愛用のマイルドセブンを買いにゆくので、顔を知っている、あの美少女が、支配人を思慕しているのかと思うと、これも、おだやかでない。

こういう話をするのを聞いて、俳優の父親は愕然《がくぜん》とした。

ほうっておくと、ひとり相撲で、みどりはいらだち、心が荒れ、とんでもないことになりかねないと、案じられた。

三原橋のすし初にはいってゆくと、中村雅楽がひとりで、のんでいた。手持無沙汰に見えたので、相手をしていたら、間もなく、東都新聞の竹野という旧知の記者が来て、三人でのんだ。

何かというと事件を雅楽に解決してもらう種を蒔《ま》く竹野は、この際の立ち会い人として申し分ないので、室戸は、娘が「大尉の娘」の露子の女優に注文をつけた話からはじめて、その告白まで、くわしく語った。

「おもしろいね、大変おもしろい」

いつものように、老優は耳を傾け、杯を卓上におき、手をこすりながら、考えこんでいる。

帰宅したら、みどりがぼんやり、茶の間にすわっていた。母親はまだ外出から帰っていない。

うつむいた、みどりの背中の線が硬い。

「どうしたね」

「私、大正座、やめたいわ。苦しくて、たまらないんだもの」

「ばかなことをいうものじゃない。まだ半年勤めただけじゃないか。社長に頼みこんだお父さんの立場も、考えなさい」苦い顔でいった。

室戸は、露子に意見している森田慎蔵のような気持になっていた。

みどりが、はげしい口調でいった。

「私、あんまり癪《しゃく》にさわったので、私のうしろの黒板に書いた団体の数字を消して帰って来たの」

「呆れた、なぜそんなことをする」

「だって」と、みどりは泣きだした。「どうせもう、大正座には行こうと思わないのだから、いいのよ」

「いくつになるんだ。馬鹿」さすがに大声で、父親はどなった。

翌朝、病気を理由に一日休みたいといっているみどりを、両親がこもごも説得していると、大正座から宿直の社員が電話を入れて来て、きょうの団体の人数の確認のために事務所に行ったら、黒板が消してあるが、原簿はどこにあるのかと訊いて来た。

さすがに、みどりも青ざめて、おろおろしている。「すぐ参ります。たしか吉田さんの机の引き出しに、大きなリストの紙がしまってあるはずですけど」などといっている。

みどりが支度をしている時、竹野から電話があり、雅楽がみどりに会いたいといっているという。二人で大正座にゆくが、何ならお父さんもいかがと、笑いながら、すすめた。

室戸は結局親子で劇場にゆき、隣の喫茶室にいる二人に挨拶したが、すぐ事務所に行ったみどりが、うろたえた声で、電話をかけて来た。

「吉田さんが出張先の名古屋からまだ帰らないので机の引き出しがあかないんです。支配人も来ないし、私、ここにいます」といった。

われを忘れて黒板の数字を消してしまった責任の重さが、やっとどんなに大きいものなのか、わかったようである。

「かえっていい。私の考えを、室戸さんと竹野さんに聞いてもらうことにします」と雅楽は前置きして語った。「溝口さんは、みどりさんに対して、充分好意を持っているにちがいない、これは私が箱根の時の話から感じていたことですよ。むろん、溝口君はやさしいから、女性の誰にでも好かれる。ミス京都にも、裏の糸屋の娘さんにも、よく気を使うから、先方も、満更でもないでしょう。

ところで、雲の写真を撮りに、毎日午後二時に、溝口君が事務所を出るのは、ミス京都の顔を見にゆくわけじゃない。雲の観察を二時にしたのはわけがあるので、二階の自分のそばの窓からは同じ高さでよく見えない糸屋の二階が、三階のロビーの窓からは、よく見えるのですよ。そして、その二階が二時になると日が当るので、座敷の中がまるでライトで照らしたようにハッキリ見えるというわけなんです」

「なぜ、糸屋の二階を見ようとするのでしょう」と竹野が訊いた。

「私もピースをあの糸屋の間口の右の隅の煙草屋で、時々買うんですが、いつもすわっている、田中絹代にちょっと似た娘さんを知っています。ところで、溝口君の亡くなったお母さんというのが、田中絹代のような顔立ちだった。つまり溝口君は母親に似ているので、糸屋の年輩のおかみさんが、前から気になっていたのでしょう。

ところがそのおかみさんが、しばらく病気で寝ているらしい、というのは、いつか私がピースを買って帰ろうとすると、店の奥から、看護婦をつれた医者が出て来たことがある。自宅でずっと療養しているんでしょう。娘さんがメロンを支配人に届けて来るのも、つまり他所《よそ》から来た見舞のおすそわけです」

「ほほう」室戸は腕を組んで嘆息した。聞き及ぶ雅楽の推理と、絵ときのし方をまのあたり見て、感心している。

「お母さんに似た糸屋のおかみさんの病気の様子をそっと見たくて、溝口君は、ガラス戸越しに日のさしこむ午後二時に、三階のロビーにゆくのです」

雅楽は、こう結論して、莞爾《かんじ》と笑った。


吉沢みどりが立ったりすわったりしているところに、溝口がはいって来た。

むろんなぜそんなことをしたのか、打ち明けるわけにはゆかなかったが、みどりは恐縮して、過《あやま》って黒板を消してしまったこと、リストのはいっている机の引き出しがあかずに困っていることを、ふるえる声でいった。

「とにかく、君がこの黒板の字を消すなんて、冗談じゃない。気をつけて下さい」といつも見ない鋭い目でにらむ溝口の前で、困り切っているみどりに、支配人は自分のデスクの引き出しから白い封筒を出して、渡した。

「二枚写真がはいっている、上の一枚が黒板の数字だ。初日の朝、君が書きこんだすぐあとに、何かのミスで消されることがあったら大変だから、私がシャッターを切っておいたのだ」

見ると、ハッキリ数字が読みとれる。みどりは、死んだ子供がよみがえったのを知った母親のようにホッと胸を撫でおろし、そのキャビネ型の印画を見ながら、もう一度黒板に団体客の名称と人数を書きこんだ。

それがおわると、支配人がいった。

「もう一枚の写真、見た？」

「いいえ」といって、二枚目のを手にとると、机の上の花瓶の花を直している、みどりの上半身だった。

「まアいつ、これを」みどりはびっくりして、溝口に訊いた。声がふるえる。

「黒板を撮した日に、何となく、君をスナップしたんだよ。イギリスの皇太子妃のような髪のカッティングが素敵だったから」

白い歯を見せて、溝口支配人は、ニッコリうなずいた。

木戸御免

去年の夏、中村雅楽《なかむらがらく》の家に行っている時、若い女性の雑誌記者が老優の話を聴きに来たので、私もそばにいて、傍聴した。

大向《おおむこう》（三階）の掛け声の話になって、大正から昭和のはじめにかけて、二代目左団次《さだんじ》に「大統領」という声がかかったといった話も出たが、「このごろは、三階で声をかける同好会というのがあって、そういう人たちは、木戸御免だというんですね」と雅楽がいった時、記者が、「木戸御免といいますと？」と質問した。意味がよくわからないらしいのだ。

「英語でいえば、フリーパスです」と雅楽が答えたので、私は目を見はったが、考えてみれば、アガサ・クリスティーやエラリー・クイーンを愛読している人なのだから、こんな知識があって、当然である。

記者が帰ったあと、二人でビールを飲んでいると、雅楽が「竹野さん、そういえば、楽屋の木戸御免という話は、まだしてなかったようですね」といって、いまから五十年ほど前のおもしろい実話を教えてくれた。

私はそれを、小説風に書いてみることにした。

一

昭和七年という時代である。歌舞伎を上演する劇場が、東京に四つもあり、役者の数も、いまの三倍以上だった。

浅草や本所にまだ小芝居もあったから、大歌舞伎との格差もあり、大劇場の中にもランクがあった。そして、それぞれの劇場におもに出ている一座の中に、おなじ役柄の人がいく人もいて、芸を競い、人気を争っていた。

本郷の劇場に雅楽はよく出ていたが、座頭というわけではない。

「忠臣蔵」でいえば、由良助《ゆらのすけ》や勘平《かんぺい》をする役者がいて、雅楽は若狭助《わかさのすけ》だの、平右衛門《へいえもん》だのをつとめるといった立場であった。

当時、その劇場に二十を出たばかりの若手が三人いた。それぞれ、顔も姿もよく、一人はおどり、一人は世話物、一人は新しい脚本に特色を発揮した。

「忠臣蔵」の通しが、その前年のくれに出た時、六段目の千崎弥五郎《せんざきやごろう》を、この三人の中の誰にしようかというので、配役が難航した。いまは昼間から夜にかけての長時間の興行だから、「忠臣蔵」も大序から討入まで充分ゆとりを持って、タップリ見せることができるが、そのころは、原則としては午後四時開演、特別な場合は三時からだが、いまとは大分上演時間がちがうから、七段目は後半、由良助が顔世御前《かおよごぜん》の手紙を読む場面からしか演じない。つまり、三人侍は出ないわけだ。

別に定九郎《さだくろう》という役もあるが、その時は、歌舞伎座から来ている先代の獅子丸《ししまる》がすることになっていたので、二十代の若手のために、四段目の諸士以外に、立った役は千崎しかない。

名門の御曹子の中山紋弥《なかやまもんや》が、それをすれば一応納まるのだが、同じ世代の坂東新吉《ばんどうしんきち》、市川《いちかわ》鯉昇《しょう》にくらべて、颯爽とした芸がないので、勘平役の中村重助《しげすけ》が「紋ちゃんでないほうがいい」といった。

それで、鯉昇が千崎に、紋弥は、大序の直義《ただよし》にまわった。直義は正面に悠然とすわっていて、師直《もろのお》や判官《はんがん》に命令を下す身分の高い役だが、千崎ほど、演じて心持のいい役でもない。

紋弥は、歌舞伎座の副将格の名優紋之助《もんのすけ》の二男だが、生来気が弱く、おどおどしている所があり、いわゆる舞台度胸がたりない。まじめなのだが、自信がないので、胸を張って芝居をしないから、見ていて、声をかけにくいという評判だった。

だから、その分、人気がなかった。ファンレターも新吉や鯉昇ほど来ない。銀座の上方屋の店頭で売っているブロマイドの売り上げも他の二人ほどではないし、「演芸画報」の投書欄の行数も、紋弥がすくないのが目立った。

競争者について、二十代の若手は敏感だから、紋弥は劣等感を持ってしまった。しかも、「忠臣蔵」の年の秋に、新吉は「千本桜《せんぼんざくら》」の小金吾《こきんご》、鯉昇は「修禅寺物語《しゅぜんじものがたり》」の春彦《はるひこ》で劇評に絶讃されたが、紋弥については新聞各紙の紙面にあまり名前が出なかった。悪く書かれなくても、問題にされないのは、つまり黙殺と同じだから、紋弥は悩んだ。

おまけに、口やかましい実父の紋之助が、芝居を見に来て、頭ごなしに叱りつける。「大根」だの「不肖《ふしよう》の子」だのとののしるから、たまらない。

雅楽は、そういう紋弥が気の毒なので、時々飲みに誘ったりして元気づけたが、「兄さん、ぼくはもう、役者はやめたくなった」と泣き言をいったりした。

「何をばかなことをいうんだ。紋ちゃんなんか、ぼくとちがって家柄はいいし、あれだけの親父さんがいるのだから、恵まれていると思わなくちゃいけないよ」

「それは兄さんのように、自分の腕を信じている人の考え方ですよ」と、おろおろした口調で、紋弥はいう。

酒の席で、前はそんなこともなかったのだが、めっきり愚痴っぽくなり、すこし杯を重ねると、泣き出す癖がついている。

「忠臣蔵」の次の月、春芝居に同じ劇場で「曾我《そが》の対面《たいめん》」が出た。鯉昇の五郎《ごろう》、新吉は八幡三郎、雅楽が朝比奈《あさひな》だった。そして、十郎《じゆうろう》を紋弥がすることになった。

劇場のほうも、「忠臣蔵」の時の埋め合わせのつもりもあって、十郎の役をきめたのだが、さすがに紋弥も嬉しそうだった。

「対面」というような芝居は、誰でもセリフや段どりを常識にしている古典だから、一度読み合わせをし、一度立って段どりを打ち合わせれば、すぐ初日をあけられるという時代だったが、工藤《くどう》をつとめる座頭の鶴の一声で、ミッシリと時間をかけた舞台稽古を二回もくり返すことになった。

歌舞伎座の稽古を小休止して、それぞれの親や師匠が本郷まで来て、目を光らせて、その稽古に立ち会った。若い役者は「ありがたいことです」といいながら、こわい小父さんのダメ(注文)の多いのにびっくりし、何となく動作や口跡《こうせき》も萎縮する。

気の強くない紋弥は、扇子で膝を叩き、拍子をとりながら見ている父親の前で、ガタガタ慄《ふる》える始末で、「赤沢山の南尾崎」のあとの「柏ケ峠の半腹」が出て来なかったりした。

「わたりゼリフを度忘れする奴があるか」と、どなられる。

雅楽もハラハラしながら同じ舞台に出ていたが、自分が呼び出したあと、揚幕から対面三重の合方で、ゆっくり長袴を穿いて歩いて来る紋弥の十郎を見て、「さすがに品がいい」と感心した。

「まさしく御曹子の祐成《すけなり》だな」と、監事室で見ていた古老がつぶやいたというのを耳にして、紋弥に雅楽は、わざわざ知らせた。

しかし、紋弥は、浮かない顔をしている。

「うれしくないのかね」

「そりゃア、ありがたいと思いますよ。しかし、品がいいといわれるよりは、うまいといわれたほうがいい」

「贅沢をいいなさんな」

「それに」と紋弥は、次の役の顔を作りながら、鏡台の鏡ごしに先輩の顔を見ていった。「兄さんや鯉昇君のように、ぼくには、声がかからない。『対面』のような芝居は、めいめいの受け持ちがハッキリ分かれているから、誰の時に声が余計かかるかが、舞台に出ていても、わかるんですよ」

「そんなことを気にしていては、駄目だ」とたしなめたが、それは、たしかに、紋弥のいう通りだった。

工藤の脇にはべっている八幡三郎のような軽い役なのに、新吉には、わアわア声がかかる。十郎にかかる掛け声は、すくないのだった。

そんなことのあった、春芝居の九日目に、この話の発端がある。

まだ雅楽が劇場の周辺の出来事の謎を解くというようなこともなかった半世紀前ではあるが、それは、ちょっとした事件であった。

二

本郷のその劇場は、当時の帝大病院の近くにあり、電車通りから横町にはいったところに、観客を迎える木戸も、楽屋口にはいる路地もあった。

大正時代は新派がよく出ていた小屋で、大学生が見に来る点が、下町の芝居とはちがうといわれていた。食堂でかなり早くからライスカレーを食べさせたのも、そのためであろう。

楽屋の頭取は、歌舞伎のわき役者で、「忠臣蔵」の薬師寺《やくしじ》といった役のうまかった市川源幸《いちかわげんこう》が舞台を引退してこの仕事につき、苦虫を嚙みつぶしているような顔でにらみを利かせ、舞台の裏のすべてをとりしきっていた。

「対面」の出ている正月興行の九日目、十日の午後四時ごろ、劇場の楽屋口を黙って通りすぎようとした女がいる。

面長で鼻筋の通った古風な美人である。ビロードのコートに、らくだ色のショールをまとい、髪は耳隠しであった。

楽屋番の留さんが呼びとめた。「どなた様で」と、こういう時の挨拶は、丁寧な言葉づかいをすることになっている。

楽屋は、いろいろな意味で、一般の人たちが自由に出入りできない「聖域」であった。見物が客席から、裏に足を踏み入れることは特にやかましく止められている。

それは、舞台で美しく着飾って演技している役者が、かつらや衣裳をかなぐりすて、化粧を落した姿を見られるのは恥だという、禁忌の考え方でもあった。

事実、役者はタオル一枚を持っただけで、自分の部屋から風呂に行ったりする。そんなあられもない格好は、身内にも見せたくはない。

また役者は、意外に楽屋が他の場所よりも自分を守ってくれるとりでだという意識があるらしく、家から出演している二十五日間、貴重品や現金をわざわざ部屋に持ちこむ傾向がある。

そういうことがあるから、楽屋口と頭取部屋と、二つの関門を設けて、その前を通る見知らぬ人物は、きびしくチェックされた。ずっと組織されていた一座であっても、役者ひとりひとりが係累を持ち知人を持ち、いろんな用事で人に会う必要がある以上、延べの人数にすれば、おびただしい男女が毎日、この関所を通るわけだ。そのチェックが、じつは楽屋番と頭取の最大の任務でもあった。

ビロードのコートを着た女は、声をかけられると立ち止り、祝儀袋を袂《たもと》から出すと、サッとつき出し、「御苦労様、紋弥の部屋にゆきます」といった。

留さんは気を呑まれ、ペコンと頭をさげた。そして反射的に、「それはどうも」といった。

そのあと女は履物をぬぐと、いかにも勝手を知ったように、下駄箱に自分の草履を置き、スリッパを履いて、頭取の前にゆくと、「お早う御座います」といった。

頭取は楽屋番が通したのだから、胡乱《うろん》な者ではないと思ったらしい。それは堂々とした態度で挨拶されたので、「お早う御座います」とおうむ返しに答えた。

女はツッと早足で、廊下をゆき、つき当りの壁を右に曲った所にあるのれんをサッサと押しわけて、紋弥が鏡台を置いている部屋にはいった。

この月は大一座なので、部屋割りも窮屈だったが、たまたま、紋弥は先輩の雅楽と相部屋だった。

女の来た時、部屋には、役者がいなかった。雅楽も紋弥も、「佐々木《ささき》高綱《たかつな》」に出ていたからである。雅楽ははじめてのふけ役で、智山《ちざん》という僧に扮し、紋弥は馬丁の子之介《ねのすけ》である。

部屋には紋弥の男衆《おとこしゅ》の奥田がいたが、いきなりはいって来た女客が、軽く会釈しただけでツカッカ鏡台の前に行ったので、びっくりした。

この男衆は、紋弥の父親につかえていた老人で、いまは若旦那についているわけだが、紋弥の親族の顔は、大体知っているつもりであった。しかし、この女は、はじめて見るので、どういう関係か、見当がつかない。

尋ねようと思っていたら、女がふり返って「わさちゃんは、舞台だわね」といった。

「はい」

「ああ、おなかがすいた」といった女は、紋弥の座蒲団の脇の小卓の上にある蜜柑を一つ手にとって、剝きながら、顔だけは鏡を見ている。よほど変わった女だと男衆は思ったが、そういうことをするのは余程親しい仲にちがいないし、「わさちゃん」という呼び方は、身内でなければできないはずだから、へたな口は利けないと考えて、控えていた。「わさちゃん」とは、紋弥の本名岸本和作の愛称で、同じ年ごろの新吉や鯉昇も、そう呼んでいる。

三十分ほど経って、「佐々木高綱」が終り、舞台から役者がドヤドヤと帰って来た。

紋弥がひと足先にはいって来ると、女は立ち上って、「わさちゃん、大きくなったわね」と抱きつこうとした。昭和のはじめに、女性が男の肩を抱くというようなことは、めったにない。しかも紋弥としては、知らないひとなのだから、めんくらった。

「あのう」と口ごもり、抱かれようとしただけで、うぶな若者は、もう真っ赤になっていた。しかし、「あなたはどなた」と尋ねるキッカケもなく、子之介の舞台姿のまま、途方にくれている。

「私よ、私よ」ローラーカナリヤが囀《さえず》るような声で女は紋弥を見すえ、「うまくなったわね、きれいになったわね、素的よ、断然いいわ、わさちゃん万歳」と、スラスラいう。

丁度その時、頭取の前で立ち話をしていた雅楽が部屋に戻ったが、女は目もくれずに、紋弥とだけ、しゃべっている。

雅楽もこういう時、ジロジロ見るものではないという、相見互《あいみたが》いのマナーを守って、女をチラと見ただけで、無言で衣裳をぬぎ、急いで顔を落す。

「わさちゃん万歳」となおもはしゃいだ口調で続けた女は、コートもショールも脱がずに、そのあと、軽く頭をさげて、子之介から紋弥に返る若い役者の横顔をじっと見ていたが、突然立ち上ると、「また来るわね」といって、風のように去った。

まさしく、潮の引いたような空白が、その部屋を支配した。

紋弥は、ぼうっとしたまま、黙っている。とうとう雅楽のほうから訊くことになる。

「今のは誰?」

「ええ、よくわからないんですけど、親類の誰かだと思います」

「顔を知らないのか」

「いろんな親類がいるし、子供の時会っただけで、久しぶりという小母さんや姉さんがよく来るから」

「たよりないんだな」と雅楽は笑った。

紋弥にしてみれば、自分の部屋にいて、いきなり「わさちゃん」といわれ、頰ずりされそうになった相手を怪しむ気にはなれなかったようだ。

しかも「うまくなった、きれいになった」と賞《ほ》めちぎり、「万歳」とまでいってくれたのだから、悪い気持はしない。男からも女からも、こんなことをいわれつけない紋弥としては、総身がぞくぞくするほど、嬉しかったのだ。

三日経って、また同じ時間に、女は来た。楽屋番も、頭取も、先日の女だと思うから、黙って通した。

ただ頭取の脇にいた狂言作者の竹柴才助は、何となく妙な気がしていた。この女は油断が出来ないという感じよりも、気が変なのではないかと思ったのだ。

前の時も才助は女を見ている。いい女だから、まじまじと見た。キリッとした目鼻立ちなのに、どこか、ゆるんでいる。そう思った。

二度目の時、才助は、女が楽屋口で草履をぬいでいるのに気がつき、わざと立ち上って廊下に出、立ちはだかる形で迎えると、「お早う御座います」といってみた。

「あら、まア、どうも」といっただけで、「ホホホ」と笑い、女はふところ手をして、ゆっくり歩いて行った。鼻歌のようなものが聞こえた。

「何です、あれは」と才助が、頭取にいうと、「三日前にも来たっけが、紋弥の身寄りらしい」と答えた。「あの日、間ちがいがあっちゃいけねえから、もちろん紋弥にも、部屋にいた奥田と、それから高松屋《たかまつや》にも訊いてみたが、同じような返事だった」

「美人ではあるが、どこか、タガがゆるんでいるように思いますね」才助がいうと、頭取は失笑した。「毎日楽屋に来る人数の中で、タガがゆるんでいないほうがすくないんじゃないか」

「何ですって」

「役者を訪ねて来る女の客のことさ。役者の素顔を見て喜ぶといった娘の顔をよく見たら、大抵よだれが垂れそうだぜ」

「そりゃまアそうだ。しかし頭取も辛辣だな」

「まアしかし、そういうひいきがいるから、役者もどうやら、うまくなってゆく。器量もよくなってゆく。中には諺《ことわざ》の通り、ひいきの引き倒しというのもいるが、まア大抵は遠まわりながら、芸のこやしになるんだから、メロメロになっているみイちゃんはアちゃんも、大事にしなきゃアいけねえ」

そんな会話をしている時、女はこの間と同じように、その日は雅楽ののれんのかけてある部屋に来て、男衆の奥田といきなり握手した。

あっけにとられている老人の前で、女は「わさちゃんは、お酒のむの」といった。

「はい、すこし位なら」

「そう」とニッコリしたあと、「あの坊やがね」とつぶやく。なるほどこれは、幼いころの紋弥を知っている女性にちがいないと奥田は思った。

年の頃は多少判断に誤りがあるかも知れないが、三十七八と見た。二日目、直接話すと、口調に関西風の訛りがまじっているようでもある。

紋弥の父親の紋之助の姉が大阪の料理屋に嫁いでいるのを、奥田は知っていた。その娘かも知れないと考える。そうすれば年上の従姉というわけだ。

何となく気になるから、紋之助に尋ねてみようかと一応奥田も思案はしたのだが、こういう詮索は、しないほうがいいというのが、長年芝居の世界で生きて来た人間のあいだに共通する暗黙の掟でもあった。

とがめ立てした相手が、「旦那の隠し子」だったという話は、よく耳にしたし、「小母さん」とか「姉さん」とか呼んでいる年長の女性が現在若い役者の彼女だったという場合もある。「役者に年なし」「色気は死ぬまで」「何事も芸の肥料」という、至って都合のいい「いろはかるた」が、楽屋の合言葉でもあった。

正確に二日おきに女は、楽屋に訪ねて来た。千秋楽《せんしゅうらく》まで六回である。いつも、楽屋番と頭取の前をさっさと通過し、悪びれずに紋弥の部屋にゆき、傍若無人にふるまった。

紋弥はこの間、雅楽や奥田の前で、この女からキスされたりした。会うたびに「きれいよ」「うまくなったわ」「素的」といわれる。女が行ってしまったあと、香水のかおりが残るほかに、若いこの役者の心に、充実した満足感が存在した。

それは、うっとりするような思いであり、芸の未熟をみずから恥じ、周囲にいる同じ世代にひけ目を感じていた紋弥にとっては、はじめて味わう喜びであった。

四回目つまり十九日の日、女が来るのがいつもより遅れ、「佐々木高綱」の子之介の姿で帰った時、二日おきだからきょうも来るのではないかと思っていた相手がそこにいないのを知って、穴につきおとされでもしたような淋しさを感じた紋弥は、二十分ほど経って、のれんを分けて来た女を見て、ホッとし、こちらから抱きつきたい衝動を持ったと、大分のちに、雅楽は聞かされている。

それは恋のようでもあった。あるいはもっと露骨にいうと、愛欲にも近かった。

紋弥はこの女があらわれてから、急に舞台の色気が出たのを自覚している。「対面」の十郎の化粧も念入りにし、紅を目尻に引き、刷毛《はけ》で鼻をもう一度たたいて、じっと自分の顔を見ると、「俺だってまんざらではない」と思うようになった。

二十日ごろ、鯉昇が「対面」の幕が切れた時、しみじみと紋弥にいった。

「わさちゃん、十郎、よくなったねえ」

まだくわしく名前さえ尋ねていないが、あの姉さんは、自分にとって、福の神だと、紋弥は思っていた。

三

女が五回目に楽屋に来たのは、一月二十二日であるが、この日、雅楽は、朝浅草猿若町から届く小道具を待っていた。前の日に劇場に来ている職人にたのんで、持って来てもらった笹の枝である。

「稽古に使いたいので」といって、借りたのである。それを雅楽は自分の鏡台の脇においた。

それから、大箱のマッチをひとつ、小ひき出しの上にのせておいた。

この日も女は、はじめてのころよりすこし遅い時間に来たが、女の姿がのれんの外に立ったのを、智山の顔をコールドクリームで落しながら上目づかいに見ていた雅楽は、そっとマッチ箱を、畳の上にほうりだし、ポンと叩いて、並んで顔を直している紋弥の背中のところまで送った。

いつものように、他愛もなく、方々を見まわし、鼻歌まじりにはいって来た女は、紋弥の肩に手をかけようとする時、そのマッチの大箱につまずいた。

女は急いでこの箱を拾い、あたりを見まわすと、そっと男衆が脇に扣《ひか》えている卓の上にのせた。そして、それから、ゆっくりと、「わさちゃん、こんにちは」といった。

「『対面』も『高綱』もきょうは平土間《ひらどま》で見たわ」といった。今まで、こんな話し方をしたのは、はじめてである。

「うまくなったわね、ほんとに。これ私が嘘をいっているわけじゃないのよ」

「ありがとう」と紋弥がクルリと身体をまわして両手を出すと、女もその両手を持った。しかし、そのあと、「むすんで、ひらいて、手を打って、むすんで」と歌いだした。幼稚園の先生が、おさな子をあやすような顔つきでもあり、今し方いった言葉の緊張感とは縁遠い様子に見えた。

女は突然立ち上った。きょうも、雅楽には声もかけなかったのだが、そのうしろ姿をじっと見ていた雅楽が、手近にある笹の枝をポンと女の足もとに投げ、いい声で、「狂女は聞いてふり返り」とうたった。長唄「賎機帯《しずはたおび》」の一節である。

すると、女は足もとに投じられた笹の枝をしずかにとりあげ、立ったまま、雅楽を見返った。そして、ニッコリ笑った。雅楽はそれからしばらくして、「ゾッとするほど、いい女に見えたよ、あの時」と紋弥にいった。

じつはこの話は、酒を二人で飲んでいて、「対面」の出た月六回楽屋にあらわれたきり、音沙汰のなくなっていた女を思い出して、なつかしそうに語る紋弥に、雅楽が与えた相槌であった。

それっきり、姿を見せなかった女と、雅楽が再会したのは、一年余り経過してからである。大阪で雅楽もいろいろ世話になった先代の楳茂都《うめもと》の家元の法事があったので、十月の芝居が終ってから、先輩の役者について、大阪に行った時、寺の受付に、その女がいたのだった。

もちろん、すぐにはわからなかったが、雅楽がモジリを畳んでいるところに、女が近づいて、「東京からわざわざ来て頂いて、どうも」といった顔を見て、ハッとした。

「ああ、あなたは」

「お久しぶり」といったあと、頰をほんのり赤らめて、「といっても、本郷ではわざと御挨拶しなかったから、お久しぶりというのは、おかしいですね」と喪服の襟を正して、笑った。むきだしの関西弁ではないが、なんどりとした云いまわしに、大阪の風土独特の色気があった。

読経と墓参が終ったあと、雅楽はもう一度女に会いたいと思っていると、果たして先方も話したかったと見え、駆け出して来た。

先輩がニヤニヤ笑って見ているので、わざと、「あのひとと話してから宿に参ります」と断って、上本町のその寺の近くの喫茶店にはいった。

「高松屋さんにわざと声をかけなかったのは、何だか、何もかもお見通しのような気がして、こわかったからですわ」という。

雅楽はうなずいて、返事をした。

「お見通しというほどではありませんがね、楽屋ではあなたのことを、紋弥の親類だと思いこんでました。ただ、何となく奇人変人、もっといえば頭のすこしおかしい御婦人だと思う人もいました」

「それはそうでしょう。私、わざと気のふれた女を演じていたんですもの」と女はニッコリした。「紋弥さんに夢中になって、すっかりのぼせている女、そのつもりでした、はじめは」

「というと」

「『お夏狂乱』でゆくつもりでした。つまり、色に狂った女です。しかし、どうも、みなさんが、私を紋弥さんの身内だと思っているように見えたので、三回目あたりから、切り替えたんです。もちろん、突っ拍子もない非常識な女としては、通しました」

「はじめの二回、あなたを見た時、私に見当はまるっきりつかなかった」と雅楽がいった。

「あなたは正確に三日に一度来ましたね」

「楳茂都流の会の稽古に東京に行っていたんですわ。三日に一ぺん休みがあったので、紋弥さんの所へゆく事にしました。じつをいうと、あのひとの伯母さんが同じおどりのほうの先輩で、芸に自信がなく悩んでばかりいる甥御さんのことを案じていたので、私が思いついて、あんなことをしたのです」

「同じ部屋にいたからわかるのだが、見事薬が利きましたよ。あなたにきれいよ、好きよといわれるうちに、紋弥は見ちがえるように舞台がよくなった。自信ってこわいですね。どうもありがとう」

「恐れ入ります」と女は改めて名刺を出した。楳茂都初女とある。

「私、紋弥さんを前から好きでしたが、正直いって、あんなことをしてから、益々好きになってしまって、困っているんです」

「向うもそうですよ。いまだにあなたが忘れられないらしい」

「まア」初女は上気した頰に美しくしなやかな手を当てて溜め息をついた。「でも、あの笹の枝にはおどろきましたわ」

「私はあなたがちゃんとしたひとだと思ったので、あの小道具で試してみたんです。すると、あなたは笹をとりあげ、つい賤機の狂女の振りになって、私を見た。これはおどりを長年しているひとにちがいないと思った。じつはその前にマッチ箱を足もとにおいた時、あなたは狂女のつもりだから、足もとが一応お留守になっていたが、つまずくとそれを慎重に台にのせた。これはマッチに用心するという考えを持っている、かなり劇場の楽屋にも仕事でゆくひとだと思ったんです」

「まア」

「紋弥君はあれからすっかり立ち直って、先月の『関の扉《せきのと》』の宗貞《むねさだ》なんか、目がさめるようでした。今は立派な花形です」

気持よく別れた。雅楽としては、少しは飲めそうな初女とどこかで食事でもしたかったが、我慢した。自分がこの際、あの女性に迷ったら大変だと、自制したのである。

帰京して、紋弥に初女に会った話をするのを楽しみにしていたが、その前に本郷の劇場の頭取に飲み屋で会ってしまった。

「楽屋であのひとを木戸御免にあなたがしてくれたので、紋弥は、すっかり、いい役者になったんだよ」と一部始終を話したあと、雅楽はいった。そしてちょっと得意そうに、三本目の酒を相手に注ぎながらいった。

「私は三回目から、その初女が狂女を装っているのがわかっていたんだよ。『檜垣』の幕切れの大蔵卿じゃないが、時々まともな、キリッとした顔になったからね」

すると、頭取はわざと昔の敵役の源幸の面構えになり、苦り切った笑顔で答えた。

「冗談じゃない。私だって、いや私は、二回目から、あれはお芝居だと、わかっていましたのさ」

講談社版『目黒の狂女』　あとがき

最近六年ほどのあいだに書いた短編を十えらんで一冊にすることにした。すべて、歌舞伎俳優中村雅楽《なかむらがらく》が登場する。

昭和三十三年にはじめて発表した「車引殺人事件」以来、この雅楽はいつも健在で、劇場の周辺におこった大事件もしくは小事件の謎を解明して来た。

しかし、ある時期、雅楽以外の世界を書く小説に専念したり、江戸の歌舞伎を背景にした時代物をシリーズにしたりしていたのだが、昭和五十年の秋に「グリーン車の子供」を書いてから、また雅楽を書く機会が殖《ふ》えた。雑誌社からも、そういう注文があったからだ。

二十数年前、すでに老優であった人が、いまだに同じようでおかしいという声もあるのだが、それについては、毎度「役者に年なし」と答えることにしている。

最近、テレビで雅楽を演じてくれた中村勘三郎《かんざぶろう》氏は、老練で、訳知りで、こまかく心を配り、行き届いた生き方をしている人物像を巧みに見せてくれたが、「役者に年なし」という感じも、画面で見せていたと思う。

話によって、昭和初年の出来事も時折出て来るが、そのころのことでも、最近のこととしてあっても、小説はすべてフィクションで、実在のモデルはない。

ただし、コロンボの声をテレビで聞かせている新劇俳優というように、べつに迷惑をかけないと思われる場合、読者の想像の的をしぼるために、イメージを現実に近づけた場合はある。役者の芸名も、作品のたびに、散らして架空のを用いた。一応おことわりしておきたい。

雅楽登場の小説は、まだこれからも、楽しみにこしらえて行くつもりである。

昭和五十七年三月

戸板康二

講談社版『淀君の謎』後記

老優中村雅楽《なかむらがらく》が推理をくだして、謎の絵ときをする小説を、書きはじめて、ことしで丁度二十五年になる。

短編がほとんどで、今でも年に数編は発表させてもらっている。初期のものは、殺人が行われ、警察の捜査に役者が協力する形をとっていたので、江川という刑事がいつも登場した。

近年の小説は犯罪の出て来るものがすくない。ちょっとした、気になることを、雅楽がさばいて、不安を解消し、トラブルを収拾するというのが、書きやすいのである。

劇場に毎月ゆき、劇界のいろいろな情報が耳にはいる生活をしているぼくには、雅楽が好奇心を刺激され、つい乗り出して、ひと役買うといった事件ともいえない事件を、しじゅう見聞きするためだ。

それを書いたり、わきで見ていたりするのが東都新聞の竹野記者で、このほうは、今も老優としじゅう会い、どん欲に老優の芸談や世間話を聴こうとしている。淋しそうなので、江川刑事をたまには酒席に招きもするが、『目黒の狂女』、『グリーン車の子供』（講談社文庫）以後に書いた作品も、雅楽周辺の状況は同じであった。

こんどの小説集は、「むかしの写真」以下の六編が、近年の新作であるが、べつに、前に書いた二作を収めた。

「淀君の謎」は、「週刊読売」に諸家の執筆した悪女伝のシリーズに加わって書いたもので、歴史小説ではなく、やはり雅楽の推理力を発揮させる形をとったものである。淀君悪女説を、ぼくは肯定したくない。マリー・アントワネットの場合と同じだ。

「かんざしの紋」は、既刊の小説集に収め忘れた短編だが、なつかしいので、今回のせることにした。

小説を集めて一冊にする喜びは、いつも変わらない。読者が作者のそういう心持を想像していただければ、幸せである。

昭和五十八年六月　　　　戸板康二

創元推理文庫版解説

ミステリと歌舞伎

松井今朝子

戸板康二という人物を知ったのは私が十歳のときで、当時から読み漁るようになった歌舞伎の本には氏の著作が非常に多かった。東京創元社という出版社もミステリではなく『歌舞伎全書』や『名作歌舞伎全集』の刊行によって知り、後に創元推理文庫を愛読するようになってからもしばらくは同じ出版社だと気づかなかったほどだ。

子どもの頃に取りつかれた歌舞伎の研究を志して私は早稲田に学び、松竹に入社して制作の現場に触れたあと、武智鉄二《たけちてつじ》師の下で演出助手を務め、脚本を書いたりしていた。脚本を手がけたある公演で、戸板先生と劇場のロビーでお会いし、ご挨拶をした覚えはあるが、直接教わったことは一度もなかった。にもかかわらず、今こうして解説をお引き受けすることに、有り難いご縁のようなものを感じる。

歌舞伎の研究・評論の泰斗《たいと》であった戸板先生が、一方でミステリも書かれていたのはもちろん知っていたが、これほど大量の作品を発表されていたとは夢にも思わず、今回の刊行でまず何よりもそれに驚いてしまった。つまりはミステリ作家としての先生を今まであまり知らずに来て、解説する用意もないのだけれど、本筋とは少し離れたところの楽しみ方に触れておきたい。私にとって面白いのは、いったい誰が、何がモデルかという読み解きなのである。

たとえば「かんざしの紋」に出てくる丸の内劇場は帝国劇場のことであり、「楽屋の蟹」の市川高蔵《いちかわたかぞう》は時代劇映画の大スター雷蔵《らいぞう》の養父であった寿海《じゅかい》を彷彿とさせる。「砂浜と少年」の冒頭に書かれた「小豆島から出帆した客船に乗りこみ、夜半に入水して死んだ老優」とは八代目市川団蔵《だんぞう》だと、往年の歌舞伎ファンならすぐぴんとくるだろう。

モデルにされているのは何も歌舞伎役者にかぎらない。「女友達」にちらりと顔を出す「寛三郎の娘の乃里子」はあきらかに新派の波乃久里子《なみのくりこ》であり、ライバルの良重《よしえ》（現二代目水谷八重子《みずたにやえこ》）は「コロンボという犬」に長谷好江の名で登場する。この作品には、人気を博した海外TVドラマ「刑事コロンボ」の吹き替えで一般によく知られるようになった小池朝雄《こいけあさお》が大江友夫として出てくるが、それよりもっと重要な登場人物である「昔からの癖で口をおちょぼにして笑った」溝尾修三の顔は同じく新劇の名優だった中村伸郎《なかむらのぶお》を想いださせる。「窓際の支配人」で語られる「瀬木さんという役者」は当時一世を風靡した杉良太郎《すぎりようたろう》に間違いない。

著者自身が講談社版『目黒の狂女』の「あとがき」でいみじくも書かれているように、「べつに迷惑をかけないと思われる場合、読者の想像の的をしぼるために、イメージを現実に近づけた」点が、今あらためて読むと非常に懐かしくて往年の芝居好きには堪えられないのである。

個人的にはさらに「砂浜と少年」に出てくる「木挽町の楽屋口のまん前にある結城屋という

足袋屋」は「大野屋」だろうとか、高蔵が蟹嫌いだというエピソードは三島由紀夫が実際にそうだったことが、「かんざしの紋」でタン・シチューが出てくるのは六代目中村歌右衛門《うたえもん》が楽屋で好んで食べていたのがひょっとしたら着想のヒントになったのかもしれない、などと勝手にそれこそ推理して楽しませてもらった。

しかし戸板作品の本当の魅力はそうしたマニア受けするディテールでないことは申すまでもあるまい。雅楽を筆頭に、主要人物は必ず何人かのモデルを重ねた上で決して誰とは特定できないにもかかわらず、実名で出てくる人物に負けないリアリティがある。役者にしろ劇場関係者にしろ、いかにもいそうな人たちであり、業界にありそうな事件だったりするから、若い読者はきっとどこまでが本当で、どこから架空の話なのかも見分けにくいだろう。まさに演劇界の津々浦々に通暁した作家ならではのリアルな筆致が、劇界に無縁な読者をも惹きつける珠玉の短編群を支えているのだった。

ここでまたも私事にわたるのは恐縮だが、処女作の時代小説を出版した直後に年輩の某編集者から「あなたはミステリも書ける人だと思うし、戸板さんの後を継ぐ気はありませんか?」といわれて、とてもそんな立派な器ではないとお断りしつつも、以来、時代ミステリと称する作品を何本か手がけている。考えてみれば小説を書くようになる前は意外に時代小説をほとんど読まず、子どものころ夢中だったアガサ・クリスティやエラリー・クイーンに始まって、もっぱらミステリを好んでいた。P・D・ジェイムズやルース・レンデル、レジナルド・ヒルやコリン・デクスターなど、クイーンを除けばいずれも英国の作家が好きで、やはりコナン・ドイル以来の伝統がものをいうような気がしている。

英国はまたシェイクスピアを生んだ戯曲の伝統を誇り、クリスティは超ロングランを記録した『ねずみとり』をはじめ優れた戯曲を何作も手がけていた。印象的なシークエンスを丹念に積み重ねて最後にあっといわせる手法は、ドラマとミステリに共通するものであるのを忘れてはならないだろう。

片や日本だと横溝正史が大変な芝居好きだったのは作品の随所に窺えて、中でも『人形佐七捕物帖』シリーズは全編に何らかのかたちで歌舞伎ネタがちりばめられているが、書かれた当時はともかく、今となってはそれに気づく横溝ファンがどれだけいることか。そもそもミステリ好きと歌舞伎好きは本来とても近いところにいるように思えるのは、両者ともにマニアックな人種を惹きつけやすいアイテムだということだけでは片づけられないだろう。

小泉喜美子氏は『歌舞伎は花ざかり』という名エッセイ中で、ポピュラーな歌舞伎演目の「一谷嫩軍記《いちのたにふたばぐんき》」を本格的なミステリ風に読み解いておられるが、これにかぎらず歌舞伎の「丸本物」と呼ばれる一連の古典戯曲にはミステリ仕立ての作品が極めて多いのである。恐らく作者は何もことさらにミステリを意識して書いたわけではなくて、リピーターの観客に飽きられないよう、なんとか裏をかいて最後にあっといわせる筋立てを工夫したに過ぎなかったとしても、それがミステリの作法と相通じる結果になるのはいうまでもない。

世界最古の演劇であるギリシャ悲劇の傑作「オイディプス王」は、主人公が一貫して自らの素性の謎を追究するミステリとして構成されているが、『カラマーゾフの兄弟』をはじめ優れた小説にミステリ的要素を認めるとするなら、多くの観客を惹きつける演劇にもまたそうしなくてはなるまい。双方ともに大きくいえば、人間とは何なのかという根本的な問いかけをドラマチックに説き明かすことで人の魂を揺さぶるのではないか。

ところで芝居好きはドラマチックな展開はもとより洒落た幕切れを大いに期待するが、戸板作品はその点でも十分満足させてくれる。「むかしの写真」の古川氏が電話で聞かせる最後の声や、「木戸御免」の頭取がつぶやく捨てぜりふで、読者はきっと名人の江戸落語を聞いたときと同じ心地よさを味わえるにちがいない。

幕切れでくどくどしい愁嘆場や野暮な説明を好まれないのは、戸板先生が生粋の東京人だからだと思う。だからこそ逆に幕切れでぐっと胸が締めつけられることも多いのだけれど、一方で歌舞伎に馴染みのない人にとってはいささか不親切な面があるのは否めないだろう。

「お初さんの逮夜」は私が大好きな一編で、亡くなった女性がいきいきと魅力的に立ちあがっているからラストで思わずほろっとくるのだが、作者が女性の名前を「お初」にした理由はあきらかだ。『鏡山旧錦絵《かがみやまこきょうのにしきえ》』という演目で甲斐甲斐しい働きをみせるお初という主人公のイメージがこの作品のバックボーンになっているからこそ、作者はわざと「お初さんだけに、岩藤が憎かったといったら、小咄になるがね」と雅楽にさらりといわせておしまいにするが、歌舞伎をまるで知らないとこのセリフの意味は通じない。

ほかにも人物や状況が歌舞伎の有名作品で説明されるケースが多々あって、「『忠臣蔵』でいえば、由良助や勘平をする役者がいて、雅楽は若狭助だの、平右衛門だのをつとめるといった立場であった」（『木戸御免』）と書かれると歌舞伎ファンならわかりやすいが、一般にこれを通じさせるのは難しいだろうと思う。

戸板先生がミステリを発表された当時はまだ戦前生まれの日本人が大勢いて、歌舞伎が今とは比較にならない庶民性を獲得していた時代である。娯楽小説より歌舞伎のほうがもっと世間の認知度が高かったからこそこうした書き方ができたので、今これをすれば自ずと読者層を狭めてしまう。

それゆえに、力量の如何もさることながら、私は先生の跡継ぎには到底なれないのだが、最良の読者になる自信はあると申しあげておきたい。

創元推理文庫版編者解題

日下三蔵

第二巻には、一九六八（昭和四十三）年から八三（昭和五十八）年にかけて発表された二十三篇を収めた。〈中村雅楽《なかむらがらく》推理手帖〉としてまとめられた二冊の単行本『目黒の狂女』（八二年五月／講談社）所収の十篇（「目黒の狂女」「女友達」「女形の災難」「先代の鏡台」「楽屋の蟹」「砂浜と少年」「俳優祭」「玄関の菊」「女形と香水」「コロンボという犬」）と『淀君の謎』（八三年九月／講談社）所収の八篇（「淀君の謎」「かんざしの紋」「むかしの写真」「大使夫人の指輪」「芸養子」「四番目の箱」「窓際の支配人」「木戸御免」）に、講談社文庫版『グリーン車の子供』（八二年八月）に初めて収録された五篇（「お初さんの逮夜」「梅の小枝」「子役の病気」「二枚目の虫歯」「神かくし」）を加えて発表順に再編集したものである。

密室や暗号に取り組んだ初期のトリッキーな作風から、いわゆる「日常の謎」を扱うスタイルへと転換を終えた時期に発表されたもので、シリーズとしては中期から後期にかけての作品群に当たる。老優・中村雅楽の推理もますます滋味にあふれたものになっており、初期作品とはまた違った味わいを楽しんでいただけるものと思う。
収録作品の初出一覧は、以下のとおり。

かんざしの紋　「勝利」六八年一月号
淀君の謎　「週刊読売」六九年五月三十日〜六月二十七日号（「淀君」改題）
目黒の狂女　「別冊文藝春秋」七六年十二月号
女友達　「小説現代」七七年四月号
女形の災難　「問題小説」七七年五月号
先代の鏡台　「小説宝石」七八年二月号
楽屋の蟹　「別冊小説新潮」七八年四月号
お初さんの逮夜　「小説現代」七八年四月号
むかしの写真　「小説宝石」七八年九月号
砂浜と少年　「小説現代」七八年十一月号
大使夫人の指輪　「小説宝石」八〇年六月号
俳優祭　「別冊小説宝石」八〇年九月号
玄関の菊　「小説現代」八〇年十一月号
梅の小枝　「小説宝石」八一年二月号
女形と香水　「小説新潮」八一年四月号

子役の病気　「小説現代」八一年四月号
二枚目の虫歯　「小説現代」八一年九月号
コロンボという犬「小説現代」八一年十一月号
神かくし　「小説現代」八二年二月号
芸養子　「小説現代」八二年六月号
四番目の箱　「小説新潮」八二年十月号
窓際の支配人　「小説現代」八二年十一月号
木戸御免　「小説現代」八三年四月号

二冊の単行本のあとがきは、本書にもそのまま収めた。講談社文庫版『グリーン車の子供』の小泉喜美子解説は前巻に収めてあるので、本書の収録分についてはそちらを参照していただきたい。なお、この時期にも「いろいろな中村雅楽」（『ルパン』五号、八一年夏）などシリーズに関連するエッセイがいくつかあるが、第三巻と第四巻は作品のページ数が多いため、これらはまとめて最終巻に収録する予定である。

収録作品のうち、「かんざしの紋」と「淀君の謎」の発表が古いが、小説誌に掲載されたものではないので、それまでの短篇集に収め忘れたものであろう。「淀君の謎」は、掲載誌のシリーズ企画「日本悪女伝」の一篇として書かれたもの。十人の作家が一年間にわたって歴史上の悪女とされている女性をテーマに中篇を競作したもので、ラインナップは順に、「徳川秀忠の妻」吉屋信子、「山内一豊の妻」永井路子、「袈裟御前」今東光、「春日局」杉本苑子、「淀君」戸板康二、「元禄おさめの方」山田風太郎、「小野小町」吉行淳之介、「かげろうの女　右大将道綱の母」田辺聖子、「日野富子」平岩弓枝、「蟹のお角」戸川昌子であった。

七七年以降に刊行された雅楽もの以外のミステリ作品についても触れておこう。『孤独な女優』（七七年四月／講談社）は十一篇を収めたノンシリーズ短篇集。『小説・江戸歌舞伎秘話』（七七年十二月／講談社文庫→二〇〇一年十二月／扶桑社文庫）は歌舞伎の演目における定石に隠された意外な真相を提示する時代ミステリ連作で、劇評家でもある著者ならではの傑作である。『あどけない女優』（七八年三月／新評社→八五年六月／文春文庫）は新劇の世界を舞台にした作品十篇を収めた短篇集。〈明治大正名作異聞〉と銘打たれた『浪子のハンカチ』（七九年六月／角川書店→八八年一月／河出文庫）は「不如帰」「坊っちゃん」「雁」といった文芸名作に材を取った傑作である。

このうち『浪子のハンカチ』では八篇中三篇で竹野記者が語り手を務めている。本全集では竹野記者単独の事件「ノラ失踪事件」（『團十郎切腹事件』所収）や江川刑事の名前が出てくる「灰」（『劇場の迷子』収録予定）、あるいは雅楽が名前だけの登場でストーリーとは関係しない「かんざしの紋」（本書所収）といった作品まで幅広くシリーズに含めているので、この三篇も雅楽ものの番外篇と見ることもできるが、『浪子のハンカチ』は連作全体での復刊の機会を待ちたいと思い、あえて収録は見送った。この点、ご了承願えれば幸いである。

『団蔵入水』（八〇年九月／講談社）は時代ミステリ六篇と現代ミステリ三篇を収めた短篇集。『黒い鳥』（八二年七月／集英社文庫）は六三年の『いえの藝』（文藝春秋新社）をベースにした作品集だが、元版から「部外秘」を割愛し、代わりに「歌手の視力」「隣りの老女」の二篇を加えた再編集本である。

この時期、講談社文庫に初期作品集『團十郎切腹事件』（八一年十月）、推理作家協会賞受賞作を中心にした『グリーン車の子供』（八二年八月）、長篇『松風の記憶』（八三年九月）と三冊の中村雅楽ものが収められているが、本全集をここまでお読みくださった方なら、これがシリーズのごく一部に過ぎないことがお分りいただけるだろう。雅楽ものは他に次巻に収める短篇集『家元の女弟子』が文春文庫に収録されているだけだから、いかに文庫化に恵まれなかったかが痛感されるのである。

作品中、表現に穏当を欠くと思われる部分があるが、時代性、著者が故人となられていること等を鑑み、原文のまま収録した。

——編集部

検印
廃止

著者紹介　1915年東京生まれ。慶應義塾大学国文学科卒。劇評家、歌舞伎・演劇評論家、作家、随筆家の顔を持つ。江戸川乱歩のすすめでミステリの執筆を開始し「宝石」にデビュー作「車引殺人事件」を発表する。1959年「團十郎切腹事件」で第42回直木賞、1976年「グリーン車の子供」で第29回日本推理作家協会賞を受賞。1993年没。

中村雅楽探偵全集3
目黒の狂女

2007年6月29日　初版

著者　戸《と》板《いた》康《やす》二《じ》
（編纂者　日下三蔵）

発行所　（株）東京創元社
代表者　長谷川晋一

162-0814/東京都新宿区新小川町1-5
電話　03・3268・8231-営業部
　　　03・3268・8203-編集部
URL　http://www.tsogen.co.jp
振替　00160—9—1565
暁印刷・本間製本

乱丁・落丁本は，ご面倒ですが小社までご送付ください。送料小社負担にてお取替えいたします。

ISBN978-4-488-45803-4　C0193